郭雨桥 著

蒙古风俗

（上）

内蒙古出版集团
远方出版社

图书在版编目（CIP）数据

蒙古风俗：全2册/郭雨桥著 .-- 呼和浩特：远方出版社，2015.9
（2020.1重印）
ISBN 978-7-5555-0520-4

Ⅰ.①蒙… Ⅱ.①郭… Ⅲ.①蒙古族 - 少数民族风俗习惯 - 中国
Ⅳ.① K892.312-49

中国版本图书馆 CIP 数据核字（2015）第 207357 号

蒙古风俗（上下）

著　　者	郭雨桥
总 策 划	苏那嘎
责任编辑	云高娃　王　福
封面设计	徐爱东
版式设计	徐爱东
出版发行	内蒙古出版集团　远方出版社
社　　址	呼和浩特市乌兰察布东路 666 号　邮编 010010
电　　话	（0471）2236473 总编室　2236460 发行部
经　　销	新华书店
印　　刷	廊坊市海涛印刷有限公司
开　　本	710×1000　1/16
字　　数	422 千
印　　张	25
版　　次	2015 年 9 月第 1 版
印　　次	2020 年 1 月第 2 次印刷
印　　数	5 001—7 000 册
标准书号	ISBN 978-7-5555-0520-4
定　　价	88.00（上下）

如发现印装质量问题，请与出版社联系调换

自序

《蒙古风俗》出版，主持者让我写序，这颇使我为难。写序肯定要说好，自己给自己说好，未免有老王卖瓜之嫌。

说起写序，自然思绪纷乱，要说的话很多，不知从何谈起，说多了读者讨厌。略加调理，我想起三句外围的话，想让读者了解我，引起阅读这本书的兴趣。

这是行者写的书。作者深信"纸上得来终觉浅，绝知此事要躬行"，素来把下乡看成住外婆家。新世纪自提口号"走遍蒙古地"，一走十数年，到2014年底统计，已走129397公里，中国使用蒙古文的8省区走了7个，蒙古国的23个省走了22个，还远涉布里亚特、卡尔梅克共和国。所有的民俗事项亲自参与，有的还不止一次。作者反对坐在书斋里做文章，要写的地方走到，走到的地方写到。虽然这本书不是作者经历的全部，确系作者经历的产物。

这是译者写的书。作者的职称是"译审"（蒙译汉），读、写、听、说、译无所不能。近年来又学会了新蒙文和托忒蒙文，热爱蒙古文化，信奉长生天。与蒙古同胞交游甚厚，大爱若亲，到一个地方很快就能与群众打成一片，涉浅水者得鱼虾，涉深水者得蛟龙，能够得到别人得不到的第一手材料。

这是作家写的书。记录在案的职务是"专业作家"。出过两本散文集，上过3年《人民文学》。这种运筹文学作品的习惯，也有影响到别类读物的写作，讲究起承转合、章法布局、文通字顺、逻辑严密什么的，不要让读者看起来犯愁。

现在社会发展太快了，大家都在往前走，都认为新的就是好的，存在就是合理的，不知不觉丢掉了好多淳朴的东西。其实风俗不是迷信，也不是落后，恰恰是一个民族血液里流淌的活态文化。看了这本书，你会觉得少数民族有许多东西值得我们学习，引发一点反躬自省的意识。

是为序。

作者 2015 年 8 月 4 日于墨酣斋

目录

自序
传奇蒙古史
- 壹⊙蒙古高原是中华文明的发祥地之一 ………1
- 贰⊙北方英雄用武之地 ………………………2
- 叁⊙苍狼白鹿的家族之一 ……………………5
- 肆⊙苍狼白鹿的家族之二 ……………………9
- 伍⊙苍狼白鹿的家族之三 ……………………12
- 陆⊙满族与蒙古 ………………………………15
- 柒⊙卫拉特风云录 ……………………………18
- 捌⊙西迁卫士察哈尔 …………………………24
- 玖⊙东归英雄土尔扈特 ………………………26
- 拾⊙蒙古部族 …………………………………30
  1. 巴尔虎 ……………………………………30
  2. 布里亚特 …………………………………31
  3. 察哈尔 ……………………………………33
  4. 巴林 ………………………………………34
  5. 弘吉剌惕 …………………………………36
  6. 鄂尔多斯 …………………………………36
  7. 乌拉特 ……………………………………38
  8. 喀尔喀 ……………………………………40

马背摇篮曲
- 壹⊙故乡的摇篮 ………………………………43
- 贰⊙吉格森高娃的摇篮曲 ……………………43
- 叁⊙蒙古人的摇篮宴 …………………………46

1

去发宴：母系社会的脉脉温情
- 壹⊙娘家去发 …………………………… 49
- 贰⊙尊者舅父 …………………………… 50
- 叁⊙厚待出嫁女儿 ……………………… 54

婚礼宴：是诗歌，更是戏剧
- 壹⊙订婚与彩礼 ………………………… 57
  1. 哈达美酒订终身 …………………… 57
  2. 送上门来的女婿 …………………… 59
  3. 彩礼——补偿与私奔 ……………… 60
  4. 彩礼——交割牲畜 ………………… 61
  5. 彩礼——高看母舅 ………………… 62
- 贰⊙一个真实的鄂尔多斯婚礼 ………… 63
  1. 娶亲犹如上战场 …………………… 63
  2. 中途埋酒祭鬼神 …………………… 66
  3. 初到岳家敬"村灶" ………………… 67
  4. 伴娘请吃"闭门羹" ………………… 69
  5. 头份全羊表心迹 …………………… 72
  6. 求名问庚闹通宵之一 ……………… 74
  7. 求名问庚闹通宵之二 ……………… 80
  8. 新郎穿衣娘家陪娶之一 …………… 83
  9. 新郎穿衣娘家陪娶之二 …………… 84
  10. 掰羊脖子伙吃肉 …………………… 84
  11. 新嫁娘绾头上马 …………………… 86
  12. 半路迎新丢羊头 …………………… 89
  13. 女方也闹"新郎追" ………………… 91

14. 新娘上门过火堆 …………91
15. 祭火拜人抢大毡 …………92
16. 男方摆羊大联欢 …………94
17. 白马宴与交勺头 …………97
18. 送客与回礼 …………98
叁⊙婚礼的尾声 …………102
1. 巴尔虎:女婿当家岳父探女 …………102
2. 科尔沁:"借姑娘" …………103
3. 一对新人三对爸妈 …………103

葬礼宴:顺着来倒着走
壹⊙人生的终结仪式 …………109
1. 入殓 …………109
2. 出殡 …………109
3. 守孝 …………110
4. 死人不走活人走 …………110
5. 丧葬的礼俗成了平日的禁忌 …………111
贰⊙鬼魂对葬礼的影响 …………111
1. 讲究"上路鞋袜" …………112
2. 路上灵车不停 …………112
3. 前有旗幡领路 …………112
4. 入土讲究颇多 …………112
5. 返程不走原路 …………113

6. 接受"水火之净" …………………… 113
7. 分享死鬼"福膳" …………………… 114
叁⊙喇嘛与收尸者 …………………… 115
1. 喇嘛是葬礼的"总导演" …………… 115
2. 收尸者是死者肉体的安顿者 ……… 117
肆⊙丧葬的种类 ……………………… 118
1. 天葬 ………………………………… 118
2. 土葬 ………………………………… 120
3. 火葬 ………………………………… 122
4. 孩儿葬 ……………………………… 123

节日：蒙古族的"遗传密码"
壹⊙春节 ……………………………… 127
1. 戏说祭灶 …………………………… 127
2. 春节的流变 ………………………… 130
3. 初一"踩福路" ……………………… 134
4. 给牲畜过春节 ……………………… 136
5. 劝食不劝酒 ………………………… 139
6. 用洗印水洗脸 ……………………… 140
7. 小年祭七星 ………………………… 141
贰⊙马驹节和赛马健儿 ……………… 142
叁⊙迈德尔节盛况 …………………… 145
肆⊙佛灯的节与吃灯的娃 …………… 150
伍⊙那达慕大会 ……………………… 152

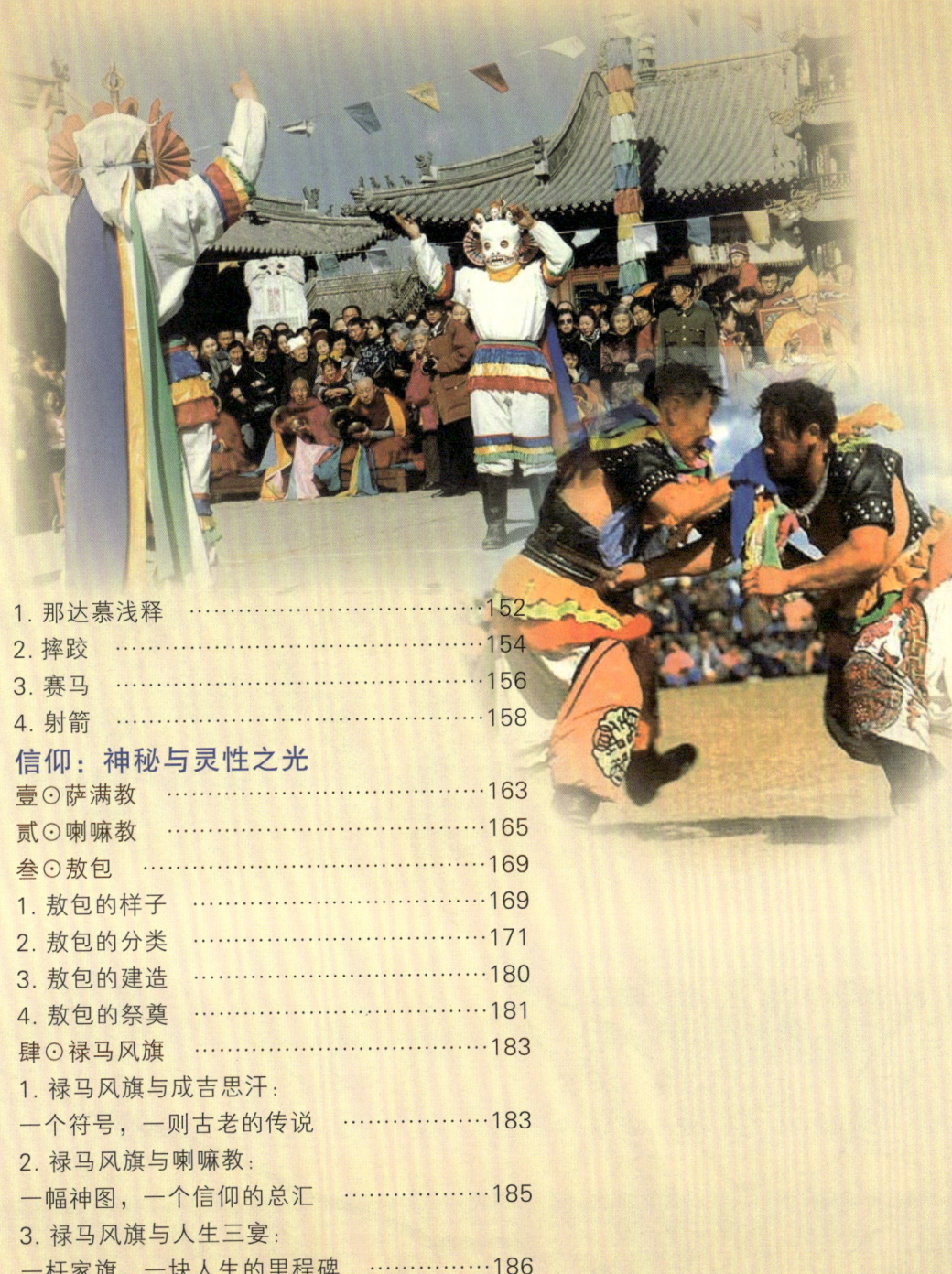

1. 那达慕浅释 …………………… 152
2. 摔跤 …………………………… 154
3. 赛马 …………………………… 156
4. 射箭 …………………………… 158

信仰：神秘与灵性之光

壹⊙萨满教 …………………… 163
贰⊙喇嘛教 …………………… 165
叁⊙敖包 ……………………… 169
1. 敖包的样子 ………………… 169
2. 敖包的分类 ………………… 171
3. 敖包的建造 ………………… 180
4. 敖包的祭奠 ………………… 181
肆⊙禄马风旗 ………………… 183
1. 禄马风旗与成吉思汗：
一个符号，一则古老的传说 …………… 183
2. 禄马风旗与喇嘛教：
一幅神图，一个信仰的总汇 …………… 185
3. 禄马风旗与人生三宴：
一杆家旗，一块人生的里程碑 ………… 186

题记

到内蒙古做客的人,这里的人名、地名,记住也不知道是什么意思。面对名胜古迹和旅游景点,渴望了解它的历史背景和人文典故。即使生活在这块土地上的人们,有时候也对蒙古历史上错综复杂的人物关系和民族交替感到茫无头绪。这篇短文,就是想给大家提供一张检索的卡片。

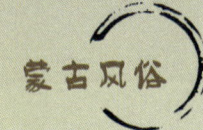

传奇蒙古史

壹⊙蒙古高原是中华文明的发祥地之一

我们知道，在天升地降、混沌初开的太古时代，地球曾经是一片茫茫冰海。后来冰海退去，在现在中蒙边境我们称之为戈壁的广大地区，形成了一个浩渺无际的大内海。当植物从地衣和苔藓发展到大森林，动物从草履虫发展到哺乳动物时，中国猿人出现了。蒙古高原成了中国人种的伊甸园，在这里度过了他们漫长的蒙昧时代，也就是早期传说中的有巢氏、燧人氏、伏羲氏为标志的旧石器时代。后来，由于冰河期的终止和造山运动，这片大内海逐渐干涸，成为沙漠戈壁，人类开始向四面八方迁移。到了周口店的，就是山顶洞人，成为商族的祖先；到了山西、河南交界处的成为东夏；到了甘肃、青海一带的成为西夏；到了新疆塔克拉玛干（当时也是内海）的，成了西域诸族；到了贝加尔湖的，就是苏联境内的鞑靼祖先；留在故乡的，就是北狄的祖先。

内蒙古是中华文明的发祥地之一，现在已经发现的大窑文化、萨拉乌苏文

成吉思汗陵

化、红山文化、夏家店文化、鄂尔多斯青铜器文化,以及遍布阴山山脉和阿拉善一带的岩画,从考古方面证明,内蒙古曾经是中华大文化的一个源头。我们从这些发掘和发现的、地上和地下的大量文物,完全可以想象从五十万年前到夏商和春秋时代的人类生活情景和斗争场面。

有意思的是,这片逐步形成的沙漠戈壁地带,不仅成了一个地理学名词,它还成了一些部族的天然分界线,成了一个历史概念。在明代,就有了漠北蒙古、漠南蒙古、漠西蒙古(西蒙古)的说法。漠北蒙古,大体相当于现在的蒙古国地区。漠南蒙古,大体相当于现在的内蒙古自治区。漠西蒙古,大体相当于现在的新疆蒙古地区,包括现在的青海、甘肃和内蒙古阿拉善地区。而内、外蒙古的叫法,则始于清朝初期统一整个蒙古部落的时候。内蒙古大体上相当于现在的内蒙古自治区,外蒙古大体上相当于现在的蒙古国。

贰⊙北方英雄用武之地

呼和浩特和包头一带曾经是匈奴故地,也是他们和中原民族征战的疆场。现在包头市东河区郊外长城垛口上的西风残阳,还在述说着当年赵武灵王胡服骑射的故事。现在呼和浩特打起的云中招牌,也起源于赵武灵王在托县古城建郡的历史。秦始皇统一中国以后,曾经梦想千秋万代,永掌乾坤,给他的儿子胡亥起名二世,就是想按照自然数列罔替无穷。方士占卜"亡秦者,胡也",秦始皇以为"胡"就是匈奴,派大将蒙恬修筑长城,北逐匈奴七百余里。没想到秦王朝恰恰断送在他儿子胡亥的手里。

匈奴却在这个时候强大起来,建立了我国北方第一个游牧民族的国家。公元前200年(汉高祖七年),冒顿单于在平城(今大同东北)围困汉高祖

王昭君与呼韩邪单于

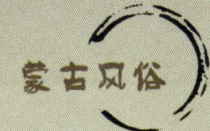

七天,汉高祖不得不以公主和亲,才暂时结束了这场战争。"冒顿曾围汉天子,胡儿唯说李将军",前面一句就是说的这件事情。到汉武帝时代,国力强盛,派卫青、霍去病三败匈奴,在河南设朔方郡(乌拉特前旗黄河南面)。后来匈奴内部分裂,五单于并立。呼韩邪单于为其兄所逼,内附西汉,"愿婿汉氏以自亲"(愿为汉家女婿,以便和汉朝亲近)。在这种情况下,王昭君出塞,传为千古佳话。现在呼和浩特郊区桃花乡的昭君坟,呼和浩特市政府一年一度举办的昭君文化节,就是纪念和弘扬这件事情。

到东汉时期,匈奴分裂为南北两部。南匈奴在呼韩邪孙子率领下二次附汉。光武帝刘秀派中郎将段彬给他授印,设

虎豕咬斗金饰片,匈奴文化的典型代表文物,黄金铸成,生动地描绘了猛虎与野猪搏斗的情景。鄂尔多斯胡斯台河东岸二道明沙匈奴墓出土(杨勇摄)

单于庭帐于包头西,后又入云中,再迁美稷县。特设"使匈奴中郎将"一名给予协助,这就是历史上的匈奴南庭,可以看成中国历史上的第一个少数民族自治区。美稷县就是现在鄂尔多斯的准格尔旗,稷是黍子的意思。一直到现在,准格尔旗用黍子炸的油糕还是塞外一绝。

匈奴之后是鲜卑。鲜卑也是一个大族,内分许多支系。拓跋鲜卑的故地在现在呼伦贝尔市鄂伦春自治旗嘎仙洞一带。"踏破铁鞋无觅处,得来全不费功夫。"呼伦贝尔市的米文平先生找了好久,也不敢断定是不是这个地方,后来无意中发现石壁上的刻字竟与《魏书·礼志》所记一字不差,才证明确凿无误。拓跋鲜卑离开那里以后,经过伊敏河(今海拉尔区南)—呼伦湖—乌珠穆沁—二连,来到

大青山、后套一带。公元386年（晋太元十一年），拓跋鲜卑能干的领袖拓跋珪，在牛川（呼和浩特市东南）大会诸部，建元登国，不久迁都盛乐（今和林格尔），史称北魏。后来又迁都平城，入主中原。

鲜卑之后是突厥。突厥兴起于我国新疆东北，原先为柔然统治，被称为"煅奴"（因为他们善于打铁，制作高车）。公元552年（梁承圣元年），伊利大败柔然，在于都斤山（今蒙古国杭爱山之北）建立突厥汗国。疆域东西万里，南北五六千里。后来分裂为东西两部，东突厥投靠隋朝，寄居于白道川（现呼和浩特市西北）一带。后来东突厥的都蓝可汗进攻驻牧其东的突利可汗（其从兄弟），突利大败，投奔隋朝。隋朝以义成公主妻之，封为启民可汗（隋文帝驸马），在现在呼和浩特的清水河县筑大利城，后又移居现靖边县和准格尔旗一带。

隋末唐初，东突厥势力强盛，唐高祖李渊在太原起兵时，曾向突厥汗庭称臣求援。根据作家李国文考证，唐太宗李世民的母亲就是突厥人。其后突厥与唐朝之间虽然时有摩擦，但也有不少部众前来归附。李世民的民族政策贯彻得很好，注重其俗，妥善安置。凡是突厥贵族来附，都给高官，有职有权，等

蒙古国随处可以碰到这样的坟墓，有人说是匈奴墓，有人说是突厥墓

同汉臣。当时的都城长安，就有突厥人近万家。但西突厥与唐朝时有冲突，后来唐朝先后占领了天山北部和焉耆、龟兹（库车）、于阗、疏勒（喀什）等地，建

蒙古风俗

立了"安西四镇"。公元657年（唐显庆二年），西突厥为唐高宗所灭。

突厥之后是契丹。契丹是鲜卑族的一支，发祥于潢水和土河（今西拉木伦河和老哈河）。公元916年（后梁贞明二年），耶律阿保机建立辽国，把上京临潢府（现在巴林左旗南波罗城）作为都城。辽王朝疆域辽阔，民族众多，采取了以契丹族为主，南北分治、辽汉合璧的统治政策。辽有五京，上京就是上面所说的临潢府，中京为大定府（今内蒙古宁城县西南的大明城），东京辽阳府（今辽宁省辽阳市），南京幽州府（今北京市），西京大同府（今大同市）。

辽王朝文化发达，艺术精湛，陵与塔特别有名。鸡冠壶堪称国宝。内蒙古宁城县的大明塔，巴林右旗的庆州白塔，呼和浩特东郊的万部华严经塔，就是那时候塔的代表。呼和浩特一带丰州的叫法，也从辽代开始。

1125年（辽保大五年），辽被金所灭，耶律大石率部西迁，在新疆叶密立一带重整旗鼓，建立西辽。叶密立就是现在新疆塔城的额敏县。其实，叶密立、额敏都是蒙古语，又都是"马鞍"（额么勒）的意思，根据地形得名。现在耶律大石在叶密立建筑的城墙，废墟犹在。

叁⊙苍狼白鹿的家族之一

蒙古是东胡的一支。公元七世纪，"蒙兀室韦"一词开始见之于《唐书》。内蒙古呼伦贝尔市的额尔古纳河一带，就是蒙古人的发祥地。那里有一个小镇，现在还称之为室韦。到公元九世纪，陆续迁到现在蒙古国的三河流域（斡难河—鄂嫩河、土拉河—图勒河、克鲁伦河）。三河之源的不儿罕山，就是成吉思汗家族的故乡。关于蒙古族的来源，现在学者们有三种说法，一种是匈奴说，一种是东胡说，一种是鲜卑说，因为鲜卑就是东胡的一支，所以也可以看作是两种意见。蒙古国的学者

成吉思汗的金马桩

成吉思汗诞生地

蒙古风俗

大多持第一种说法，我国的学者大多持第二种说法。至于"蒙古"一词到底是什么意思，现在也有三四种说法。在介绍这些说法之前，我想把汉语音译蒙古地名、人名的不足之处说一下。汉语属于汉藏语系，蒙古语属于阿尔泰语系，汉人往往听不清蒙古人的全部发音。比如"蒙古"一词，实际上"蒙古人"的说法一直是"蒙古勒"，汉人却一直写作"蒙古"。还有"蒙兀"的叫法，实际上也是蒙古的意思。这是由于古文书写中常常省去左面的两点，或者由于方音把GU说成HU造成的。至于对"蒙古"一词的含义解释，比较普遍的有：

一是蒙古就是"蒙和嘎勒"的意思，就是蒙古人最尊重的"长生天"与"火"的合写。

二是蒙古就是"蒙高勒"的意思，就是"正中心"或者"骨干"。

三是蒙古是"我们北方人"的意思。

从成吉思汗上溯二十二代，就是有文字记载的老祖宗孛儿帖赤那与豁埃马阑勒——苍狼与白鹿。其实苍狼不是狼，白鹿也不是鹿。对于蒙古族来说，叫这样的名字自然不过，就像现在汉族人把自己的孩子称作老虎、黄牛一样，只不过可能带有一些图腾崇拜的色彩罢了。汉族从自己的民族心理出发，称呼苍狼白鹿，往往带着一种好奇、惧怕和神秘的心理。

成吉思汗诞生以前，蒙古高原有许多使用蒙古语的部落。他们各自为王，互

博大神奇的土地，似乎早就孕育了成吉思汗

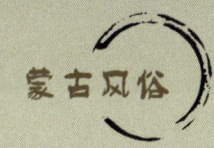

不统属，又很长时间处于金国的统治之下。金是女真族建立的国家，女真也是游牧民族。到成吉思汗的曾祖父合不勒汗时代，才有合不勒汗统率合木黑蒙古（全体蒙古）的说法。成吉思汗年轻时候，还受过金国"招讨司"之封，他还利用这个职位干过不少事情。那时候主要的活动舞台，就是现在内蒙古呼伦贝尔和蒙古国肯特省、东方省的一些地方。成吉思汗的力量是在后来的战争中逐步壮大的，地盘也是在战争中开拓的。

1227年（元太祖二十年），成吉思汗偕同也遂夫人起驾，远征西夏。他站在哈尔古纳穆纳山（现在大青山一代）嘴，遥望鄂尔多斯高原，不慎把手中马鞭失落。随从要给他捡拾起来，却被他拒绝，乃降旨曰："盖此地也。"

成吉思汗像

太平江山久居之地，
衰落王朝复兴之帮。
花角金鹿栖息之所，
白发吾翁享乐之乡。

他这次出征不太顺利，路过阿儿不合围猎，突然一群野马斜冲而来，把他的红沙马吓惊。圣主坠马受伤，住在一个名叫挪斡儿合惕的地方养伤。阿儿不合，这个地方如今叫阿儿不斯，和阿儿不合只有一字之差。挪斡儿合惕，意为"盲石"，就是现在的阿尔寨石窟。因为这个地方的石窟七孔八窍，像盲人的许多瞎眼（挪斡儿），所以汉人才叫它百眼窑。直到新中国成立初期，这个地方还有野驴，所以这种传说可能有些道理。阿尔寨

阿尔寨石窟

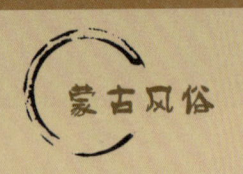

石窟有四个朝代的壁画，如今已成为旅游胜地。

成吉思汗这次没有把西夏攻下来，自己却病死在六盘山。灵车拉着他的金体准备落叶归根，归葬故土。路过鄂尔多斯，灵车陷进泥淖，八十一头牛都拉不出来。部下想到他生前说过的话和吟过的诗，就把他的衣冠留下几件，又祈祷老半天，灵车才重新启动。鄂尔多斯人把他的衣冠供奉起来，变成了八白室，这就是现在的成吉思汗陵。

成吉思汗死后，幼子拖雷监国。两年后他遵从成吉思汗的遗愿，召集忽里台（会议），推举窝阔台（成吉思汗三子）继位。窝阔台死后，其子贵由汗即位。贵由死后，皇位转到托雷长子蒙哥汗手里。从此有元一代，皇帝宝座一直控制在拖雷后代手里。

忽必烈是蒙哥汗的弟弟，拖雷的次子，他还有个三弟叫旭烈兀，四弟叫阿里不哥。他们兄弟四人的母亲，就是王汗的侄女莎儿合黑塔泥，也叫额锡哈敦。忽必烈年轻时就有雄才大略，"思大有为于天下"。他建立漠北藩府，广召汉地贤才。蒙哥汗即位后，让他"总领漠南汉地军民事"。他在邢州（今河北省邢台市）整顿秩序，试行汉法，取得成效。后来治理关中，政绩斐然，为他日后安邦治国积累了经验，打下了基础。蒙哥汗进攻南宋时，他提出了迂回云南、后路包抄的战略，得到蒙哥汗的采纳。于是蒙哥汗让幼弟阿里不哥留守首都哈拉和林（在今蒙古国），自己亲自统帅西路军进入四川。忽必烈率领东路军长驱鄂州（今武昌市）。可是正当他来到江北，打算渡江作战的时候，忽然传来一个噩耗：他的大哥蒙哥汗在进攻合州（今合川区）时，不幸中箭身亡。他的幼弟阿里不哥正在调兵遣将，准备篡夺汗位。在这种情况下，忽必烈经过和心腹策划，将军队交付手下，自己轻装简从，赶回燕京（今北京）。早在三年以前，他就命令刘秉忠在今内蒙古正蓝旗建立一座宫城，定名开平府。也不知道是历史的巧合，还是蓄谋已久，反正开平府成了忽必烈继承皇位的地方。"开平开汗业，问此地，是耶非？"他在宗王和部分汉臣的拥戴之下，抢先一步，继承了汗位。阿里不哥听说以后，也在哈拉和林宣布称汗，然后兵分两路，进攻忽必烈。兄弟俩经过四年的角逐，阿里不哥战败投降。1271年（元至元八年）忽必烈采用《易经》上"大哉乾元"之意，宣布建"大元"国号，这就是元朝的来历。建元以后，忽必烈命令大将伯颜为统帅，进攻江南。当时南宋小儿民谣说"百雁过，江南破"，世人不知其意，以为雁过的时候可能出事，事后大梦方醒，才知道百雁就是伯颜。伯颜本是巴林人，既是元世祖的开国元勋，又是元成宗上台的有力靠山，文韬武略兼备，影响所及两帝。他自赋汉诗写道："剑指青山山欲裂，马饮长江江欲竭。精兵百万下江南，

蒙古风俗

干戈不染生灵血。"过去人们写蒙古历史,动不动就说汗王屠城,其实文明交战的例子也不胜枚举。

忽必烈活了八十岁,死于大都(今北京)。纵观中国历史,最大的疆域就在元朝时期。而元朝的疆域,恰恰是一个少数民族的伟人开辟的。

元朝从忽必烈算起,凡经十一帝。最后一个皇帝叫妥欢帖木儿——元顺帝。中国历朝历代,都是开国皇帝与末代皇帝故事多,中间的人们连名字也记不住。元顺帝是个怪才,精于制造器具和赋写诗文,可惜生不逢时,赶上元朝衰败

忽必烈像

时节。他也识得时务,1368年(明洪武元年)朱元璋攻入大都,遣使送信招降的时候,他还浪漫地写了一首诗作为答复:"信知海内归明主,且喜江南有俊才。归去诚心叮咛说,春风先到凤凰台。"自己来到应昌城(在今内蒙古克什克腾旗境内),大造巨型龙舟,泛舟达里湖,教习他的《十六天魔舞》去了。这种超脱与潇洒,并不能阻止兵刃相接。明军很快攻入应昌城,元顺帝长子爱猷识里达腊偕同数十骑逃往漠北哈拉和林,于1731年(清雍正九年)继承汗位,这就是历史上的北元。中国历史上的又一个南北朝开始了,最后与明朝同为大清王朝所灭,这是后话。

肆⊙苍狼白鹿的家族之二

在蒙古历史上,有过三个辉煌的时期。第一个时期,是成吉思汗和元朝时代,这是开创帝业的时代。第二个时期,是巴图蒙克达延汗时代,史称中兴时代。巴图蒙

蒙古风俗

克达延汗如果从成吉思汗算起,应当是第十五代嫡孙。那时候明朝和北元处于分隔的状态。他们把北元统治的地方称作鞑靼,也称东蒙古;把西面卫拉特称为瓦剌,也称西蒙古。东西蒙古的最高层有君臣关系、联姻关系,同时也为了权力互相仇杀,人物关系错综复杂,故事情节跌宕起伏,完全可以写一部《鞑靼瓦剌恩仇记》。巴图蒙克的父亲被瓦剌权臣亦思马因所杀,他的母亲也被亦思马因抢走做了老婆,所以他从小就是一个孤儿。因为他是黄金家族的最后一颗根苗,人家还要杀他。巴图蒙克的意思是"结实"、"永久",但他从小体弱多病。在这种情况下,出来一位伟大的女性,这就是历史上赫赫有名的满都海(现在呼和浩特有一座公园,就是以她的名字命名的)夫人。按照辈分来讲,满都海夫人应当是巴图蒙克的曾叔祖母。当时北方少数民族(汉族部分地区也有)有个收继婚的风俗,只要排除血缘关系,女人守寡以后,晚辈男子有权收留,长辈也可以名正言顺嫁他。满都海夫人便以此为由,拒绝了与她年龄相仿的英雄男子求婚,却把自己委身于比他小二十六岁的孩子巴图蒙克。这是一种政治远见,也是一种慈悲胸怀。

元惠宗妥欢帖木儿,史称元顺帝,元朝的最后一位皇帝,1370年(元至元三十年)病死在应昌城

当时满都海夫人曾经拉着巴图蒙克的手,向托雷夫人莎儿合黑塔泥祈祷说:"给我的里襟里,生出七个儿子。给我的外襟里,生出一个女儿。"第二天,又为巴图蒙克举行了登基仪式,尊号"达延汗"。达延汗的意思,我看到两种解释。一种说达延汗就是"蒙古人大家的汗",一种说达延汗就是"大元汗",表示他继承大元汗统的决心。后来,满都海夫人果然生出七个儿子(有两个双胞胎),一个女儿。达延汗另外还娶了两位夫人,她们又生了四个儿子。也就是说,巴图蒙克达延汗一共生了十一个儿子。巴图蒙克达延汗时代,在满都海夫人的帮助下,创立了六万户制度。根据蒙古的习惯说法,有所谓"四十四万青色蒙古"的叫法。四万指西蒙古,四十万指东蒙古。据说元顺帝败走大都时,四十万蒙古损失了三十四万,只剩下六万户。达延汗把这六万户分为左右两翼。左翼三万户是察哈

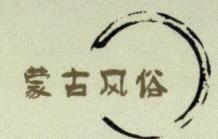

蒙古风俗

尔、喀尔喀、乌梁海（兀良哈，开始与成吉思汗的家族生活在一个地方。乌梁海的词根有人说是"大家一起冲啊"的意思）。右翼三万户是鄂尔多斯、土默特（万户之意，现在内蒙古西部有西土默特，辽宁省的朝阳、北票、阜新有东土默特，据考证同出一源）和永谢布。满都海夫人生的七个儿子，都叫某某博罗特，意思是"响当当、硬邦邦的七块钢铁"。他的大儿子图鲁博罗特管辖察哈尔万户，三儿子巴尔斯博罗特管辖鄂尔多斯，四儿子阿尔苏博罗特管辖七土默特，五儿子阿勒楚博罗特管辖内喀尔喀五部，其中包括扎鲁特、巴林，六儿子斡齐尔博罗特管辖克什克腾，七儿子阿尔博罗特管辖浩齐特（这个旗一直在内蒙古，1945年由末代王爷带领来到喀尔喀定居。2005年我在蒙古国采风时，见过末代王爷的孙子）。其余四个儿子，八儿

忽必烈登基（成吉思汗陵壁画）

蒙古风俗

子格博罗特管辖着敖汉、奈曼，九儿子格森扎管辖外喀尔喀。格森扎后来生了七个儿子，形成了外喀尔喀七鄂托克（部），这就是清代外蒙古的前身。十儿子乌巴察管辖永谢布。二儿子和第十一个儿子死得早，因此没有得到封地。三儿子巴尔斯博罗特生了七个儿子，二儿子叫阿拉坦汗，管辖土默特万户。阿拉坦汗就是历史上有名的俺答汗，他的夫人叫三娘子。清代以来内蒙古、外蒙古的王爷札萨克大部分都是巴图蒙克达延汗的后代，这就是苍狼白鹿家族的大致情况。

伍⊙苍狼白鹿的家族之三

阿拉坦汗统治时期，是蒙古历史上的第三个黄金时代。上面说过，巴图蒙克达延汗有十一个儿子，其中第三个儿子巴尔斯博罗特有七个儿子，大儿子名叫衮必里克，继承了父亲鄂尔多斯济农的封号。次子就是阿拉坦汗，受封于土默特部。如果从成吉思汗算起，他应当是第十七代（按照历史习惯，成吉思汗以前，从孛儿帖赤那算起。成吉思汗以后，从成吉思汗算起）。阿拉坦汗，有的史书也写作"俺答汗"，这是由于翻译不同所致。阿拉坦汗跟她姐姐是双胞胎。他俩出生的时候全家非常高兴，椎牛置酒，聚众畅饮，给他的姐姐取名"银"，给他取名"金"，阿拉坦就是"金"的意思。阿拉坦汗十八岁领兵，六次征讨漠北乌梁海，消灭首领，收编部众。从那以后，乌梁海万户已经不复存在。四次用兵青海，打败了杀害他二叔（巴图蒙克的第二个儿子）的仇敌，把青海列入自己的势力范围，使中断了两百多年的蒙藏关系得以恢复。还有两征瓦剌，互结秦晋之好，从而称雄漠南，出现了蒙古历史上大分裂中的小统一局面。

阿拉坦汗在思想意识领域的功劳是推行黄教。人们对于黄教，多看到它的消极影响，却很少有人注意它对人心的凝聚和征服作用。蒙古人早期笃信萨满教，活人殉葬、杀牲祭天的事情经常发生。从阿拉坦汗时代开始，这种现象才从根本上加以扭转。

相传阿拉坦汗的壁画（美岱召壁画）

蒙古风俗

　　1578年（明万历六年）五月十五日，这是个值得纪念的宗教节日。就是在这一天，阿拉坦汗和达赖三世在青海仰华寺（在今青海省共和县）举行了十万人的大集会，进行了长达一年零两个月的会谈，开辟了黄教史上的一个新纪元。有些书上对这一段写得很有意思，说是这两位政教领袖人物互相一见面，就有一种"在哪里见过你"的感觉。阿拉坦汗说他想起了八思巴大师，达赖三世说他想起了忽必烈。他们在会上互赠封号，使阿拉坦汗头上有了佛教的光环，达赖喇嘛的头上也有了御赐的桂冠，满足了政治上和宗教上的互相需要。达赖喇嘛这种称呼就是从那时开始的。以后达赖三世往前追溯，把前面的达赖叫成一世、二世。就在这次会上，剃度了一千名喇嘛，这是蒙古草原上最早的僧人。同时他还许愿，要在呼和浩特建造一座规模宏大的召庙，这就是现在的大召寺。下令废除萨满教，在蒙古地区一律推行黄教，"使涌血的大江变成溢奶的净海"。在整个过程中，鄂尔多斯的库图克台彻辰洪台吉（萨囊彻辰洪台吉的曾祖父），为他们摇旗呐喊，寻找理论根据，立下了汗马功劳。1587年（明万历十五年），喀尔喀的阿巴岱汗来到呼和浩特，拜见了当时在这里传经布道的达赖三世，也被达赖三世封给汗号，这是外蒙古有汗的开始。阿巴岱汗也许愿建立一座召庙，这就是现在仍然屹立在蒙古国哈拉和林的额尔德尼召。阿巴岱汗是格森扎的孙子，后来成为蒙古土谢图部的祖先。《圣武纪》上说："蒙古敬信黄教，实始于俺答。"可以说没有阿拉坦汗，就没有黄教在蒙古地区的传播。现在美岱召的壁画上，还有阿拉坦汗的画像。

察哈尔妇女头饰

蒙古风俗

英雄的身边总是站着一位美人。阿拉坦汗的功绩，总是和三娘子的名字连在一起。在今天看来，关里和塞外做些买卖，本来是再自然不过的事情，根本不能作为一个问题。可是在当时，却要付出血的代价，中原的皇帝就是这么保守。阿拉坦汗为了敲开明朝的大门，兵临城下，围困北京三天，才迫使嘉靖皇帝开设马市，然而总是不够爽快。后来，由于阿拉坦汗的一件家事涉及明蒙双方，这件事的正确解决，才促成了明蒙友好的开始。阿拉坦汗有个爱孙叫把汉那吉，看中了一个姑娘，阿拉坦汗却把她许给了别人。把汉那吉一气之下，带领十几个人投奔了明朝。这件不大不小的事情，在明蒙双方都引起一场哗然大波。由于双方有识之士的共同努力，妥善解决了这件事情，使明蒙关系进入了一个新的阶段。

1571年（明隆庆五年），在边镇得胜堡（约在丰镇市南）高筑亮马台。在鼓乐喧天之中，阿拉坦汗接受了明朝"顺义王"的封号，从此结束了明朝和蒙古地区长达两百余年的对峙状态，边境上出现了一派和平繁荣的景象。三娘子也在这个时候表现出了她的英明才干。和平时期开始，总是要做些好事。1575年（明万历三年）呼和浩特建成，也叫三娘子城，蒙古语唤作"库库河屯"，实际上都是一个意思——青城，明朝赐名"归化"。阿拉坦汗吸引关内的人出来种地，发展农业和手工业，土打板墙的房子出现了，蒙古人称为"板兴"，以与蒙古包的"格日"相区别。后来又叫成"板升"，最后干脆叫成"板"，现在呼和浩特有很多叫某某板的，如麻花板、厂汉板等等，都是这个意思。有的越叫越白，连当初母语是什么意思也不知道了。过去的丰州滩也叫成了土默川。据说当时的呼和浩特，人多的时候达到了十万。

阿拉坦汗死后，三娘子又辅佐黄台吉（阿拉坦汗长子）、扯力克（黄台吉长子），平息了许多边界纠纷，解决了许多棘手问题。她还把阿拉坦汗的曾孙培养成小活佛，送到西藏，这就是四世达赖云丹嘉措，这也是藏传佛教达赖系统中唯一的一位蒙古活佛。三娘子、扯力克主持和赞助翻译了不少藏文经卷，其中最著

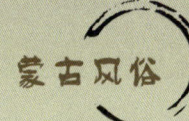

名的是一百零八函的《甘珠尔经》。

陆⊙满族与蒙古

满族也是一个历史悠久的民族,他们的祖先叫肃慎,曾经给周武王纳贡。后来又叫挹娄、勿吉、靺鞨。公元十世纪后,改称为女真。后建金国,灭辽伐宋。明朝时分为三部,努尔哈赤的祖先领有一部,名曰建州女真。他们的老家在黑龙江北岸一带,以后逐渐南迁。

《满文老档》记载了一段满族起源的神话,说是在布库里山麓有一个大湖,有三位仙女经常在湖中沐浴。其中第三位仙女吞食了神鹊衔来的珠果(现在满族不吃乌鸦、喜鹊肉,传说即由此而来),孕而生子,姓爱新觉罗,名叫布库里雍顺。布库里山有人说就是长白山,实际上此山应当在黑龙江以东。女真南迁以后,开始强大起来。努尔哈赤经过东征西战,统一了女真各部,于1616年(明万历四十四年)在赫图阿拉(今辽宁省新宾县)称汗,国号"大金",史称后金。努尔哈赤在攻占宁远城时,遭到明朝袁崇焕的有力抵抗,病逝于征战途中。四子皇太极即位,巧使反间计除掉袁崇焕,赚降洪承畴。吴三桂"冲冠一怒为红颜",领清兵入关,建立了我国历史上最后一个封建王朝。

满族在历史上与蒙古关系密切。先是金国统治蒙古,1234年(金天兴三年)蒙古灭金,前后统治了女真大约四百年。十六世纪末期,女真族又强盛起来。努尔哈赤建州起兵以后,几乎占领了女真族各部的所有土地。他利用和蒙古族的历史关系,把联姻作为一种政治手段,广泛地使用在皇帝、宗王与蒙古王公之间,以便共同对付

四世达赖喇嘛

明朝，巩固自己的统治。这项基本国策，几乎贯穿了整个清朝的历史。努尔哈赤的十六位后妃中，就有两位是蒙古族。皇太极的十五位后妃中，有七位是蒙古族。顺治皇帝的十九位后妃中，有六位是蒙古族。康熙皇帝的四十位后妃中，有两位是蒙古族。乾隆皇帝的后妃也有蒙古人。其中皇太极的孝端皇后、孝庄皇后和宸妃，都出于科尔沁部。这是两位在历史上颇有名气的皇后。清朝皇帝还用下嫁公主和格格的办法，加强联姻。光一个科尔沁达尔罕旗，就有公主后代、皇亲国戚两千余人。乾隆皇帝都不无得意地说："其令入宴者，率皆儿孙行辈。"因为有这种渊源关系，早在入关以前的1636年（清崇德元年），漠南蒙古的十六部四十九名王公贵族首领，便在圣京（今沈阳市）拥戴皇太极为"博克达彻辰汗"（圣明睿智的皇帝），国号"大清"，改女真为满族。但是政治是一个要命的东西，蒙古的强悍和骁勇在他们心中还记忆犹新。所以当他们掌握了政权以后，似乎觉得光有联姻还靠不住，便对蒙古采取了"众建以分其势"的政策，用盟旗制度对各部蒙古进行管理。再加上联姻、黄教、俸禄和各种优惠政策，把蒙古王公牢牢地掌握在自己手里。

不过，察哈尔部的林丹汗可能是一种例外。林丹汗被认为是北元的最后一个皇帝。他也想振兴蒙古，恢复祖先的事业，也做过许多努力，但是，那时候满族已经强大起来。明朝虽然腐朽，但毕竟人多势重，也是一股强大势力。在这三股势力的角逐中，林丹汗站在哪一边，对局势的影响都很大。皇太极拉他，明朝也想拉他，他也想借助明朝的力量对付皇太极。但是漠南大多数蒙古王公已经投靠清朝，清朝就利用这些势力联合进攻林丹汗。林丹汗率领十万人马和牲畜，经过归化城向西败走。在鄂尔多斯，他得到了萨囊彻辰洪台吉的支持，抢走了博什克图济农（有人说当时已去世）的老婆，劫走成陵，打算在青海以此为旗帜，号令民众，东山再起。他在青海得到喀尔喀绰克图台吉的支持，联合西藏康区白利土司，建成反黄教联盟（他们都是红教），打算利用联盟的力量在青海站稳脚跟。可惜天不假年，林丹汗害天花病死在大草滩（今甘肃省天祝县）。在此之前，他就听说八白室"不越黄河，不过长城"，便派察哈尔金塔宰相送到王爱召，交给了额臣（博什克图济农）的弟弟图巴台吉，并附送一千金佛，安放在祭祀之地。王爱召后来是鄂尔多斯王公第一次会盟的地方，它又是这一带最大的召庙，便把这个盟叫作伊克昭盟（大召之意，今鄂尔多斯市）。绰克图台吉的部众，有部分返回喀尔喀，在那里定居下来。一直到现在，蒙古国前杭爱省的三个苏木，还在信奉红教，学者认为他们就是绰克图台吉部众的后代。

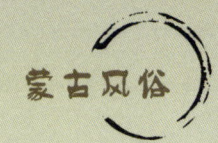

蒙古风俗

清朝统一蒙古以后,采取"众建以分其势"的政策,推行盟旗制度的行政管理体制。旗大体相当于内地的县,在清朝是一种军政合一的行政单位,又是王爷的世袭领地。王爷是一旗之长,摄政札萨克,统揽全旗行政、司法、军事、财政、牧场大权。下面设有管旗、协理、梅林、参令、佐领、昆都、催领等,组成一个管理体系。其中协理是王爷的助手,每个旗有两名,西协理位在东协理之上。王爷不在时,协理可以代行王爷职务。协理是终身制,但不能世袭。管旗帮助王爷进行行政管理,一个旗一般一名。从前管旗的地位高于协理,后来职权基本与协理一样。梅林主要是管军队的,每旗也有两名。这五个人过去叫五位大人,跟王爷共同解决一些旗里的重要事情。参令是一个哈然的行政总管。佐领是一个苏木的行政长官。昆都也叫骁骑校,是佐领的助手。催领蒙古语叫"拔什库",在佐领和昆都下面跑腿。再下面还有一个什长,管理十户人家,蒙古语叫作"达日嘎"。关于行政设置,蒙古各地还有一些差别,但基本情况大致如此。

清朝把旗分为札萨克旗、总管旗和喇嘛旗三种。其中札萨克旗又分内札萨克和外札萨克两种。漠南蒙古二十四部四十九旗,称为内札萨克,王爷有统率兵丁的大权。漠北蒙古四部五十七旗(后来变成八十六旗),青海蒙古五部二十八旗,漠西蒙古十部三十四旗,还有阿拉善、额济纳两旗称为外札萨克,王爷没有兵权。内外扎萨克旗通称外藩蒙古。总管旗可以说是清朝的直属领地,不设王爷,由清

成吉思汗八白室

政府直接派人管理。喇嘛旗是大喇嘛直接管理的特殊旗，整个蒙古地区共有七个，内蒙古的库伦旗就是其中之一。

旗上边的一级叫盟，由德高望重的王爷担任，一般是三年一会盟，内容主要是巡边、阅兵，解决旗与旗之间的一些争端。开始会盟清政府派员参加，后来改为各盟自己进行。管理少数民族的中央机构叫理藩院。以上这些管理机构的名称，有的一直延续到今天，管辖地盘大部分也差不多。我们也可以简单地理解为苏木就是乡，哈然就是区，旗就是县，盟就是专区，理藩院就是国家民委。为了加强防卫，特别是对付沙俄的扩张，清政府在蒙古广大地区建城驻兵，派出重臣，加强管理，这就是将军、都统、大臣。他们都是军事长官，负责守边驻防、监督盟旗。呼和浩特在归化城的基础上，又建立了一座绥远城（1739年乾隆四年建立）。同时修筑了许多驿道，从北京一直通到张家口、呼和浩特、大库伦（今乌兰巴托）、乌里雅苏台、科布多、迪化（今乌鲁木齐）以及阿拉善、额济纳等地。这些城镇和驿道，一开始都具有军事性质，慢慢地变成了商业城市和茶路商道，与原来的驿道重叠或者分开。现在看来，后一种的贡献好像更加深远长久。

清朝前期，也是一个很有作为的封建王朝，满族是继蒙古族之后，为我们中华民族开疆拓土的又一个少数民族。但是和任何一个朝代一样，后期总是腐败无能，再加上当时世界形势的变化，列强纷纷入侵中国，赔款割地。内蒙古在光绪年间，派贻谷为垦务大臣，在各盟设垦务局，放垦招荒，移民实边，后来又拦腰建立绥远省，一度把呼和浩特改叫归化城或者归绥市。1946年9月19日，绥远省长官董其武接受我党条件，率部起义，绥远和平解放。1954年4月25日，国务院批准撤销绥远省，恢复内蒙古自治区，归绥市也恢复了传统的称呼——呼和浩特。

柒⊙卫拉特风云录

卫拉特元朝时称为"斡亦剌惕"、"斡亦勒"，明朝时称为"瓦剌"，清朝以来一直叫作"卫拉特"。有的历史典籍也把"卫拉特"称作"厄鲁特"或者"额鲁特"。其实厄鲁特是四部卫拉特的一部，不能以偏概全。不过既然那样写了，我们在读史时就要加以区别。卫拉特到底是什么意思，也有两种解释。一种是"亲近者"、"联盟者"，另一种是"林中百姓"。一般的学者倾向于后者。卫拉特的发祥地也在贝加尔湖一带，跟巴尔虎、布里亚特是邻居。后来逐渐迁往我国西北，现在广泛地分布在新疆、青海、甘肃、内蒙古阿拉善盟以及蒙古国和卡尔

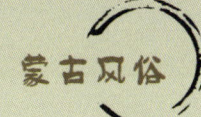

梅克。关于卫拉特的起源,还有一则美丽的神话。

卫拉特四部的组成,不同时期有不同的内涵。十六世纪的卫拉特,包括和硕特、准噶尔、土尔扈特、杜尔伯特。卫拉特的第一个汗是和硕特首领博贝密尔咱,第二个汗是他的儿子哈奈,哈奈被我们上面提到的喀尔喀阿巴岱汗所杀,继承他汗位的是拜巴噶斯。拜巴噶斯兄弟五人,其中一个弟弟因为争取和平有功,受到过喀尔喀封建主的表扬,称他为"大国师"。后来人们就把他叫成了顾实汗,这是一个在蒙藏历史上非常著名的人物。当时卫拉特接纳了黄教,迎来了察罕诺们汗。拜巴噶斯为察罕诺们汗的教义所迷,有心出家为僧,其他几部的首领不同意,就问察罕诺们汗:"他一个人出家福大,还是我们每人选一子出家福大?"察罕诺们汗说:"当然是你们每人选一子出家福大。"这样一次就有六个人出家,其中就有拜巴噶斯的义子咱雅班第达。卫拉特的历史上家族内讧很多。拜巴噶斯死于内讧以后,顾实汗出任盟主。当时卫拉特的草场受到俄罗斯和喀尔喀的挤压,再加上厌恶内战,土尔扈特部的和鄂尔勒克于1628年(清天聪二年),首先带领本部和少数和硕特、杜尔伯特人,共五万帐二十五万人西迁伏尔加河(蒙古语称为"依吉勒河")。而后,顾实汗也带领和硕特部迁往青海。但是顾实汗不是自己主动迁去的,而是跟西藏的教派冲突直接有关。当时红教和黄教冲突激烈,多次反复。红教联合藏巴汗,对黄教进行镇

成吉思汗祭祀图

压。黄教向卫拉特求援，卫拉特派顾实汗与巴图尔珲台吉联兵出征。事前顾实汗化装成一位香客，潜入拉萨侦察，碰到了绰克图台吉的儿子阿尔斯兰。当时阿尔斯兰正奉其父和藏巴汗之命，带兵镇压黄教。听了顾实汗的劝说，竟然回兵倒戈，被其父下令处死。顾实汗和巴图尔珲台吉联兵发起攻击，活捉绰克图台吉。打那以后顾实汗看到这个地方不错，就让巴图尔珲台吉带着战利品回去，自己留下来，控制了青藏高原。和硕特人大部分也先后迁到了青海。这大约是1637年（明崇祯十年）至1639年（明崇祯十二年）间的事情。五世达赖、顾实汗效仿忽必烈和八思巴，建立政教互惠的关系。顾实汗被五世达赖封为"持教法王"，1642年（明崇祯十五年）建立和硕特汗庭，首府移到拉萨。青海湖边牧地，尽为顾实汗十子所领。

顾实汗

咱雅班第达1639年（明崇祯十二年）从西藏返回卫拉特。他辛苦传教二十三年，足迹遍布整个卫拉特。为了适应牧区分散的特点，他创立了"大库伦"——流动毡包寺院的形式（库伦在这里是"寺庙"的意思，跟我们平常所说的草库伦的库伦不同，乌兰巴托的大库伦，内蒙古库伦旗的库伦，也都是"寺庙"的意思），弟子多达几千人。为了传教方便，他发明了托忒蒙文，这是记录卫拉特方音方言的最准确文字。他用托忒蒙文翻译了一百七十余种佛典，在卫拉特的宗教文化史上是位有着突出贡献的人物。

这时候卫拉特的盟主是鄂齐尔图，他和准噶尔巴图尔珲台吉组成的两台吉联盟，工作干得卓有成效。巴图尔珲台吉跟阿拉坦汗一样，做了许多经济建设方面的工作。1653年（清顺治十年）巴图尔珲台吉死后，他的第五子僧格（僧格又是鄂齐尔图的女婿）继位，又引发了一场家族火并。1666年（清康熙五年），达赖喇嘛授鄂齐尔图"车臣汗"的称号（车臣、薛禅、彻辰是一个意思，都是"睿智"的意思，这是由于汉语音译不同而造成的），卫拉特开始走向统一。

这期间蒙古地区的局势发生了重大变化，大清王朝建立，漠北蒙古表示臣服。遥远的卫拉特似乎也预感到清朝的威胁，为了调整东、西蒙古之间的关系，共同对付清朝政府，1640年（明崇祯十三年），双方在一起制定了著名的《蒙古—卫拉特法典》。

1670年（清康熙九年）准噶尔发生内讧，僧格被他的异母兄弟杀害。僧格的

蒙古风俗

生母急忙赶到拉萨,把这个消息告诉了僧格胞弟——巴图尔珲台吉的第六子噶尔丹。噶尔丹也是一位传奇式的人物。据说黄教首领温萨活佛有一次见到噶尔丹母亲,对她说:"我死后将在你的怀里转世。"第二年,她就生下了噶尔丹。为此,人们都把噶尔丹当作温萨活佛的转世对待。噶尔丹的老师是达赖和班禅,如果不是从政而是从教的话,噶尔丹很可能也是咱雅班第达甚至是哲布尊丹巴之类的人物。噶尔丹回到卫拉特以后,率领僧格的部众同他的异母兄弟展开激战,打死一个,逃走一个。逃走的那个,成为青海蒙古绰罗斯北中旗的祖先。但噶尔丹的目的不仅是为了给哥哥报仇,他雄心勃勃,一心要建立一个蒙古帝国,发动了对鄂齐尔图车臣汗和楚琥儿(噶尔丹叔父)的战争,取得了胜利。车臣汗和楚琥儿的本族人看到大事不妙,纷纷逃窜。顾实汗的第六子,也是拜巴噶斯的义子阿玉奇及其子和罗理等和硕特人、楚琥儿孙子憨都等绰罗斯人、车臣汗孙子罗卜藏衮布等和硕特人,先后逃到了西套,后来成为阿拉善和硕

灵济泉

特蒙古。1678年（清康熙十七年），噶尔丹统一卫拉特诸部，达赖五世授予他"丹津博硕克图汗"的称汗，这就是历史上著名的准噶尔汗国。历史没有假如，可是我们不妨设想，如果噶尔丹就此为止，臣服清朝，康熙皇帝也会把哪个女儿嫁给他，封他个亲王坐坐。但是他太强了，那样做康熙皇帝不放心，他也不甘心。当时康熙皇帝的处境不利，南有三藩之乱，北有布尔尼叛变，大北边还有后来人们称为"北极熊"的沙皇俄国。在这种情况下，康熙皇帝只好权衡利弊，与沙俄订立了《中俄尼布楚条约》，把中俄两国的边界，从尼布楚河退回到黑龙江，以领土的牺牲

古战场昭莫多

换取了沙俄的中立，以便腾出手来对付噶尔丹。当时噶尔丹一路打来，占领了喀尔喀，攻入乌珠穆沁旗，冲过清兵的防线，来到乌兰布通（在今内蒙古克什克腾旗境内），离京城只有七百里。康熙皇帝亲自到热水督战，重创噶尔丹军队，噶尔丹退到科布多。本来他想回到卫拉特，可是听说后方已被他的侄子策妄阿喇布

蒙古风俗

坦占据，只好在科布多住下来，开荒种地，休养生息，一面又积极调动外交、间谍多种手段，与清朝政府上下周旋。经过四年的准备，噶尔丹二次出征，奔向克鲁伦河。清朝政府在做了充分准备之后，分三路大军出击。西路由费扬古将军率领，从归化城出发，准备将来切断噶尔丹的退路。中路由康熙皇帝亲自率领，直抵克鲁伦河。东路由萨布素率领，在克鲁伦河下游阻止噶尔丹向东逃跑。准备分进合击，一举歼灭。但是由于配合不好，噶尔丹跟康熙皇帝接触后率兵向西逃走，在昭莫多被费扬古截住，展开激战，后被费扬古打败，主力丧尽。蒙古国乌兰巴托附近，叫昭莫多的地方有三处，专家考证是乌兰巴托东郊的那一个。笔者曾去过一次，那里没有任何标志，也没有一点古战场的痕迹，倒是还有一百多棵树——昭莫多。康熙皇帝又亲自到归化城，制定军事策略，防止噶尔丹逃往青藏地区。噶尔丹大势已去，儿子也落入清军之手，但是死不投降，最后病死在科布多布颜图河畔一个叫阿察阿穆台的地方。

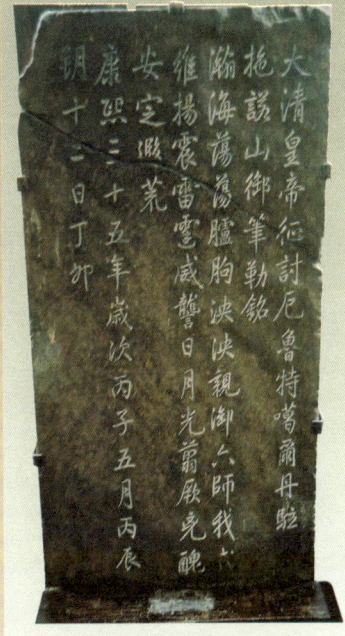

康熙皇帝征讨噶尔丹碑文

　　噶尔丹虽然逝去，但是准噶尔汗国并没有灭亡。在策妄阿喇布坦和噶尔丹策凌父子时代，获得了长足的发展，人口达到六十万，成为准噶尔汗国历史上的黄金时期。不幸的是，噶尔丹策凌死后，又开始了窝里斗。他把汗位给了次子，长子又除掉次子和幼子，篡夺了大汗的位置。巴图尔珲台吉的玄孙达瓦齐与阿睦尔撒纳（他是策妄阿喇布坦的外孙）联合，除掉了长子，立达瓦齐为汗。可是阿睦尔撒纳扭头又打达瓦齐，没有打赢，反手投降了清朝，清朝封他为亲王。当时正好杜尔伯特的三位车凌也投奔过来。乾隆皇帝认为，有这么多投降过来的军队，再加上少量清兵，就可以一举把准噶尔汗国平定。于是在1675年（清康熙十四年）派出两路大军直奔新疆，在博罗塔拉会合后，开赴伊犁。达瓦齐逃往格登山（今

格登碑

昭苏县境内），打算在那里抵抗清军，被清军打败，在逃亡的路上被人抓获。当时阿睦尔撒纳就是北路的先锋。在格登山现存的乾隆皇帝御笔亲书的石碑上，阿睦尔撒纳还是正面人物。笔者在2003年一个风雪交加的日子，登上了格登山，看到了格登碑，山下就是哈萨克斯坦国的居民。当时乾隆皇帝对平定准噶尔以后的人事安排已经有了完整的方案，所以当时封了四个汗，把阿睦尔撒纳封为双亲王。可是阿睦尔撒纳的目的是想借乾隆之手除掉达瓦齐，然后取而代之，登上准噶尔汗国的宝座，他对这个单亲王双亲王并不感兴趣。他很快调兵遣将，与清朝分庭抗礼。乾隆皇帝发现他的意图，打算把他召回北京进行处理。他婉言拒绝，公开发动叛乱，袭击清兵队伍。再加上有一些被清朝封过官的人也为阿睦尔撒纳出力，所以乾隆皇帝龙颜大怒。等他回过头来收拾阿睦尔撒纳的时候，老百姓也跟着遭了殃，年轻男子几乎是抓住就杀，妇女孩子抢去任意送人做了奴隶，剩下的都跑进深山老林，或者逃往国外，再加上瘟疫流行，剩下的卫拉特人十不足三四。清朝政府在那里设立了总统伊犁等处将军，管理伊犁地区。

康熙皇帝征讨噶尔丹碑文

捌·西迁卫士察哈尔

准噶尔汗国灭亡以后，部众死的死，逃的逃，卫拉特地区空了。为了恢复生计，充实边防，乌鲁木齐大臣一开始就提出了从内地调兵的建议，清朝政府当时没有同意。1761年（清乾隆二十六年），大学士傅恒又一次递上长篇奏折，请求抽丁西迁卫拉特，得到了乾隆皇帝的批准。派员到察哈尔八旗(现在大同、张家口、宣化一带) 挑选人马，附诸设施。这就是历史上有名的察哈尔西迁。由于

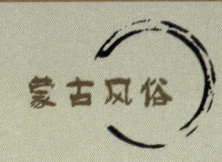

蒙古风俗

过去满文档案翻译甚少,宣传不够,马大正先生称这一块为被历史遗忘的角落。所以现在有的事情还说不清楚,甚至一共去了几批,到今天都说法不一。

1762年(乾隆二十七年)三月二十一日,第一批携眷一千名察哈尔兵士,开始集中。当时八旗分为四队,由总管带领,踏上征途。每天发一队,四天发完。因为带着牲畜,如同游牧,走得很慢。途经今天蒙古国的乌里雅苏台,于次年二月初三抵达乌鲁木齐。

第二批携眷兵丁一千名(其中包括新旧厄鲁特三十名),分两队出发。前队五百兵丁,精干利索,与1763年(乾隆二十八年)四月初九先行出发。后队五百兵丁,带领所有家属和牛羊,与同年四月二十五日启程。两队走的路线不完全一样,大体经过锡林郭勒、乌兰察布、四十部落等地,于第二年阳历七月抵达伊犁。

笔者看到的材料里面,还有第三批西迁察哈尔的说法,而且颇富浪漫色彩。根据档案记载,这批都是妇女。跟这种说法相对应,材料说第一批西迁卫拉特的全是男性,不带家属,也没有牲畜。第二批来的都带家属,还有牲畜。这样第一批看了以后,心里就不够平衡。清政府为了稳定情绪,巩固边疆,就有了选派女性西迁之举。大多也是从察哈尔八旗抽调,内分征调和自愿去的两种。征调的给身价费,寡妇白银八两,女孩白银十两,称为包衣寡妇和包衣女孩;自愿去的不给身价费,但按人头,一律每人发给整装费白银十两。最后集合了包衣妇女二百五十八名,自愿妇女一百六十二名,共计四百二十名,四十二人编为一队,共计十队,每队由两名官员护送。1764年(清乾隆二十九年)六月二十七日,第一队出发,然后每隔一日出发一队。出发地点在当时察哈尔的中心达兰图鲁,由各驿站准备马驼、帐房、锅灶、口粮、菜、羊。到达乌里雅苏台以后,护送官员返回来,再由那里的官员护送到伊犁。传说这些女子长途劳顿,途中还死去几人,

西迁卫士察哈尔(博乐市广场壁画)

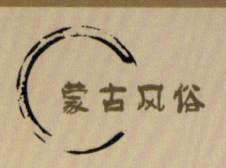

才到达了目的地。据说把她们单个儿装在麻袋里,一字排开。这面部队也排成一排,与之对应,然后开步向前走,谁碰到哪个麻袋,哪个麻袋里就是他的老婆,颇有点乱点鸳鸯谱的意味,至今在新疆博尔塔拉传为笑谈。

西迁的察哈尔兵丁及其家属经过几次调整,一部分来到塔尔巴哈台(今塔城地区),一部分分到博尔塔拉。1767年(乾隆三十二年),清政府仿照八旗建制,把博尔塔拉的察哈尔分为左右两翼,每翼四旗(名称跟内蒙古察哈尔一样),每旗两个佐领。左翼四旗的地盘,大致相当于现在的温泉县,人们称为老营或者老户。右翼四旗的地盘,大致相当于现在的博乐市(县),人称新营或者新户。察哈尔八旗负责二十一个卡伦的驻防任务,同时管理五个军台。一直到现在,新疆察哈尔都知道自己属于哪旗哪营,一台、二台、三台的名字也一直叫到现在。

察哈尔官兵一直与当地蒙古同胞友好相处,先后接纳了重返家园的准噶尔人和东归的土尔扈特人,这种友好传统一直保持到现在。

玖⊙东归英雄土尔扈特

上面写到1628年(明崇祯元年),土尔扈特部的首领和鄂尔勒克,首先带领本部和少数和硕特、杜尔伯特,共五万帐二十五万人西迁伏尔加河。经过六任汗王,到1761年(清乾隆二十六年),王位落到十九岁的渥巴锡手里,他奉命于

东归英雄土尔扈特壁画

蒙古风俗

危难之际。女沙皇叶·卡德琳娜二世对他采取了前所未有的高压政策,阴谋扶植信奉东正教、投靠俄国的亲信敦杜克夫篡夺政权,向伏尔加河移民,占领土尔扈特的牧地,还不断向土尔扈特征兵,给她的侵略战争充当炮灰,死亡者达七八万人。在这种背景下,渥巴锡经过四年的准备,一战东归,踏上了回归祖国的征途。

关于渥巴锡回归的原因,不少学者现在还在探讨。比如康熙、雍正、乾隆三代皇帝都和土尔扈特汗王有过交往,做过感情投资,使他们对清朝留下一个美好的印象。沙皇俄国强迫他们信奉东正教,伤害了他们的宗教感情和信仰自由。刚刚从准噶尔汗国投去的舍楞(他是东归三号人物),又带去准噶尔汗国已经灭亡,部众非死即逃,留下大片草场的消息,回去正好发展。1770年(清乾隆三十五年),渥巴锡从土耳其前线回到维特梁卡,召开了一次绝密会议。参加会议的有策伯克多尔济、舍楞、巴木巴尔、达什敦杜克、大喇嘛罗布藏

策伯尔多尔济

丹增。策伯克多尔济按辈分说，应是渥巴锡的堂侄，但年龄比渥巴锡大，工于心计，是渥巴锡东归的得力助手，东归的二号人物。舍楞原来是阿睦尔撒纳的同伙，失败以后他没有投降清朝，反而杀死一名清朝的副都统，怕清朝怪罪，逃到土尔扈特汗国。可是他过去一看，不禁大失所望，与其给洋人当奴隶，还不如索性投奔清朝，因此他也积极参与东归。巴木巴尔是渥巴锡的族弟。这样几个人经过秘密谋划，决定第二年一月开始行动。

1771年（清乾隆三十六年）一月五日，这是土尔扈特历史上一个永远值得纪念的日子。就在这一天，渥巴锡的部下突然袭击了安插在土尔扈特汗国身边的俄国部队，发动武装起义。渥巴锡带头放火烧毁了自己的宫帐，带领三万三千户十七万土尔扈特（有少量其他部族）人，乘着马车、骆驼和雪橇，赶着大批牲畜，向着太阳升起的地方——离别了将近一个半世纪的土尔扈特故乡进发。当时兵分三路，战胜了沙皇俄国和哈萨克国王的围追堵截，战胜了严寒、饥饿、缺水、缺草的困难，施展军事和外交的双重手段，历尽千辛万苦，经过长达八个月的万里跋涉，迈进了祖国的大门。这件事对土尔扈特人的心灵影响极深，至今土尔扈特

生活在伏尔加河畔的土尔扈特人

人互相见面，还要问一声"肚子好吗"。这在其他部族中是绝对没有的。相传他们经过巴尔喀什湖的时候，有些人实在渴得受不了，就喝了一些有毒的咸水，结果死人不少。从那以后，就留下了这句特殊的问候语。1771年（清乾隆三十六年）六月初六，清军总管在伊犁河畔会见了渥巴锡一行。

据说，在那年四月乾隆皇帝得知土尔扈特东归的消息后，特别是得悉其中还有叛将舍楞的时候，在朝廷内部引发了一场激烈的争论。一派认为这是第二个阿睦尔撒纳，来者不善。一派认为他们衣衫褴褛，形容枯槁，扶老携幼，长途跋涉，绝对不可能有这样的诈降之辈。我们看一下当时这段历史的详细材料，就可以知道乾隆皇帝还是很有头脑的。他经过分析判断，不但支持了第二种意见，而且亲自部署迎接回归的事宜。他认为准噶尔汗国是打下来的，土尔扈特是自动来归，这是他施仁政的结果，所以非常高兴。清朝那么大的国家，他对乌鲁木齐和伊犁的官员竟然了如指掌，谁有什么长处，有什么缺陷，什么事情让什么人去做，他

蒙古风俗

都一一做了具体指示。1771年（清乾隆三十六年）十月十五日（暗示团圆之意）晚上，乾隆皇帝在木兰围场接见了渥巴锡，用蒙古语垂询土尔扈特的情况，第二天举行了有蒙古王公八十六人参加的大宴，欢迎渥巴锡归来。后来又在避暑山庄进行了长谈，招待甚是热情周到，并且一一封官授爵。

满汗王府

但是政治终究是政治，乾隆皇帝又在背后明确指示："指地安置伊等，务以间隔而居之……其中之渥巴锡、策伯克多尔济、舍楞等三人，更不得住于一处。"他怕第二个准噶尔汗国出现。渥巴锡虽然名义上还是汗，统辖旧土尔扈特四路，实际上他只是个盟长（因为其他地方也有盟长，和渥巴锡平级），分管的只有南路四旗，现在的裕勒都斯草原，治所在喀喇沙尔（今焉耆）。北路在和布克赛尔，设三旗，策伯克多尔济担任盟长。西路在精河县（现属博尔塔拉蒙古自治州管辖）一带，设一旗，默们图为盟长。东路在现在乌苏市一带，设二旗，巴木巴尔为盟长。在科布多、阿尔泰一带，设二旗，舍楞任盟长，又称为新土尔扈特。他们的上面，分别由将军和大臣管辖。渥巴锡授封的最后一个后代，人称满汗王（满楚克扎布）。他娶的福晋，正是民国时期蒙藏院（理藩院的后来叫法）总裁贡桑诺尔布的女儿，名叫乌静彬。她的坟墓在和静县巴仑台，离黄庙不远。满汗王被新疆军阀盛世才逮捕入狱，折磨七年之久，出狱以后精神失常，1967年"文革"时死于家中。他有一子一女，儿子是艺术家，女儿是军事学家。女儿名叫满琳，曾出版了

乌静彬墓

记述她父亲身世的著作《土尔扈特女儿》。

土尔扈特没有全部东归,留在伏尔加河对岸的,有说那年冬天特别温暖,河水迟迟不能结冰,渥巴锡怕再等下去情况有变,只好先行出发,把他们丢在那里。有说对岸住的都是持不同政见者,又信奉了东正教,所以没有回来。卡尔梅克的意思,大家一致认为就是"留下来的"。

拾⊙蒙古部族

1. 巴尔虎

巴尔虎是一个非常古老的名称,成吉思汗的远祖是孛儿帖赤那和豁埃马阑勒——苍狼白鹿,到了第十二代是兄弟俩——都蛙锁豁儿和朵奔篾儿干,相传一个长着一只千里眼,一个长着一颗寿星头。一天,千里眼在山上看到坐在篷车前

巴尔虎头饰

面的一位好姑娘(名叫阿阑豁阿),给他的弟弟寿星头娶为媳妇。阿阑豁阿的父亲是豁里剌儿台,母亲叫巴尔虎真高娃(巴儿忽真豁阿)。豁里剌儿台是二十土默特的首领。巴尔虎真高娃的父亲就是巴尔虎岱(巴儿忽歹),又是巴尔虎真沙

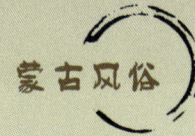

蒙古风俗

坨子（盆地）的首领。在公元732年（唐开元二十年），突厥的阙特勤碑上出现的"拔野古"一词，有人考证就是巴尔虎。据说当时巴尔虎是丁零部落联盟的成员。

公元前647年（唐贞观二十一年），在贝尔湖附近建立幽陵都督府，其中有巴尔虎部。七世纪末、八世纪初由贝尔湖迁到贝加尔湖。十三世纪以前，生活在蒙古高原北部，人称"林中百姓"。1207年（蒙古太祖二年）归附蒙古汗国，为哈巴图哈萨尔所辖。北元四卫拉特时期，与布里亚特同属一个卫拉特。1538年（明嘉靖十七年）后，归蒙古札萨克图汗和土谢图汗管辖。1732年（清雍正十年），二百七十五名壮丁同家属，奉命从大兴安岭东布特哈一带，迁入呼伦贝尔，编入索伦八旗，人称陈巴尔虎。1734年（清雍正十二年），从蒙古车臣汗盟两旗抽调两千九百八十四名壮丁连同家属，经海拉尔北部迁往呼伦贝尔，建立左右八旗，人称新巴尔虎。1932年（唐开元二十年），废除八旗制，建立了巴尔虎三旗，成为现在的陈巴尔虎旗，新巴尔虎左旗、右旗的前身。

2. 布里亚特

布里亚特的故乡在贝加尔湖，贝加尔湖面积很大，就

恰克图，从前它是中俄两国的边界城市，现在成了蒙俄两国的边界城市

蒙古风俗

像是一个大海，可是它的蒙古名字却与火有关——白嘎勒湖（白嘎勒，经常不灭的火湖）。据说原来这里是几处活火山，整天烈焰腾腾、浓烟滚滚，后来山崩地裂，形成了大湖，并留下了布里亚特人心中"家乡变成了大海"的传说。

许多学者坚持布（布里亚特）巴（巴尔虎）同源的说法。他们的共同祖先都是巴尔虎岱巴特尔。还有一则类似汉族天河配那样的神话故事。相传有一位名叫巴尔虎岱巴特尔的猎人到贝加尔湖边打猎，发现七位仙女在湖里洗澡，衣服放在湖畔的石头上，他就蹑手蹑脚跑到跟前，把其中一位仙女的衣服藏起来，躲在暗处观望。一会儿，洗完澡的仙女把衣服一穿，都变成洁白的天鹅，噼里啪啦飞走了。最小的那位因为丢了衣服，变不成天鹅，就做了巴尔虎岱巴特尔的妻子。转眼十几年过去，他们生了十一个孩子。有一天妻子对他说："我们已经成家这么多年了，你把衣服还给我吧！"巴尔虎岱巴特尔心想：已经有了这么多孩子，她不可能忍心丢下逃走，便把藏了多年的衣服拿出来，给了妻子。妻子一穿上去，立刻变成一只天鹅，从套脑（天窗）上飞走了。从那以后，巴尔虎岱巴特尔的后人，每当看见天鹅飞来，就把洁白的鲜奶向天空洒去。萨满在跳神的时候也总是说："天鹅的后代，白桦树拴马桩的人。"巴尔虎岱巴特尔有两个儿子，长子就叫布里亚特，次子叫浩里太。布里亚特有两个儿子，繁衍成伊黑利德八姓和宝拉嘎德七姓，分布在贝加尔湖北部和鲁古、朱勒格（列拿）河流域，以渔猎为生。浩里太娶了两个妻子，大老婆西日勒代生有五子，其后形成嘎拉朱德、花赛、浩布吐德、西日艾德、古奇德五姓。二老婆那嘎达生有六子，后来形成哈日嘎纳、胡代、宝敦古德、巴达奈、哈拉宾、查岗古德六姓。这就是现在人们说的浩里十一姓，分布在从贝加尔湖到黑龙江的广阔地区。有趣的是，现在布里亚特这七姓、八姓、十一姓，看看他们头上戴的红缨帽便能分辨出来，缝七个横道的就是七姓的后代，缝八个横道的就是八姓的后代……

布里亚特在蒙古各部统一之前，与巴尔虎同为"林中百姓"。在巴尔虎势力强大时，布里亚特从属于巴尔虎。在整个元朝时期，布里亚特与巴尔虎仍围绕贝加尔湖居住，布里亚特在湖西，巴尔虎在湖东。到了明代，布里亚特势力渐强，逐步扩展到湖东，占据了巴尔虎的地盘。巴尔虎百姓逐渐东移，驻牧于今呼伦贝

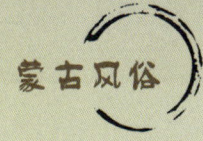

尔以西地区。到了清代，沙皇开始向外扩张，与布里亚特发生冲突，布里亚特一部分于1734年（清雍正十二年）归附清朝，被编入新巴尔虎八旗。1687年（清康熙二十六年），清军将领萨布素同俄军开战。一个何去何从的问题摆在布里亚特人面前。种姓头人召开紧急会议，却达不成一致意见，最后只好各奔前程：第一部分南下，到了清朝境内的齐齐哈尔（西吉嘎尔）一带；第二部分迁往贝加尔湖故土一带，加入了俄国国籍；第三部分迁往喀尔喀，加入达赖贝子占齐布道尔吉旗。不过，当时喀尔喀还在我国境内，布里亚特只是分处两国，和后来的情况不一样。1689年（清康熙二十八年）以后，随着《中俄尼布楚条约》等三个条约的签订，中俄边界线南移到额尔古纳河—恰克图—沙宾巴哈之间，不过布里亚特居住的地方，大部分仍然是我国的领土。十月革命以后，由于苏联当时的政策很左，被苏联红军打败的白匪军官谢苗诺夫又到处绑架布里亚特青年给他当炮灰，致使一部分富人和穷人开始离开贝加尔湖故土，逐渐向南迁移，一部分留在喀尔喀，一部分迁到呼伦贝尔。1921年喀尔喀独立，1923年布里亚特自治共和国成立，这样布里亚特便分处于三个国家。迁来呼伦贝尔的布里亚特，经过布里亚特的上层人物阿毕德跟当时的副都统衙门成德等人商量，安排在今锡尼河流域居住，这就是现在的锡尼河三苏木，后来又改成锡尼镇的布里亚特。

布里亚特人文化水平较高，善于接受新鲜事物，比较注重牲畜改良，铁匠、银匠等手工制作也比较有名，本民族的传统文化和风俗习惯也保留得比较完整。

3. 察哈尔

"察哈尔"一词，最早见于蒙古文史书《蒙古黄金史纲》（1452年）。在汉文史籍中，最早见于明朝《皇明九边考》（1541年）。《明史》写作"插汉儿"、"插汉"、"插酋"。比较准确的译音应当是"恰哈尔"。察哈尔的词义也有多种解释，比较有影响的是两种。一种认为"察哈尔"一词来源于波斯语，是

给成吉思汗的坐骑磕头

"宫廷卫士"，"大汗护卫军"的意思；一种认为是"扎哈"，即"边界"的意思，因其牧地靠近长城的蒙汉交界处而得名。

察哈尔的前身是成吉思汗的"怯薛"（大汗护卫军）。在成吉思汗的大祭词中，曾经说察哈尔是"钢铁头盔上的屏风，杀敌大刀上的锋刃，攻坚兵士的摇篮，辉煌战袍上的光芒"。巴图蒙克达延汗时期，察哈尔是六万户之一（牧地在今锡林郭勒盟北部），是达延汗的依靠力量。明嘉靖中期，达延汗曾孙达赉逊库登汗因不堪阿拉坦汗侵扰，徙牧辽东边外。图们汗继位后，势力强盛，一度控制建州女真。1604年（明万历三十二年）林丹汗继位后，察哈尔逐渐成为蒙古强部，曾经联明抗金。1634年（清天聪八年），林丹汗在西征青海途中病死于大草滩以后，其夫人带着儿子孔果尔额哲降清，皇太极把女儿嫁给孔果尔，封他为和硕亲王，安排在义州地区（今辽宁省义县以北）。1636年（清崇德元年）漠南四十九旗蒙古王爷拥戴皇太极建立清朝时，孔果尔排在第一位。汉人叫不来孔果尔（实际应为洪古尔），多称为黄鹅儿。黄鹅儿死后，其弟阿布奈继承亲王爵位，清朝皇帝把固伦大长公主嫁给他。但他不探望皇帝这个老丈人，公主生了儿子也托别人抚养。清朝皇帝便把他软禁在盛京，让他的长子布尔尼继承亲王爵位。布尔尼对清朝皇帝阳奉阴违，1675年（清康熙十四年）吴三桂等人发动三藩之乱时，清廷派兵镇压，京城空虚，布尔尼趁机举兵反清。但察哈尔部降清已四十年，一些王公业已成为既得利益者，不响应他的号召，结果不到两个月就被镇压下去。布尔尼父子被处以极刑，部众迁往宣化、大同边外。撤销原来的札萨克，变为总管旗。这就是察哈尔八旗的来历。新牧地的范围，大体相当于今乌兰察布市集宁区、察哈尔右翼三旗、卓资县、商都县、化德县、丰镇市、凉城县、兴和县和锡林郭勒盟正蓝、正镶白、镶黄、太仆寺四旗，多伦县以及河北省北部的一些地区。此后的察哈尔逐渐成为清朝的一支劲旅，跟着清军东征西战。1755年（清乾隆二十年），一千名察哈尔兵丁跟随西路军平定准噶尔，参加了围攻达瓦齐的战斗。准噶尔平定以后，把他们派往南北疆驻防。1762年（清乾隆二十七年），原籍察哈尔又分三批西迁新疆，后来定居在现在的博尔塔拉蒙古自治州。在雍正年间，还有部分察哈尔迁往喀尔喀，一边放牧，一边与喀喇沁一起负责四十个驿站的应差事宜。所以，察哈尔在历史上的贡献同样很大。

4. 巴林

巴林为蒙古地区古老部落之一，最早见之于《蒙古秘史》。我们已经说过，成吉思汗的远祖是孛儿帖赤那与豁埃马阑勒——苍狼白鹿，到了第十二代是兄弟

蒙古风俗

俩——都蛙锁豁儿和朵奔篾儿干,相传一个长着一只千里眼,一个长着一颗寿星头,寿星头和阿阑豁阿生的最小的儿子叫孛端察儿,这是一个很有志气的人。他被四个哥哥遗弃以后,自己跑出去独自谋生。后来他的三哥把他找回来,他们经过共同谋划,占领了一个部落,抢了一个孕妇(也是乌梁海人)来做孛端察儿的老婆,这个孕妇肚里带来的孩子叫札只剌歹,后来变成札答阑族,这就是札木哈出生的部落。那位孕妇在孛端察儿名下又生了一个儿子,取名巴阿里歹,意思是"抓来人生的孩子"。这就是巴林一族的来历,"巴阿里歹"就是巴林人的祖先。应当指出,明代的学者用汉字给蒙古文标音是比较严谨的。巴阿里歹如果快念,就跟蒙古原文的发音非常接近。因为在蒙古文单词里,如果上面还有音节,下面的GA、GE就不必念出来,而是按照元音和谐律的要求,把上面的音节延长就可以了。所以不用读作BAGALIN,而是读作BAALIN。所以写成"巴林"是正确的,至于写成"巴邻"、"霸林",都是记音的问题,因为汉语的同音字太多了。

巴阿里歹的儿子叫赤都忽勒孛阔,他娶的老婆多,其子如云,后代便成了篾年巴阿邻(如云的巴林)。此外还有一个你出古惕巴林(意思是"光着身子的巴林")、速客讷惕巴林,一共四支。巴林部因对成吉思汗统一蒙古有功,成吉思汗分给他们地盘和子民。他们的地盘,东部不越阿尔泰山,西部不过额尔齐斯河。巴图蒙克达延汗时代,巴林部属于左翼三万户之一的喀尔喀部,为其一个鄂托克(部)。前面已经交代,达延汗的第六个儿子阿勒楚博罗特分得了喀尔喀五部,其中一部就有巴林(另外四部是扎鲁特、弘吉剌惕、

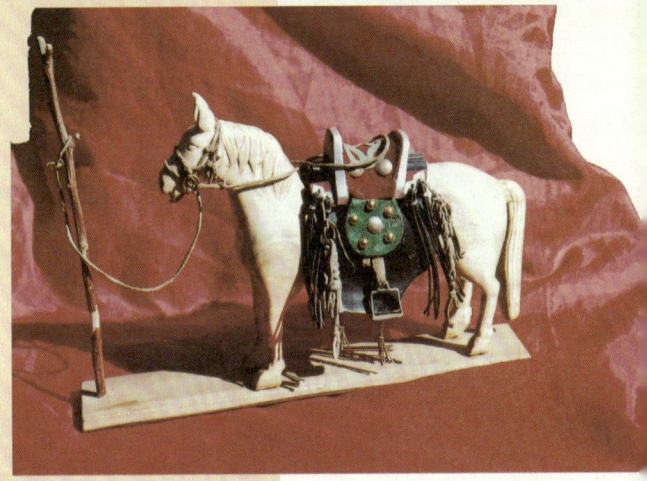

牧人雕刻的木马

巴牙兀惕、济叶惕)。阿勒楚博罗特正好有五个儿子,每个儿子统辖一部。其中巴林为次子苏巴海(速把亥)所领,实力雄厚。1628年(清天聪二年),苏巴海之孙色特固尔率部降金。1634年(清天聪八年),后金将巴林分为左右两部,固定在西拉木伦河北岸游牧。现在巴林左旗、右旗的蒙古族主要由这两部分人组成,还有一部分弘吉剌惕。

5. 弘吉剌惕

弘吉剌惕,《蒙古秘史》写作"翁吉剌惕"。根据《史集》记载,弘吉剌惕是从一个"黄金壶"出生的三个儿子的后代。最初游牧于呼伦贝尔的根河、得尔布尔河、额尔古纳河流域。后来这个地区封给了成吉思汗的胞弟哈撒儿,把他们安排到锡林郭勒东北部和赤峰克什克腾达里诺尔、巴林左右旗、翁牛特的大部分地方。一直到元代,基本未动。用成吉思汗岳父德薛禅的话来说,弘吉剌惕是个出美女的部落,他们不喜欢穷兵黩武,靠姑娘的美色和外甥的权势生活。窝阔台大汗曾经降旨曰:"弘吉剌氏生女世以为后,生男世尚公主。"元朝皇帝跟弘吉剌惕部结亲的的确不少。弘吉剌惕跟皇室沾光,也跟皇室受累。明成祖五次北伐,波及弘吉剌惕地区,几乎使其全部覆灭。巴图蒙克达延汗时代,弘吉剌惕和巴林一样,同为喀尔喀五部之一,为达延汗的第六个儿子阿勒楚博罗特所辖。

6. 鄂尔多斯

"鄂尔多斯"一词是蒙古语,它是斡耳朵的复数形式。斡耳朵是"宫帐"、"宫廷"的意思。蒙古大汗及宗王的宫廷、牙帐都叫斡耳朵,鄂尔多斯就是有很多宫帐的地方。根据拉施特《史集》记载,成吉思汗死后,曾有一千兀良哈人守护着他的陵墓。元世祖忽必烈在大都建立了八个宫室(八白室的前身),供奉成吉思汗和其他一些先主的灵牌。朱元璋占领大都以后,八个宫室又跟着元顺帝迁到哈拉和林。可能由于频频迁徙的关系,这八个宫室就变成了八个毡子做的大帐。到了明代,随着鄂尔多斯部驻牧河套地区,八白室也一同迁到这里。"鄂尔多斯"一词,大约出现在明成化年间,当时写作"袄儿都斯",实际从标音来说,它倒比较接近蒙古语。公元1510年(明正德五年),达延汗重新划分了六个万户,鄂尔多斯万户由他的第三个儿子巴尔斯博罗特统领。1532年巴尔斯博罗特死后,由他的长子衮必里克墨尔根继位,他就是鄂尔多斯封建主的祖先。阿拉坦汗三娘子时期,鄂尔多斯在明蒙友好的大形势下,也出现了安居乐业的和平景象。在鄂尔多斯南部榆林城北,至今还有一处镇北台的遗址,老乡叫易马城,就是当时蒙古牧民和内地商人和平交易的场所。明朝万历年间,鄂尔多斯博硕克图济农,在今

蒙古风俗

达拉特旗黄河南岸，建起一座规模宏大的寺庙，俗称王爱召，这是鄂尔多斯地区的第一座喇嘛庙。王爱召建成后，向东发展建成了准格尔召，向西发展建成了什拉召，这就是鄂尔多斯历史上有名的三大召庙（后来王爱召被日本人烧毁，其他两座召庙至今犹存）。

八白室当时就供奉在王爱召附近。额臣济农归附清朝以后，把鄂尔多斯划分成六个旗（后来又增加一个札萨克旗），第一次会盟在王爱召举行，因为王爱召是当时最大的召庙，便把这个盟叫作伊克昭盟，额臣就是第一任盟长。济农就是八白室的主祭官，可是他的封地在郡王旗。为了祭祀方便，就把八白室迁到他的牧地，取名伊金霍洛（圣主陵园），现在的伊金霍洛旗就是这么来的。

此后的近一百年，鄂尔多斯的日子过得比较太平，畜牧业出现了欣欣向荣的景象。康熙皇帝亲征噶尔丹归途路过鄂尔多斯时，曾对这里的人文地理大加赞扬："朕至鄂尔多斯地方，见其人皆有礼貌，不失旧时蒙古规模，各旗俱和睦如一体。无盗贼，驼马牛羊不必防守，生计周全，牲畜蕃盛，较它部蒙古殷富……"但是过了两百多年，他的后代光绪皇帝和慈禧太后为了躲避义和团，也是返回路过这里时，看到这里土地肥沃，水源充足，便动了开垦蒙荒、摆脱危机的念头。1902年（清光绪二十八年）便派贻谷来到归化城，设立了垦务总局，又在包头设立了办理乌伊两盟垦务局，在各旗又设立了垦务分局，甚至把喇嘛庙的召庙地、香火地也进行了开垦。大面积的开荒破坏了植被，加速了草原的沙化，也引发了农牧民矛盾和民族间的冲突。

鄂尔多斯的蒙古文化比较发达，蒙古文化的三大历史典籍——《蒙古秘史》、《蒙古源流》、《黄金史》，后两部都产生在鄂尔多斯。《蒙古源流》的作者是萨囊彻辰，就是我们在上文提到的跟林丹汗出走青海的那位先生。萨囊彻辰洪台吉在林丹汗溃败以后，回到家乡（当时的乌审旗）埋头著书，在五十九岁时写成了《蒙古源流》。《黄

成吉思汗公主（仿制作品）

金史》一书,据比利时学者田清波考证,是达拉特旗的一位大喇嘛写的,名叫罗卜桑丹津,但目前对作者是谁尚有争议。近代史上著名的诗人贺什格巴图、伊希丹金旺吉拉,也都是鄂尔多斯人。

7. 乌拉特

乌拉特也叫"乌喇特",为蒙古部落之一。"乌拉"为蒙古语"乌仁"的变音,其意为"巧"。"特",表示复数。乌拉特就是"能工巧匠们"的意思。在蒙古汗国时代,有一部分能工巧匠,专门给宫廷的亲兵卫队做弓箭、箭囊,称之为乌拉特部。当时宫廷内尚有锦衣卫土尔扈特,披弓挎箭的"科尔沁"出入守卫,后来都成为部族姓氏,乌拉特的情况也是这样。

乌拉特现在的牧地在阴山南北,所以追溯历史的时候,要以现在的所辖为中心。实际上乌拉特部入主阴山南北很晚。这个地方和北方其他许多地方一样,他走了你来,曾经是好多民族活动的历史舞台。在战国和秦朝时期,阴山以南属赵国九原郡管辖,阴山以北为匈奴地。汉代阴山南部属五原郡所辖,阴山以北为北匈奴属地。魏晋南北朝时期,先后为突厥、回纥属地。唐代为室韦所辖。在辽金时期,曾为契丹和女真管辖。现在的河套与乌不浪口,就是当年辽金作战的地方。

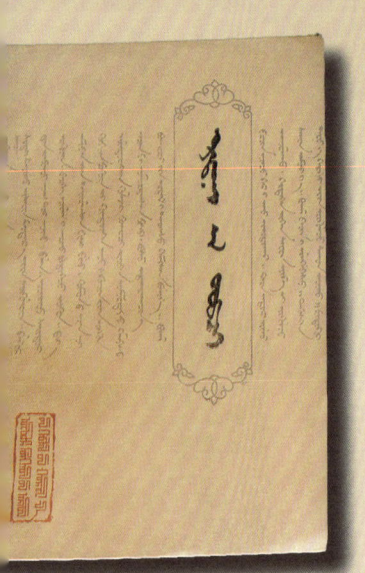

《蒙古源流》与《黄金史》

后来蒙古强大起来,在阴山北部汪古部的帮助下,蒙古军从乌不浪口南下河套。攻灭西夏和金国以后,草原上出现了许多商业城镇,当时的博尔忽热(今乌拉特中旗巴音哈太苏木境内)、浩特忽热城(今乌拉特中旗新忽热苏木境内),都是这个时期的产物。明朝时期,这一地区先后由鞑靼、瓦剌占据。巴图蒙克达延汗时代,这里属于鄂尔多斯、十二土默特的辖地。

满族入关以后,在蒙古地方推行盟旗制度,蒙古乌拉特三部被编为三旗,移居此地,从此这个地方才改称乌拉特旗,一直叫到现在。

蒙古风俗

据载，元太祖成吉思汗胞弟哈巴图哈撒儿的十五世孙名叫布尔海，游牧于现在的呼伦贝尔科布德乃满查汗，号所部为乌拉特。布尔海有五子，后分为乌拉特三部，由这五子的子孙分领其众，称为阿鲁蒙古。1648年（清顺治五年），因为乌拉特部随后金出征明朝有功，遂设乌拉特三旗，以谔班（布尔海五子中长子的曾孙）掌前旗，授札萨克，封镇国公；以巴克巴海（五子中第五子的玄孙）掌中旗，授札萨克，封辅国公；以图巴（五子中第五子的玄孙）掌后旗，授札萨克，封镇国公。把河套北、阴山南、木纳山（乌拉山）前后作为他们的共同牧地，把他们从呼伦贝尔老家迁居到此，属当时的乌兰察布盟管辖。这就是乌拉特建旗的开始，通称乌拉特三公旗，以上三位就是三公旗的第一代公爷。当时三公旗的地盘，广二百一十五里，袤三百里，面积近四万平方公里。当时三公旗的旗府都建在山南，而且在一块，名叫哈达玛尔口（今包头市郊区哈业脑包苏木境内）。中间是中公旗，右面是西公旗，左面是东公旗。旗府都是蒙古包。清朝中叶以后，蒙古王公开始放地，乌拉山前的牧地逐渐缩小，再加上土匪滋扰，中旗、后旗旗府都搬到后山。中旗搬到温都尔朱苏（今乌拉特中旗巴音哈太苏木境内），后旗旗府搬到阿贵图（今营盘湾）。前旗旗府虽然没有迁到山后，也迁到了大西边（今乌拉特前旗哈拉汉白音花一带）。各旗属民也逐步靠近自己的旗府居住，形成中旗属民多居住在阴山以北，前旗属民多居住在乌拉山南北，后旗属民居住在西部地区的格局。民国时期，乌拉特三公旗开始变化

乌拉特青年服饰

不大,后来划出固阳、安北等县。抗日战争时期,乌拉特大部分地区被日伪占领。1949年绥远"九·一九"起义后,乌拉特三旗和平解放。

8. 喀尔喀

"喀尔喀"一词,汉文也译作"哈勒哈"或"哈拉哈",始于《蒙古秘史》。至于它的含义,达木丁苏荣认为是"夫人脸蛋好看"。至今在杜尔伯特的口语里,还保留着这些意思:一是人的脸蛋,二是长满沙柳的河边。中蒙边界的哈拉哈河,也有后者的含义。不过这种解释比较生僻,现在口语用作名词和动词的时候,常常用作樊篱、屏障、盾牌、遮挡、抵御等等方面的意思。蒙古国历史学家那楚克道尔吉在《喀尔喀简史》一书中,从生活、军事、地理、种族四个方面,对"喀尔喀"一词的产生和演变做了详细探讨。

"喀尔喀"一词,最早在生活中常常指樊篱、屏障、挡风工具这类东西。在地理上,现在内蒙古呼伦贝尔的哈拉哈河,就是喀尔喀河,它从蒙古国发源,有两小段流经我国,作为双方的界河,最后注入我国一侧的贝尔湖。过去这一带水草丰美,牛肥马壮,生活过许多部族。成吉思汗统一蒙古各部的时候,多次在这里厮杀。也跟弘吉剌惕有过联姻,后来做过对敌作战的可靠后方。清朝统治时期,

宝格达汗及其夫人

在这里设立过托王旗,蒙古建国后,改为喀尔喀河旗。

根据历史记载,成吉思汗建国后大封功臣时,给他的胞弟哈赤温分的地盘便是喀尔喀(有的说分给了另一个弟弟),从此"喀尔喀"一词开始以种族的名字出现。但实际上这个种族,在八世纪以后就游牧于三河流域(喀尔喀河、克鲁伦河、斡难河)。十四世纪后半叶,巴图蒙克达延汗把蒙古分成六万户,喀尔喀与乌梁海、察哈尔为左翼三万户,后来察哈尔东迁,乌梁海叛变,只有他的小儿子格森扎(嘉赖日洪台吉)留守在他的发祥地喀尔喀,格氏死后,他的七个儿子占据了如今喀

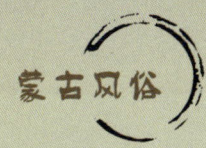

尔喀地区，成为喀尔喀七旗（部）。从此喀尔喀名声大昌，形成一个核心种族。喀尔喀人、喀尔喀方言、喀尔喀地区、喀尔喀风俗等等叫法开始出现。祭奠成吉思汗的大祭词里，就有下面的字句："生息于杭盖北方，对凶恶的泰亦兀惕仿佛阻挡的大门一样，用热血铸成我们的屏障，对来犯之敌仿佛设置的岗哨一样。"

　　1655年（清顺治十二年）至1688年（清康熙二十七年）间，噶尔丹进攻土谢图汗、扎萨克图汗，使七旗的人流落到内蒙古、青海和俄罗斯，1700年（清康熙三十九年）陆续返回，但有不少人留在原地，成为当地的居民。1691年（清康熙三十年）喀尔喀降清，被编为四盟五沙比五十七旗，称为外札萨克；把内蒙古编为六盟四十九旗，称为内札萨克。外札萨克也称外蒙古，内札萨克称为内蒙古，喀尔喀几乎成了外蒙古的代名词，或者干脆叫喀尔喀蒙古。当时还有内喀尔喀的说法，是指内蒙古境内的喀尔喀部族。1911年辛亥革命的时候，全国各省纷纷宣布独立，脱离清朝政府。喀尔喀在哲布尊丹巴等人的策划下，也宣布独立。1921年建国，喀尔喀成为国内的核心民族。1984年统计，全国两百四十万人口，喀尔喀占到百分之八十。

碑文上写着：特勒衮宝勒德格——
成吉思汗1162年一月十六日诞生于此

题记

草原是蒙古人的大摇篮。每个人出生的时候,又有一个小摇篮。笔者去过蒙古人生活的许多地方,见到过他们各式各样的摇篮。豪华的过于豪华,简陋的过于简陋。可是不论你走到哪里,都能听到一支温柔的摇篮曲和那个伴随它的动人故事。

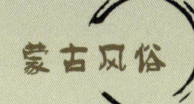

马背摇篮曲

壹⊙故乡的摇篮

牛粪炊烟散发着草香，
我出生在牧人的毡房。
古老辽阔的大草原，
是我成长的摇床。

草原是蒙古人的大摇篮。雕花的马鞍，是儿童时代蒙古人的摇篮。这些都是象征性的说法。蒙古人生下来以后，到底有没有摇篮，它又是一个什么样子？这就跟部族的习惯、周围的环境、每个女人的手艺巧拙密切相关。笔者见到的摇篮，有的用半截圆木挖成，有的用皮子做成，有的用一块木板加一个横档，还有几条皮绳做成。有跟婴儿一起抱在马背上的，有系在勒勒车里的，有吊在蒙古包里的，有摆在宫廷的栽绒地毯上的。

贰⊙吉格森高娃的摇篮曲

吉日格勒岱、莫日格勒岱兄弟俩，跟他们的妹妹吉格森高娃一起生活。莫日格勒岱参加巴拉布嘎日布可汗的射箭比赛去啦，细腰银合马一大早来到他家门口叫起来。

吉日格勒岱问道："在庶民起床之前，在肩扣系上之前，在众人起床之前，在脖扣系上之前，我的骏马呀，你为什么跑来嘶叫？"银合马说："不好了，你弟弟在路上让莽古斯(恶魔)抓走了。"吉日格勒岱一听，走进里间屋，拿上穿和戴，

建筑装饰用的瑞兽

走进套间屋,拿上弓和箭,跨上银合马就去追杀莽古斯。他一年的路程一天赶,一天的路程一刻走。银合马说:"我的主人,狂风暴雨一会儿就来了。我现在要撒泡尿,你在我尿过的地方闻一闻吧!"吉日格勒岱照办了,银合马又说:"莽古斯肩胛骨旁有颗黑痣,那是他的致命点。腰上吊个人皮荷包,你弟弟就装在那里面。"

吉日格勒岱记在心里,又向前走去,跟莽古斯交了手,他俩把山冈打成平地,把平地打成水坑。莽古斯筋疲力尽,呼风唤雨打个不停。吉日格勒岱闻了骏马的尿,咋也不咋的就过去了。他抽出弓箭,瞄准莽古斯肩胛旁的黑痣,将莽古斯射死,从人皮荷包里救出弟弟,双双骑在马背上正要回家,银合马又说:"我的二位主人呀,此地西南那格乐可汗有两个公主,她们就是你们的妻子。"

兄弟俩便向西南走去,在井上饮马的工夫,遇见一位来驮水的老汉:"老爷爷,您去向皇上禀报,就说吉日格勒岱、莫日格勒岱兄弟俩来了,要娶陛下的两位姑娘做妻室。"老汉回去一传达,可汗就把他俩宣进宫去:"要娶我的姑娘也不难,每人必须打赢三个赌。"西梁上有一只公黄羊,可汗的千人猎队射了一千次也没射死,吉日格勒岱一箭就把脖颈射穿了。北梁上有一头黄野驴,可汗千人万马没有抓住,吉日格勒岱将箭壶袋子搓成套索,一下扔到一个月的路程以外,就把黄野驴套回来了。南梁上有一头公野牛,可汗一万人马逮不住,吉日格勒岱揪住犄角就抓回来了。一百庹远的地方,一百庹高的银桩子上插着一枚口袋针,可汗的神箭手谁也射不住口袋针,莫日格勒岱一箭就从针眼里射过来了。可汗给了莫日格勒岱一匹两岁害疥疮的青马,要他从一个月时间走过

查腾的摇篮

摘桃的猴子

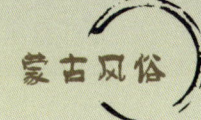

蒙古风俗

的里程往回跑,莫日格勒岱用了三天就跑回来了。摔跤的时候,莫日格勒岱把可汗的功勋摔跤手们都抛到城楼上去了。这样可汗就把两位公主嫁给了他们。

留他们当大臣他们不要,非要回去探望妹妹。给他们金银财宝都不要,非要那匹害疥青马。哥哥和大公主骑上银合马,弟弟和二公主骑上害疥青马,回到家乡一看,妹妹早就被莽古斯抢跑了。

兄弟俩大哭一场,打扮成两个叫花子,正要出发去找他们的妹妹,两位公主从荷包里找出妹妹的一枚银镏子:"这里有妹妹的银镏子,你们拿上走吧,以备不时之需。"

兄弟俩见村就进,见人就问,逢山开路,遇水搭桥一天走进一座城市,来到一座楼前行乞。只见一位妇人抱个孩子,边哄边唱:

> 吉日格勒岱、莫日格勒岱的外甥,宝贝,
> 吉格森高娃的千金,宝贝,
> 哈日格岱可汗的孙女,宝贝,
> 哈日台吉的千金,宝贝。

这兄弟俩感到奇怪,这家人哄孩子怎么叫着我们的名字?他们就在城里寻个客栈住下了。第二天一早来到楼下,正碰上那位夫人担水回来,"出溜"一下,他俩悄悄把银镏子投进桶里去了。妇人走进楼阁,给女主人倒水洗脸,只听"丁当"一声,明晃晃掉出一个东西。

女主人拾起一看,正是自己的银镏子,便问妇人这是怎么回事。妇人如此这般一禀报,吉格森高娃说:"叫他俩进来。"进来一看正是自己的哥哥,兄妹三人悲喜交加,又哭又笑。原来她被莽古斯抢走以后,半路上遇见哈日格岱可汗的太子哈日台吉去打猎,哈日台吉镇压了莽古斯,救出吉格森高娃,与她结为夫妻,生下一个千金小姐。为

弓箭(布林特古斯提供)

了找到孩子的两位舅父,她就给保姆教会了这支摇篮曲。

这支摇篮曲,在蒙古草原上家喻户晓,人人皆知。

叁⊙蒙古人的摇篮宴

蒙古人出生的时候,要用箭头把脐带割断。如果是男孩,要将箭头挂在包门西边,表示他是"引弓之族"的后裔;如果是女孩,就要把一朵花插在包门东边,表示她是草原母亲的幼苗。这时你若听到这支摇篮曲,你会觉得传说和现实在这块土地上是协调的。蒙古族的摇篮曲,隐含着一个马背上征战天下的英雄的动人故事。蒙古族小孩在满月的时候,要举行摇床(篮)宴,用整煮的全羊大谢宾客。那时的父母亲就给这个摇篮中的婴儿哼哼这支曲子。当他们刚会说话,就教会他们歌词。稍大一点儿,他们就把这个故事记住了。蒙古草原很大很大,这个故事有许许多多版本,但那几句歌词,几乎到处都是一样的。不论在漫长的冬夜,还是在明媚的春晓,只要你来到草原上,耳朵贴近蒙古包细听,就会听到这支摇篮曲。

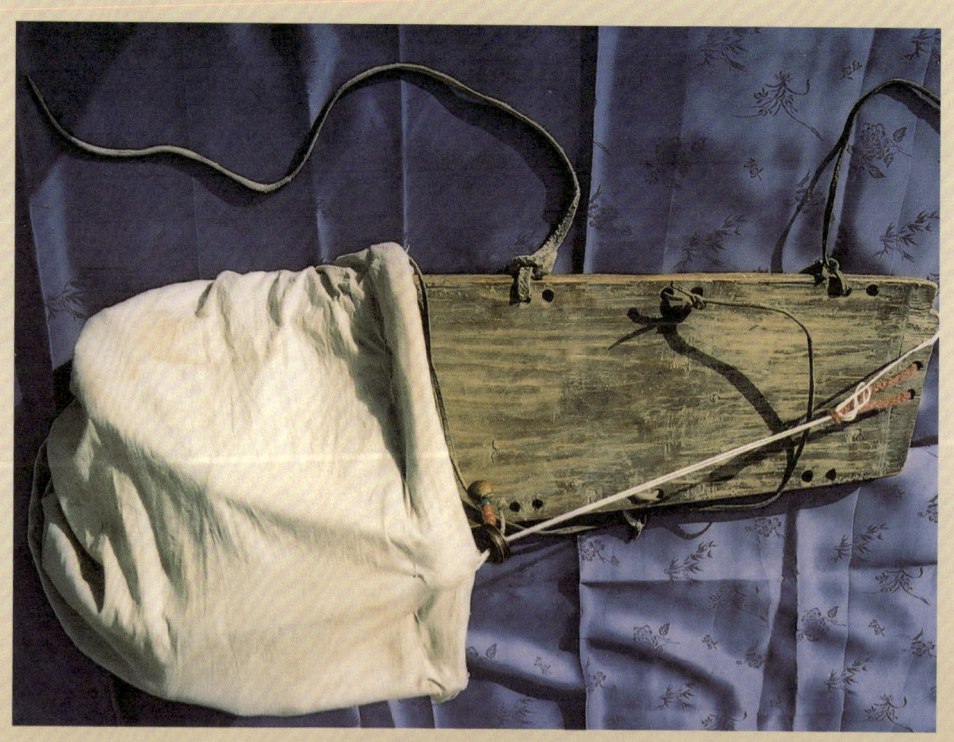

博湖地区的摇篮

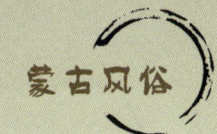

蒙古风俗

○ 摇篮趣点

《蒙古秘史》提到，成吉思汗九岁时，最小的妹妹还在摇篮里。著名学者札奇斯钦注解说，摇篮是块两尺多长的木板，下面钉着两根椭圆形的带子。孩子睡在上面的时候，可以轻易摇动。边上还穿了窟窿，可以把孩子系在木板上面，这样有利于孩子的腰身发育。笔者看到的摇篮，头顶上还有一个罩子似的东西，孩子睡在里面，可以不受苍蝇侵扰。搬家的时候，摇篮就竖起来，罩子就变成雨伞，孩子可以跟着妈妈，在马背上经风雨见世面了。

题记

蒙古人来到世上，从生到死，不知要参加多少大大小小的宴席。最亮丽的却只有去发宴、婚礼宴和葬礼宴，号称"人生三宴"。它是一个人生命的早、午、晚餐，是人生仪礼中的三道风景线。而新疆的去发宴，又充满了母系社会的脉脉温情……

蒙古风俗

去发宴：母系社会的脉脉温情

壹⊙娘家去发

也许是这块土地乐意接纳它的这个外地游子，我来巩乃斯这趟走得特别顺利。一说要走，便搭上了顺车。刚到乡公所，就碰上人家电力的车要上阿尔先温泉，正好有两个空位，把我和桑布都捎上了，观了山景又洗了澡。第二天乡里又增加了一个人，要去采访一位牧民，那位牧民就自己开小车来了，长城皮卡呜呜几声便到了他家。

新疆的特点是荒凉处特别荒凉，美丽处特别美丽。巩乃斯自然属于后者。两边山上长着郁郁葱葱的冰河期幸存植物——雪岭云杉，中间是一条杨柳遮掩、浪花翻滚的清水河，日夜涛声不息，声闻数里。说话间小车来到一座云杉亭亭的山坡底下，几顶毡包和木屋点缀其间，牛马和棚圈都散布得极有韵致。我正想请求牧民停下来照张片子，牧民却自动刹了车，原来他的家到了。

这位牧民与同行的甫尔外同名。为了区别，在名字前面冠以父姓的第一个字，称为巴·甫尔外。他是巴音郭勒蒙古族自治州有名的劳模，有羊两千多只，牦牛两百多头，养活着大小七户四十一口人，被自治区誉为"家庭牧场"小康户。他在乡里、县里都开办了旅游点和出租商店，现在正准备自办小型水电站。每年纯收入在十四五万元，是草原少有的那种传统牧业和市场联姻的新型牧民。

我们一去正赶上人家酿造奶酒，这在新疆很普遍，

去发宴，女儿给父亲献上礼物，俏皮的小外孙在注视着镜头

蒙古风俗

内蒙古却是稀罕事。接着又听说要给孩子剪头发，好事都让我们赶上了。

剪头发是卫拉特人一生中的第一件大事。他们的孩子出生以后，男孩长到三岁，女孩长到四岁，必须到舅舅家剪掉胎发。虽然剪发的年龄，新疆各地的蒙古人并不统一，但是到舅舅家举行是绝对一致的，尤其是头胎孩子。届时父母要到孩子的舅舅家商定具体日期，或请喇嘛测定，再由舅舅家向亲戚邻友发出邀请，但一律不请孩子父族的亲戚。除了极个别地方，孩子的爷爷奶奶也不能去，父亲更不行。一般是孩子的母亲领着孩子，带领单数的有关人员前往。巴·甫尔外家有四男两女，长女在村电视台接收站工作，剪头发的就是她的孩子。正好我们去时，她也领着孩子到了。一位中年妇女（后来知道是孩子的舅母）穿着蒙古袍迎出来，在孩子的额头上抹点黄油，把她抱回家里，也给陆续来的客人，一一品尝了其格（酸马奶），一并迎进家里。

这是巴·甫尔外家的一间正包，剪发宴就在这里进行。来人不多，但气氛热闹，主宾和谐，散发着一种牧家小宴特有的温馨和情趣。见我们三人背了一大堆影像器材登门，主家认为这是孩子的缘分，安排正席，视为贵人，黄油、奶酪、饼子早摆满一桌。还有一个礼盘，上面整整齐齐、层层叠叠摆满馓子、糖果、奶酪等物，像一座宝塔。女主人给大家一一敬上奶茶，一碗未尽，又把礼盘端来，让人们象征性地取食。

贰⊙尊者舅父

巴·甫尔外换上一件崭新的团花蓝缎蒙古袍。作为今天的尊者舅父，威严又体面地坐在当头正面。早有女戚准备好一把锋利的剪刀，剪股上缠着白布条，还在一个没有裂

去发以前，把洁白的乳汁抹在孩子的额头上

50

蒙古风俗

纹的碗里,盛了一碗红牛的奶子。母亲怀里抱了一块缎料,领着孩子过来,让舅舅第一个动手剪发。孩子今年四岁,一看长相就知道是蒙古族女孩,穿一件小小的蒙古新袍。今天在座的数她小,也数她重要。她是明星,一切都围着她转。她什么都会说了,也知道今天是怎么回事,显得伶俐乖巧,活泼可爱,欢天喜地。

剪发的程序挺复杂。孩子的母亲先过来,给巴·甫尔外敬两杯刚才酿好的奶酒,巴·甫尔外接过饮干。孩子的母亲又把缎料捧上,巴·甫尔外接后,交给旁边的人。女戚把奶碗端来,巴·甫尔外伸出右手无名指,从碗里蘸点奶,抹到孩子头上。那女戚急忙从白缎包袱里把包好的剪刀取出,剪股朝外递过去。巴·甫尔外接过剪刀,从孩子的右半边头发开始,顺时针一点一点剪下一绺头发,放在白缎包袱里,剪刀还给女戚,接着从怀里摸出几张大团结,一并放在包袱里。孩子母亲急忙敬上奶酒,巴·甫尔外又接过一饮而尽。这一个才算告一段落,第二个轮到舅母上手,程序相同。在每个环节中,剪发的人都要穿插一段祝词,众人接着他的尾音,一齐高呼"吉言成真"。卫拉特方言那时我还不太懂,他们又说得很快,巴·甫尔外的祝词我倒听懂了,大意如下:剪得太多(外甥多的意思),剪刀秃笨,淘气外甥,愿你长命。财源滚滚,禄马飞腾。按照卫拉特风俗,孩子的第一绺头发,只能由姥爷家娘舅来剪,来宾中即使有公侯王爷,也不能越俎代庖。所以,领我们来的甫尔外是第三剪子,我是第四剪子,桑布第五剪子。如此这般,

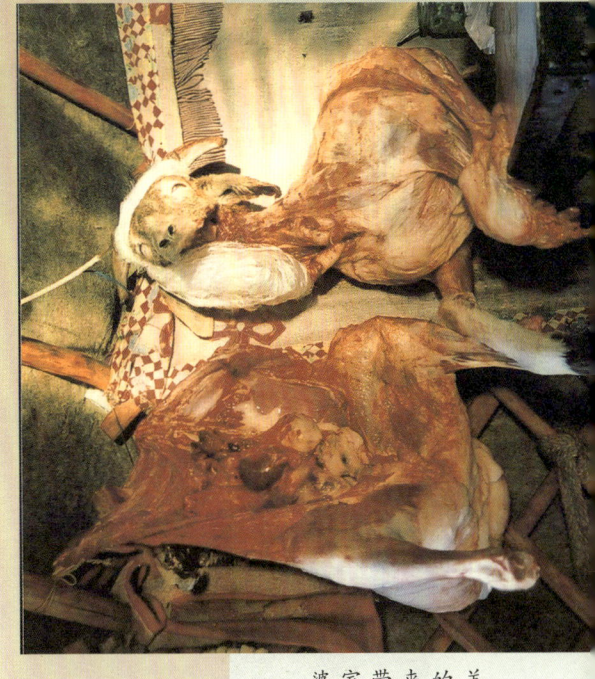

婆家带来的羊,
心肝没有摘掉

51

人人头上摸一把，把孩子的脑袋剪了个花里胡哨，不成体统。如果有的亲戚因故未来，还要给他留出一块领地，过后补剪。

这时，只见两个小伙从座位上下来，走到毡包西面靠门的地方，从他们拿来的羊皮口袋里，每人掏出半截绵羊肉，挂在毡包的特日木（网格花木墙）叉头上。看样子这是一只整羊，被拦腰斩断，一分为二。下半截没有什么特殊之处，文章全在上半截上：左前腿不带蹄子，右前腿不但带蹄，而且带皮。羊头没割，也没剥，一看就知道是一只棕头绵羊，还露着一截白白的喉管，我估计心肝肺都吊在胸腔里面，只是外面看不到。这使我想起《蒙古秘史》记载的一段古事，成吉思汗的远祖朵奔篾儿干有一次外出打猎，遇到一位乌梁海人打着一头野鹿，正烤着鹿肉吃。他向人家讨要，人家就把带心肝喉咙的部分自己留下，别的都给了他。据学者考证，蒙古人以前信奉萨满教，相信万物有灵，这部分东西是灵魂附着的地方，所以不给别人。这里给了娘舅，正好说明高看一眼。而且那两个献羊的小伙也没有受到主人的特别招待，甚至连杯热茶奶酒都没敬，一问才知道是孩子的伯伯、叔叔，属于婆家的人，所以不能特别热情。凡此种种，无不打上母系社会的烙印。

本书作者给孩子剪发

这两位小伙入座以后，开始上菜，有四五道，一看就知道是向城里人学的。炒菜的是巴·甫尔外旅游点上的一位少妇，长得端庄、丰满、健壮，一位典型的蒙古族女性。吃菜以前，主人先敬一圈其格，再敬一圈奶酒或红酒。其格是尝的，酒是喝的，每人两杯。我猜测按照蒙古族的礼节，应该还有肉和稀饭面条，所以

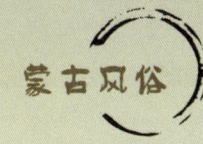

蒙古风俗

菜没敢吃饱。坐等良久，肉才上来，跟内蒙古的手把肉差不多，只是拌了许多大块红萝卜，在盘子里堆个圆锥形，上面撒上葱头（当地叫皮牙子），红黄白三结合，色味形俱全，不能不说是一大特点。

吃肉尚有许多礼节，不能贸然上手，先把胫骨挑出，夹在毡包北墙橼缝里，才开始动刀。肉煮得很烂，吃得也很文明。中间插曲频出、妙趣横生，抖搂了许多骨头文化。且说那根胫骨，一侧有个半圆形豁口，正好卡住一根牲畜缰绳，民间就给它编了一个故事。说是有一次噶尔丹外出，又饿又乏，还把坐骑跑丢了，灰心丧气，只好徒步跟着马的踪迹蹒跚。走了一会儿，却发现那马自己站住了，跟前恰好有一户人家。他上去一看，原来马缰绳上的疙瘩正好卡在这户人家丢弃的胫骨豁口。噶尔丹很感谢这块胫骨，随口祝福几句，这块骨头就成了圣骨。噶尔丹是中国历史上的一位重要人物，如果他继续学习经文，有可能成为班禅、达赖一类的人物；如果他战胜了康熙皇帝，就是第二个成吉思汗。可惜这两个如果都没出现，他就成了个历史配角。但民间不以成败论英雄，还把胫骨插在蒙古包上纪念他。

吃肉以后，才开始唱歌，慢慢红火。喝酒自然也进入高潮，拖得时间很长。卫拉特长调别具一格，不同于漠南漠北。我早先搜集到的一本《卫拉特民歌》，就是在他们这个州整理的。没想到炒菜的那位少妇还是一名歌手，唱给每人的歌都能对号入座，没有重复的。给我唱的歌译过来叫《特别的人》，不乏溢美之词。但仔细一想，我的确不能算这个群落里的人，有点特别，便喝了一大口酒，好不高兴。

太阳即将落山，云杉的阴影逐渐浓重起来。巩乃斯河

的涛声变得更加响亮。主人开始回礼，这是宴席结束的信号，也是蒙古人特有的礼俗。客人给主人送礼，主人也要给客人回礼，不能空手光鞍子回去，有的礼品还相当厚重。就连我们三个不速之客，也给每人脖子上挂了一条哈达。

叁⊙厚待出嫁女儿

而后，主客人等走出蒙古包，来到拴马驹的练绳跟前，孩子也被母亲领来。巴甫尔外从练绳上解下一匹两岁马驹，在它鬃上抹点黄油，脖子上系条哈达，拉长腔调祝福一番，交给孩子母亲牵走。这是一匹母马驹，将来生下小马都是这个四岁女孩的，她出嫁时还可以带走。巴音布鲁克一位搞翻译的乡干部告诉我，她给自己第一个孩子剪头发，就得到马驹十匹，绵羊羔十只，牦牛犊四头，黄牛犊三头，全是她娘家亲戚送的，而且全是雌性。她说等她孩子上学，这些新生的小牲畜就可以给他交学费了。卫拉特孩子剪发，母舅一方送的礼一般都很重，主要亲戚通常都是一头仔母畜，有钱的舅舅还能给个五畜俱全。有许多人家，就是以母舅送给的牲畜为基础，逐步起群发家的。作为母舅一方，对从他们这个家族中嫁出去的人这样厚待，在我国五十六个民族中也不多见，在蒙古族中也只此一支。

○去发趣点一

土尔扈特有这样一个规矩，姑娘应分的那一部分私产，在出嫁的时候不给她带走。多会儿有了孩子，带着孩子回娘家剪胎发的时候，才让她把这部分财产拿走，彻底承认她成了"人家的人"。姑娘来时要从婆家杀一只绵羊，里面心肝肾肺都不要去掉。来到娘家以后，开始剪发的时候，要当着众人的面，举行一个小小的仪式。一个人把这只羊拿到大家面前，问道："要把心肝摘开吗？"大家一齐说道："摘开摘开！"便在众目睽睽之下，把心肝肾肺切开，表示把自己的心肝宝贝给了别人，把她在娘家的户口销了，她那份私产也让她一并带走。如果有的人家只有一个独生女，不舍得摘掉心肝，就不举行这一仪式，表明虽然有了孩子，还算自己家的人。

○去发趣点二

现在有的地方，在客人开始给孩子剪发以前，大家要把送的东西都摆在一

蒙古风俗

大盘子里,小山似的陈列起来,让众人互相观看品评。更有趣的是,要让孩子的母亲抱着孩子,从小山似的盘子里随意拿取个什么东西,以此来断定这个孩子今后的志向。这座小山是用香烟、白酒、布料、绸缎、钞票、文房四宝、茶叶、经卷等等各式各样的东西堆成的。就像贾宝玉过生日时让他抓周一样,是一种玩笑性的预测。但是有的人认为黄口小儿的举动,带有先验的性质。无意间抓住了经卷的孩子,将来很可能被送进召庙。

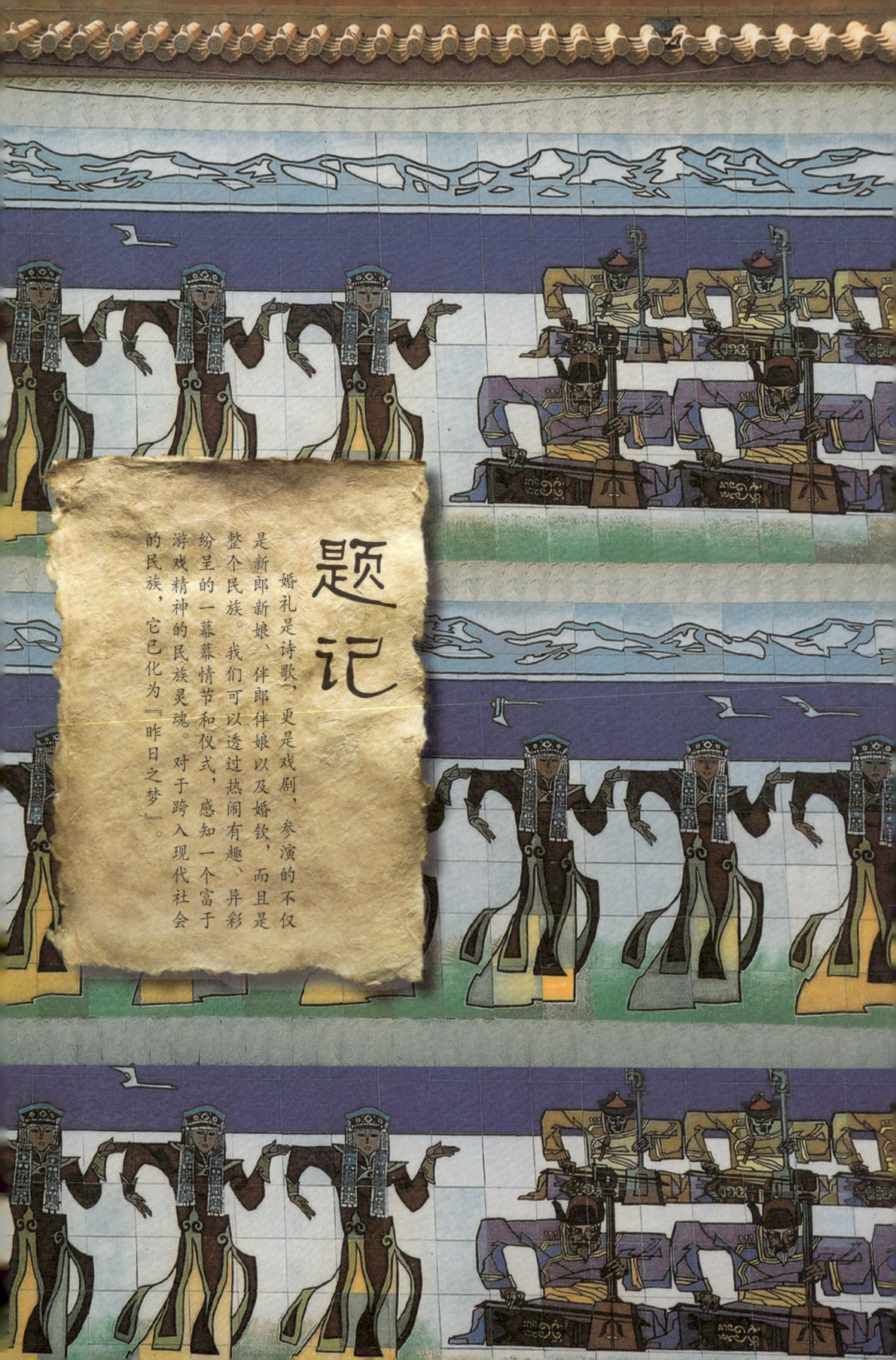

题记

婚礼是诗歌,更是戏剧,参演的不仅是新郎新娘、伴郎伴娘以及婚钦,而且是整个民族。我们可以透过热闹有趣、异彩纷呈的一幕幕情节和仪式,感知一个富于游戏精神的民族灵魂。对于跨入现代社会的民族,它已化为『昨日之梦』。

蒙古风俗

婚礼宴：是诗歌，更是戏剧

家庭是社会的细胞，婚礼是人生中最壮丽的画页，蒙古族婚礼所不同的是，它更多地保留了一些原始和淳朴的东西。用的象征物和道具很多，充满戏剧性和虚拟的问答，洋溢着种种诗意和浪漫气息。精神生活大于物质生活，或者说把生活艺术化了，似乎整个民族还停留在可爱的童年，在举行婚礼时似乎又回到古代，把这个民族的传说、历史，一些稀奇古怪、鲜为人知的习俗又重演了一遍。许多民族昨天已消失的淳朴古俗，这个民族今天还完整保留着。婚礼又是一个文化和礼俗的大聚会、大展示，其丰富、独特、生动和巨大的包容性，是任何其他类民俗所没有的，各地的细微差异和大的分野也千差万别。我在游走新疆、内蒙古以及蒙古国牧区时，给许多部族的婚礼摄过像，一搞就是两天两夜，最累的就是这一套民俗，最丰富的也是这套民俗。

壹⊙订婚与彩礼

1. 哈达美酒订终身

"毡子揪大，儿子长大。"当哪家的儿子脚能够着马镫、手能搭上鞍鞒的时候，父母就给他找媳妇。物色好对象以后，父母以找牲口为借口，或以串门的名义，去那位姑娘的家里，有意带上烧酒，以朋友的礼仪向其父母敬酒，尽量话说一处，趁对方高兴的时候，张口给儿子提亲。如果对方同意，就算有门儿了。

提亲初步成功后，求全人为媒，带上哈达一匹、白酒一瓶（一般用一瓷坛酒，坛口用红枣塞住，坛颈上拴着红布条）、油炸饼子四个。饼子上不能光秃秃的，要放一点冰糖、红枣等物，名曰"顶子"。名正言顺到姑娘家说亲，正式取得对方的同意。

定亲的礼品叫茶礼（乌拉特），也叫茶的术斯、干术斯。术斯本来是全羊的意思。茶怎么成了全羊呢？原来全羊是正式结婚那天才用的，茶的术斯是向姑娘讨价钱用的，规格比后者要低，又要面子上好听，所以也叫全羊。实际上也就是

蒙古风俗

一块砖茶,下面垫上四个饼子,好像羊的四条腿一样,充其量也是一种全羊的代用品,礼轻而情意重。同时也要附带一坛酒。哈达一条就不够了,凡是重要的亲戚人人都有一份,没来的也得给他留着。这次一定要坐席,决定彩礼要多少牲畜、多少银钱,女方陪送什么东西,确定婚礼的日子,什么时候上马,从哪个方向出发吉利,什么时候下马,骑什么毛色的马,蒙什么颜色的盖头(二者颜色要一致)。依据有的地方就用《玉匣记》,这本书不知什么时候译成了蒙古文。

喀喇沁一带的定亲礼品用哈达五条、布两匹、酒五斤、羊两对。这些送到姑娘家后,要设定亲宴。去者以媒人为首,四人或六人同去,不可单数前往,这是通例。定亲宴也叫喝姑娘酒。从此以后,女方见了喝过姑娘酒的人,一律称为"亲家"。当亲家们将礼品送到女家之时,姑娘的近亲和娘舅早已聚齐,就用所赠绵羊为肴,所赠白酒设席。先敬上的哈达要置于西面桌上,或所供佛爷面前。将两匹布一方方裁下,作为哈达的代用品,献给姑娘的近亲、娘舅、父兄等人,每人一方,作为定亲的礼品。蒙古人极看重这样的礼品哈达,倘若上述亲属的某位因事不能参宴,则要将方布送去,谓之"份子"。献哈达喝酒后,女家要放羊背招待

岳父赠送新郎一匹马

商定嫁妆、彩礼和娶亲的具体事宜。这些彩礼通称五九四十五件礼品:一哈达、二白酒、三绵羊、四黄牛、五衣服、六头戴、七骆驼、八帐篷、九家具。不过牧

区的彩礼是一种礼节性的东西，并不是真正按九的数来要。相反女方陪嫁的东西倒是很重，故有"娶三个媳妇发财，嫁三个姑娘破产"的说法。有些富裕的人家，嫁妆全部由女方准备，三年四季的内外衣裳、骑乘的驼马、前面赶的奶牛、后面牵的驮子、扎根的绵羊等等，都要一同陪送。

蒙古人娶亲，须送三次见面礼，举行三次宴席，才能把媳妇娶到家里。三种见面礼，一种是媒人说亲时带的哈达和白酒，一种是定亲时带的茶礼，一种是正式娶亲时带的礼物。三次宴席即随三种见面礼进行的宴席。实际上第三次的宴席并不是一次，里面又分若干层次……

2. 送上门来的女婿

蒙古语里女婿——"呼日更"这个词，是一块活化石，充满了历史意味，几乎就包含着对这个称谓的所有诠释。按照我们今天的观念，女婿自然就是娶了姑娘的那个男人。可是在蒙古语里，却是送上门的男人，"把自己的儿子送到求婚的姑娘家就是呼日更"（《蒙古语词根词典》）。一直到今天，蒙古人还把"送"叫作"呼日格"，"呼日更"是它的名词化形式。

送上门就完了吗？没那么简单！他要在人家家里参加生产劳动，好好表现，住个三年五载。人家也要对他进行种种试探和考察，通常也可以和姑娘同居或非正式同居，甚至生儿育女。女家

戈壁奇特的地貌

满意再正式举行婚礼,把姑娘嫁给他,送回婆家。这种做法,在遥远的古代就能找到痕迹。《新唐书·北狄传》就记载:"婚嫁则男先佣女家三岁,而后分以产,与妇共载,鼓舞而还。"成吉思汗与其原配的婚姻,事实上也是这么办的。那时成吉思汗才八九岁,还没当成吉思汗,而唤作"铁木真"。他爸本想到母舅家给他说亲,半路上碰到翁吉剌惕的德薛禅。两人谈及此事,德薛禅答应把女儿布尔帖(后来的原配)许给他儿子。这样,铁木真就在德薛禅家待了下来。在嫩江流域居住的杜尔伯特以及前、后郭尔罗斯的蒙古人,直到二十世纪四十年代,仍然保持着这种"上门女婿"的遗风。

汉人把这种风俗称为"入赘","家贫子壮则出赘"。儿子生下一大堆,娶不起媳妇,有的便去"倒插门"。实际上就是用自己的劳动,抵偿女儿的身价。如果女方正好缺乏男丁,这无疑是一种很好的结合。可是汉族的入赘,多数都一入不出,终老泰山之门,甚至生了孩子,也有一个要随母姓。蒙古族的入赘,多数还要出来,与其说支付女子身价,不如说出于一种源远流长的积习。把话说明白了,所谓婚姻,不过是两性的结合。女的可以直接"去"男家,不必兴师动众去"娶"的。可是不论蒙古族、汉族,没有一家这么办的,就是今天也如此。大概还是一种母系社会影响的残留,女婿都是自动"送"上门的。从前待个三年五载,如今就待三五个钟头,反正总得"呼日更",不能姑娘自己找上门去。姑娘是我的,我总得风光风光。在整个婚礼过程中,男方几乎都处于低三下四、乞讨求情的地位,说明母权制度从前是非常厉害的。不过最后还是娶走了,说明最后或实质上父权制占了上风。

3. 彩礼——补偿与私奔

饮食男女,与生俱来。大约在原始社会时代,为了饮食,全体男女都得参加劳动。那时粗笨石器,弄个半饥不饱就得全民动员,没有多少剩余产品,也没有什么婚仪和彩礼。后来社会进步了一大截,你要娶走对方氏族一个女子,对方就少了一个劳动力。人家不干,你就得给点补偿,如果不给补偿,生下的孩子不给你,还归女方氏族所有,算是顶清了这笔婚姻债。可见在氏族社会时代,彩礼可以理解为对劳动力的补偿。到了封建时代,才逐渐成了一种支付身价的抵押,带有很大的买卖性质。久而久之,成了一种男婚女配的物质保证,形成一条不成文的法律:不给彩礼,媳妇休想娶走,道德法庭不允许你。不过,饮食男女从来就不是一种死板的现象,一要看风俗,二要看实际,还要看谁跟谁结亲。新中国成立前茂明安旗王爷从外旗迎娶福晋(夫人)的时候,就送了几百只羊、几十头大畜、

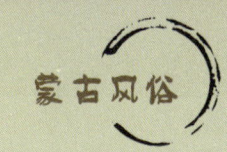

几百块银元的聘礼。可是有的穷人送彩礼,一块银元上撂几个麻钱就行。因为既然男女之事要发生,彩礼就得从实际出发了。

由于过去聘礼要求一定的数量,普通牧民支付不起,便想出一个巧妙的对策。大草原无边无际,"太阳升起天知道,跟他相爱谁知道?月亮升起地知道,偷偷相爱谁知道?"一对青年男女自由恋爱了,日久天长大家也都默许认可。到了婚娶的时候,男方经过策划,跟他几个密友或只身骑一匹马来,半夜潜入毡包,把姑娘悄悄接走,在毡门上挂一条哈达。第二天一早岳父起来一看,知道姑娘跟人私奔,也不说什么。三天以后,亲家领媒人来了,带些烟酒哈达,说是备礼求婚,实际上只是充充样子。生米做成熟饭,媒人也从中撮合,姑娘父母只好默认,商定在一月以后,双方再在一起举行婚礼。实际上这样一来,就把彩礼逃避了。据说从十四世纪开始,这种私奔成婚的形式就在老百姓中开始形成。喀尔喀一带曾在法律上加以肯定。这不是解决劳动力缺乏的困难向外族抢女子,而是一种对买卖婚姻的反抗。新中国成立前后牧区要彩礼一直微薄,不能不说跟这种风俗有一定关系。

4. 彩礼——交割牲畜

彩礼,俄罗斯用貂皮,汉族用俪皮,蒙古族用牲畜。当然,这都是过去的事了。蒙古民歌唱道:"包在那牛犊皮里,把我抚养大的妈妈呀,用带犊乳牛把我换出去,你就变成财主了吗?"彩礼带来不幸的婚姻,姑娘便这样用歌声抨击她的父母。

不过,彩礼毕竟不是买卖交易,女方要的牲畜讲究颇

巴尔虎婚礼,新嫁娘来到婆家以后,第一件事情就是梳头换装,完成从姑娘到新媳妇的转变

多。首先在品种上,不要山羊和骆驼,只要绵羊、牛和马。说前两种是"冷嘴头牲畜"。其实牲畜的嘴巴都是湿漉漉、凉飕飕的,冷热可能就是一种观念上的感觉,不可从实计较的。其次在牲畜的质量上也很讲究。大约除了牲羊、神羊以外,得选最好的给。察哈尔有句俗语:"马给好的,牛给值钱的,羊给有缘的。"就是这种情况的写照。

乌珠穆沁在这方面最为典型,不妨详述。牲畜要多少,是双方提亲时商定的。到了这天,女方父亲和哥哥要亲自登门,如数索取。如果父兄不在,女方也要派一个能主事的人来。来时不能空手,根据家境贫富带些礼物,特别是哈达和套索一定不能少。哈达是蒙古人的面子,套索是送给未来女婿套牲畜的,自古必不可少。

香炉

到了这一天,男方须及早把牲畜准备好。因为牧区的大畜多是撒野的,一时半会儿找不回来。准备的都是估计对方能接受的上等牲畜,牛马拴在勒勒车上,绵羊圈进圈里。来人喝茶休息片刻以后,出来到车跟前一头一头端详,中意的留下,不中意的便解开放了。男方看到哪辆车上空了,便赶紧牵来一头补上。如此再相再放,有的替换好几次才满意。蒙古人个个都是相牛相马的行家,何况来人都经过挑选,自然不好蒙混过关。不过话又说回来,要好的人才结亲,谁会故意把赖牲口送给亲家!有的人家除了牲畜,还要若干金银财物。这就简单多了,端来一盘饼子、奶食,把银元放在另一个盘里,连哈达一起交给女方来人。来人接过盘子,将大部分银元拿走,盘里留几个作为"福底",交给男方作为回礼。如此交割清了,便设宴摆酒,献歌助兴。看看天不早了,来人便起身赶牲畜回去,临走,一定要在车上留一头像样的大畜,把亲家的微笑留下,不可和盘夺走的。

5. 彩礼——高看母舅

交接彩礼,当然还有许多仪式。送交的牲畜,脖子上都要拴哈达,表示"纳彩"。白马尤不可少,视为彩礼之首,名之曰"头马"。喀尔喀蒙古在演唱婚礼祝词时,就要把那匹头马牵来,举着缰绳祝颂一番。卫拉特人尊崇母舅,说:"水之源,泉;人之初,舅。"头马必须献给舅舅。给女方送嫁妆时,如果你看到几峰满载的骆驼,又有一匹英俊的好马,这马便是献给母舅的。

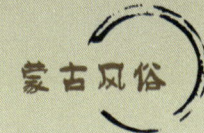

其实,卫拉特给女方送的彩礼并不多。除了这匹头马,主要就是一些女方婚后穿的、戴的、用的东西。如上所说,这些东西都驮在几峰骆驼上送来。来女方门上的时候,起码要带一件衣服的布料、一只绵羊的肉和几壶白酒,几个人要跟着骆驼同去。一位能说会道、花容月貌的年轻女子要作为嫁妆的牵头人,到了女家以后,要把嫁妆一件一件放在哈达上,向大家展示。姑娘的嫂嫂或姐姐一边清点这些东西,一边说长道短地挑剔一番,又是颜色淡了,又是尺寸短了。牵头人凭三寸不烂之舌,不但要说服对方,还要让对方高兴。不过女方接收嫁妆的头儿,倒是比较宽宏大量的。她的祝词也说得漂亮:

扎,但愿:
一有丰富的物品,
二有享受它们的厚福。
愿喝的茶又红又浓,
穿的和戴的都是蟒缎和珍珠。
说话能算数,
事业有成就。
物品脆弱短暂,
主人天长地久!

接着招待男方的客人,临走不能空回,每人送些毛巾之类的小礼品。细究起来,这是察哈尔、额鲁特、和布克赛尔的卫拉特礼节。

贰⊙一个真实的鄂尔多斯婚礼

1. 娶亲犹如上战场

到了娶亲这天,男家要举行一个宴会,送新郎上路,鄂尔多斯唤作"萨阿德格毛日德呼"——"背弓箭出发"。这种古老的称呼,包含一股火药味,其实更甚的还在后面。

卫拉特少妇服饰

蒙古风俗

萨阿德格主张夜间出发，新郎要骑上威武雄壮的公马。公马提前十几天就要吊控好，娶亲这天要拴在桩上。亲朋好友一般中午时分陆续到达，一来就喝茶吃饼子。日晡时来到婚宴主包，向新郎父母递交礼品，从全羊、砖茶到几尺大布不等。有些细心的女戚，还要给新郎送两三件娶亲必备的用品。

在宴会正式开始以前，主人要当着大伙儿的面，向事先约好的娶亲人敬酒献哈达，一一把他们"邀请起来"。而后新上任的主婚人便宣布婚宴开始：第一道献茶，第二道敬酒，第三道摆羊背。当酒足饭饱、暮色苍茫时，宾客们便来到门前禄马周围，为娶亲的人马送行。

禄马是每户牧民院外供奉的"族徽"，也叫玛尼杆，娶亲这天要将禄马全部更新。供奉禄马的神台上，要摆放供品，点燃佛灯，燃放柏叶，吹响螺号。新郎披弓挎箭，身跨骏马，带着象牙筷和蒙古刀，威风凛凛地站在一块雪白的大毡上，接受祝颂人吟唱的《弓箭赞》和《骏马赞》。吟唱《弓箭赞》的时候，祝颂人要左手端碗（鲜奶），右手拿箭，用箭头从碗中蘸几滴奶，淋洒在箭壶上：

　　遵循着天命从上苍降临凡土，
　　忽必烈贤君背着你东奔西突。
　　对于三军你是振奋兵威的旗帜，
　　对于顽敌你是销魂慑魄的镇符。
　　这张神奇无比的弓弩上，
　　祭洒精酿两遍的美酒。
　　兀立在宾客群中的新郎哟，
　　祝你的婚姻美满幸福。

《弓箭赞》吟唱三遍以后，祝颂人又把新郎骑的公马从头到尾抹画一番，吟一首长篇大段的祝词，把马的长相、神速和马鞍具都赞颂一遍：

　　当旅人举步未举的刹那，
　　当信徒燃香未燃的瞬间，
　　眼儿没顾上眨动，
　　心儿来不及闪念，
　　你就从天边跑来，

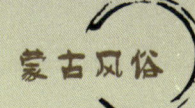

蒙古风俗

像那迅疾的飞箭;
你就从地极驰来,
像那倏忽的闪电;
你就从一天的旅途奔来,
像那奋飞的紫燕;
你就从一月的旅途归来,
像那穿云的婵娟。
金鹿再快,
难步你的后尘;
黄羊再速,
不能与你并肩。
奔驰的地方清泉喷涌,
翻身的地方红花开遍;
歌手看见你放声歌唱,
琴师看见你拉响琴弦;
五雄的神力萃于你一身,
万马的盛会你遥遥领先。
金丝编织的马缰,
响铃缀饰的嚼环,
象牙雕刻的鞍鞒,
紫檀精制的马鞍,
栽绒裁剪的马褥,
蟒皮缝连的鞍垫,
金鹿皮拧的绊扣,
香牛皮做的大氆,
锦制的两条肚带,
铜铸的一对镫盘。
各种奇珍异宝装饰的枣骝神马哟,
把这圣洁的奶酒向你轻弹;
立于神台前面的新郎哟,
祝福你贵体康安!

娶亲的新郎(布林特古斯提供)

接受新人送的礼品

每逢祝颂到最后,大家就接着祝颂人的尾音,高呼一声"贵体康安"。最后由大宾带队,伴郎、祝颂人和新郎一行四人,在柏叶的氤氲中、螺号的吹奏下,策马挥鞭,奔向女家……

草原的夜晚总是宁静的、空旷的,本来就稀少的村落显得更为分散和遥远。为了驱散沿途的寂寞,又不致互相走失,便放开嗓门,一路奔驰,一路高歌……别人听见,就说"萨阿德格的人过来了"。

2. 中途埋酒祭鬼神

夜行的萨阿德格一行四人,当走得接近新娘家的浩特时,便都跳下马来,选择一块高地,燃起一堆篝火,放上六个饼子,将犊皮红筒里携带的各种食品,象征性地取出些许,向天地四方泼散一点儿,在火里焚烧一点儿。人马小憩一番,休整一顿。临走的时候,就地挖一土坑,埋进一扁桶酒(约十公斤),这就是"埋物宴"。娶上媳妇返回途中经过这里的时候,两位小伙(其中一位必为伴郎)从队伍中脱颖而出,抢前一步赶到昨日埋酒之地,将酒挖出,侍立路旁等候。大队人马上来以后,将扁桶之酒倾入银碗,一一奉敬。对方马上接饮,接着继续前进。在祭酒食品的时候,祝颂人吟唱的祭词是很特殊的:

> 用那五畜五谷的精华,
> 做成五色五香的祭品。
> 大元圣皇成吉思汗,
> 七十二种肴馔的结晶。
> 上对三十二帝天子,
> 二十八宿星辰。
> 下对四海龙王,
> 十殿阎君。
>
> 为副的哮天宝犬,
> 为首的太岁安本。
> 四面八方的祠堂庙宇,
> 列祖列宗。
> 大千世界的圣灵幽魂,
> 土地山神。

都来享用这泼散和祭奉!
泼散以后就一切应验,
祭奉以后就万事顺心。

这种祭祀天地鬼神的风俗,可能源于一种古老的宗教心理,所谓"上洒天高兴,下洒龙喜欢",把这种做法叫作"苏格勒呼"。"苏格"意为"鬼魂","苏格勒呼"就是"飨祭鬼魂"的意思。先把这些神物鬼物都打点好,免得他们婚礼进行得热火朝天时出来作祟。这可能是先民的初衷,后来逐渐变成一种习惯。一路走得人困马乏,灰眉土眼,把驮子收拾一番,马肚带紧一紧,到了亲家也风光。夜里容易迷路,便以篝火互相联络。至于埋酒,可能是男方为了给女方敬酒图省事,也可能另有原因。除了鄂尔多斯,别部很少有这样办的。

3. 初到岳家敬"衬灶"

望见埋物宴的篝火以后,女家也"嘭"的一声,把神台东边洒上酥油的干柴点燃,成呼应对答之势,一边在院子门口铺下一方雪白大毡。毡上并起两条长桌,长桌上摆着一只红漆条盘,条盘里满满当当盛着一只全羊。两边各放一盘圣饼。外有一只盛着鲜奶的雕花银碗。这是给新郎接风的第一个席位——看席。看席之南神台之北,又铺一条长方白毡,这是新郎下马的地方。大约刚刚准备就绪,就传来了娶亲队伍的马蹄声,一下子引得乐器和歌声都响起来:

全羊

八只雄狮哟雕刻在神坛上,
八瓣的莲花陪衬在佛爷身旁。

　　　　正当金秋八月丰盛的季节，
　　　　和蔼的亲人你来自远方。
　　　　外咚赛，
　　　　问候您永远太平安康。

　　萨阿德格的人们在歌声中催马扬鞭，从女方家的院子后面兜一个大圈（顺时针），来到女家东面的图勒嘎——临时搭的村灶跟前，嘎勒其（煮肉人）正煮准备晚宴用的全羊。祝颂人就在马上捧出一条粉绢哈达，对村灶和嘎勒其赞颂一番：

　　　　远望如大象驮着聚宝盆，
　　　　近看是巨锅坐于将军灶。
　　　　三江的清流在锅中翻腾，
　　　　五岳的紫檀在灶下燃烧。
　　　　嘎勒其：
　　　　手持楠木的拨木棍，
　　　　整煮对牙的肥绵羔。
　　　　捞在雕花的托盘里，
　　　　卸成讲究的花样刀。
　　　　羊头上有油，
　　　　锅台上有宝。
　　　　两家儿女有亲有缘，
　　　　八方宾客有说有笑。

　　祝颂完毕，将粉绢哈达献给嘎勒其，再由南而西绕过旺火和神台，在院门西南停住。早有女方总管和祝颂人迎上来，把大宾和伴郎接到看席上，进行一番礼节性的招待。新郎被导引到白毡上骑马站好，接受双方祝颂人喷珠吐玉、声情并茂的礼赞。这不是比赛的比赛，女方宾客纷纷出来倾听围观。一般要持续很长时间，萨阿德格出发时说过的那套可以重复，女方祝颂人还要说唱一段《增箭赞》：

　　　　你（指弓箭）是英雄意志的化身，
　　　　你是所向无敌的象征。

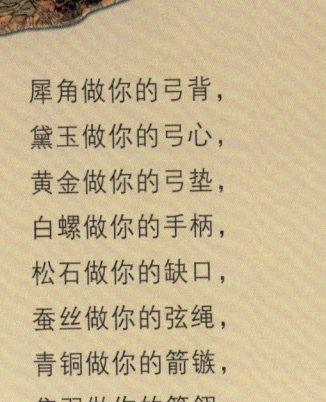

犀角做你的弓背，
黛玉做你的弓心，
黄金做你的弓垫，
白螺做你的手柄，
松石做你的缺口，
蚕丝做你的弦绳，
青铜做你的箭镞，
隼羽做你的箭翎。
十支白箭上面，
再把一支新增。
新增以后就吉祥如意，
披挂以后就百战百胜……

吟咏完毕，祝颂人把准备好的一支白箭插入新郎的箭壶里。新郎这才下马，把弓箭挂在玛尼杆上，跟着双方祝颂人来到看席上尝了鲜奶圣饼，携同早到的大宾、伴郎，向女方婚宴正屋走去。

4. 伴娘请吃"闭门羹"

萨阿德格的人们走到正屋门口的时候，大宾和伴郎被恭恭敬敬地让了进去。新郎和祝颂人刚要进去，却横空飞来一条白毡，把他俩隔在门外。机灵的新郎不动声色，想混在一帮宾客中侥幸而入。但扯白毡的四大嫂也不是白喝酥油的，一下就把他抓住，不等他闯入，就用锅底灰把他抹个黑脸包公，想溜也溜不掉了，回头喊一声"婚钦（女方祝颂人）过来"，于是双方摆成对峙阵势，展开了极富戏剧色彩的舌战。男方祝颂人手提的犊皮红筒就是道具。双方诘问对答的祝赞词就是对白和台词。本来脸上已经做了记号，却假装不认识，劈头问道：

看你桂冠锦袍，
像是探亲的嘉宾；

牛犊红筒

　　看你披弓挎箭，
　　像是打牲的猎人。
　　若是走错了门庭，
　　南有大路可寻；
　　若是找不到猎物，
　　北有深山老林。
　　你的家乡在何地，
　　你的信仰是谁人？

男方祝颂人回答：

　　布尔陶亥是我的家乡，
　　成吉思汗是我的信仰。
　　用那熟制的佳肴作为求婚礼品，
　　遵循迎亲的大礼来到你家门上。
　　为着隆重的礼节，
　　穿了长袍马褂；
　　为着清朝的礼节，
　　戴了顶戴花翎；
　　为着蒙古的礼节，
　　骑了高头大马；
　　为着军队的礼节，
　　背了箭囊弓鞑；
　　为着阿爸订下的金玉般的良缘，
　　额吉许诺的磐石般的婚约，
　　我们才十里迢迢来到你家……

女方还不放过，天文地理百般考问，男方都对答如流，滴水不漏。女方又问："你给我们带来什么礼品。"祝颂人便举起那个犊皮红筒，说道：

　　捕杀了一头大野牛，

蒙古风俗

剥下它的囫囵皮，
放在芒硝缸里，
熟了整整三年，
用那纯钢宝刀，
铲了整整百天，
割开腿板做了口子，
扎住脖颈做了底子，
做成这个红筒。
里面放上一只一只的全羊，
一坛一坛的美酒……
作为送给嫂嫂的礼品，
你是要一股脑儿倒在大毡上，
一件一件清点，
还是连红筒带礼品，
整个儿交到手上？

嫂子们怕把东西倒洒一地，赶紧把毡子一翻，平放过来，把红筒接住，放新郎和祝颂人进入。为什么会有堵门迎婿这一礼俗？现在看来当然是为了取笑逗乐。如果让民俗学家解释，恐怕不那么简单。据载耶速亥巴特尔（成吉思汗父亲）给成吉思汗提亲的时候，途中曾遭到塔塔尔的暗害。此后便格外警惕，男女双方成亲，必要盘根问底，搞清楚才让进屋。巴林部的婚礼祝词中就说："从圣主成吉思汗时代，开始定下的礼仪。来了不让进门，这是隆重的国礼。"看来跟

草原上的牧人

蒙古风俗

当时战争环境确有一点关系。达尔罕婚礼中，男方门上横挡一根木棍，不让新媳妇进去，还要女方给木棍领牲。女方就说："在上古的时候，朝廷的礼仪中，只有用骏马领牲，不能用带杈木棍领牲；只有用绵羊领牲，不能用干木棍子领牲。"男方再三强调这是成吉思汗娶亲的规矩，女方就在木棍上搭一条粉绢哈达，然后步入包中。由此看来，堵门又可能与某种宗教仪式有关。

5. 头份全羊表心迹

从新郎家出发到新娘家娶亲，要摆三次酒宴，临行上马一个酒宴，中途祭天一个酒宴，初进新娘家一个酒宴。初进新娘家的酒宴是男家为女家设的"虚宴"，这就是献羊祝酒。

娶亲的四人进屋喝起茶来以后，就开始忙乱起来。他们把带来的主要礼品很有秩序地陈列在正屋中间的桌子上，然后请女方亲朋入席。这次入席很讲究，女方参加婚礼的宾客都得请到，不能缺漏或排错座次。大宾自捧一条哈达，必恭必敬献给姑娘的父母。父母接过，吩咐拿到一边去了。这是家庭见面礼，不是婚礼的正式礼品，婚礼的礼品另备一份。只见来人抬进一只肥大的全羊，名曰"芒来术斯"——头份全羊。还有一只看盘，看盘上"川"字朝上摆着一块砖茶，一齐摆在女方大宾面前的桌子上。司酒从男方带来的酒坛里，斟满一杯递给新郎。新郎要在头份全羊的面前，面朝女方大宾跪下。男方祝颂人也要端来一杯同样的酒，跪在新郎右边，高声问道："桌上的美酒和德额吉备齐了没有？"女方宾客齐答："备齐了。"男方祝颂人就念一段很长的芒来术斯祝词，初表娶亲的心迹：

　　天上的阳光，
　　地下的水分，
　　虽然冷暖不同，
　　盛开的菊花却把二者萃于一身。
　　乌审旗的姑娘，
　　鄂托克旗的后生，
　　虽然陌路西东，
　　爱情的力量却使他们成为至亲。

"川"字牌砖茶

蒙古风俗

如同穿拢一串冰清玉洁的珍珠，
如同点燃一盏光明灿烂的佛灯。
在这一顺百顺的日子，
在这吉祥美好的时辰，
我们谨循迎亲大礼，
步入了亲家的高门。
把那纯洁的哈达，
谢了各方的圣灵；
把那丰盛的祭品，
谢了上苍的神明；
把那珍贵的聘礼，
谢了尊敬的双亲；
把那首席的全羊，
摆在亲朋的正中；
把那醇香的美酒，
斟满闪光的银盅；
在上的各尊各位，
请接受我们这崇高的盛情。

接着二人就向女方的宾客一一敬酒。在大家喝酒的工夫，司仪要抽出随身携带的蒙古刀，从芒来术斯上取肉少许，放到银杯里，连酒拿到外面，向皇天和圣主（成吉思汗）祭酒。再回到包里，从术斯上割点肉，扔到火撑上烧了，这是祭火神的。芒来术斯端上来以后，女方大宾代表大伙，用刀在羊头上剜块月牙形的小肉，送到嘴里吃了。示意司仪把术斯抬下去，留待以后再吃。

要是黄金家族（奇姓），这术斯什么时候也不能吃，而且不叫术斯，叫珠玛。祝颂人念过祝词后，珠玛也要向皇天圣主祭洒，但不能祭这家的火神。因为鄂尔多斯贵族之间不能通婚，对方一定是平民。贵贱有别，自然

布里亚特村灶

不祭女方的火神。由伴郎再抬出去，拿到女方刚才迎接娶亲人的地方烧掉。这不太可惜了吗？可是人家认为珠玛是皇天圣主和黄金家族使用的全羊，平民百姓享不了如此大福，便退回所来方向烧掉。自然也不能让男方再拿回去吃掉，因为它终归是送给女方的礼品。

6. 求名问庚闹通宵之一

夜阑更深，鼎沸一时的歌声渐渐低落下来。一顿霍零饭（米或面条与肉丁合在一起的稀饭）吃罢以后，婚仪又拉开新的一幕。在原来女方主要亲戚排坐的正席前面，又加了一排长桌，桌后摆了四把椅子，两侧各放一只板凳。一会儿四大嫂鱼贯而入，依次坐在那四把椅子上。继而一个男人进来，坐在东侧的板凳上，是专门代替四大嫂跟男方舌战的祝颂人，绰号"长胡子大嫂"。他们刚坐定，男方祝颂人就手提琥珀玉瓷瓶，领着两人走了进来，新郎手捧一条哈达，伴郎高举焦勒门术斯——求名问庚的全羊。和女方四大嫂答话以后，男方祝颂人带头，将礼品陈列在四大嫂面前的长桌上。这些礼品都是有名堂的，焦勒门术斯的四肢用羊毛系着；琥珀玉瓷瓶用奶酪塞着瓶口；一庹长的青缎哈达里，包有各个相扣的金银对环。男方祝颂人用琥珀玉瓷瓶斟满五杯美酒，让新郎面向大嫂，双膝跪地，掌心朝上摊开两手，将五杯美酒放在他手掌上，自己也扑通一声，跪在西侧的板凳跟前，高声启禀道：

　　鲜美肥嫩的术斯，
　　那是敬献岳丈的全羊；

这个上方下圆的物件叫作图海，用银片做成，上面饰有花纹图案，有的还镶嵌着绿松石或青玉。挂在新郎腰带的一侧，它是新郎娶亲的标志。丈母娘接受了新郎的叩头以后，就把下面那个长方形的缎巾或布巾——一般有二尺长、一尺宽——中间用红线订四枚铜钱（布林特古斯提供）

醇浓可口的美酒,
那是答谢亲朋的琼浆;
圣洁珍贵的哈达,
那是求名问庚的礼品;
金银相扣的对环,
那是成婚配偶的凭证。
在那高大的骟驼上,
驮满这些昂贵的聘金。
从那遥远的新郎家,
迈向二位亲家的高门,
摆在四位大嫂的当中。
把那芳香四溢的美酒,
斟满雕龙刻凤的银盅。
向那尊贵的大嫂,
叩问芳名妙龄。
周而复始的生肖中间,
到底是属虎还是属龙?
闻名遐迩的芳谱中间,
究竟是高娃还是斯琴?

生男生女的标志
(布林特古斯提供)

　　祝颂人吟到这里,新郎便站起来,把托在手中的美酒献给四位大嫂和女方祝颂人,又退回原地跪下。男方祝颂人便坐在西侧的板凳上,跟对方展开了长达四五个小时的诘问对答,这就是女方婚宴中为时最久的仪程——求名问庚。当然,姑娘的姓名年龄,婆家是早就知道的,但是婚宴上亲朋不一定知道,仍然有一个宣传的问题。这事本来很简单,但四大嫂偏不告诉。古往今来问了一大堆,要三起三落方才告诉。这就增加了人们的好奇心和神秘感,非要知道不可。《绥远通志稿》记载:"又有'讨名'之礼,在求箭礼之前,新郎偕傧相,盛装诣新娘席前,向围遮新娘诸女子,敬问新娘之名,诸女如不即告时,则须满酒敬

肴，恳切求之。或先漫答，良久方以真名告之。陪新娘者均属姐妹行，往往刁难新郎以为戏，然亦有观察新郎性情而压抑其盛气，以免将来凌轹新娘，而成为百年和乐之夫妇焉。"蒙古姑娘重名较多，如果和男方重要女戚重复，就很不好，婚前公婆要另起一个名字，到这天正式公之于众，因此要求名问庚。第一次求名问庚从聘礼开始，问到全羊为什么四肢和尾巴有毛，琥珀玉瓷瓶为何以奶酪为塞，瓶中的奶酒是怎样来的，还有寺庙没有的七珍八宝，最后问到剪子结束。这时新郎就开始爬起来，借给宾客敬酒的工夫，活动活动腿脚了。比如关于聘礼的起源，四大嫂是这样发问的：

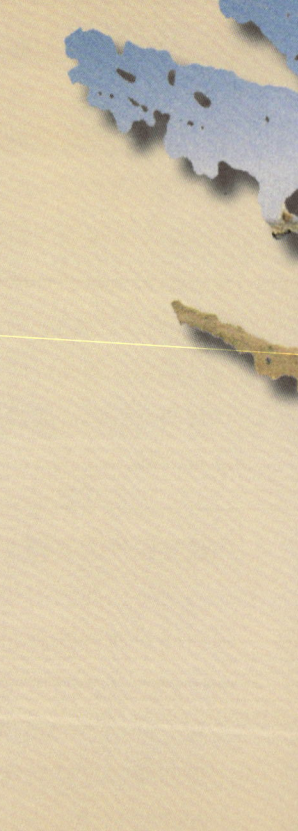

> 翻开那古老的经典，
> 追溯那悠久的历史，
> 圣明先帝成吉思汗，
> 把才貌出众的孛儿帖哈敦，
> 娶为结发爱妻之际，
> 缔造了最初的婚仪，
> 奠定了迎亲的大礼。
> 王公贵族的规矩，
> 从全牛开始，
> 九九八十一件聘礼；
> 平民百姓的规矩，
> 从全羊开始，
> 五九四十五件聘礼；
> 随旗蒙古的规矩，
> 从全酒开始，
> 三九二十七件聘礼。
> 尊敬的大宾在上，
> 雄辩的婚钦请听，
> 到底遵循哪家规矩，
> 准备了哪件哪种？

第二次求名问庚的礼仪和做法同第一次一模一样，只是开头、结尾和中间问

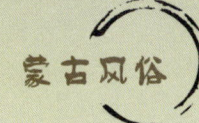

蒙古风俗

答的内容全变了。开头是这样问的:

不要说苍天莫测高深,
普救的甘霖说来就来,降到地上;
不要说神龙隐迹遁形,
震天的雷声说打就打,响在耳旁;
不要说两人天南海北,
前世的姻缘暗中左右,结为鸳鸯。
芬芳美丽的菊花,
离开雨露不会开放;
拔地耸天的青松,
离开土石不能生长;

纯洁透明的水晶,
出土之前不会放光;
轻柔光洁的蟒缎,
裁剪之前不成衣裳。
把四叶衣片缝成袍子的,
是银针和丝线;
把两户人家联成亲家的,

是新郎和新娘。
像那紫檀的红花和绿叶，
像那彩凤的羽毛和翅膀，
像那赞词的序歌和尾声，
结为珠联璧合的一双……

第二次求名问庚，从金弓银箭（即新郎背上的弓箭）问到单腿驼鹿、单峰黑驼、追禽撵兽的快马、削铁如泥的宝刀、九洁六美、五大法宝（渡鸦翎、野猪牙、豪猪刺、皂雕爪、海鳖甲）……有的关系到风俗民情，有的是生活中根本没有或罕有的事物，词中出现的成吉思汗及其胞弟，也都是神话了的英雄，不一定有史迹可考。问的范围也远远超过婚礼范畴，甚至可以由双方自问自编。二次求名问庚的最后，必是七十二个纽扣的蒙古袍。

女方："七十二个金扣的七闪缎蒙古袍带来了没有？"
男方："带来了。"

五海龙王的公主，
生得伶俐乖巧。
向金蚕讨来丝线，

蒙古风俗

向彩虹借来颜料。
以无比虔诚圣洁的心灵,
献给慈悲善良的圣母月老。
圣母差下七十名织女,
每人织了一晚,
每人缝了一早,
每人钉了一扣,
做成一件七十个金扣、
七闪缎的蒙古长袍。
袖口上绣着水獭花,
后襟上绣着库锦花,
胸前青龙盘绕在翻卷的云头,
背后金鲤嬉戏在腾跃的浪花。
白天一个色,
夜晚一个色。
远看不是花,
近看都是花。
明镜一样闪亮,
水貂一样光滑。
浸于水中不湿,
放在火里不化……

女方:"且慢!我向你要七十二个金扣的七闪缎蒙古袍,你怎么把七十个金扣的带来了?"
男方:

左衩上十五个金扣,
右衩上十五个金扣,
左肩上二十个金扣,
右肩上二十个金扣。
这七十枚金扣,

> 是天上织女钉的。
> 剩下脖颈的那一对金扣,
> 咋钉也开得不行,
> 咋绷也滑得不行,
> 咋缝也掉得不行,
> 咋缀也脱得不行。
> 只有亲家这儿,
> 那位前世有缘的小姐,
> 手儿巧,
> 心儿灵,
> 听她名儿好悦耳,
> 见她面儿好欢心。

能把这两枚金扣钉上,因此就给她留下了。

最后男方祝颂人总会从怀中掏出一个蒙古袍,递交四大嫂。这件蒙古袍是袖珍式的,上面真钉有七十枚小扣,空两枚未钉。两枚金扣一对红心,新娘一钉,大事就成。这是件艺术品,成婚留念,许多夫妇都把它保存到老。

7. 求名问庚闹通宵之二

求名问庚的前两个回合是铺垫,是虚笔,第三个回合才进入实质性的阶段。这回新郎不捧杯酒,只举一条五尺长的哈达,哈达上摆着金银对环。金环是方的,银环是圆的,环环相扣,组成两个形状,名之曰"皇上的手镯","娘娘的耳环"。女方不再纠缠,为时很短,却别开生面。

男方:

> 在这风清日丽的黄道吉日,
> 在这花好月圆的美景良辰,
> 让我代表娶家再次祝酒。
> 向那背着姑娘长大,
> 肩似金山一样贵重的父亲;
> 向那抱着姑娘成人,
> 怀如摇床一样可爱的母亲;

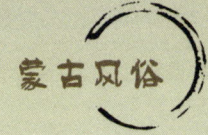

向那牵着姑娘学步，
指像葱根一样洁白的老嫂，
叩请新人的芳名妙龄。
大海不竭的源头是什么？
是那江河湖汊。
江河湖汊由哪来？
天上的甘霖飘洒。
大家欢聚的缘由是什么？
是那男婚女嫁。
男婚女嫁从何起？
古老的习俗留下。
在那开天辟地创世造人的时候，
两位先父先母结成儿女亲家。
人类的长河便从这里发源，
人类的大树便从这里萌芽。
从人类之父的右膝上，
生出三百六十一名男娃。
从人类之母的左膝上，
育成三百六十一名女娃。
男娃抚养成人，
让他娶妻成家，
接续套脑上的香烟，
使祖业兴旺发达。
女娃培育成人，
把她嫁到婆家，
牵起拉不断的裙带，
使合家富贵荣华。
今天择了良辰吉日，
备了美酒香茶。
让我家新郎登门，
跪在岳丈脚下。

俯首献上金银的对环，
双手托起洁白的哈达。
接二连三地磕响头，
三番五次地说好话。
磨得膝盖要穿啦，
垂得脑袋要掉啦，
屈得两腿要折啦，
压得两手要化啦。
尊贵的嫂子发发慈悲，
快请饮下这杯美酒，
启动你的金口玉牙！
…………

祝颂人吟到这里，从地上站起来，扶起新郎，将放有金银对环的哈达献给首席大嫂。首席大嫂双手接过哈达，放在桌上，笑着回答："我家姑娘上月骑上铁青马，去那宝格达召，请圣主起名尚未归来。"

男方祝颂人："我家男儿上月也去朝拜圣主，在归途中同你家姑娘在定亲岭上吃过饼子，现在早已经回来了。"

首席大嫂："那么我家姑娘是属骆驼的，名叫大针。"

男方祝颂人："大嫂你说错了，骆驼是不入十二属相的牲灵，因为它本身具备了十二属相的特征。"

首席大嫂："咋就具备了十二属相的特征，请您从头讲来！"

男方祝颂人："兽王要封十二属相，事先通知了各种野兽，最先到的是牛，最后到的是骆驼，正好十二生肖。兽王正要宣布，老鼠嗖地从牛头上跳下来：'还有我哩！'这样老鼠就成了第一位，牛成了第二位。骆驼就被挤了出来，心里不服，口出怨言。兽王说：'你比他们都高，十二属相已备于一身：鼠的耳朵，牛的蹄瓣，虎的指爪，兔的嘴唇，龙的脖子，蛇的眼睛，马的鬃领，羊的绒毛，猴的屁股，鸡的冠子，狗的大腿，猪的尾巴。'名叫大针或许可能，不过跟属骆驼联系起来考虑，恐怕也是杜撰。"

首席大嫂又诌了几个属相姓名，被男方祝颂人一一驳了回去：

蒙古风俗

新女婿跪了一夜，
老汉我唱彻五更。
众亲人等着我们，
不要再拖延时辰。

首席大嫂这才从怀中取出一条哈达，献给新郎，告诉了姑娘的姓名年庚。新郎双手接过哈达，叩拜后退，同祝颂人回到西边的客位上入席。四大嫂也离开正屋，把金银对环和哈达转交新娘。新娘接过哈达对环，施礼拜谢。想到这是自己丈夫送来的情义，很快就要跟他出嫁，心里说不出有多少种滋味。

8. 新郎穿衣娘家陪娶之一

求名问庚之后，小憩片刻，开始女家晚宴。女方所有送过礼的亲朋好友都要入席，尤其新娘的姐姐和嫂嫂，要从新娘房中请来，因为这出戏主要是她们唱的。宴席的序幕，由新郎敬酒叩头拉开。接受叩头的长者，要用简短的吉祥语向他祝福。姐姐或嫂嫂要给新郎赠送自己做的马褂，套穿在原来马褂的外面。再围上腰带，馈赠鼻烟壶袋、银碗袋、马护额、烟荷包等"五礼"。这些礼品，都是嫂嫂、姐姐们亲手缝的。平时严守秘密，这回突然亮出，一鸣惊人。按礼岳家赠送的东西再多，也必须穿着戴着回

答谢四方亲朋

去，中途不能脱掉。新郎身上平添这些东西，自然臃肿和滑稽，这正是婚宴气氛所需。那些爱开玩笑的小舅子、小姨子，正好拿他出洋相。

9. 新郎穿衣娘家陪娶之二

把给女儿的嫁妆叫作"陪嫁"，顺便也给女婿的叫"陪娶"，用常人的观点，就是"倒贴"。倒贴除了衣服，还有骏马。骏马陪送的时间，各地不大一致。有的在男方招待送亲宾客的宴席上，女方要把事先带来的一匹好马牵到酒席场内，作为礼品送给新郎。新郎接过缰绳以后，要骑上转浩特一周，名之曰"亮马"，实际上亮的是女方的面子。人们都喊着"媳妇的马"。媳妇的马还不是女婿的嘛，人都给了，马还不能骑吗？有的在女方婚宴快要结束的时候，给女婿赏一匹全鞍全的快骏宝马，祝颂人还要从头到尾赞美一番：

> 要说父母赏给的这匹骏马，
> 苍狼般的两只耳朵，
> 明星般的一双眼睛，
> 雄狮般的前躯，
> 猛虎般的体形。
> 钢铁的四蹄，
> 扫地的长鬃。
> 生在三九，
> 奇寒不减膘情。
> 走起来赶上黄羊，
> 跑起来胜过旋风。
> 拉走以后传宗接代，
> 给了以后蔓延孳生。
> 远行时宝驹一匹，
> 狩猎时良骏一乘。
> 遇敌它为战友，
> 安邦它是功臣。

还要把箭囊和弓箭赏给女婿。这样配备以后，便是一名十足的骑马勇士了。

10. 掰羊脖子伙吃肉

女方家的婚宴通宵达旦，一宿茶不停，酒不停，歌不停。最后主人要拿出最

蒙古风俗

好的礼品——煮全羊，招待所有来宾。主婚人发话以后，端盘子的鱼贯而入。每盘盛有一只卸作六大块的全羊上面放着羊头的上半部分。从主婚人开始，大约十五个人中放一只全羊。其法是将木盘放到一尊者面前，行半跪礼退后一步。尊者将木盘调转，使羊头面向端盘者。端盘者再一行礼，跪上前来。按一定之规，将六大块卸作五十多块，好啃好拿。再把羊头放上，转回原位。掌心向上一举，说声"用膳"，便倒退而出。与此同时，其余桌面的羊背也陆续剖卸完毕。主婚人说："各位用刀。"并带头割了一块。大家七手八脚、挑肥拣瘦地大吃起来。

新郎跟着祝颂人来到姑娘房中，坐在西边客位，参加这里的晚宴。正面是梳头爹妈，东北是新娘和伴娘，看热闹的年轻人站了一屋。晚宴放的羊背一般都不能带脖骨，而正对新郎的木盘一角恰恰有一块整煮的羊脖骨，显然这是故意放的。更有甚者，那些小姨、小舅之辈，暗中串通嘎勒其，专拣羊脖粗大者用之，中间尚插入红柳棍一根，增其难度，身小力薄的男子根本掰不开。伴郎就先用刀将肉剔出，骨缝撬开，再交给新郎。这样自然要遭女方亲人的奚落："羊脖子折不断的可怜虫，怎娶人家的玉美人！"不过，男方祝颂人也很会打圆场。他向嫂子把木盘要过来，将掰开的半截羊脖子放进去。又把红柳棍拣出来，给嫂子递过去："半截羊脖子是新娘的，半截柳棍是嫂子的！"以此为新郎挽回败局。

嫂子把盘子接过来，给坐在东北角的新娘送去。按照鄂尔多斯的风俗，这个羊脖子是新郎和新娘合啃的。一旦羊脖掰开，人们不看新郎，单看新娘如何下口伙吃脖肉。机智的梳头爹爹就趁机转移人们的注意力，问男方祝颂人："我说亲家公，你说一对新人伙吃羊脖子共食

和硕特新郎新娘

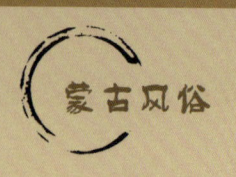

肉的习俗是怎么留下的？"祝颂人就说："哈哈，你要追根问底，还得从头说起。相传很古的时候，从圣主成吉思汗开始。只要男婚女嫁，你聘我娶，都要经过这么一回。"

新人共餐的羔羊是美好的，
出嫁遭逢的公婆是美好的，
夫妇合啃的羊脖是美好的，
常去探望的丈人是美好的。

两个孩子合啃脖骨，不仅表示情投意合，亲密无间，也象征着爱屋及乌，孝顺双方的父母。

11. 新嫁娘绾头上马

东方现出熹微曙色，女家晚宴进入尾声，新娘父母走进刚才掰羊脖的姑娘屋，对大家说："给姑娘绾头装新的阿爸额吉（梳头爹妈）及各位来宾，请入席上座。"大家就按掰羊脖的座次入席，端盘者又把羊背端上来，做个席面的样子（大家刚刚吃过，但不能不摆）。新娘父母向大家敬酒一圈，把一条粉绢哈达递给梳头爹妈，就算把女儿出嫁之事全委托了。

第一件事是排除阻嫁的干扰，把那些重重保护嫁娘的姑娘连骂带劝，统统弄走。而后准备一碗清水、一碗奶水，把嫁娘那乌黑油亮的一根麻花大辫解开（刘海和大辫是姑娘的标志），垂下满头秀发，蘸着清水梳干净。让她尝过鲜奶，要过新郎的象牙筷，把头发从正中一分为二，蘸上奶水梳光。把练垂（一种专门的发具，圆形）接过，将半面秀发均匀

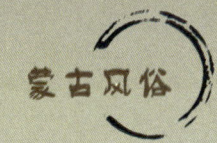

披散在上面，罩成一个灯笼形状，手握下端。

> 长长的皮条韧又柔，
> 快快递在我的手。
> 柔韧的皮条磨不烂，
> 好给姑娘来绾头。

新郎就把事先准备好的皮条递给她。梳头妈妈把头发和练垂下端的木柄牢牢绑在一起，使劲插在发套里面。练垂上端的头发，用一块缀有珊瑚松石的半圆形布片包住，用银扣从里面扣紧。发套系一圆筒，上粗下细，用纸衬糊成，外裱印花黑缎，上下金绦压边，中间缀有錾花银片，末端接一长长的绣花飘带。这是一侧的装束，另一侧完全一样，以取对称。练垂收拾停当以后，她拿一个死羊骷髅，头朝南虚放在头饰上面（与头饰正反一致），问众人："正呀还是反？"大家齐答："正。"她又将骷髅反置，再问一句，大家齐答"反"，便差人把骷髅拿远扔了。这才把头饰给新娘戴上，上面一圈发箍，前额有璎珞流苏，左右各有六条流穗，从两颊直垂胸前，迈步可使上面的银铃发出脆声。稍后是两扇护耳，背后是凸形屏风。尚有银耳坠一副，用丝线连在发箍和屏风上，从耳后垂了下来。头饰的各个部分，除耳坠可以摘下来外，其余都是死钉在发箍上的，全用珍珠、玛瑙、珊瑚、松石装饰而成。越有钱的人家头饰越重，戴在头上脖子必须挺直。待客时必须戴头饰，睡觉可以取掉，但练垂是取不掉的。王公贵族的头饰有值十几匹马的。为了美观大方，上面可冠以二龙戏珠黑呢圆顶帽。至此，头上的物件才算齐备。再穿上粉红的蒙古长袍，套上红缎底子、绿绸镶边的乌吉

鄂尔多斯新娘

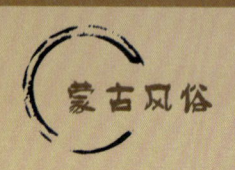

外罩，扎上天蓝色的五穗头腰带。乌吉的第二道扣门上，垂下金葫芦三件牙签儿、女式鼻烟壶袋和针插子三件物品。最后挂一串坠有银佛像的珊瑚项链。经过这一番打扮，新娘更加显得雍容华贵、光彩照人。

当太阳冉冉升起的时候，女家的婚礼便从包里转到包外，进入热闹的尾声。院门口铺下两条雪白的大毡，准备为新娘饯行。练绳上面头对头拴下两排矫健的骏马，那是男女送亲者的骑乘。屋子里，新娘父母手把鼻烟壶，向那些陆续离宴的宾客发出送亲的邀请。在人欢马叫声中，几峰气宇轩昂的骟驼驮着新娘的一对食品箱子、一对衣服箱子、一对家什竖柜启了程。双方祝颂人又把骏马、弓箭赞词重吟一遍，新郎一行在悠扬的礼赞声中先行出发。之后情绪急转直下，人们一起唱起哀怨凄婉的《送亲歌》来：

　　　　前额上嵌着玉点的骏马，
　　　　还在沙丘上奔跑。
　　　　身穿蟒缎长袍的姑娘哟，
　　　　就要离开娘家的毡包。

　　　　脊梁上撒满银花的骏马，
　　　　还在冰滩上奔跑。
　　　　头戴珠宝玉器的姑娘哟，
　　　　就要走进陌生的毡包。

在歌声和哭声中，新娘的两位嫡亲哥哥手搀头蒙红纱的新娘（盖头、骏马的颜色，要与命色一致，不一定都是红色），缓缓穿过人群，来到立于白毡上的骏马身边，将她扶了上去。由一位嫂嫂在前面牵引，在大队人马的簇拥下，绕住宅一周，随大家向婆家走去。

大约翻过一道大梁，呆呆伫望的母亲忽然如梦初醒，跑回家拿出一个放有圣饼、红枣、奶食等的盘子，一边旋转，一边向远去的女儿发出"呼瑞呼瑞"的呼唤。与此同时，送亲的人们也勒马驻足，铺下毡毯，把新娘扶下马背，暂时撤去盖头，让她举目望乡。就连新娘和送亲人骑乘的骏马，也善解人意地发出声声长嘶。

队伍终于又行进了，不断有悲悲切切的歌声传来：

　　　　大雁的雏儿，

命运把它系在河边湖畔,
赛啦尔白咚赛。
养大的姑娘,
命运把她抛向海北天南,
赛啦尔白咚赛。
骏马的驹儿,
命运把它系在辽远的路上,
赛啦尔白咚赛。
养大的爱女,
命运把她抛在异土他乡,
赛啦尔白咚赛。

12. 半路迎新丢羊头

娶亲的一行四人娶上新娘,走到离家一二十里,家里就派出一队人马出来迎接。途中遇上走在前面的四个娶亲人,匆匆寒暄几句,大宾和伴郎便回去飞马报信。新郎和祝颂人却加入迎亲队伍,一起向女方送亲人马奔去。当两队人马即将相遇,突然勒马收缰,各据一座沙丘站下,仿佛两股对峙的部队。自然总是迎亲的这队先行下马,铺下白毡数块,桌子一张,食品两盘。大盘里摆一只全羊,全羊上放上盖子(羊头的上半截)一个,小盘摆饼子六个。然后恭恭敬敬邀女方送亲人下马,与迎亲人马合兵一处,或坐或立。男方祝颂人便面向来人跪倒,致一首长篇《迎亲词》,现摘其要者译下:

迎接送新人(布林特古斯提供)

石山升得再高,
有路通往山顶。
珍珠撒得再多,
有线把它穿拢。

蒙古风俗

亲家离得再远,
夙愿结为联姻。
看那满头金银珠宝的新娘,
鲜花似的红润,
脂粉似的白净,
柳条似的婀娜,
流水似的柔顺,
白银似的纯洁,
黄金似的贵重。
今日清晨的时分,
把这心爱的姑娘,
扶到矫健的骏马上,
把那两箱的嫁妆,
驮到高大的骆驼上,
从娘家动身,
来到婆家门上。
我们等了又等,
我们望了又望。
望你们荡起的烟尘,
好像长虹飘荡;
望你们飘飘的衣着,
好像彩云飞扬;
望你们逶迤的队形,
好像大雁低航;
乳汁的精华是奶酒,
我们把奶酒敬上。
五畜的精华是五叉,
我们把五叉献上。
远道而来的各位亲朋,
请你们屈尊赏光!

新郎把带来的美酒（去的时候埋在半路上的），一一献给送亲的人们。新娘离门时，要从家里带来一个羊头上盖子。这会儿把羊背上的上盖子移放到小盘饼子上面，将带来的上盖子放在羊背上面。小盘上的上盖子不能保留，就由祝颂人拿上，从新郎右侧的马镫下面拿出来，再远远地扔掉。

女方送亲人在半路抢新郎的帽子，不失为趣事一桩（布林特古斯提供）

13. 女方也闹"新郎追"

俗话说："要好的结亲。"即使男女本人不同意，双方父母自觉自愿，可是具体实行起来，却少不了磕磕碰碰、争争斗斗。

东蒙地区（科尔沁、巴林），新娘的轿车走到离婆家不远，女方要玩"新郎追"，把他的箭抢走。在乌拉特、鄂尔多斯地区，不是抢弓箭，而是抢帽子。迎新酒喝过以后，一上马就抢新郎的帽子。在辽阔的大草原上，十几个人围追抢劫一位新郎，也是一种勇气的展示和力量的竞技，给婚礼带来不少情趣和波澜，常常引得许多人等在男方门口观看。据说成吉思汗的胞弟别里古台娶亲的时候，半路上新娘就被抢劫过一次。从那以后，新郎一定要赶去半路接应，披弓挎箭和携带伴郎，都有点"加强武装"的意思。对方非要抢走一支箭，也暗示着一种"武斗"的痕迹。

14. 新娘上门过火堆

新娘到来之前，男方要以禄马为中心，西南摆下桌子，准备迎接送亲男客；东南铺下大毡，迎接新娘和送亲女客；再往东南一点，燃起两堆篝火。送亲人马驰近浩特，男女分成两队。女客由送亲嫂子带领，直奔火堆而来。她们一路马蹄隆隆，环佩铮铮，好不潇洒。到了火堆跟前，嫂子

准格尔召的砖雕

先自下马,接过新娘的马缰,牵着向前走几步,把末端挽个环儿,嗖的一下从两堆火中间扔过去。这时新郎正好策马从禄马西侧驰来,伸出手中马鞭,趁绳环落地的刹那把马缰挑起来,牵着新娘从火堆中钻过来。这时周围的人们个个手里拿一把食盐和香柏,纷纷扔到两堆火中,让其噼噼啪啪浓烟滚滚地燃烧,以壮声威和气氛。

新郎的这套动作,颇需掌握一定功力与火候。有的新郎没这个本事,就让新娘事先下马,自己也下马,用马鞭牵着新娘从火中穿过。因为新娘这时还蒙着盖头,不能主动配合,这样做自然不是很默契。以前台吉人家的公子,娶亲时自己不去,牵新娘钻火堆也由别人代劳,只是拜天地和父母时才与新娘站在一块,这又另当别论了。

新娘从火堆穿过以后,送亲男客仍不下马,要耍点威风。男方也不管他们,多会儿新娘那边照应得差不多了,才向这边走来。蒙古人舍得陪嫁,富裕人家讲究"前面有赶的(牛羊),后面有牵的(马驼)",多者的嫁妆能驮满几峰骆驼。这时要把它们牵到火堆跟前,依次卧下。四位女亲家手端鲜奶,把驼背上的嫁妆一一抹画,再抬着从火堆中走过来(不许落地),放到白毡上。这时才能在西南的桌子上摆下羊背,念一通欢迎词。男客们纷纷下马,簇拥着新娘走进大包。新娘进大包时,脚不能直接触地,要用两块白毡倒换着让新娘一路踏过去,一直走进毡包。

从火堆中穿行的用意,大概是为了消灾免难。蒙古语中有所谓"死人佛跟着,新人鬼跟着"的说法。鬼又最怕火,用火一燎,它就吓跑。这种风俗,蒙古地区多有,形式五花八门。库伦旗新娘的火净,大体跟我们前述的迎新宴一起举行,把酒肉在火中给鬼神泼散以后,牵着新娘绕火堆正转一周,让他们在火堆跟前结了发,再领回来举行其他仪式,把驱邪避难的事情都在野外一并做了,也不失为一种精明。

15. 祭火拜人抢大毡

鄂尔多斯新娘上门,不兴堵门礼。正屋毡门早就高悬,等她跨入。主婚人和近亲高坐正席,面前或多或少都有钱财玉帛。婆母端坐火撑东北,面前置有月饼一盘,饼上垫四枚大枣,上摆几块银元。右臂肘上,尚搭一匹粉缎、两件绿衣。火撑前摆一金花大盘,盘里放一枚胸茬骨。上面肉不多,彩条羊毛香烛之类却缠了不少,同腊月二十三祭灶所用的相同。火撑上牛粪火塔燃得正旺,淡蓝色的火苗向套脑蹿起。在熠熠火光和炯炯目光的交织中,两位嫂嫂搀着头蒙红纱的新娘

缓缓步入,在火撑前站定。男方祝颂人清清嗓子,吟起了《祭灶词》:

> 辽阔的苍天云儿连在一起,
> 奔腾的江河雾儿连在一起,
> 深厚的大地草儿连在一起。
> 四方的宾客欢聚一堂,
> 慈祥的婆母坐在正中。
> 雪白的条毡铺在脚下,
> 新娘低头步入院门。
> 双膝跪在旺火跟前,
> 红纱遮着她的面容。
> 要说这火,
> 还是洪荒的年份,
> 上古的朝代,
> 从山上取出燧石,
> 从草中借来火绒,
> 成吉思汗把它击燃,
> 鸟苓额赫(即成吉思汗母亲诃额仑)把它保存,
> 用黄油白脂把它祭祀,
> 用酸奶甜酒把它供奉。
> 于是它便燃起冲天的火光熊熊,
> 发出盖世的热量融融。

男家门前升起两堆火,准备让新娘从中间通过(布林特古斯提供)

赞到这里,将盘中胸茬骨扔到火里,又洒黄油白酒。火苗获得新的滋养,便腾的一声蹿出套脑,火光远见。祝颂人又继续赞颂了一通新郎新娘,新娘便对着火神三拜九叩,正式"入籍"。由两位嫂嫂搀着,碎步向婆母走去。婆母让其尝过鲜奶,把那一大堆礼品交给她。祝颂人便喊:"磕头磕头。"两位嫂嫂就说:"接住接住。"新娘便把礼品接过,给婆母叩过头,就向主婚人走去。如此向主要

亲戚叩过头以后,便倒退着走向门口(礼品由嫂嫂帮拿)。婆母走过来问:"明媳妇呀暗媳妇?"两位嫂嫂回答:"明媳妇。"婆母便用轻巧敏捷的动作揭去新娘的面纱,一位光彩照人的新人便出现在众人面前。当退到门槛之际,当地婚俗讲究"夺毡逗兴"。有些灰小子会猛不妨把毡一掀,欲把新娘闪倒门外。两位嫂嫂急忙救驾,灰小子揪住毡边一顿猛掀,弄得嫂嫂也摇来晃去,自身难保。外面送亲人见势不妙,一齐拥上夺毡,拉锯一番,最后让女方把大毡夺走。

16. 男方摆羊大联欢

送亲的宾客坐定以后,照例要喝一顿男方端来的接风茶。而后,他们便派出自己的代表,把新郎阿爸的亲属叔叔、姑姑,额吉的亲属姨姨、舅舅等,请到婚宴正厅,当众献上一只从家里带来的全羊,才能正式坐入男家的席位,开始双方结合的盛宴。坐法是男方的主婚人在东,女方的主婚人在西,男方的亲友由大到小从东往下排,女方的亲友由大到小从西往下排。坐好以后,男家就正式献茶敬酒。喝上一阵子,男方总管就手提酒桶走进来,从坐在正席的主婚人开始,给每人敬上三次酒。接着,两个主婚人宣布联欢正式开始。男家那些打古筝扬琴的,弹三弦四胡的,吹竹梅横笛的,便像事先商定的一样,奏起了悠扬动听的酒歌乐曲。那一对对精干漂亮的青年男女,便随着乐曲声

和硕特婚礼:
搀新娘入房

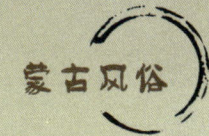

蒙古风俗

从外面走进来,给大家唱着歌儿来敬酒:

金杯里斟满了醇浓的美酒,
赛啦尔白咚赛。
高举起献给尊贵的盟友,
赛啦尔白咚赛。

银杯里斟满了甘甜的美酒,
赛啦尔白咚赛。
高举着献给四方亲友,
赛啦尔白咚赛!

  这一轮酒刚刚敬完,就听调子一转,奏起另一首节奏明快的酒歌。几个小伙子走出人群,手提酒瓶唱道:"白瓶里面存放的,是那温良的美酒哟。给你们大家献上的,是那浓烈的美酒哟!"又是一轮酒敬了过去。继而调子又一变,出来一群花枝招展的姑娘,用她们那特别尖细的嗓子唱起了另一首敬酒歌。这三巡美酒下肚,就像烈火一样,把大家唱歌的热情点燃起来了。主婚人也唱,东面的客人也唱,西面的客人也唱,大家又合唱。这时更深夜阑,双方主婚人交换一下意见,便向大家宣布休息。人们纷纷走出毡包,观赏星光灿烂的夜空,呼吸几口清新甘美的空气,活动一下盘腿久坐的身体,准备迎接第二次歌潮。

参加婚礼的人们

  他们再度入席,就该由新郎和新娘敬酒了。本来拜

过灶神以后，新娘就回了喜包——一座崭新而雪白的毡包，新郎则做了自由人，这回却被一起叫来，双双唱着歌儿给大伙敬酒。如果说第一次的歌唱不过是一条长河的源头，或者说是涓涓细流的话，那么这次的演唱就是冲出山峡，可以奔腾汹涌了。歌兴趁着酒兴，酒花浇开了歌花，你可以听到各种各样生动优美的民歌。有的有悠长婉转的过门，有的有饶有风趣的衬字，而且演奏起来是那样协调和谐。可惜这是男家摆羊背的序歌，往往不能太久，总是歌兴酒意正浓的时候，小伙子把大羊背抬了进来。这中间，一位白发长者站起来，用右手接过一只银杯，置于左手掌心，腾出右手无名指来，向杯里蘸了三滴奶，分别向空中弹去：

　　这只高大健壮的绵羯，
　　腿像四根立柱，
　　身如一堵墙头，
　　尾巴大似锅盖，
　　犄角利同匕首。
　　小伙子手起刀落，
　　把那六块颈椎，
　　十二块胸椎，
　　二十四根肋条，
　　统统卸成手把肉。
　　条条香得流涎，
　　块块肥得流油。
　　闻之能享天福，
　　食之可增人寿。
　　用来大摆晚宴，
　　酬谢各方的亲友！

《全羊赞》以后，大家可以饱食一顿，在座位上稍事休息。然而没过多久，新郎父母来敬酒的时候，便掀起了更大的歌潮。酒是歌的血液，它一奔流歌声就活跃起来。由于有不唱重歌的习惯，这次的演唱无疑是向深度和广度拓展了。我们在这里，可以欣赏老人古老雄浑的长调民歌，姑娘那美妙柔和的音色，各种乐器浑然一体的奏鸣。有时仿佛骑着骆驼，跟着牧民跨越连绵起伏的沙丘。有时又

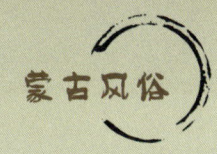

蒙古风俗

像漫步明丽清新的绿洲,潺潺的溪水旁边,布谷鸟隐藏在绿荫深处歌唱。有时又像沙场骑士拉响遒劲的弓弦,射出呼啸的羽箭……草原过去地广人稀,平时难得互见一面,现在双方宾客济济一堂,便是娱乐联欢的极好机会。对那些当婚当嫁的青年来说,还可以通过歌声的媒介,寻找自己称心的情侣。所以他们总是显得主动热情,眉飞色舞。那些博闻强记的"歌囊",总是把拿手好歌放在最后,专门在别人歌空时才显露自己的不凡。

17. 白马宴与交勺头

一对新人婚后的第二天清晨,男方祝颂人要趁一对

白马宴(布林特古斯提供)

新人未起之前,把两匹白马拴在他们住的新包外面、围绳的东西两边。门前铺下白毡一条、桌子一张,上摆全羊、砖茶、香烟、白布等物。如系成吉思汗子孙,必须拴白公马,全羊改成珠玛术斯,这就是白马宴。过去祝颂人还要说一段祝词,把白马抹画一番。抹画以后,这些马匹、布匹、砖茶等等,都要让祝颂人拿走。看来这好像是给祝颂人报酬的一种礼节,用白马是为了吉祥。平民拿不起这许

多东西,就在新包的围绳上,拴两条哈达了事。然而在台吉人家,却一直把这种风俗坚持了下来。

举行白马宴以后,新娘要赶快去公婆住的毡包,把他们的毡拉开,把火撑下面的灰掏尽,生火熬一锅新茶。婆母端过一盘奶食饼子,上放一截煮熟的绵羊脖,交给媳妇,媳妇跪着接过。婆母再用黄油鲜奶抹画一下媳妇的手,把系有哈达、抹着黄油的勺把子交到媳妇手上。媳妇接过勺把子,从公婆开始,给家里的大小人等一一倒茶端碗,掀起了新生活的第一页。

18. 送客与回礼

鄂尔多斯参加婚礼的宾客,当天晚上不回家。第二天一早婆母给新媳妇传交勺把子以后,还有个大范围的送客仪式。仪式讲究在外面举行,人们坐成马蹄形的半圆,中间并排放下一对方桌。一边的方桌上,堆着五畜的奶食、五谷的种子、整匹的缎子、成串的麻钱以及哈达、帽缨、礼袍、腰带等等四十五件礼品。一边的方桌上,堆着砖茶、银元、大布、头巾等等准备回礼的物品。仪式开始以前,照例要把羊背茶点等物摆出来,说一段非常优美的《送客词》:

>············
>圣山的顶上,
>黄骠生了驹儿,
>生了驹儿当时并不高兴。
>马驹天天长大,
>四只银蹄越磨越硬,
>撒欢跑遍大千世界。
>荡起的烟尘直冲云天,
>像彩虹一样展现的时候,
>母马看着才着实高兴了一阵。
>苇淖的岸边,
>天鹅生了蛋儿,
>生了蛋儿并不马上高兴。
>雏鹅顶破壳儿,
>四根大翎愈长愈丰,
>展翅飞上万里云天。

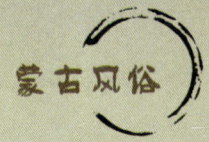

嘹亮的叫声传到母鹅身边的时候,
它才着实高兴了一阵。
须弥山的顶上,
紫檀发了芽儿,
发了芽儿并不立即高兴。
枝儿生出杈儿,
杈儿长满叶儿,
繁枝密叶遮天蔽日。
奇香异味弥漫宇宙的时候,
它才着实高兴了一阵。
蒙古包的地上,
牧人生了孩儿,
生了孩儿并不一下高兴。
儿女长大成人,
背上弓箭娶亲,
戴上首饰出聘,
支起火撑立户,
扎起哈纳支门,
炊烟像朝霞一样,
从套脑上袅袅升起的时候,
父母望着才着实高兴了一阵。
每逢遇上这四大喜事,
就要选择吉日良辰,
请贤明廉正的诺颜,
四面八方的亲朋,
举杯欢庆一顿。
从未见面,
能结为儿女亲家者,
那是前世的福分。
天空中闪光夺目的,
是太阳和太阴。

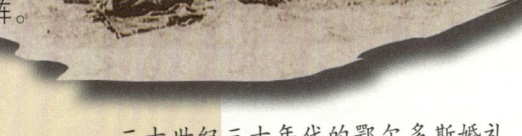

二十世纪三十年代的鄂尔多斯婚礼

婚宴上闪光夺目的,
是新郎和新娘。
竖起城楼目标大,
出售真金价钱大,
摆开婚宴喜气大,
端起银碗面子大。
用之不竭的是那金银珠宝,
肝胆相照的是那亲友街坊。
有缘有分的是那小伙,
有情有义的是那姑娘。
愿你们结合得吉祥如意,
愿你们生活得地久天长。
在那圣洁宁静的沙丘上,
铺下雪白的条毡两行。
把那双方的亲朋,
请到相应的席上。
主家的人儿亲自出面,
为各位斟上玉液琼浆。
七曜测过了,
二十八宿观望了。
吉祥的日子择定了,
新娘从远方迎回。
在主家门前下马了,
拜过火神爷了。
交在新郎手了,
成了毡房的主了。
为了报答这一切,
坐骑之首的骏马,
大畜之主的黄牛,
闪缎的礼袍,
库锦的宫绸,

蒙古风俗

肥肥的马褂，
长长的乌吉，
头上的红缨子，
脚下的皮靴子，
绒毯毛毡，
香茶美酒，
各式各样的礼品，
五九四十五件应有尽有。
般般件件陈列起来，
请各位宾客过目！

诵完之后，还要敬茶献酒，分割羊背，请大家享用。不过人们吃喝了一夜，也吃喝不进多少东西，倒是最后那顿全羊汤煮面条吃了感到舒服。饭后开始回礼，把礼品的一半回赠送礼的客人。并且同时开始谢人，主婚人、大宾、总管和祝颂人每人两块砖茶，新娘父母每人一匹缎、一件衣，哥哥嫂嫂、姐夫姐姐每人一块砖茶、两块银元。礼品回完以后，主婚人宣布婚仪结束，大家就可以自由行动了。这时，男方祝颂人又站出来说："盛大的婚宴散场了，尊贵的客人不要散，请到喜房尝新茶，住上两宿再回还！"

有些宾客就应邀走进那座草原上新增的毡包，接受新婚夫妇以新家名义进行的茶点招待，欣赏一下新人的衣着风貌和陈设家具，扔下一些小宗礼品，便开始成批地出发了。

东去西散的宾客越走越远，主家的摊场也收拾得光剩下一条大毡。正当人们卷大毡的时候，祝颂人又念道：

这幅雪白的大毡上，
撒满了吉祥的五彩霞光。

方斗

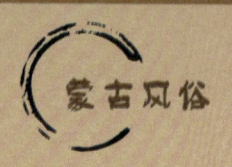

上面放过的礼品，
将随着岁月无限生长。
有幸铺用的主人哟，
能把如海的洪福招回庭堂！

随着悠扬的祝福声，卷毡人就把白毡举起来，齐声地叫着："呼瑞呼瑞呼瑞。"这热切而悠长的呼唤，就是鄂尔多斯婚礼的尾声。

叁⊙婚礼的尾声

1. 巴尔虎：女婿当家岳父探女

双方客人散去以后，要把娘家陪送的家具、衣物等搬进新包，布置陈设起来。在火撑东北面（不在正北摆，因为新郎的父亲还健在，他只能算二掌柜）摆下桌子，由女方剩下的人请女婿入席。新娘要亲自熬茶，把吃喝等摆上来，对自己的丈夫进行招待。生活的第一页就这样掀开，家庭裂变出第二个细胞，二掌柜在家庭中的地位已经确立，千百年的老路又周而复始。

新娘的母亲、嫂子要陪新娘住三天。她们留下来有两个目的，一是指导新娘学会如何尽妇道，习惯婆家的生活和家务；二是同亲家母对话，向她介绍姑娘的脾性、针线营生等详情细节，求她多多关照。三天以后，姑娘的母亲和嫂嫂启程，新郎要送到家里。临走的时候，让新娘头朝北，一腿跪一腿盘着坐在东南，大襟上压把斧子，使斧头正好冲着火撑。这就表示姑娘已经王八吃秤砣——铁了心了，活着是这家的人，死了是这家的鬼。

母亲回去的当天，父亲要来探望姑娘。这老两口半路上遇见，形同陌路，交臂而过，谁也不跟谁打招呼。到了女婿家，可得热情招待，先有拉马拽镫，后有酒肉饭菜。老亲家少不了过来陪酒，一夜欢宴。新媳妇还要把父亲带来的食品送给牧村所有的人家品尝。当娘的回去以后，也要用女婿带来的东西招待大家。

姑娘出嫁以后，下月的初几要回娘家，俗称"大回门"。新媳妇回门，女婿要送，自然要带些酒、饼、全羊之类。大回门的时间，公婆不硬性规定。可是从此以后，新媳妇每住娘家，公婆说多会儿回来，就得多会儿回来。然而第一次回门的期限，虽然不往死定，但也不能超过她做新娘以后在婆家待过的日子。新郎送下新娘，自己回去。新娘回婆家的时候，一般由哥弟护送，也要带上全羊、白酒等"姑娘的口福"，招待婆家的人。

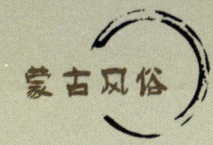

2. 科尔沁:"借姑娘"

姑娘出嫁五十天,做娘的要套上马车来到亲家门上,说几句吉利话,把姑娘接回去,住四十至六十天,俗称"借姑娘"。借姑娘不能骑马,讲究套车来接。

姑娘在这被借回的四十至六十天内,主要是给丈夫和公婆做针线,不干其他营生。叩头爹妈、叔叔、舅舅,也要轮流借走,在自己的家里待几天,也要帮她做针线,传授一些针线技艺,让她吃好玩好。到时候一定要送回婆家,一般由新娘母亲带队,共去一桌人。送去以后,当娘的要向亲家母问好,把姑娘交代给她:

> 祝愿太平安康,
> 慈祥有福的亲家。
> 请听我的心里话:
> 那天我从戈壁,
> 来到亲家的门下,
> 把你贤惠的媳妇,
> 接到她的妈家。
> 没让她上井打过水,
> 没让她粪堆倒过垃圾。
> 走亲串友的时候,
> 没让她骑过马。
> 走了那么多人家,
> 全是车上车下。

禄马的印版

说着把做好的靴子送给婆婆,让媳妇给婆婆叩头。婆婆则说一些感谢的话,许愿给好多礼品,让女婿给岳母叩头,设宴款待一番。

3. 一对新人三对爸妈

蒙古姑娘成婚,父母一般都要带着哈达美酒,找一对跟他们年龄仿佛的"全人",来做姑娘的"叩头爸妈"。

男方有的也要给儿子找一对叩头爸妈,加上原有的两对亲家,一对新人就有三到四对爹娘,俗称"六大老人"或"八大老人"。《绥远通志稿》载土默特风俗云:"女将入门,男家必须于友好中择天伦完聚之妇一人,俾认新娘为义女,即所谓'梳头妈',代为改髻以取吉利。一经认定,终身往还,谊如亲生。"正是这种礼俗的写照。

梳头爸妈也就是叩头爸妈,认叩头爸妈,别的民族不多见,细想有许多含义。首先大约是出于精神的需要。请儿孙满堂、德高望重的老人来梳头,可以图个吉利,沾人家的光,把人家的优良传统都带到小家庭里来。另外恐怕也是出于实际的需要,往近里说,要应付男方的抢亲。因为过去有的姑娘,或者年纪尚幼,或者自己没见过新郎,存在好多心理障碍,到出嫁那一刻真是不想走的。这时如果父母来劝,她也许会撒娇耍赖死活不听,叩头爸妈解劝就不好意思了。往远里说,日后小两口发生了摩擦,或跟公婆有什么纠葛,叩头爸妈出面调解也比父母直接出头好得多。邀请他们的意思,远远超过梳头本身。

叩头爸妈在婚礼中,是一个举足轻重的角色。他们在宴席上的座次,仅次于亲生父母。他们向新娘、新郎送礼的时候,也仅次于亲生父母。除了梳头以外,还要代替双方父母完成一些必须由他们出面完成的事情。有些行为要由他们发话才能进行或中止。在许多地方的婚俗中,都有男方或女方专门为答谢"六大老人"举行的宴会。有的在婚礼当天举行,有的在婚后第二天举行。有的把它合并在报答父母的养育之恩中举行,有的则单独进行。左、右巴林在娶回新娘举行大宴以后,到了半夜也要专门开设"朋友宴",请朋友(叩头爹妈)、双方父母和大亲家入席,放三个羊背子。女方祝颂人要把写在红纸上的陪嫁礼单当众念叩一遍。男方祝颂人要向女方的四位老人献上哈达、鲜奶,报答他们的养育之恩:

> 把那奶旺的乳牛,
> 连同那头小牛,
> 把那大羯子全羊,
> 连同香甜的白酒,
> 把那缎子的长袍,
> 连同圣洁的哈达,
> 献给尊敬的母亲,
> 报答她的养育之恩。

蒙古风俗

巴尔虎婚礼举行以后的合影（后排左起第二、三名为新娘、新郎，前排坐在椅子中间的是新郎的父亲）

让一对新人向"六大老人"叩过头，大家不停杯地喝酒，不放刀地吃肉，婚宴渐入佳境。察哈尔的答谢婚宴多数在第二天举行，在包外铺下毡子或栽绒毯子，摆上桌子，让叩头父亲坐在正中，说一段专门的《朋友赞》，给他献上细点心、坐垫或银鞘蒙古刀，同时还有一条哈达。叩头父亲也要坐在那里回赞一对新人，送些手头礼物。新娘如果有盖头，叩头阿爸要用新郎的弓鞘把它挑开，让新娘露出花容月貌，同时决定回娘家的吉祥日子。次日早上叩头阿爸回家的时候，一对新人要双双把他们送到家里，拜见叩头妈妈，给她献上哈达和礼品。叩头妈妈也要回礼，家远的要留他们住一宿。也有新郎一人把叩头父亲送往家里的。鄂尔多斯婚礼中，也有请叩头爸妈的习俗。独贵龙的运动史上，就曾记载着奇玉山（乌审旗人）曾请孟克乌

力吉做叩头阿爸的事情。

○ 婚礼趣点一

蒙古人召福的香斗里，总要插一支箭。婚礼祝词中说，出发征战的时候，它能镇压敌人，获得神圣的称号。召福致祥的时候，它能聚敛财富，惠赐无穷的珍宝。说明和平是用战争换来的，幸福是用武力夺取的。这种情形最直观的表现，就是婚礼的娶亲。几乎每个部落的蒙古族，娶亲时都要披弓挂箭。鄂尔多斯专门在禄马神台举行这一仪式，与从前王爷的部队出发打仗完全一样。喀尔喀新郎来到岳父家门外，还要照着蒙古包东面的哈纳射一箭。巴达拉呼先生还说，新娘快到婆家门前时，新郎等几个人要抢先回去，背了枪，反手再迎出来，照着新娘头上就是一枪。好在它是空枪，如果放的是真枪，还不把人家姑娘吓坏了！新郎将新娘抢回来以后，把弓箭放在禄马神台上，又回到出发的地方，弓箭开始又弓箭结束，变成了禄马旗上那柄三股钢叉。如果你分开来看，那钢叉不是一个兜弓搭箭的符号吗？

○ 婚礼趣点二

"匪寇婚媾"的残迹，大概在许多民族中都存在过。清人袁枚记述康熙年间的北京婚礼，当花轿一到，"新郎弯弓而出，向轿帘三发响箭，然后抱新人出轿，则乱鬓蓬松，红绸裹首"。茂明安部在新娘出嫁的时候，男方的人风风火火闯进来，从姑娘堆里把新娘抢走，给她换上一顶帽子，用布把头蒙上，强行抱到马上，让一个人骑在他后面抱着，简直形同绑架。巴尔虎人抢亲，好像是一帮土匪，为首一条汉子袍襟掖到腰带上，撸胳膊挽袖子，径自向姑娘群中冲去……姑娘被抢走以后，包门大敞，褥垫狼藉，踢倒的东西不扶，火撑里的灰撒了一地，活脱脱遭抢之后的狼狈景象，而且这种现场，要故意保留很久才收拾。

○ 婚礼趣点三

巴尔虎举行婚礼的时候，这边男家要给儿子搭一座新包，但包里只有西面的东西，东面的东西没有，等于一个半拉蒙古包。那边女家与此相对应，用针茅绳子圈成一个蒙古包的底部，人们进进出出往里搬东西。凡是男家那面没有的东西，这里要统统准备妥当。等到出嫁那天，这些东西要统统拿去，把那座蒙古包充实起来。真正是"妇女撑起半边天"！还有碓子、斧子，也必须由女方拿来。

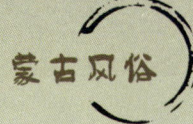

蒙古风俗

因为这是每天捣茶必需的工具。另外也是为了应那句吉利话:"碓子斧子在一起,结成夫妻不分离。"因为巴尔虎妇女捣茶,从来用的是斧柄,这是与别处不同的地方。

题记

赤条条地来,赤条条地去,不带走一片土布。这是蒙古族葬礼的主题词。是相信天国的召唤,出于赎罪和净化灵魂的需要,还是这个食肉民族直接生活在高天大地之间,过多地目睹了万物的生死荣枯,视谢世如归人,等闲将肉体还给自然?此中真意,耐人寻味。

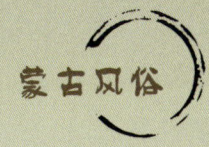

蒙古风俗

葬礼宴：顺着来倒着走

壹⊙人生的终结仪式

丧葬的做法，几乎一切与平时相反，顺着来倒着走。平日生活中的许多禁忌，都是从丧葬仪式来的。葬礼是人生的终结仪式，是一个人对社会的脱离和告别。

1. 入殓

乌兰察布市各地人将死时，家人必扶之使坐，俗忌卧死。鄂尔多斯市人死以后，要趁尸体软和的时候，把两臂屈在胸前，双手合十，盘腿而坐，做祈祷之状。蒙古语把人死称为"成佛"，就是由此而来。而后保持这种姿势装进干净的白布口袋，面朝西北而坐。面前摆上灵桌，点起尸灯，燃上黄香，昼夜守护，不使熄灭。还放七个饼子、五枚红枣。饼上不压花纹，面朝下扣过。把缸中的水倒掉，天窗上的毡盖下来。门窗堵得严严实实，切忌猫狗闯入，更怕"跳尸"。在鄂尔多斯，则降下禄马风旗或在玛尼杆上裹以黑布，就像国家元首逝世下半旗致哀一样。

2. 出殡

停尸三天以后出殡的时候，不能从门上抬出。住蒙古包的，要把西南的毡子撩起，把尸体从哈纳下面送出来；住板森（房子）的，要从窗户上往出抬。

出院子的时候，也不能从豁口或院门上出，一定要从院墙上架出去。还讲究死人不许落地。山区的人们，直接把死人扶

尸体不能从门上抬出来
（布林特古斯提供）

到马背上；平原的人们，直接把死人抬到车上。马背上的死人，一律驮在马外手（右边），头朝前，脸冲外，身体平躺紧贴着马背（有时也用骆驼），就像驮一条口袋一样。里手真的有一条口袋，装满等量的石头，以便与尸体平衡，这是青海蒙古族的做法。有的地方给死人披件衣服，使其坐在马背上，活人骑在后面抱着他。送出去以后，这件衣服又拿了回来，必须领口朝下，从外手拿拉下来，表示一个人到了阴间。送过死人的车马，回来以后不能进浩特。马放开让它撒野，三七内不能使用；车要从左向右倒扣在隐蔽的地方，一七内不能使用。乌珠穆沁送葬的车则要卸掉外手车辖，让车轴直接着地，把车"一边倒"半扣过。背过、抱过死人的人就算倒了霉，一月之内不能回家，家人也不让他回去，把死人的毡包打扫干净，在里面孤孤单单住上一个月。

3. 守孝

死人送走以后，家人开始守孝。晚辈为长辈守，弟妹为兄姊守，妻子为丈夫守，丈夫却不为妻子守。守孝期限一七、三七、七七不等，最长不超过百日大孝。

清朝时，守孝的人，当官的要去掉顶戴花翎，摘掉帽缨子；为民的倘戴皮帽，男的要垂下左耳扇，女的要垂下右耳扇。男女一律不扣肩头的纽扣，马蹄袖口要卷起来，腰带要缠在腰上。男的不戴图海、鼻烟壶袋，女的不戴火镰、鼻烟壶。男女一律穿黑色孝服。做媳妇的去掉头饰，用黑纱包住连垂；姑娘则不辫辫梢，或干脆把头发散开。现在有些牧区老妪，死看不惯披头散发的姑娘，骂曰"恶兆头"，原因就在这里。

守孝期间的人见面从不问好，所以平时人骂不懂礼貌的年轻人："你家死了人了，见面也不问好！"因为你要一问，别人势必还礼："您好！"老人死了，自然尴尬不能回答。岂止如此，诸如唱歌跳舞、打闹说笑、坐席吃喜、抽烟喝酒也一律禁绝。一年不能进出两口，预定的婚事必须停办。遇上新年也不过。甚至不能往外借奶汁，不能大把花钱，不能做买卖，男女不能同房等等。从衣着打扮到往来礼仪，都跟平时相反。

4. 死人不走活人走

清人罗卜桑悫丹的《蒙古风俗鉴》载，人死以后，把他抬到一座生前住过的毡包里，家人则把其余的毡包装到车上，赶着牲畜，迁到很远很远的地方，再也不回来了。那毡包也同死人一起扔了。这就是死人不走活人走。《元史·祭祀志》说："凡帝后有疾危殆，度其不可愈，移居外毡帐房，有不讳，则就殡殓其中。"成吉思汗也享受过这种"待遇"，只不过他后来龙体康复，才没有让养病的毡帐

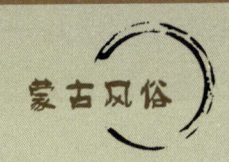

成为他的坟墓。

在古老的乌珠穆沁草原，如今偶尔尚能看到这种风俗的遗迹。那里灵车一启动，人们就一起使劲把蒙古包反向抬起，里面的人用火钳夹着火，连续三次靠近火撑，同时大叫一声"住啦"，有人便在包内洒些灰水，三日之内将此包迁到新址上去。

据说以前死人不走活人走的时候，一定要迁到三个程头（路上走三天）的地方方能落脚。后来简化，把火钳向火撑靠近三次，暗示生火三次，在途中走了三日。苏尼特又前进一步，连火钳也不用，只把蒙古包换个地方，就表示搬走了，不过必须在送葬之人出发以后、回来之前这段短暂的时间内，把蒙古包拆卸、搬迁、搭盖的任务完成。

科尔沁草原又有发展，老人死后，用红柳或芦苇绑个假窗户，套在真窗户外面。死人从窗户上往外抬的时候，千万不能碰着真窗户，那假窗户却同死人一起拉到墓地上烧掉了。这假窗户显然是一个道具，象征古代入殓死者的蒙古包，所以要同死人一起扔掉。本来还应当死人不走活人走的，因为是居住了不能搬迁的土房，只好委屈死人让路，这是一种变通的办法。

5. 丧葬的礼俗成了平日的禁忌

丧葬礼俗既然与平日相反，属于非常举措，所以自然成了平日的忌讳。脸向西北坐下，面前摆上桌子供奉，这叫"倒供"，蒙古史诗中这是魔鬼的做法。蒙古人以偶数为吉，奇数为凶，送葬走的必须是奇数，回来是偶数（死者算一人）。春节拜年的饼子，都是六、八、十个，红枣二或四枚，只有供奉死人才能用奇数。

锡林郭勒盟有些地方，大人打骂了孩子，不让孩子靠在门上哭。原来从哈纳下面往外抬死人的时候，家人们就是"倚门而泣"的。这些礼俗很多，数不胜数，有时不知不觉就犯了。如不能扣碗，因为供奉死者的碗曾经扣过。不能摔瓶子，因为尸体出门（准确地说是出窗户）时要故意摔碎一只瓶子。有一次我到牧区下乡，正好看见房东姑娘开窗户，就让她把我的衣服从窗户上递出来，结果让人家挨了她妈一顿骂。后来我才知道，只有死者的东西才从窗户往出拿的。

贰⊙鬼魂对葬礼的影响

过去蒙古人笃信佛教，相信阴阳轮回之说，认为人死成鬼，活人必须与之划清界限，把鬼魂和尸体一起送走，不要留下任何后遗症，故而颇多讲究。

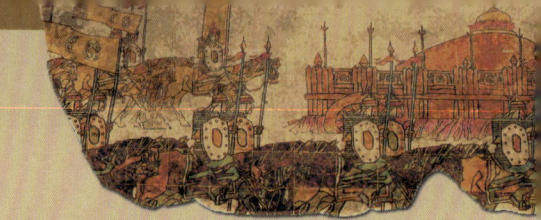

蒙古风俗

1. 讲究"上路鞋袜"

蒙古人不讲究给死者铺金盖银、穿绸着缎，却一定要有一双"上路的鞋袜"。乌珠穆沁老人去世，要将浑身衣服扒光，只裹一层白布。脚上一定要穿一双新袜，防止投生的路上让蒺藜扎脚。科尔沁虽然备有寿衣，但制作不讲究，讲究的是一双底上绣有莲花的鞋子，由十八岁未破身的女儿缝成，以便穿行十八层地狱。

2. 路上灵车不停

拉运死者的灵车，不论勒勒车或担架，尸体一抬上去就赶紧走，中途不能停留。如果有什么急事非停不可，也要将车辕颤动、担架呼扇，做继续行走之状。这样做的用意，是催死魂灵快走，不给它以彷徨后退的余地。拉车抬担架的人，在属相上一定要与死者相犯（跟婚礼正相反），据说生前跟他不对头的人干这差事最为理想。

3. 前有旗幡领路

科尔沁在送葬的时候，要掰一枝活树条子，把一面写有六字真言的白旗缝在上面，由一个孩子擎在灵前开路。走到三岔路口或诸路交会之处，灵柩前还有一个老汉，把黑白二米一把一把地撒下去，嘴里说道："发白的是吉祥的路，你朝吉祥的路上走吧！"这样，前有旗幡招引，后有白米铺路，鬼魂便走不错了。

4. 入土讲究颇多

墓地的选择，一般以背山面水、向阳低平的地方为好。这样的地方不但适合鬼魂生活，后辈儿孙也会跟着荣华富贵。如果前有崖头，后代肯定出秃子或残疾人。如离大路太近，会有匪盗骚扰，家中易出乱子。墓地选好以后，人一死就得打墓。特别是冬天地冻三尺，更要及早动手。不过，很难做到打好墓时灵车正巧赶到，所以一般要在墓底放些镰刀斧头之类的刃头家伙，防止那些无家可归的游魂饿鬼抢先霸占了墓穴。尸体运到以后，先把刃具取出来，把踩下的脚印扫掉，人退着走上来。如果不扫，死魂灵还会踏着你的脚印跟回家来，那可就有好戏看了。乌珠穆沁一带不用穴葬，可是也要在坟场立块牌子，不让人畜践踏。

从担架往下卸尸体时，还要不停地上下颤动。下葬时棺材大头朝北，当儿子的要往脚底扔第一锹土，人们就可以七手八脚铲土掩埋了。埋土的深浅，也有说法。如系坐棺，要看黑白之线（死者头发和脸面交界之处，俗谓"头发畔"），务使这条线与墓穴平齐；如系卧棺，棺的上面与墓穴平齐。如果人头的位置靠下，死人在阴间受气，活人也会低人一等，抬不起头来。掩埋墓穴的土，不能取之于前后，只能取之于左右。前面取土，进出净是坑坑洼洼，后代一生坎坷；后面取土，挖

蒙古风俗

掉靠山，后辈往往债台高筑，净吃官司，关键时刻连个出头的人也找不到。

埋好以后，坟头起得尽量高些，再把黑白二米撒上去，将引魂旗幡插在中间，任其飘扬。其意有三：鬼魂新来乍到，容易迷路，竖它便于找到自己的阴宅；既然竖起旗幡，说明有"鬼"占领，别"鬼"也就不好插足了；白色主吉，昭示守墓的鬼魂行善积德，不欺男霸女，为非作歹。如果旗幡长成大树，这家就会兴旺发达，后福无穷。

5. 返程不走原路

送葬的人马车乘，返回时不走原路，一定要迂回曲折，绕道而行，蓄意摆脱鬼魂，不使鬼魂跟回家来。

6. 接受"水火之净"

1245年意大利人柏朗嘉宾出使蒙古的时候，曾亲眼看见："死者的家属及所有那些居住在他们幕帐中的人都必须允许对他们进行火净仪式。这种净礼按如下方式进行：首先点燃两堆篝火，再往火堆旁插两杆长矛，矛尖拴一根绳子，绳索上再拴几片挺拔织物布片，受净化的人、牲畜和幕帐都要从两堆火之间的这根绳子和上面拴着的布片下通过。有两位妇女分别立于火堆的两旁，不断向火堆泼水和朗诵某种悲歌……"

尸体出殡，前有旗幡领路（布林特古斯提供）

这就是"水火之净"的源头,一直到现在,送葬的人们回来,都要在蒙古包外燃起两堆篝火,让人马都从浓烟滚滚的火中穿行而过,据说那些鬼魂怕火燎了毛,就这样被挡在门外。这是普遍的做法,各地在执行中尚有一些变异。巴林人在院门外放一盆清水,用火煨着。送葬的人回来,用右手无名指在水里蘸一下,再向火上一弹,就可以进家。科尔沁人则在水里洗过手,再在火上烤一烤,然后回家吃饭。就像现在的人洗过手,又在烘干机上烤烤一样。乌珠穆沁人的火还是一般的牛粪火,只是水里兑了酸奶。看见送葬人回来,家人端水侍立,让大伙洗手。1996年我参加白音达来母亲的葬礼,回来每人在院里的火堆跟前转一圈,再在楼门口放的水盆里洗了手,这才回家吃饭,这大概是适应城市生活的一种变通办法吧。

7. 分享死鬼"福膳"

送葬回来,主人总要杀羊让大伙大吃一顿,还要上一点酒,不多,不能喝得面红耳赤。除了酒肉,也有素餐,大米拌上黄油煮出来,放进红枣、黑糖、奶酪就是素餐。荤素餐不仅活人吃,也供奉死人。在墓地、送葬回来的车下都要焚化。而且不仅帮忙的能吃,过路的碰上的都有一份。主人把这种行为看作行善积德。客人也不说吃饭,而说:"用过逝者的福膳了。"有着浓厚的迷信色彩。尤其是年高寿长的逝者的饭菜和供品,更是视为珍贵之物,有的人家竟把它们晾干珍存起来,食之可以长命百岁,服之可以治病祛邪。

古墓前的石人

福膳用过以后,死者的遗物要当场分掉,男的分他的衣服、烟袋、鼻烟壶、挖耳勺、剔牙棍、猎枪等等,女的分她的戒指、手镯、耳环、头饰、簪子等等。"主人是脆弱的,东西是永恒的",这些东西当然只分给至亲好友。许多人家的这类古货,就是这么一代代传下来的。更有分不上的,还兴"偷盗"。送葬的人们走了以后,孩子们就来揣上盘碗而去,主人看见也当没看见。等到送葬的人回来,盘盘碟碟已所剩无几。越是寿终正寝者的这类玩意儿,就偷得越厉害。这些都可以说"因祸得福"。

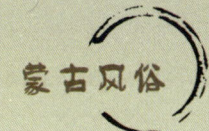

叁·喇嘛与收尸者

1. 喇嘛是葬礼的"总导演"

喇嘛是蒙古葬礼中必不可少的角色。他是葬礼的"总导演",死者灵魂的安顿者。由于常人只擅长生前的种种事体,对死后的情景感到茫然而可怕,于是喇嘛这类专业人才就出来充当了中介人,凡人凡事得听他安排。比如死者要停尸多少天,什么时候出殡合适,墓地建在何处妥当,什么生肖的人在起灵和下葬时要回避等等,都得请他掐算。他的活动不仅贯穿了葬礼的全过程,而且更有超前性和延后性——人没死他就来了,人死三年后他才彻底走开。

葬礼实际上是喇嘛的节日。因为这期间的茶饭相当丰盛,富裕的人家还有赏赐,白吃又白拿。不但邀请的喇嘛每人一份,就是闻讯而来的不速之客也照此办理,所以来混饭吃的闲散喇嘛很多。书载察哈尔镶黄旗鲍永隆、孟克鄂齐尔等富裕人家给所有参加葬礼的客人每人一份食品。喇嘛除食品外,每人还要外加哈达一条,钞票五至十元。

喇嘛在葬礼中的活动主要是念经。

(1) 人死之前

人死之前,一般人家要请喇嘛念经七至十四小时,喇嘛的诵经声和铃鼓声极富音乐感,充满平和安静和温馨,

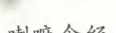

喇嘛念经

这对弥留之际的死者是一种安慰和召唤,似乎他面对的不是死亡的幽谷,而是美妙的天堂。

(2) 人死之后

人死以后,蒙古人不讲究装棺材搭灵棚,而是在原住之所吊一帘幕,主要任务还是念经。有的地方白天喇嘛念藏经的精装本,晚上俗人念玛尼的翻译本。如此进行三、五、七日不等。

(3) 出殡途中

出殡时前有"浩尔劳"导引,后有喇嘛骑马督行,中间是灵车一辆,最后是送葬的一群。

(4) 安葬以后

到了墓地安葬以后,喇嘛仍要焚香烟祭,围坐念祝词。后辈子孙则根据祝词的内容,在死人的脚下焚祭食品。

(5) 超度亡灵

送葬三天以后,喇嘛要超度亡灵。他钻进一座专门安排的毡包中,靠着东南方的毡壁,用死人的衣服装扮个人形。不做新袍,旧袍拣好的穿。领口处放上帽子,脚下放靴子,腰里系腰带,安排停当坐在那里。前面桌子上,摆着死者用过的鼻烟壶或首饰(如果是女性的话)之类。外面还鞴好一匹马,全鞍全鞴,齐齐整整。喇嘛念经的意思就是超度亡灵,把他扶上马送一程。《绥远通志稿》载:"死后三日或七日,有叫魂之举,　　　　至时备纸马、银钱诸物事,富

者并须备活马一匹，贫者则以纸代之。纵马院内，延请喇嘛唪经祷祝，相传喇嘛具大法力者，祝祷以后，马如负重远行，汗流如注者，家人皆喜，谓死者已乘此马驰往乐地，焚化香楮送别。"那匹马并所有衣服，都归了这个念经的喇嘛。

(6) 解除禁忌

此后到了二十一（三七）、四十九（七七）甚至三年头上，还要请喇嘛念经，这样才能解除守孝居丧的一切禁忌。

2. 收尸者是死者肉体的安顿者

在蒙古族葬礼中，能跟尸体直接打交道的，除了喇嘛，大概就是收尸者了。喇嘛是超度亡灵的，动口不动手。收尸者是安顿肉体的，动手不动口。虽然在实际的重要性上，收尸者超过喇嘛，可是地位远比喇嘛低贱。除了死者的苫面布、裹尸布和一双袜子，别的好东西全让喇嘛拿去了，属于"受苦不挣钱"者。在民间也没有形成一个固定的阶层，常常是由死者的遗嘱临时指定，以跟死者属相相克为好。不过，有些时候收尸者也干喇嘛所干的活，有些请不起喇嘛的人家，往往就请收尸者一并代劳。

苏勒德铜庙，在后面红缎裹着的是主纛（哈日苏勒德），四面用丝绳拉着的是四柄陪纛（额勒其苏勒德）

收尸者的任务有下面几项：

(1) 入殓死者

病人一合眼，别人就不敢接近了。收尸者便挺身而出，

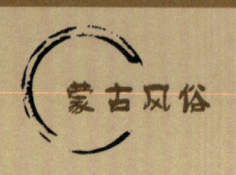

在死者头跟前煨上香火。那时无口罩,用毛巾紧紧捂住口鼻。用双手的无名指一下一下地往上搓死者的额头,赶他的灵魂快走。死者肚内如有余气,切忌扑入活人七窍。因此总是与死者保持一段距离,用双手不断挤压他的腹部,使气慢慢排出。这时便说"时辰到了",男人从左腿开始,女人从右腿开始,脱裤子,脱袍子,矫正对方姿势,把头发散开(有的地方男剃头女梳头)。弄得赤条条以后,脚上穿上袜子,脸上盖上白布,身上用白布裹起来。这时候,子女们就可以在脚上放哈达(相传灵魂藏于脚内),跪在那里磕头了。

(2) 帮助出殡

出殡的时候,车上拉上死人,收尸者在前面骑马开路。马在哪里撒尿,哪里就是最好的墓地。如果马索性不尿,收尸者就丢骰子卜一下,定个大体方位,铺下一方白布,用扁羊角在外面画一圈,再把白布去掉,就算划出了墓地。死者一律头朝北,长者靠上,壮者居中,少者靠下。收尸者燃起一堆火,念经烟祭。子女们把食物焚在脚边,绕着尸体"呼瑞"三圈,在脚下叩头而去了。收尸者留下,把苫面布取了,袜子脱了,裹尸布扒了,赤条条把死者丢在野地不管了。这三样东西都归了收尸者。所以民间有句俗话:"人活一世,连一匹大布(土布)都不能带走。"

(3) 三日探尸

三天以后,后代中的男性和收尸者要去探尸。亲人从脚这头来,远远地下马站住,观望死者被狼吃狗啃没有。收尸者则走到跟前焚火烟祭,别人也远远地绕尸三周,再在脚下叩三头而回。从此以后,游牧他乡,再不回来探望。

肆⊙丧葬的种类

1. 天葬

天葬或称野葬,源出吐蕃,清人罗卜桑悫丹曾有记述。他说人死以后,要把尸体放在石碓里捣成肉酱,跟青稞面和在一起,一把一把撒向四方,让鹰雕来吃,自然也伴随喇嘛念经。贫苦人家请不起喇嘛,就把尸体运到偏远的地方,大卸五块,扔给鸟兽也就行了。有一族人专门干这事情,名叫森喀哲巴,采取这种天葬方法。蒙古族的天葬,虽说与之同出一源,但已大为简化。

(1) 随地天葬

进入二十世纪五六十年代,尸体已不打动,但是仍不穿衣。人死以后,脱个一丝不挂,裹以白布,只在脚上穿双袜子,脸上蒙块白布。俗话说:"生前的隐私,

死后的面皮。"苫面布是必不可少的。出殡时,要用毛毡裹尸,载之于车,拉到一个阒无一人的地方,解开绳索,打马迅跑,任尸颠簸。跑到哪里掉下去,哪里就是他的归宿。掉成什么姿势,就以什么姿势饲之于鸟兽。正如《绥远通志稿》所记:"用牛马车,载尸疾驰旷野,委而弃之,听鸟兽啄食。"后来有了固定的墓地,但墓址的选择仍然讲究天意,或用骰子卜之,或看装殓者的乘马尿在哪里,哪里就是最好的墓址。便在彼处铺下白布,周围画个大圈。然后取掉白布,把死人抬进圈里,先撤毡子,再撤尸布,又撤面苫,连袜子也脱了——落个赤条条来,赤条条去。男女一律头朝西北(取其日落西山之意)侧卧,男面朝西,枕右手,以左手捂阳物;女面朝东,枕左手,以右手捂阴物。有的地方把死者曲成"婴儿出生之状",让其咋来咋去,返璞归真。鄂尔多斯已不取尸布,头下枕沙子,身上盖沙蒿,取其"生于沙上,葬于沙中"之意。后来又向前发展,尸布不取不说,又装进了棺材,但是仍不掘坑埋葬,拉到墓地,连棺材委弃而去,这是天葬发展的极致。

(2)公墓天葬

以后草原上人畜渐多,乱扔尸体多有不便,大家约定俗成,选择一个偏僻、遥远、寸草不生的地方作为"公共墓地",谁家有了死人统统往那里送去。久而久之,连鸟兽也形成习惯,尤其是目光锐利的鹰雕,一望见送葬的车马人流和烟祭的香火,便成群结队来到头顶盘旋。等灵车离开,便如一股旋风俯冲而下,你争我夺,爪喙并用,顷刻就会把死尸四分五裂,啄食一空。一见这种情景,后辈子孙就说他们的老人"升天去了"。旧时人们崇奉萨满,认为万物有灵,俱从天来。故狼有"天狗"之称,

野葬(布林特古斯提供)

兽有"天畜"一说。人被鸟兽吃掉，就是灵魂离开肉体，重新归天。"此中有真意，欲辩已忘言。"鸟葬兽葬野葬，统统都是天葬——回归自然之葬。蒙古人是食肉民族，死后还把尸体还给食肉者，用他的血肉之躯，给天地万物做了最后的"牺牲"品。所以三天以后，家人一定要到墓地探视。如果尸身没动，说明灵魂仍滞留在肉体之间，因此鸟兽不敢靠近。家人心中惴惴，如压巨石，不免做种种猜测：是否有要办的事未办，要见的人未见，或有什么冤屈未申……一定要把尸体挪个地方，"复以酥油涂其身，以适鸟兽之口"，"则或搜刮资财，苦求喇嘛念经，以求冥福"（《绥远通志稿》）。

2. 土葬

天葬再向前一步，把放在地面的棺材掘坑掩埋，就是土葬。《绥远通志稿》记载："今王公之家，多用埋葬（即土葬），喇嘛多用火葬，平民多野葬。"

(1) 棺材的种类

一曰圆棺，比照死者高矮大小，横断一截圆木，从中一劈两半，各个掏空，将死者装入，两片对合如初，再用三道箍束之，乍看如一个加箍圆桶。《草木子》上说的"历代送终之礼，元朝宫里，用圆木两片，凿空其中，类人形大小，合为棺，置遗体其中，加枢漆毕，则以黄金为圈"，就是圆棺。

二为坐棺，指能使尸身坐下的竖柜，前后一般高，盖子中间隆起，形如今日之二出水屋脊，四角刻有龙形。以前死者白布裹尸，以后穿衣，但不钉纽扣，只缀些带子。《绥远通志稿》上所谓"埋葬用白布裹尸，殓以形如印匣之坐棺"，指的就是这种。

三是卧棺，即通常所说的棺材，与汉族大同小异。

(2) 殉葬遗风

《北虏风俗》载："初，虏王与台吉之死也，亦略有棺木之具，并其生平衣服甲胄之类，俱埋于深僻莽苍之野，死之日，尽杀其所爱仆妾良马，如秦穆殉葬之意。"这大概是很早以前的事了，蒙汉两族都曾经有过。以后大约就只葬牲畜了。将士爱马，多有以生前骑乘做殉葬品的。柏朗嘉宾1246年游历蒙古的时候，碰到殉葬的是一匹带驹骒马、一匹全鞍全鞯的骟马，意在死者于阴间有骏马骑，有奶子喝，还能繁育牲畜。至今浩尔其纳日一族人在人死以后，还要把一群牲畜关起来，直到出殡以后才放出来，大概就是这一风俗的演变。不过最主要的还是以大量金银珠宝陪葬。

(3) 墓地保密

蒙古风俗

王公贵族的坟墓，最浅在三米以上。开墓坑时，挖下的草皮要放在一边，等把死人埋好，再将草皮移回。日久草全长住，就与别处无异。怕自己也记不住，便在头的一面垒几块石头作为标志，巴尔虎蒙古至今沿用此法。中国古代的蒙古学家多半记载的是"葬后必驱万骑踏之使平，至草长无迹乃已"（冯一鹏《塞外杂识》）。为了防止认错地方，安葬时要当着母驼之面，把它的驼羔杀掉。第二年来寻墓地，再把母驼牵上。一到宰杀其仔的地方，母驼必然站下昂首哀鸣，这样便能找到坟墓。

(4) 王陵守护

王公贵族的陵墓，为了保护和防止盗掘，历来都有严酷的法令。鄂尔多斯的立法，一般的坟墓，三里以内为禁地。王公贵族的陵墓，三十至五十里以内为禁地，不能打猎，严禁伐柳，甚至不能放牧。陕北榆林县有座古塔，相传是蒙古《白史》作者库图克台彻辰洪台吉的陵墓，土人尊为"古

呼和浩特五塔寺

塔灵神"。沙柳长得密不透风,粗可做橼。乌鸢翔舞,一片肃穆气氛,自然植被保护最好。柏朗嘉宾有一次路经窝阔台汗陵地,那里长满了茂盛的灌木。他几次想折根枝条抽打牲畜,但又几次作罢。因为他亲眼看到守陵人为同样的原因痛打别人。

凡王公贵族中之显赫者,几乎都有自己的专门守陵人。彭大雅记述成吉思汗墓道:"若忒没真(铁木真)之墓,则插矢以为垣(阔余三十里),逻骑以为卫。"其实远不止此。它又从蒙古各地各部征调来五百户"达尔哈特",组成一个独特的部落,专管成陵的保护和祭祀诸事,至今恪守不渝。巴林部尚有固伦淑慧公主之墓。此公主是康熙皇帝的姑母,下嫁巴林色布腾王,带有陪嫁(燕支)百工三百余人。后有一部分成为守陵人,世称"珠拉沁",意为"献灯者",生活在今赤峰市巴林右旗珠拉沁一带。

3. 火葬

(1) 火化

喇嘛死后多用火葬。喇嘛用的坐棺后高前低,棺盖一出水倾斜,形同庙宇。圆寂者盘腿坐其中,双手合在胸前,做祈祷之状。为防止身体前倾或歪倒,肘下、颔下等部位要用香把垫好。棺的大小也要非常合体。缝隙都用棉花塞紧,这样死者才能坐稳。再放在火上焚烧,将骨灰研碎和在泥里,捏成佛像供奉。这里指的是大喇嘛。普通喇嘛圆寂,将骨灰送往五台山或塔尔寺安葬就很不错了。我有一友,爱搜罗稀奇玩物。家有一泥塑坐佛,极小巧精致,闻之有异香。自诩是班禅额尔德尼大师圆寂后,大部骨灰运往布达拉宫(当时尚未单独建塔),小部配以各种珍奇香料和精泥,塑成一百个佛爷。他所藏者,即为其一。明人萧大亨曾说:"盖西方之僧,彼号曰喇嘛者,教以火化之法,凡死者尽以火焚之,拾其余烬为细末,和以泥,塑小像,像外以金或银裹之,置之庙中。"看来火葬之风由来已久,佛教界至今沿用。民间过去大肚老婆和传染病人死了多用此法,如今普通百姓用得也多了起来。

火葬(布林特古斯提供)

(2) 坐化

有些心诚意笃的喇嘛，病危之时自度不可活，便双手合十盘腿而坐，就那么静静地死去，佛门称"坐化"。坐化的喇嘛什么时候鼻孔流下血水，凝结如芨芨草棍，方可放入坐棺入殓。呼和浩特市土左旗的喇嘛洞，相传供奉的便是坐化的活佛扎木苏一世。

4. 孩儿葬

孩子的葬礼，实际上也是一种天葬。到目前为止，牧区保持天葬最彻底的也就是孩子了。但它有两个特点是别的葬礼中绝对没有的：一是别的葬礼不能由女性直接操持，唯有孩儿葬礼少了女性不行；二是没有鬼魂一说，显得温情脉脉。

(1) 母亲葬孩子

孩子死了，没有那么多繁文缛节，母亲找块新白布，粗针大脚地缝个口袋，把死孩装进去，背到大道中央或三岔路口，连口袋扔下走了。走路人看见，便把口袋托起，走到近处一个向阳背风的地方，揪起口袋底子一抖，就把孩子抖出来了。有些人家，口袋里还放着孩子心爱的玩具、好吃的东西或碗筷等等，路人把这些东西随便揣上一件，高高兴兴回家去。

(2) 甘当"指路人"

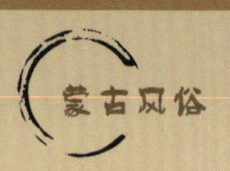

蒙古风俗

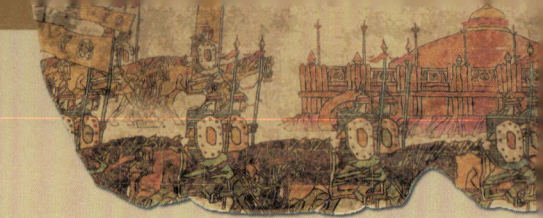

大人死了,葬得越远越好,别人生怕染上晦气,避之唯恐不及。孩子没过十二,灵魂还没长全,不能成鬼,自己也找不到转生的人家,所以特别需要一个"指路人"。那个第一个碰见孩子,把他从口袋里倒出来的人,就是孩子的指路人。孩子的灵魂跟着指路人回到家里,托生为他的孩子。玩耍是孩子的天性,谁要把他的玩具拿走,他就寸步不离地跟回家去。因此牧区有些缺子少孙的人家,往往伸长耳朵打听谁家把孩子扔在什么地方,好去做个指路人。

(3) 唤他再回来

当然,最高兴的自然是转回来,再成为自己的孩子。如果三天头上孩子还赤条条躺在那里,未被狼吃狗啃,说明孩子的灵魂还没被领走。这时就不能像一般人那样请个喇嘛念经赶紧把他送走,而是千方百计再把他领回来。因为孩子既未成人,死了也不会成鬼,只是一个可怜巴巴的小灵魂,自然跟上父母更合适。父亲的做法是解下套马杆的套索,一边拖在地下往家走,一边喊着孩子的名字,灵魂就跟着拖下的痕迹回来了。母亲的做法就温柔得多,她解开白嫩的乳房,把奶盘揉一揉,使奶水溢出来,挤在孩子的脸上、身上和跟前的草地上,再拖着背过孩子的背带,一边走一边叫:"我的孩子回我家,来世再转妈的娃,呼瑞呼瑞呼瑞!"孩子嗅到乳香和自己充满奶腥味的背带,自然就跟回家来。有心计的父母,常常在孩子的手上、腿上、腔上,用朱砂、墨汁、锅底灰涂个印记。如果她的下

精致的摇篮

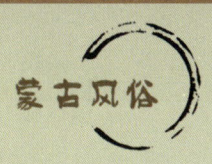

胎婴儿正好在某个部位有他们做过的印记，就会欢天喜地，逢人便讲："我那孩子又转回来了。"有的痴情妈妈总舍不得把夭折孩子的襁褓、摇篮、小衣袍扔掉，眼巴巴地等孩子回来穿用呢！

○ 葬礼趣点

葬礼和婚礼唯一共用的东西就是本图浩尔劳，简称浩尔劳。浩尔劳是寺庙八供之一，汉译为转轮。它的大小形制不一。比较大的寺庙外面，都有一个圆筒状的东西，以中心为轴安在一根木杆上，有的地方多到一百零八个，香客们都喜欢推着转动。

还有一种袖珍的浩尔劳，牧民祭敖包或召福时拿在手里，随着佛乐或喇嘛的诵吟声，做顺时针转动。也有放在家中佛龛前面的，客人走时抓着上面的轴捻一下，让它骨碌碌转动，再顺时针从东门绕出来。婚丧嫁娶挂用浩尔劳的目的，是图它法力无边，能够逢凶化吉，遇难呈祥。葬礼中浩尔劳是开路的，前有浩尔劳引导，后有喇嘛骑马督行，中间是灵车一辆，后面跟着送葬的人群。婚礼中的浩尔劳是在一块方形布上，画着十二生肖和梵文藏字，挂在新娘的篷车上，可见也是黄教流行以后的产物。

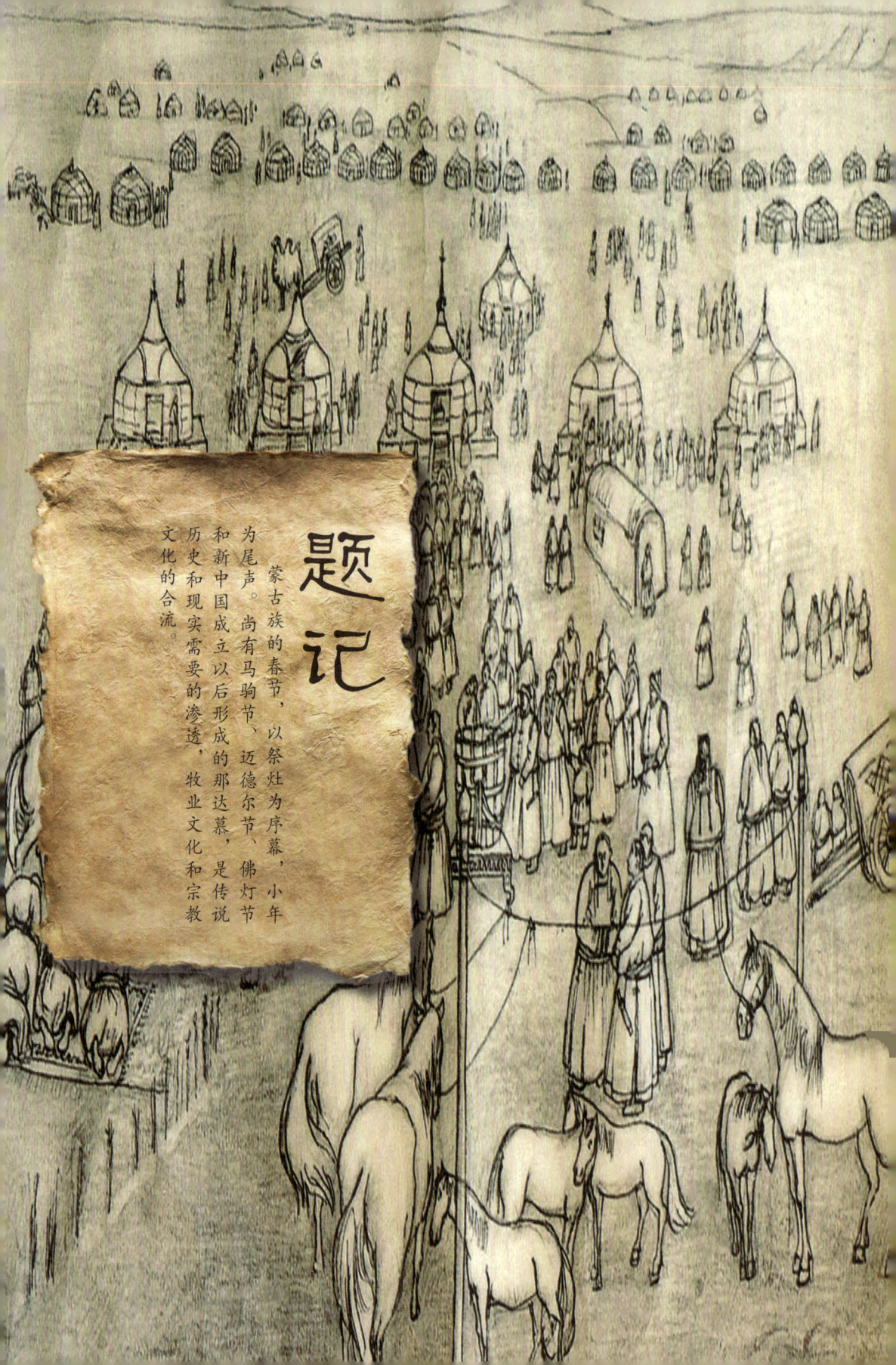

题记

蒙古族的春节,以祭灶为序幕,小年为尾声。尚有马驹节、迈德尔节、佛灯节和新中国成立以后形成的那达慕,是传说历史和现实需要的渗透,牧业文化和宗教文化的合流。

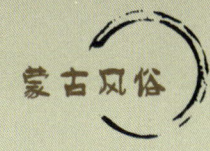

节日：蒙古族的"遗传密码"

壹⊙春节

1. 戏说祭灶

灶神爷是女的。她的娘家在天上，就是玉皇大帝。

既然是女的，称"爷"就不适合。蒙古语叫"嘎赖罕额赫"，就是灶王奶奶。说奶奶，也不老，千百年来就那么年轻。她一年三百六十五天都生活在牧民家，只有腊月二十三四回娘家走一趟，汇报这一家人一年来的所作所为。主人家为了

腊月二十三、二十四祭火神（布林特古斯提供）

蒙古风俗

让她"上天言好事，回宫降吉祥"，就拿最好吃的东西为她饯行，这就有了祭灶。

灶王奶奶最爱吃什么？牧区的蒙古人给走娘家的姑娘吃胸茬，所以也给灶王奶奶吃这玩意儿。这种胸茬，冬天大小雪中间卧羊时就准备好了，上面专门留一块皮未剥，表示奉献的仍是一只羊。不过灶王奶奶吃不了一只羊，甚至也不吃胸茬上的肉，只闻闻烧胸骨的味就够了。只是她爱挑剔，你剥肉时必须用毛巾捂

吉祥宝马

住口鼻，不能把热气呼到胸骨上，否则她就不吃了。除了胸骨跟一大堆附带物以外，还有一菜一汤一饭。煮胸茬时连肥肠、大肋、长骨、胫骨也煮进去，捞出来连胸茬上剥下的肉都放在召福香斗里，是为一菜。剩下的肉汤，把上面的油撇出去，盛在木碗里，称为"哈利木"，是为一汤。撇过油的汤，再倒进大米、糜米、酪蛋、葡萄、红枣、黑糖，浸汤多少煮一大锅粥，称为灶饭，是为一饭。

祭灶的一切事务必须在白天准备就绪，晚上星星出来后正式开始。把蒙古包打扫得干干净净，满地铺上白毡和栽绒。全家老小要穿上新衣，妇女们戴上亮闪闪的首饰和帽子。火撑的四个角上，点上四盏酥油灯。男主人先用火镰击燃火种，把它递给女主人。女主人用它把火撑里早已架好的柴薪点燃，等火势起来以后，唱诗般吟起《祭灶词》：

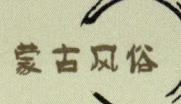

蒙古风俗

灶王奶奶您老人家，
从今年的此时，
到明年的今天，
保佑我们家里人丁满，
浩特牲畜满，
不要有灾灾病病，
不要有三长两短。
老少长命百岁，
个个健康平安……

招福的用具

念到相应的内容时，男主人便站起来，将胸骨头朝北、凹朝上投进火中。其余成员都仿照他的做法，把手中的菜、饭、汤等等各取少许，洒在火上。然后互换供品，再取再洒，使每人能把所有供品祭洒一遍，气氛显得忙忙乱乱、热热闹闹。有的还把灶饭抹在火撑腿上，因为灶王奶奶喜欢多嘴多舌，给她嘴上抹画抹画，她就报喜不报忧了。这当儿女主人早就腾出手来，用那把大勺子挖上酥油，一勺一勺地往火上祭洒。柴火见了油，立刻噼噼啪啪燃烧起来，火苗蹿出天窗老高，往往数十里可见。火光映着酥油灯，包里一片明亮。一股燃烧骨、肉、油、奶的氤氲之气，把大家笼罩在半人半仙的境地。一家人对着大火三拜九叩，而后退回桌边，依次落座。每人盛一碗灶饭，先不吃，由男主人首先举起召福香斗（别人手里也各有所执），带头念道："生长的五谷的福气，奔跑的五畜的福气，呼瑞呼瑞！鬃好的公马的福气，奶好的乳牛的福气，呼瑞呼瑞……"他一边念，一边用双手举着召福香斗，在头上顺时针旋转。别人也群起仿效，旋转手中之物，接着他的尾音念"呼瑞呼瑞"，最后把召福香斗放到佛龛前面，这才开始吃灶

火撑

蒙古风俗

彩陶佛爷，有的牧民正月里供奉

除夕晚上，牧民在神坛上摆上供品，燃起柏叶，吹响螺号，迎接新年的火神归来

饭——享受灶王奶奶的口福。

灶王奶奶腊月二十三四上天以后，除夕晚上才回来，这段时间人间没人管理，牧民称为"无主的七天"。清代在王府任职的大小官吏，这天都放了官假，回家过年。一直到今天，牧区乡苏木一级的干部，一过腊月二十三四也就很难找了。如果谁要回不去，那口福就会给他留到大年三十。就是死去的人，也要给他留一份。因为这不是一般的饭，含有接续这一家族香火的意义。虽然它的实际代表不过是四条腿、三道箍的铁火撑，但蒙古人把它看得很神圣，认为它上面的火是"自古不熄的香烟，祖先热烈的呼吸。一年四季不让熄灭，游牧途中带在身边"。灶王奶奶不仅给一家人带来光明和幸福，还用她温暖的怀抱把一代又一代的孩子养育成人。外族嫁过来的姑娘，只要给灶王奶奶一磕头，就得把姑娘辫梳成媳妇头，成了家族的一员，再不能上娘家的坟了。元朝皇帝奖励牛过千头的牧民，不用金银财宝、长袍马褂，而是一个精致的钢火撑，取其家族兴旺、寿长福永之意。灶王奶奶还有个脾气，"一肚生下七八个，偏偏爱把小的亲"。蒙古族的家产继承习惯，从成吉思汗传位给幼子托雷开始，就是传给"老疙瘩"的，所以蒙古人又把香火称为"敖特根嘎勒"——老儿子的香火。

2. 春节的流变

长城内外，大漠南北，凡有蒙古人的地方，一律管正月叫白月，春节叫白节。白，就是"查干"，一种很单纯的颜色，在阳光下能变化出七彩霓虹。白节白月在历史和地域的背景下，也折射过一些五光十色的内涵。

（1）其解一：白月是乳月

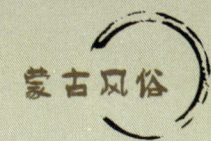

有人考证，查干就是"查嘎"（酸奶），白月就是乳月。那是元朝以前，不是现在。那会儿在草熟畜肥的九月过春节。"蒙古新历，曾把秋九月作为岁首。因为这月酸奶丰富，就把它唤作白月"（《黑教或蒙古人的萨满教》）。夏历九月牧草成熟，牲畜上膘，奶水质量最佳。冬春产的牛犊羊羔已经长大，牧业生产正好完成一个周期。《说文解字》说，年，"谷熟也"。这是按农作物的生长周期说的。谷熟既然是年，畜肥也可以算年了。大集体的时候，是把阳历六月三十日作为牧业年度的。一直到目前，牧区仍然是在这天统计一年的牲畜增减的。

卡尔梅克人把十一月底、十二月初作为新年伊始。到了这天，每家都要和面捏个小小的盘子，再在草棍上缠上棉花，作为灯芯插进盘子里，里面注满黄油点燃，进行一系列有趣的活动。家里有几口人，就插几个灯芯，点几盏灯，好像生日蜡烛似的。到了这天，人人都得长一岁。即使头天生的婴儿，过了这天也就算

岩画上的火撑

两岁了。这也是直到今天还在流传的风俗。说明白节不是死的，在历史上有过许多变动。到意大利人马可·波罗东游大元帝国的时候，才发现蒙古人把西历二月，即夏历正月作为春节。这时已经度过了严冬，牲畜开始大量产仔，人们初次尝到了鲜奶。还是一个乳月，只不过理解不一样罢了。

(2) 其解二：白月是始月

一年的最后一天——除夕，蒙古语叫作"比图"。凡是盖了口的，没有孔的，封闭了的都叫比图。一年三百六十五天，转了一圈，回到原来的地方，封闭了，就

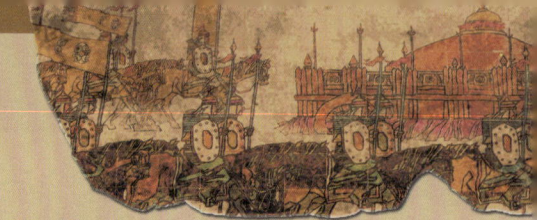

成了比图。比图一打破，就是元旦，新年开始。白色，色之首也。白月，岁之首也，所以在白月过春节。还有的说，蒙古人以前用颜色观年景，"蓝主兴，黄主亡，白主始，黑主收。"正月为始，所以是白月。

除夕晚上，家家要煮一颗羊头。平常的日子，只有半截上盖子，没有下巴颏儿，好稳稳放在全羊的脊背上面。除夕的羊头，一定要燂了毛整煮，意为比图。天明新旧交替时分，全家人都换上新衣，户主把整羊头搬过来说："旧的一年快过了，卸开羊头迎新年吧！"就把羊头的上下两半掰开，嘴里填进个饼子，额头涂上黄油，摆到神龛前面（有的地方供奉在外面的禄马神台上），说明新年之门已经打开。全家人就出去，在院里燃起旺火，用圣饼、奶酪、黄油、香柏、白酒等进行烟祭。大人娃娃每人给自己放一个炮，还要给公羊放一个炮，公马放一个炮……阿拉善是我国的驼乡，还要把公驼牵来，顺着太阳运转的方向，绕烟祭的台子走三遭，往身上洒点儿酒，脖子上拴一条白哈达，把它放回群里，祝它在新的一年多多繁育仔畜。

良好的开端是成功的基础，牧民很看重这周而复始的一天，认为这天好了一年好，主张一切从头开始，新年有个新面貌。烟祭结束以后，要把旺火上的火烬挖回家，点燃火撑上的新柴，火撑上的旧火要挖出去倒掉。这就一里一外需要两个人。包里那个人先问："新火莅临了吗？"门外就答："莅临了，旧火启程了吗？""启程了，现在举新火吧！"之后让长辈坐在上位，孩子们向他们一一叩头献哈达。长辈们也摸摸孩子的头，一一祝福他们，送些新年礼物，之后开始吃饭。羊头也是其中一项，这就是所谓过新年。牧区有句俗语："无病算福，无债即富。"以前的拖欠，必须在除夕之前结清，不能拖到新年以后，这也是一切从头开始的意思。

（3）其解三：白月是吉月

蒙古人崇尚白色，认为白色主吉，含有高尚、祥瑞、圣洁、喜庆，甚至正直、坦诚种种褒义。1206年（蒙古太祖元年）成吉思汗统一蒙古各部，在斡难河源建立蒙古汗国的时候，打出的旗帜就是"九白纛"。他祭祀长生天的

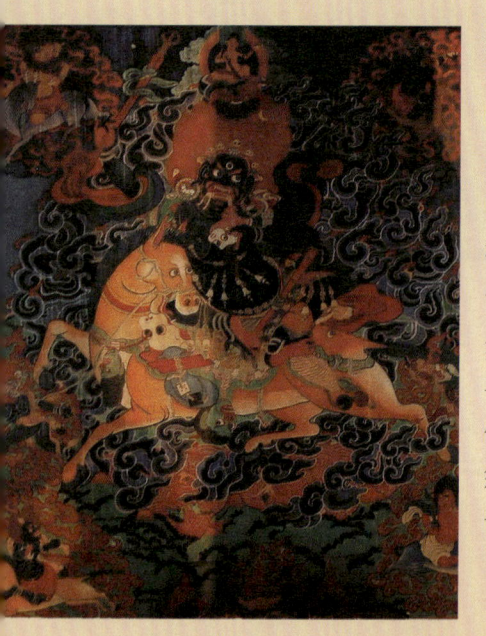

吉祥天母

蒙古风俗

时候，用的是九九八十一匹白马之乳。从前王公把自己称为"白骨族"，把祖先的陵寝称为"白宫"，都是为了显示自己的高贵。马可·波罗在忽必烈大汗帐下过春节的时候，看到朝廷里的人穿的都是白衣，互赠白色礼物。即使进贡其他礼物，也要配上白布。"按他们的观念，这是吉祥的象征。"

到了春节这天，居住在大草原的牧民都要给蒙古包盖上白顶，包里铺上白毡，吊上白帘。甚至奶桶、酒具之类，都要涂上白色，或者挂个白布条儿。真是张灯结"白"，喜气盈门。初一拜年的时候，要穿白袍，骑白马，怀揣鼻烟壶，腰掖白哈达。见人先问好，入包尝鲜奶。天随人意，这时的蒙古高原也常常冰天雪地，皑皑一片。如果再加上心灵的透彻晶莹，不就是一首纯洁的诗吗？除夕晚上，巴尔虎部落要在自家门前的西南高地，堆一座洁白的雪敖包，拜天祭神就在雪敖包上进行。回家时要带上三团净雪，放在蒙古包门头上。老年人讲，除夕晚上佛祖要下人间视察，一黑夜要绕赡部洲三圈，他的马渴得很厉害，要吃这三团雪止渴。也有的说，这雪是给佛祖进家时避寒除垢用的。

春节这一段有许多良好的风俗，都与讲究吉利有关系。比如家里家外要打扫干净，连水井、羊路都不留一点污垢；不能生气吵架，不能打骂孩子；不能酩酊大醉；不能让客人空手出门；连猫狗都要喂好，不要无端吠叫。蒙古族还有个乡俗，除夕

土尔扈特春节见面礼

蒙古风俗

不强调守岁，大人娃娃一定要吃饱。据说睡熟以后，天神要下来称每个人的体重。如果吃得少了，体重不够，天神就可能一把将你抓走。所以这里有个规矩，大家吃饱以后，不解腰带，囫囵身子睡觉。这样天神来称你体重的时候，把钩子秤往腰带上一挂就行了。话是这么说，可是谁也没见过天神，也没有被抓走过，这大概也是为图吉利——"除夕吃饱，一年有福"吧！

3. 初一"踩福路"

大年初一开始，每家牧民的桌子上，都要摆上四个盘子。两盘是篦形馓子，叠垛七层，上放糖果，这是吃盘。两盘是模子脱的圆饼，也是七层，顶上放两枚或四枚红枣，这是看盘。看盘，顾名思义，

给客人献上新茶

就是准看不准吃的。大年初一，蒙古人讲究出门，名曰"踩福路"。是指按某个吉利方向，到附近亲朋好友家骑马拜年，开启一年出门行走的祥端，蒙古语称为"木日嘎日呼"，是一种含有吉祥意味的说法。

踩福路的人，都争一个"早"字。往往天还没亮，就听见銮铃哗哗地响，有马蹄伴随颠碎的歌声由远而近，那就是踩福路的人来了。孩子们赶紧迎出来："阿穆楞（祥和）？"深深行一个半跪礼，看狗、拴马、帮着背褡裢……

客人进家，腿一打弯儿，先向端坐正面的老者问："新年好。"老者摊开右手："好好，你们全家过年好！"客人如系晚辈，要向长者叩三头，交换哈达和鼻烟壶。如系同辈，只交换哈达和鼻烟壶，叩头就免了，而后上炕落座。一落座，这家媳妇就过来，给你尝奶、端茶。这就是尝新茶。里面撒几粒炒米，数粒奶酪，茶倒得也不满。客人接过茶碗，礼节性地喝几口放到桌上。媳妇就把看盘给你端来，你千万不能吃，只从顶上取枚红枣，抠下三小片，向天扔一片，向地扔一片，

蒙古风俗

向自己嘴里扔一片,再把剩下的大半红枣放回原处,让她搁在桌上好了。

这时客人下地,说声"盘子",媳妇就取来一只盘子,里面多少放点儿奶食糖果之类,忌空盘。客人接过,从褡裢里取出六个饼子,按三、二、一的层次在里面摆好,顶上放两枚红枣,让主人尝过鲜奶,说声"扎,新年的德额吉",连盘子放在桌上。主人把上面的枣尝一尝,交给媳妇收起来了。客人又从褡裢里取出六个饼子,放在另一盘里,顶上放两块糖:"扎,孩子们的份儿!"这家最小的孩子便跑来,半跪行礼,接过盘子去。

这套礼路走过,客人第二次上炕,稳稳坐了喝茶。媳妇把茶碗要过来,倒出刚才的冷茶,放上炒米、酪蛋、酥油、饼子满满一碗端给客人。客人不够,可以随意从吃盘里补充,但不能触动看盘。如此吃喝一顿,主人又敬上酒来,一次三杯,起码三次,又是新年三杯、进门三杯、新火三杯。名堂很多,都得你喝。客人就是再无酒量,那新年三杯也得喝下去。如此九杯过后,才操起乐器,放开歌喉,主客打成一片,欢歌畅饮。喝到酒酣兴浓,有人便夸起自己的马来。别人不服,就到外面草滩比赛一阵,是为插曲。酒宴进行到一定时候,客人就唱道:"银器是锻打的,永恒是虚假的。天降的雨总要停,登门的客也会散的。"主人便挽留道:"羽毛洁白的天鹅,落在苇淖里戏水漫游。远方的贵客登门,住上一两天玩够再走!"一面端来酸奶稀饭氽饺子,让客人吃得饱饱的,临走又往褡裢里装六个饼子,是为回礼,全家人再把客人送上马。

大户人家,初一客人一天不断,吃盘里的馓子没了添上,一天消耗许多。只有看盘里的饼子没人敢动,

观音庙正殿前戗檐

顶多再添几枚红枣。如果主人不换，可以放一正月。

4. 给牲畜过春节

蒙古同胞是游牧民族，爱畜如子。正月里给人过春节的时候，也不忘给牲畜过新年。你会说，牲畜不穿新衣，不吃饺子，也不放花炮扭秧歌，怎么给它们过新年呢？是的，你要没见过，你就想不到，想不到的有趣，这正是草原不同于内地的地方。

除夕这天，苏尼特一带要像打扫居室一样，把羊圈、牛栏打扫得干干净净，把牲畜都赶回来，喂饱饮足，因为要给它们过年了嘛！然后在羊圈的正中央，四四方方挖出九块羊砖（踩实的羊粪层），搬到浩特东南——太阳上升的方向垛起来，这就是堙德尔。启明星上来以后，全家男女老少穿得崭新，来到堙德尔跟前，把好吃好喝摆上，焚燃九炷香，将新茶、黄油、饼子向天向地泼散一番，对着新年的太阳磕三头。这就是祭天，实际上反映了人们对大自然和新生活的热爱。

起过羊砖的地方，露出个四方坑儿，这就是"羊席"。羊席上拢一堆火，把香柏叶、黄油、饼子等等撒上去，插上九炷香，让羊儿们闻闻它们燃烧出来的芳香味儿，这就算过年了。对于群里的公山羊、公绵羊，还要特殊优待，孩子们总是争先恐后地跑过去，扳着犄角把它们拉到羊席跟前。大人们就端来一只盛着黄油、鲜奶、酪蛋的银碗，硬把它们的嘴掰开，把碗里的东西喂进去一些，脖子上系一条哈达，脊背上撒些黄米，有板有眼地吟唱道：

　　　　形态如盘羊，
　　　　威武似大象。
　　　　大角头上盘，
　　　　肥尾臀上长。
　　　　用美味和佳肴，
　　　　抹画这洁白的公绵羊……
　　　　到繁殖的季节，
　　　　产出千万只羔羊。
　　　　到来年的春天，
　　　　生出无数只羔羊……
　　　　在风中吹不走，
　　　　在雪里不迷向。

蒙古风俗

天旱不炸群,
雨涝也无恙……
愿我有福的牲畜,
孳生得像黄米一样!

而后把它们放回羊群中,随即泼点奶茶。这就是抹画公羊,用吉祥的言词祝福牲畜繁衍。

抹画公羊以后,就把圈门打开,牧羊人牵出坐驼来,准备赶上羊群出牧。女主人跑出来,端了满满一盘奶食,送给牧羊人。奶食有白油、黄油、酸油、奶豆腐,还有饼子和其他熟食,通称"米列德斯",就是抹画公羊的食品。牧羊人张开过滤酸奶的袋子,让女主人把米列德斯倒进去,扎住口儿挂在高高的驼峰上,便顺着驼脖子爬上去,跟在羊群后边出场了。

初一出门拜年的人,远远看见羊群过来,便赶紧跳下马来,给牧羊人拜年。牧羊人也要滑下驼背,给来人尝米列德斯。如果是小字辈,牧羊人可不下骆驼,就在驼身上把米列德斯赐给来人。尝过米列德斯的客人,要绕过羊群走他的路,不能从羊群中间横驰而过。

晚上放牧归来,主人要早早迎上去:"初一羊吃得稳吗?"牧羊人总是说:"羊吃得很稳。"说着把酸奶口袋摘下来,跟主人进了家,把它挂在哈纳头上。三天以后,主人将它取下来,倒进木盘,作为"牲畜的福祉,祖先的恩赐"端给左邻右舍分享,还要饮酒唱歌热闹一番。

酸奶袋子,是做奶酪时过滤清水用的,一年四季不知有多少奶豆腐从它那里出来,似乎是个聚宝盆。酸奶

公驼能够不吃不喝连续交配一个月左右。最寒冷的季节就是最疯狂的时候。你瞧这峰骆驼,燃烧的情欲已经消耗了它库存的脂肪,双峰完全耷拉下来,口吐白沫,但目光炯炯有神,胯下仍然吊着一条硬鞭。它在过春节的时候,因为这点"汗驼"功劳,要受到主人的祝福

蒙古风俗

还能起曲种的作用,取一点可以生发很多。这就像吃发菜一样,有发扬光大的意思。

克什克腾旗的蒙古老乡,在正月末二月初才给牲畜过新年。日期也不固定,需要事先约好。男女老少早早起来带上食物、帐篷,集中到一个水草丰美、环境幽雅的僻静之地。搭起帐篷,支起锅灶,张罗烧火做饭。放牧的人则赶着各家的牲畜,从四面八方向这里靠拢。快走到跟前的时候,孩子们就迎上去,接过他们的牧鞭或套杆,替他们照看牲畜去了。这一天这些羊倌、牛倌、马倌、驼倌可神气了,不论年纪大小、辈分高低,都要被请进中央的大帐篷里,跟那些德高望重的父老乡亲并肩坐在一起。事先要公推一个管总务的,蒙古语叫"尼尔巴"。尼尔巴一声"熬茶",各人就把从自家带来的已经捣成粉末的砖茶纷纷倒进锅里;一声"炖肉",大家又把从家里带来的肉扔进锅里……这些锅都很大很大,平时娃娃们站进锅里都看不见脑袋,这才是名副其实的"大锅饭"哩!

熬茶炖肉的工夫,人们把从各家带来的五花八门的奶食、长长圆圆的饼子、大大小小的瓶酒,在牛羊倌们和父老面前摆了一桌。这么好的东西先不能吃,要各取点样品向高天大地、四面八方泼散,而后大家才可以动口。当肉快炖熟的时候,

给长者送上新年礼物

蒙古风俗

刚才那些照看牲畜的孩子,就把奶多的乳牛、驹多的母马、公羊公驼这些"牲畜的代表"牵来,让父老或牛羊倌们在每只代表的头上或额上抹画一点黄油,祝福一番:"愿你成为万只羊的头,千头牛的首!"还要把头羊脖子上的旧布条取下来,换上崭新的。这时大家才可以"不放刀地吃肉,不停杯地喝酒",尽兴地热闹一番。这中间往往穿插一些赛马、摔跤、射箭等小型比赛来活跃气氛。这天吃剩的酒肉饭菜奶食饼子,尼尔巴要作为"牲畜过年的口福",分发每户每人享受。有些孤儿寡母的人家,自己不能去野外给牲畜过新年,就把她的心意和食品都委托别人带过去,尼尔巴也要把她那份"口福"托人带回来,这就应了一句俗语:"大家都吃畜牧的饭,畜牧的事情大家办。"

给牲畜过新年,要整整进行一天。早上出去,很晚回来。没去的见了回来的人就问:"过年好吗?"对方总是回答:"好好。"实际上这个话在大年初一就讲过了,这是指给牲畜过年说的。

5. 劝食不劝酒

到草原旅游的人,多半怕当地人敬酒,那一两的杯子摆在盘子里,一下子让你干三杯。有的地方则用银碗,容量又是杯子的三倍,一手托哈达,一手举银碗,又唱又劝又跪,你不喝他就不起来。不会喝酒的人,一见这阵势就吓傻了。我们不妨去青海蒙古人家试试,尝尝他们的新茶。

一到正月初三,青海的蒙古人,凡亲朋好友、本家弟兄、住得不远的邻家,就开始聚在一起喝新茶。头一家专门派人通知,以后的人家就在头一家喝茶时商定,今天在你家,明天在他家,一家一家轮着来。轮到谁家,谁家就要把好吃好喝准备齐全,还要在外面多钉几根拴马桩子,多扯一根练绳。大家对喝新茶看得很重,规矩也很严格。住得近的人家,把牲畜点清放在跟前,全家老少都得参加。住得远的人家,只留一个看牲口的,其余都去参加。到了谁家,主人先就迎出,给你把马拴了。开门迎客,请进家里,

浩齐特末代王爷

先给你摆上满桌饼子、糖果、罐头，端来一碗茶。你会说，这不是喝茶吗？哪是劝食！不过我提醒你别急，这不过是歌曲的过门，正式的演唱还没开始呢！

正式喝茶时每人碗里一个饼子。吃喝完以后，主人把碗收回去，重新洗涮过，这回乐曲的主题出来了。碗里放四个方饼子，竖起来围成一个筒，里面填满其他饼子，上面撒上白糖，加上酥油，满满倒一碗茶，再递给你吃喝。这下你才着急了，要求主人少放点儿，主人不答应："人有福气，胃有空隙！"你若要作弊，趁主人转身工夫把尚未泡湿的饼子取出来，混在随便哪个盘子的饼子里，主人不发现也就罢了，一旦发现就要加倍惩罚你，给你碗里放更多的饼子，看你再耍奸！不过你也不必过分紧张，牧区有的是时间，唱歌喝酒的工夫就可以慢慢消化。如今跳舞也城乡普及，抱住哪个舞伴转上几圈，也就消化了。之后是放羊背子，自由割食，比较宽松。不过你要自我约束，留有余地，因为最后还有一道汤。牧区的喝汤，也和喝茶一样，是充满内容的。汤是大米稀饭肉包子，或是下挂面肉包子，每人又必须两碗。你吃了一碗不吃了，主人就满满盛了一勺头饭，站在一边"威胁"你，饭后还是喝茶饮酒唱歌。快要结束的时候，主人又从口袋里倒出一大盆面，加油糖和了起来。还要吃什么呢？这回你猜错了，这是给客人拿的。每人一团，拿了回去吃。看牲口没来的那个人，也要给他送一份。有的人家人口多，未曾出门就自备一个大褡裢，走上三五家，就能满满驮回一褡裢。这是油糖食品，青海天也不热，坏不了，放到春上青黄不接的时候再吃，简直是人间美味。

6. 用洗印水洗脸

公章，以前叫印，是权力的象征。做官凭印，办事靠公章。有的蒙古地方从前过春节要给印磕头，还要用洗印的水来洗脸呢！

清朝时，旗衙门的公章用缎子包着，放在专门的盒子里保存。除夕晚上，摄政王爷要派人把它从盒子里取出来，扒去上面的包皮，给它洗个清水澡，搁在明显的地方。意思是让它抛头露面，干干净净过个新年。洗印的水不能倒掉，王爷的太太、小姐、公子哥儿们这些头面人物，都要用它来洗脸，或者蘸了抹在头发上。

初一早晨，在太阳升起的方向，选块高地铺下栽绒毯子，毯子上面垫层缎子，缎子上面摆下洗过的印。由王爷带头，管旗、协理、梅林、参领等有顶子的人，在后面排成一长列，一齐向印章叩头。拜印以后，把印章拿进宫帐，摆在正面显眼的地方守护起来。这时候，附近的牧民和回家过年的仕官陆续赶来，开始举行一个别有风趣的封印仪式。由两位能说会道、伶牙俐齿的仕官充当祝颂人，一位走进宫帐，一位站在门外。门外的说："我从东走到西，给你来送玉玺，请你开门。"

里面的说:"我这门打着孟和召银印的戳记、热夏召金印的戳记,给你开启不容易。"外面的说:"我从宗喀巴诞生的地方把印请来,是为了让你掌管五省的庶黎。"里面的就给开了门,再用缎子把印包起来,放回盒子里,这就是封印仪式。

封印结束,要捧着哈达敬酒,官民共同宣誓忠于印信,永不背叛。然后同乐一番,各自散去。

参加封印的牧民,要仿照王公的做法,用洗印水洗脸抹头。这个地方的人,这天都忌讳用清水洗脸。家里没印,但有经卷,就用洗经卷包皮的水洗脸。连经卷也没有的人家,就在清水里滴几滴鲜奶洗脸,那时人们不懂洗面奶的妙用,只是图个吉利而已。

7. 小年祭七星

每年正月初七夜,蒙古族牧民要祭北斗七星。因其礼节规格较小,故俗谓"过小年"。如果说春节祭灶是序幕,除夕是高潮,那么初七便是尾声了。

七星由于可用来辨别方向,游牧的蒙古民族素来对其感情甚笃,称为"七个老汉",或称为"七位佛爷",这也有个故事。

话说一位天使骑着八蹄细腰白骏马,从天上来到人间游逛,看见一个人把大山当作毽子,一上一下踢着玩。使者问他:"您愿意跟我一块儿走吗?"那人说:"我有那个心意,没那个骑乘。"使者就用一根马尾毛变成一匹骏马,让他骑上一同出发了。他俩正走着,遇见一个撵黄羊的人,把黄羊捉捉放放,撵着玩,他俩又和他做了朋友。继而他们又结识了一个偷拔喜鹊翎而不被觉察的人,一个能听到天上、人间、地下人神鬼动静的人,一个吞吐海洋的人,一个吞吐火

清代都统的印箱

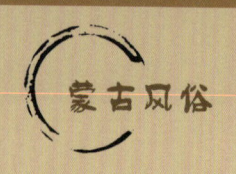

蒙古风俗

焰的人。一共七个人交成好朋友，参加可汗的那达慕大会。把山当毽子踢的人拿了摔跤冠军，追赶黄羊的人拿了赛马冠军。可汗心里动了火，打算晚宴时把他们毒死，结果让那位耳听三界的人识破机关，让那位拔喜鹊翎的人把毒酒换了位置，使可汗的七个心腹被毒死。可汗抬着尸体退出会场，在宴厅四周架起火来，打算把他们七个好朋友烧死，却被那个吞吐火焰的人把火吞没了。可汗又带领精兵强将捉拿他们，被那个喝海的人一口水淹死了。他们七个人便乘着彩虹上了天，化成了北斗七星，俗称"七个老汉"或"七位佛爷"。

到了初七星宿全了的时候，牧民便在神台前面仿照七星的格局，在地上垒七个沙土堆，面朝土堆摆一张供桌，桌上放两个木盘，一盘放圣饼奶酪，一盘放羊头羊尾。旺火点燃以后，主人将火挖后放在那些土堆顶部和禄马的神台上，将香柏和供桌上的物品泼散一些在火上。全家老少跪下，向七星和神台各叩三头，这就是祭七星。祭七星时，还要敬献珠拉，取一肘高的芨芨草八十一根，各用棉花缠裹起来，在酥油中蘸过，捆作一束，外包三张黄表，三张白纸，这就是珠拉。再将自家舂米的碓臼，充以净沙，置于神台西侧。给七星和神台叩头时，要先将佛灯点燃，由家长将其捧在手中，之后将其插在碓臼的沙土中。这时要放一通鞭炮，吹一阵螺号。这号声常常与附近祭七星的螺号声相呼应，在静夜中能传得很远。祭过七星，家长带头端起盛有五谷的木盘，别人也将供品和桌子搬上，围着七个土堆喊道：

　　　　长着的五谷的福气，
　　　　跑着的五畜的福气，
　　　　呼瑞呼瑞！
　　　　鬃好的公马的福气，
　　　　奶好的乳牛的福气，
　　　　呼瑞呼瑞……

年幼不会念的，单接大人们尾音念"呼瑞呼瑞"，自觉好玩有趣。碓臼里的珠拉，任其燃尽自灭，次日辰时才移回家中。

贰⊙马驹节和赛马健儿

马驹节是蒙古民族庆贺牧业丰收的节日。

蒙古风俗

一到仲夏时节，荒凉光秃的草原就像褪过老毛的牲畜一样，忽然从寒山瘦水、枯草败叶中，蜕化出一个清新鲜活的世界来，天湛蓝、高远，地碧绿、辽阔。一大群新生的马驹和羊羔，奇迹般闯入这个世界。在冷风黑雪、奔波劳累中挣脱出来的牧民，望着这一批批劳动成果，为抗灾保畜所付出的辛劳，仿佛已经成了很遥远的事情。于是他们就以自然村落或地域为单位，来到一个有山有滩、水草丰美的地方，祭祀天地，庆贺丰收，举行传统的好汉三技（赛马、摔跤、射箭），"娱神而自娱"，这就是夏历五月十五日，在鄂尔多斯等地流行的一年一度的马驹节，蒙古语又称"珠拉格"盛会。

香客个别履行献酒的仪式，用双盅银盘给圣主成吉思汗献上祭酒，接受达尔扈特司仪的祝福

马是五畜（马、牛、驼、山羊、绵羊）之首，它飞驰的铁蹄曾经耕耘过历史、耕耘过疆土，把光荣和强盛带给蒙古民族。它不仅是古代最快最好的交通工具，而且有通悟人性、忠实主人等一般牲畜绝少具有的品格。千百年来，蒙古人把骏马看作极其高贵的牲灵，爱它敬它，美化神化。珠拉格盛会，自然也是用马做代表的，每家总是把最好的母马和马驹牵到珠拉格会场，之后把它们分开，拴在长长的练绳上，让三村五地的牧民互相观赏。马驹节开始前，要选几位有儿有夫、干净利落的育龄妇女，把母马的奶挤满一桶，交给主持者向天地祭洒。那些牵来马匹的主人，往往将此看作是吉祥的事情，争着让挤自家的马奶。

马驹节最高兴的，自然是孩子们。他们不仅能在这里见见世面，认识一些亲朋好友和小伙伴，更能展示一下各自精湛的骑技。如果说那些活蹦乱跳的小马驹向人

们展示的是牧业丰收的话,那么这批矫健活泼的儿童展示的则是人才的丰收。有好马的人家,往往在马驹节的前一个月就忙碌起来,按照严格的程序,调节马的饮食起居,使其身轻体健,奔跑如飞。还要指导孩子,做好临赛前的预演,教给他控制骏马的速度和最后冲刺的艺术。

祭酒仪式往往由一位德高望重的长者主持。他头戴礼帽,身着长袍,腰里系着蒙古刀、火镰口袋、鼻烟壶褡裢等一大堆东西。他将妇女们挤下的鲜奶用一种带柄的杯儿舀出,从正北开始向四方泼洒,每个方向泼洒九九八十一杯。洒完以后,宣布赛马开始,家长便骑马在前,带领自己的小骑士沿会场跑三圈,把他们向会场相反的方向送出去。骑马的孩子单衣赤脚,只在头上扎着各色的长巾,飘逸着一股野性的潇洒。赛场骏马全速奔驰,犹如一阵旋风卷过,使人联想起蒙古民族骁勇的祖先。

除了赛马等好汉三技以外,马驹节自然也有牧区特色的盛宴。宴席的开支,全是与会者根据牲畜多寡和年成丰歉,自动用实物凑起来的。牧民总认为这是祥和吉利的事情,应当把丰收的第一批奶食、肉食与大伙分享,所以往往拿出很多。

成吉思汗陵三月二十一日大祭,右面的香客开始在殿外给成吉思汗磕头,左面的香客静候达尔扈特司仪把祭过的酒倒入大酒樽(英雄杯),准备喝盏(分享祭酒的福祚)

蒙古风俗

从前的马驹节，要支起一口一人深的曼金陶高，里面可煮三头整牛的肉，谁碰上谁吃。

参加三技比赛的优胜者都有奖品，一般是砖茶绸缎布匹等物。尤其是赛马，通常都要取够十名。不过这第十名，并不是第十个跑来的小骑士，而是跑在最后的那位。蒙古族牧民认为，跑在最后的人，把大伙的福气全收了回来，因而也奖之有名，受之无愧。奖赏的时候，要举行隆重的仪式，先把这十匹马拉到会场前面，依序一字排开，小主人牵马站在各自的马头跟前，把鲜奶涂抹在它的额上、鬃上、尾上和主人的马鞭上，拉开抑扬顿挫的腔调，高声吟唱《马赞》。

这种《马赞》很长，很好听，要一匹一匹地祝赞过去。然后，马驹节宣告结束。

金银螺号

叁⊙迈德尔节盛况

现在的迈德尔节，已经简化为两天（正月十五、十六）。从前的迈德尔节，实际上从正月十三就开始了，一直拖到正月十七，整整进行五天。

正月十三是八十陶亥的迈德尔经会。古时以肘到腕间的距离为一陶亥，相当于一尺。八十陶亥就是八丈，是指迈德尔绣像的高度。这当然是一帧巨幅画像，有如椽的巨轴，卷起来一个人紧搂，十几个人才能扛动。平时秘不示人，只有到了正月十三才让香客瞻仰。所以这天牧民人头攒动，早已聚到大庙门前等候。大约十一点钟，庙门终于开了，佛乐大作。门一开，众人便蜂拥而入，争抢着把那帧巨幅扛了出来。前面是锣、鼓、钹、铃、香钵开道，是一个不小的喇嘛乐队。众人簇拥着绣像，也簇拥着喇嘛，浩浩荡荡，

慢慢悠悠，出庙门向前走去。

路上香客越来越多，扛绣像的人总是不断被替换下来，都想图个吉利。正好在前面两三公里的地方，有一道黄土高坡。人们来到坡下，一边展开画卷，一边往高坡上走，走到高坡的顶上，画卷便全部展开，变成一卷巨幅竖轴。人们早已在下面跪成一片，纷纷向迈德尔佛叩头、递钱。喇嘛们早已坐下诵经。如此经声阵阵，香烟袅袅，人山人海，忙乎三四个小时，便从原路返回，将绣像卷起来放好，再开始转庙磕头。

正月十四送鬼，蒙古语叫"索日甲勒那"。下面一个面捏的三角体，从中伸出一个很长的棍子，支撑着一个大脑袋。大脑袋是面塑的，脸上涂着各种颜色，嘴里喷着红红的火焰，两个耳朵大得出奇，样子有几分狰狞，几分滑稽。这就是索日。头天把索日做好，放在守护神旁边。十四甲勒那（送）的时候，要请喇嘛占卜时辰。一般多在太阳落山以后进行。用三角架把索日抬上，吹打着去，牧民跟着。送索日的地方是固定的。把一截大松树一劈两半，搭个三角形的棚子，上面堆上麦秸，里面塞满易燃的东西，留个门洞预备扔索日。索日抬来以后，喇嘛站下，集体念经，念到最后，大喇嘛一人念经。这时有人点着草棚，大喇嘛把索日扔进去，把三角架留下了，大家便吹着打着回去了。从念经的内容来看，送鬼主要是希望宗教盛行，社会太平，牧业丰收，民风淳朴。

正月十五是酥油灯会，晚上举行。有十

巴灵——迈德尔节的贡品

迈德尔节盛况

蒙古风俗

几个人参与制作酥油灯,十几天前就得动工。酥油灯全用酥油制作,涂以各种颜色,但并不都是灯,多为面目奇特、造型各异的佛爷,坐在玲珑的庙里,上有二龙戏珠,周围饰以各种花朵,还有和睦的四种动物(大象、猴子、兔子、鸟)等。这些东西都融进了制作人的心血和信仰,是很好的艺术品。群众欣赏,自己也得意。上灯以后搬出去,放在庙外东、西、南、北四个方向。喇嘛要出来念经,在这四个地方各停留半小时,顺时针转遍。牧民从很远的地方赶来欣赏,叩头,往上扔钱。到夜深人静的时候,拿到庙里供奉起来。天热以后酥油融化,便收拾到一块,当佛灯油用了。

我在和布克赛尔参加过一次迈德尔节。正月十五这天,平时冷清的敖包特庙忽然热闹起来,一向关闭的大门洞打开迎接四面八方的香客。我进去以后,看到三种比较奇特的供品。一种叫道日木,是一种比较敦实、简单,类似塔形的供品,面塑的,放在大殿的西面;一种是长方体奶酪垒的一个四方塔,供在大殿的正面;正面靠东供桌上放的,就是这种酥油花。酥油花是陪衬,主体是各种形状的巴林,面捏的,样子比较笨拙。但酥油花却十分精巧、伶俐,有股自然的生气。不知喇嘛那双粗笨的手,如何做出这种精妙的艺术品。

正月十六是迈德尔节的正日子。这天一早,要把迈德尔的塑像抬到院子里,放到一把座椅上,一个喇嘛在上面撑着黄伞,另一把座椅上坐着一位活佛。牧民们纷纷向塑像叩头、投钱,又让活佛摸顶赐福。十一二点钟,喇嘛开了经柜,牧民纷纷拥进去,争抢着背《甘珠尔经》。《甘珠尔经》一百零八卷,每个牧民背一卷。差不多同时,迈德尔的塑像也动身了。迈德尔塑像放在一个轿子似的佛龛里,四个人抬着能走。一到这时候,不用动员,早有机灵的牧民把轿子抬到肩上,单等着佛乐在前面开道。大庙的四周全是喇嘛的僧舍,再往外才是

迈德尔佛的庄严像

宗喀巴像

和睦的四种动物

牧民的住房。庙门正南僧舍和住房之间,竖着两根高高的达日其格(禄马旗杆)。佛乐敲敲打打来到这个地方,开始从西绕着僧舍转大圈,转一圈叫一个"古兰"。这次庙会要转到三十六个古兰,五六天才能转完。正月十六只转一个古兰,也只有这天背《甘珠尔经》。在西、北、东、南四个方位上,都摆了香案和供品,走到这些地方,佛龛就要停下来,喇嘛便要站下念经,背经的牧民也要停留。这时候人们往往争看佛像和投钱,挤得水泄不通。这些钱不论多少,都是看庙人的。转庙总是从禄马旗杆下开始,又回到禄马旗杆下结束。此后迈德尔佛像便被请到大庙香案上,供川流不息的牧人瞻仰和膜拜。

正月十五喇嘛跳查木

这天我在和布克赛尔敖包特庙上,亲眼看见了迈德尔节的盛况。出人意料的是,大殿门反常地关闭了。外面围的人特别多,仿佛等候着什么事情。东面的小门能走,但是有人把着,不让香客进去。把门人我认识,名叫加拉,他把我放了进去。我进去一看,庙里空空的,与昨天没有什么两样。等到再转出来,才看见人丛中拨开一条通道,乌鲁木齐的喇嘛来了,人们争着抢着往前挤,都想看看这位活佛,让他摸摸头顶。我居高临下,看到活佛随便伸出一只手,眼睛也不看,只朝伸来的无数脑袋摸过去,摸着的摸着了,摸不着的就过去了,带有很大的随意性和偶然性。活佛一过去,那个让出来的通道便合上了。这时候庙门开了,活佛坐在正殿前面东边的那把椅子上,开始正式摸顶。被

查木面具

摸人一般都给钱，人很多，摸了就走。

原先我以为迈德尔像很高很大，没承想就是一个大盒子，正好一个人能抱上。等我发现的时候，人家已经走出庙门。人太多，根本没法接近。我只从半侧面看到了这只盒子，上面有人打着黄伞。因为伞柄太长，那喇嘛几乎是弯下腰也斜着打过去的。乐队早已在庙门台阶下等候，盒子一抱下去，就被人海簇拥着走了。我站在庙门口，只能看到这个大体的阵容是转着庙往西去的，但人挤得根本无法拍照。不过从东南转回来的时候，我倒看清前面是两个吹螺号的，后面跟着锣、鼓、钹、铃，还有个端香钵的。迈德尔的佛盒子一人抱着，一人在上面撑着黄罗伞，这边还有一人举着一条花棒。自然全是喇嘛，又全在吹奏状态中。佛盒子和喇嘛一进庙门，就把庙门关闭了。我机灵一下跟了进去，转头看座椅，那位乌鲁木齐来的活佛早没影了，只留个空位子在那里。

喇嘛们开始整理衣冠入座，佛乐早停了。只听见外面一片吵嚷声，间或夹杂着孩子的哭喊。大门被外面的人推得一晃一晃的，闩也闩不住。这时才有人打开西面那个小门，人流立刻潮水般涌入。一进门先转浩尔劳，然后转身向经柜叩头。正面正中放着迈德尔的佛盒，斜对面是活佛的空位子，人们也给空位子叩头。接下来是洗圣水，一个小喇嘛手里拿着孔雀瓶往香客手中倾下数滴，香客象征性地喝一口，再抹到头上。有的孩子不会，大人便教他或者替他在头上抹一把。下去是加拉发乌特勒格（用以送鬼送灾），每人一包。牧民差不多每叩一次头，都要献一回小钱，两角到两元不等。大钱在僧舍给，五十元到一百元不等。

佛龛

这是家用的小型浩尔劳，除了节日供奉佛爷使用以外，平时客人出门的时候，也要走到佛龛跟前，把它顺时针转一下，然后从毡包东面出去

蒙古风俗

正月十七是迈德尔节的尾声。这天除念经外，还要做一种春克尔，主持请所有的喇嘛吃饭，庆贺迈德尔节圆满结束，对大家表示感谢。春克尔是个圆鼓鼓的东西，背上是一道尖棱。用炒面捏成，再用红色（产于西藏的一种草）的汁液染上去。上面一排一排嵌进许多葡萄干，看去像个大刺猬。背上再插进一个白顶子。

迈德尔节的贡品

又找来一个大脸盆，下面装进熟大米，上面一层葡萄，还有糖果、杏干、苹果、方糖等等，一并装入。把春克尔放进去，抱到庙里放酥油花的桌子上供奉起来。念经以后，把白顶子当德额吉献给火神，剩下的春克尔喇嘛分吃了。这天过去，正月的节日便过完了。因此也把正月十七的活动叫作"查嘎台勒那"，意思是春节解除，大家可以像平日那样生活了。

肆⊙佛灯的节与吃灯的娃

古历十月二十五日，一百零八岁的黄教创始人宗喀巴圆寂升天，僧俗众生燃起佛灯为他举行葬礼。从那以后，为了纪念这位教界伟人，一些徒子徒孙就逐渐创立了佛灯节。

每到这一天，卫拉特蒙古部邻近居住的几户人家，就在浩特东南半里左右的地方，用泥巴或砖头垒一个六七尺高的敖包。等到暮霭沉沉繁星满天的时候，各家各户就把自制的佛灯拿出来，在一个长者的导引下，把它们插满了这座敖包。这种佛灯，是用白面捏的灯盏，草棍上绑上干净棉花，嵌进中间作为芯儿，里面再注满酥油。每人至少要做百盏，多者不限。一岁一盏灯，也像宗喀巴那样活他个一百出头。这样敖包上的灯盏就上上下下插得很多。当大家都把各自的灯盏点燃以后，敖包就变成一座灿烂的灯山，美丽壮观。大家在灯山下跪围一圈，祈祷宗喀巴佛爷慈悲恩典，赐给人们长命百岁，保佑众生健康平安，然后围绕灯山顺转三圈，各回各家喝茶吃饺子。敖包上的佛灯，名义上是纪念宗喀巴，实际上是为自己点燃，这是他们的希望之光，生命之灯。

蒙古风俗

察哈尔的灯节,是把莜面用放了砂糖的奶水搅起来,捏出许多灯盏。家贫的捏几百盏,家富的捏一千盏,都一圈一圈摆在铜盘或木盘里。芨芨草棍儿上缠上新棉花,插进每盏灯里作为芯子。再用小壶把黄油坐化,一盏一盏灌满,任其自然凝固。晚上星宿全了以后,把它们搬出来,从佛包开始,居室、凉房、羊圈、羔棚都要摆上。每人手拈一炷燃着的黄香,在老者的带领下,用它把所有的佛灯一起点燃。那时尚无电灯,浩特平时很黑,这时一下变成一个光辉灿烂的世界,人们的精神无不为之振奋。接着大伙都集中到一个大户人家,围绕火撑子坐个圆圈念玛尼经。火撑子下面牛粪火烧得正红,一锅炖肉发出嘟嘟的声音。一圈玛尼念完了,锅里的羊肉也煮熟了。自然人人有份,吃个有滋有味。再在煮肉的汤里熬上稀粥,大家吃喝一顿就散了。

最高兴的自然是孩子,大人念玛尼时,他们专捡有灯的地方跑来跑去,玩得很开心。第二天一早大人们还在睡觉,他们已经争先恐后爬起来,三五成群,吵着闹着,到各家去抢吃佛灯。这时的佛灯芯已经燃完,油已经耗干,甚至还冻了个铁硬。可那黄油却在燃烧的时候渗进了灯盏,灼热的火光又把灯盏燎黄烤熟。再则本来就是糖、奶、面做的,自然吃起来别有风味,不啻是一种地方小吃,而且含有另一层意思——"灯节的口福"。因此大人都要尝的,孩子吃了高兴,更是吉祥的好事。大人们都笑看自己和别人的孩子抢食佛灯。

一户牧民做法事点燃佛灯

察哈尔的佛灯会，1949年以后就陆续中止了。卫拉特虽延续至今，但已经偷梁换柱。这天机关干部放假，牧人休息，唱长短调民歌，跳民间舞（当地人人会跳沙吾尔登舞）或交谊舞，佛灯节成了个空壳儿。对灯会的来历两地也解释不同，虽然都是十月二十五，卫拉特说是宗喀巴逝世，察哈尔却说是宗喀巴诞辰。但从不喝酒不红火这一共同性看来，似乎以纪念逝世为妥。

我草草查了一下资料，宗喀巴实际只活了六十二岁（1357—1419年），本名罗桑扎巴，生于青海湟中，藏语称这一带为"宗喀"，故把他的名字简称为宗喀巴。旧历十月二十五日，是他的圆寂日。他手下有两个弟子，一个是班禅，一个是达赖，共为黄教祖师，互为师徒。开始二人关系很好，慢慢有了隔阂，最后分道扬镳。当然，这不是当初的他们两人的事，而是几代以后的事了。

伍⊙那达慕大会

1. 那达慕浅释

那达慕，词根是"那达"，就是"玩"的意思，指一种体力比赛的集会。不外乎赛马、摔跤、射箭（好汉三技）等游艺比赛。起源比较古老，大概萨满教产生的时候就有了，在祭敖包和上面说的珠拉格盛会上就有了这种叫法。但作为今

那达慕会场

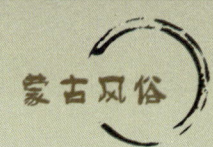

天意义上的那达慕大会，却是新中国成立以后才产生的。特指在蒙古族地区流行的庆贺牧业丰收的文体娱乐盛会。由于时代的变迁和地区的不同，它的内容也越来越丰富，而且不断被赋予新的含义。

那达慕大会召开的时间各地不一，多在水草丰美的夏秋季节。会场有固定和临时的两种。固定会场，多是砖木结构，装饰着鲜明的蒙古族图案，到时候再搭主席台。有的会场不固定，到时候搭一个大帐就可以了。不论是哪种情况，会场一般都坐北朝南，前面一定要平坦开阔，能够容纳各种项目的开展和牧人活动。

那达慕的范围和规模大小不一，有区（省）、盟（市）、旗（县）、苏木（乡）、嘎查（行政村）、个人六种。一般以全旗那达慕最为普遍。一般召开三至五天。开幕式放在第一天，领导出席，有地方风情展示，还有体育比赛、物资交流、文艺演出、宣传教育等等，可以说政治、经济、文化、体育、艺术无所不包。往往还利用这个机会贯彻政策，奖励劳模，带动旅游，展示服装，新招频出，无所不有。新疆有的地方召开那达慕大会，给妇女供应定量的鲜奶和木材，让她们进行酿奶酒比赛，看谁的奶酒出得最多、质量最好、时间又快。博尔塔拉蒙古自治州在建州五十周年召开那达慕大会的时候，文化局和有关部门考察了当年察哈尔西迁的装束和阵容，制作了一套服饰和武器，在开幕式上重现了这一盛况，博得了人们的喝彩。

那达慕比赛一般不分民族、地区，甚至不分国界，谁都可以参加。草原敞开胸怀，接纳四方高手。不过，从前有些地方也有狭隘的地方意识，希望自己的摔跤手、骏马夺魁。宝音特古斯先生在他的文章里写道，克什克腾旗的一位摔跤手沙日赖长途拉盐，在浩齐特旗摔倒了王爷的冠军，王爷为此专门把会议延期一天，找了一位号称"铁腿"的摔跤手，打算把沙日赖的胳膊或腿摔断。

蒙古风俗

巴尔虎式摔跤

沙日赖发现了这个阴谋,他对这个摔跤手说:"像个布魁我就跟你摔跤,像个公牛我就跟你拉倒。"说完扬长而去。过去赛马的时候,也有类似今天香港的赌赛。牧区在这方面一向消息灵通,方圆百里谁的马快心中有数。主持者估计哪匹马可能夺魁,就事先给主人一笔钱,让他故意慢跑,这样就使好多把赌注下在这匹马身上的人落空,从而让主持者挣大钱。当然这些现象在过去也是个别的,现在已完全杜绝。牧区摔跤赛马源远流长,人们对它有浓厚的兴趣。谁家的年轻选手如果摔倒一个功勋老将,就会变成草原上的头条新闻,在好几个旗轰动数月。有的牧民世代培养参赛马,他的马年年在那达慕会上夺魁,在草原上也是了不起的人物。

2. 摔跤

摔跤是蒙古族传统的好汉三技之一,摔跤的方式和规则最初可能没有定例,后来才渐渐完备起来。在人数上,一般采用双数成倍增加的方法,如二、四、八、十六等。在摔跤以前,要把参赛者分成两部分。方法是要根据以前掌握的情况,

先把所有摔跤手分为四个等次（最好的为第一等次，最差的为第四等次），每个等次都排起队来，报单数的为东部，报双数的为西部，这样就把全部参赛者分成两半。然后由东部的第一人和西部的最后一人交手……如此摔下去便是第一轮。一轮完了再分成两部，直到决出冠军为止。裁判胜负的标准各地不一。内蒙古地区以对方膝盖以上的部分着地为输。卫拉特蒙古甚至全身着地都不算输，只有双肩或腰部着地，被对方压住挣扎不起来才算输，颇有点柔道的味道。内蒙古地区不能抱腿，一抱腿就算输，蒙古国这样做不算犯规。

摔跤的样式很多，光我见过的就有四五种。鄂尔多斯光脚丫子，两人抓住对方的布腰带在沙滩上摔。阿拉善是软靴子，两手插在对方的裤衩绷带上，动作的幅度非常有限，想踢也使不上劲。锡林郭勒都是非常结实的香牛皮靴，踢腾几下也不要紧。巴尔虎则在香牛皮靴里又加了一片很硬的护腿，上面画着狮子、老虎、狼等凶猛动物，说明踢的动作用得更多。

从总的方面来讲，摔跤服一般是四件，帽子、坎肩、裤头或套裤、靴子，各地的材料和样式也不一样。内蒙古一些地方的摔跤手穿一种特别肥大的套裤，上面羊百叶似的有许多褶子，展开能包住两个人。膝上有绣花装饰，坎肩上泡钉银光闪闪，脖子上章嘎飘扬，给人的感觉是华丽和威武并重。蒙古国的摔跤手穿的是跟普通裤衩差不多的裤头，坎肩上也没有泡钉，没有装饰，本色相见，只有帽子比较威风，是古时传下来的将军帽，一摔开也交给了裁判。整个大腿、肚皮、肩背都露着，几乎是半裸体，显得精干利落。

每轮摔跤开始前，东西两面各出五人，一律将军帽蒙古袍，相对站立。为首的帽上略有装饰，但服装颜色跟其余四人一致。西面蓝色，东面棕色，这是裁判。随着音乐声起，双方各出五名摔跤手，先在场上半蹲下伸出双手，"啪啪啪"，在大腿前后响亮地拍三下，然后由南向北鱼贯而出，依次来到一个裁判旁边，伸出右臂，托一下他的左肩，顺时针转半圈。再伸出左臂，托一下他的左肩，逆时针转半圈，低头，裁判取帽，托在手上。每人都是如此，两边都是如此。双方这十名做完以后，如果人多，后面的人依次补上来，做同样的动作。全部做完以后，一齐到主席台前，做一次集体亮相。这次叫大亮相，龙腾虎跃，蔚为壮观。接着根据安排，各找对手，开始摔跤。每一对摔跤手旁边，各跟着一名自己一方的裁判。这样一来，一时间满场都是人，眼花缭乱，不知该看哪一对好。

如果一方摔胜，胜者跳跃几下，伸出胳膊，让大家知道，回头招呼一下败者，从腋下互转半圈，以示友好。胜者走到裁判跟前，低头叉腿，让裁判给他把帽子

蒙古风俗

带上。败者则自己从裁判手上取帽戴上。胜者走到主席台前,手舞足蹈,让大家看见。

摔到只剩八、六、四名,裁判就可以依次减少。但在决胜冠亚军时,五名裁判一齐出场,且跟在自己的摔跤手后面。当他们入场时,故意做集体被带倒状,而后双方交手。

3. 赛马

赛马与摔跤不同,摔跤一般都是男性,赛马男女老少都可以参加。不过为了减轻参赛马的负担,还是男女儿童骑的比较多。赛马分为好多种类,分法也不同。有按口齿(年龄)分的,有按步态分的。按步态分的,有赛走马(在保持一种步态的情况下赛速度)、赛跑马(光赛速度)。按口齿分的,有两岁马、三岁马、四岁马、成马各个年龄段的比赛。此外还有公马比赛等等。各种比赛的距离远近

夺得名次的马和骑手领奖

也不一样。一般两岁马十公里，三岁马十五公里，四岁马二十公里，成马二十五至三十公里，公马二十公里。通常先赛公马。

乘马的儿童在六至八岁，穿彩色绸衫。绸衫前后、膝盖上、帽子前面都绣以花纹，以示识别和吉祥，马鬃、马尾都要扎饰（马尾巴捆成一束，是为了跑起来方便利索，不致让长尾挂住腿），连马刷子都要拴上哈达。比赛之前，入场人马统计完毕，一人头戴将军帽，身穿礼袍、坎肩，脚跨高头大马，手执旗幡，引导参赛人马绕场三周，儿童不时以"哄咕"之声应之，以焕发马的精神，同时伴有音乐和长调《万马之首》。来到起跑线，随着指挥员一声令下，一起奔跑起来。快到终点线时，群马争先恐后，踊跃冲刺，蹄声如雷，大地颤动。歌手以《万马之首》的和声相伴，场面惊心动魄，大饱眼福。

最先到达的马就是万马之首，最后到达的马叫"全福"。一般取前五名或者前九名。拿到名次的马都有奖励，连小骑手一起叫到前台，以名次先后顺序排列，由祝颂人用鲜奶抹画，加以赞颂，同时绕场三周，以示炫耀。

跑在最后的全福，因为把全部福气都收拢回来，也有赞颂和奖励。尤其比赛两岁马的孩子，冠军和最后一名并排出场，享受同样待遇。最后一名小骑手的梢绳上还要拴一个煮熟的绵羊胃，赞颂时不说他跑得不快，而是找种种理由为他开脱，希望他下次夺冠。这个孩子人称"巴音浩道德"（富肚子）。

那达慕开始为什么先比赛公马，要唱《万马之首》？这里还有一段故事呢。

古时候，有一个穷老头，只有一匹黑公马和几只绵羊。有一次召开七旗那达慕大会，老头骑着他的黑公马来参加，人家说公马不能参赛，把他堵了回去。老头一气之下，把黑公马骟掉，参加了成马的比赛，夺得了冠军。可惜在宣布名次之前，黑公马由于失血过多死去。老头悲恸欲绝，

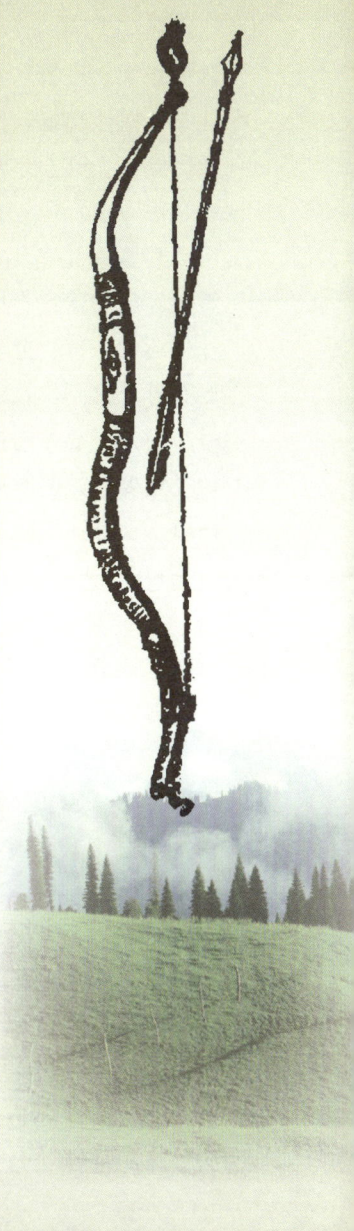

把马头抱在怀里,撕心裂肺地自编自唱了一曲《万马之首》。可汗诺颜听说以后,命人把他叫到大帐,让他当众把新编的歌又唱了一遍,大家听了无不落泪。可汗规定从此以后,凡要召开那达慕大会,首先必须比赛公马,同时要唱那曲《万马之首》。

4. 射箭

火、弓箭、车的发现和发明,是推动游牧民族生产力发展的三件法宝。在蒙古族民间艺人的说唱中,凡涉及力大无穷的英雄与邪恶势力的代表——莽古斯对阵的场面,没有一处是采取鼠窃狗盗的偷袭战术,全是光明磊落的三技拼搏。古代举凡军队出征、凯旋班师、打猎出发或祭祀敖包时,都要进行射箭比赛以壮军威国威。以至赵武灵王起而效之,提倡"胡服骑射"。难怪古书上把蒙古族呼为"引弓之民"了。

随着兔走鸟飞、星移斗转,弓箭也完成了狩猎工具—战争武器—体育器械的转化。它在蒙古人民心目中的地位仍然十分崇高。有的部落每逢家中举行重要的礼仪活动,都要把射手请到门前进行射箭表演,来个"开门见喜"。蒙古牧民只要在野外捡到一枚青铜箭镞,便奉为"天箭",拿来钉在娇儿的袍子上。或把小弓小箭置于婴儿的摇篮中,和催眠曲一起守护孩子的太平梦。至今鄂尔多斯的小伙子迎娶新娘的时候,仍要像出征一样乘马佩箭,接受婚钦的祝福。来到新娘家门口,女方还要在新郎箭囊里投进一支白箭,这些都使人想到蒙古民族那骁勇的祖先和汗国时代男儿从军的盛况。

蒙古地区流传下来的射箭方式,一般有下面几种:

一是把皮做的球在树上挂一串,跑马射之,以多中者为冠。现在新疆阿尔泰地区仍在流行,不过皮球是放在雪地上的。

二是把羊皮、牛皮绷在树上,画出靶形,每人发给二十支箭,从四十米远的地方射之,多中者为冠。

三是把八个大皮袍弥起来,上画人形,钉在木板上,竖于山谷隐蔽处,谓之"暗敌",每人发给二十支箭,从四十庹远处射之,以多中者为冠。

四是以细皮条编织为靶,并列排在四十五米之地,参加者从两面轮流射之。这是后来最普遍的一种。

内蒙古阿拉善的骑射,保留了一种古老的射箭方式,在别处很少看到,他们也只在一年一度的乌日斯大会(那达慕的一种)上举行一次,值得一书。

那是在大会召开以前,在会场某一角,选一个平坦开阔的地方,挖一条长

一百米、宽两米、深一米的长沟。画出一条骑射线，以四十、三十、三十米的距离竖起三个靶子，从线的开端一直排到末尾。第一个靶子，吊在线左边栽起的木桩上。第二个靶子，插在线左边泥土堆砌的台阶上。第三个靶子，竖在线的右边。第一个靶子留的距离远，这是为了给运动员一个将弓箭取下来的工夫。

比赛规则是，每个人向骑射线走马射箭三次，看一共能射中几箭，如此累计下来选拔出冠、亚、季军。所以必须选出总管、记录、统计、击鼓各一人，负责整个比赛。运动员射中一个靶子，击鼓者就击鼓一次，给运动员鼓劲，增加赛场的气氛。统计者对于长久呼唤而不入场者、冲向骑射线时骏马突然停止者、用弓箭撞倒靶子者，都要统计出来，按无效对待。最后选拔出来的骑射冠军，要接受祝颂与以弓箭为主的九种奖品。亚军和季军也有相应的奖励。现将祝词摘译一二，以便读者感受其中的浪漫气息：

用左臂撑开神弓，
用右手拉开灵箭，
把大山举到头顶，
把阔野抱在胸前，
在每次响箭呼啸之际，
骏马仰天嘶鸣，
骆驼齐声叫唤，
肖然屹立的高山，
像座椅似的摇撼，
阿纳巴德大江（宗教传说中一个无边的大江），
从底子上翻转……

○节日趣点一

土尔扈特拜年的礼节别具一格。来的人不分长幼，都要提一盒点心或两瓶酒。人们说，春节的大街上你要分辨

九眼勺

谁是蒙古人,只要看看他手里提不提东西就知道了。当然这是表层的东西,有趣的是他们的礼节。客人进家以后,主人必须站起来,互相伸开右臂,碰撞一下,都说:"们德,那斯乌图包勒森!"整个大意就是"平安,恭喜又长一岁"。"乌图"是卫拉特方言,就是内蒙古的乌尔图,"长"的意思。所有的人都这样做了以后,第一个进来的人再把礼包打开,主人也把自己的礼包打开,各拿一块糖,放进对方的礼包。又从对方的礼包里拿一块糖,放入自己的礼包里。说一句祝福的话,这才开始落座。

○ 节日趣点二

九眼勺是泼散这种礼俗的执行工具。泼散就是祭洒。祭洒又分平时和节日两种,牧民在餐饮之前,取少许的茶、酒或奶水,朝天扬洒出去。节日则在大桶里放上奶子,有许多人同时祭洒,同时伴以各种仪式。这是孝敬长生天的表示:你老人家给了我们饭吃,我们也不能忘恩负义,吃喝以前先要感谢你老人家。实际表达的是牧人对大自然的一片敬畏和感激之情。这在蒙古高原非常普遍,几乎家家都有一个九眼勺。有的做工非常精致,而且流传了好多代,是一种很好的艺术品,各地博物馆和个人都有收藏。上面多刻有云、水和龙形,这与北方草原十年九旱、盼雨喜龙不无关系。喀喇沁旗贡桑诺尔布王府、鄂尔多斯成吉思汗陵都有九眼勺,都是祭洒长生天时用的。王公们都把自己看作天之骄子,祭洒更为热闹和隆重。"九"表示吉祥,又表示圆满。汉族人讲"七窍"、"七情",蒙古族加了另外两窍,成为"九窍",派生出九种愿望,或者说九种欲望。祭奠成吉思汗的《伊金桑》,开宗明义就说:"愿九种愿望如夏天的淖尔一样漫溢。"这跟儒家学说是完全不同的,值得我们反思和研究。

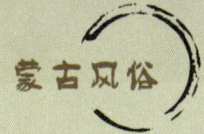

蒙古风俗

题记

萨满是蒙古族童年的宗教,喇嘛教是蒙古民族最完备、最强大的宗教。敖包、禄马是二者融合的产物,又充满了地域和个性色彩,是更为广大的精神生活。它们贯穿着整个蒙古民族历史文化的精髓,也是每个旅游者踏上这方热土时必然遇到的课题。有一种「家旗」,能为主人之生而升、为主人之死而降,充满神秘和灵性之光……

信仰：神秘与灵性之光

蒙古风俗

壹⊙萨满教

每个民族刚刚从大自然托生出来的时候，大约就产生了萨满教的胚胎。后来即使到了工业社会，仍然与萨满教藕断丝连。蒙古先民们认为，一木即佛，一石即汗，自然万物都是有灵性的。太阳、月亮、天空、大地、火、水、山、高峰、大树，都是他们崇拜的对象。蒙古各地供奉的母亲石、松树王、神泉等等，都是这种观念的产物。萨满教的代表人物博，在人与神中间充当了中介者，脱了衣服是普通人，跳起萨满就变成神。根据狩猎、畜牧和农耕的不同，萨满的衣服也有了不同的变化，但都很重，上面条条缕缕地垂挂了不少东西，据说是用一百家的衣服碎条组成的。还有许多铜镜和其他装饰，分别代表着日月、十二个月、三百六十五天等自然天象，最清楚不过地表明了天人合一的关系。

除了这些以外，在家里经常供奉的就是翁古德。据有些学者考证，说翁古德是祖先灵魂与天结合的产物，也可以说是大自然里永生的祖先英灵。分为青铜翁古德、布翁古德、绒毛或者皮子翁古德多种。样子多是人形，比较简单稚拙。青铜翁古德是青铜时代的产物，它产生的年代比较久远。东乌珠穆沁旗政协文史资料办公室，从一个名叫萨满人家的一族人家那里，收集到一个古代的青铜翁古德。那个翁古德有伸直的小拇指那么大，是个小人儿，左手放在膝盖上，右手靠近胸部，好像抓着什么东西。他的头上有个

萨满

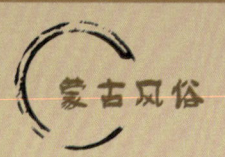

蒙古风俗

萨满作法的场所

小环儿，大概由于世代佩带，磨损已经非常严重。这是博身上带的东西。那个翁古德的样子，很像古代突厥坟墓前的石人形象。这种现象可以使我们想到很多东西。布匹、绒毛或皮子做的翁古德，我在博家里看过一些，好像是儿童们玩耍时打扮的小人儿，从艺术上来讲，也挺有点看头。绒毛或皮子做的翁古德，不光是萨满供奉，当时的许多蒙古人也把它们扎成祖先的形象加以供奉。

博的活动，至今在人们心目中还是一个谜。蒙古国库苏古尔省，有一个特殊的部落名叫"查腾"，意思是"放雪鹿的人"，只有两百多人，至今不信喇嘛教，这方面的事务全由三个博主持，我在其中的一位女博家住过一个晚上。内蒙古科尔沁地区有一种安代舞，有人考证就是起源于萨满教，实际上它是一种诗、乐、舞三位一体的艺术。有趣的是，那里的年轻妇女由于爱情和婚姻不幸得了忧郁症，不找大夫去看，而是让博和众姐妹把她拉到舞场，跟同村人痛痛快快地跳一场安代舞，然后由博带领，来到一间特意准备的白帐房里，而后众人散去，病人大睡几天。在一个风清月朗之夜，博再把她领出来，唱着问她："圆圆的月儿洒清辉，太空清澈透明。你心里在想什么，找个僻

新疆博尔塔拉敖包，四塔代表着四个苏木

静处讲给我听。"万般启发,让她讲出心病,宣泄一番,疾病即可痊愈或减轻,很有点弗洛伊德精神疗法的味道。蒙古人自古信天,敬奉萨满,影响至今不断,认为天人合一,心诚则灵,相信语言和歌舞的力量能够感天动地,冥中相通。这大概是萨满长盛不衰的深层次的心理原因吧!

贰⊙喇嘛教

"在大千世界上转动的,是太阳和月亮两个。在寺庙和独贡上转动的,是喇嘛和僧侣两个。"喇嘛教主宰着蒙古人的精神生活和思想面貌,至今仍是在草原上流传的主要教派。1253年(元宪宗三年),忽必烈征讨西藏,从那里带回了八思巴喇嘛,封他为国师,这就是蒙古地方流行喇嘛教的开始。不过,当时仅限于上层,并没有在普通牧民中普及开来。《圣武纪》上说:"蒙古敬信黄教,实始于俺答。"俺答就是阿拉坦汗,这是历史上继成吉思汗、忽必烈和达延汗之后,又一次振兴蒙古的一位杰出领袖。可以说没有阿拉坦汗,就没有蒙古地区的黄教。当时阿拉坦汗已经占领青海,进兵西藏,迫切需要一种精神力量帮他统治蒙藏地区。达赖三世代表的黄教刚刚兴起,受到红教势力的压迫,也需要在政治、经济、军事上找到一个靠山,帮他推行和扩大黄教影响。正是在这种互相需要的情况下,1578年(明万历六年)五月十五日,阿拉坦汗跟达赖三世进行了为期一年零两个月的会谈,正式决定在蒙古地区推行黄教。

有些书上对这一情节的描写十分生动,说阿拉坦汗见到了达赖三世以后,互相都有一种似曾相识的感觉。达赖三世说他想起了忽必烈,阿拉坦汗说他想起了八思巴。他们互相封号,使阿拉坦汗披上了宗教的外衣,达赖三世获得了政治上的荣誉。达赖这个称号,就是从那时叫出来的。达赖三世又往上追溯两代,把他的上世称为一世二世。阿拉坦汗下令废除萨满教,在蒙古地区一律推行黄教,"使

八思巴文铜钱

蒙古风俗

涌血的大江变成溢奶的净海",剃度了一千名喇嘛,这就是草原上黄教喇嘛的开始。他还许愿建立一座召庙,这就是现在呼和浩特市的大召寺。1587年(明万历十五年),喀尔喀的阿巴岱汗来到呼和浩特,拜见了当时来这里传经布道的达赖三世,也被达赖三世封给汗号,这是蒙古国有汗的开始。阿巴岱汗也许愿建立一座召庙,这就是现在仍然屹立在蒙古国哈拉和林的额尔德尼召。

黄教始于忽必烈,行于阿拉坦汗,盛于清朝。康熙皇帝停止了修筑历代不断加修的万里长城,却在人们的心灵上筑起了另一道防线。他认为养兵不如盖庙,在蒙古地区推行黄教是统治他们的第一法宝。乾隆皇帝也说:"兴黄教即所以安众蒙古,所系非小,故不可不保护之。"当时崇佛建寺,形成一种风气,可以说盛况空前,史无前例。蒙古人信佛、拜佛、戴佛,寺庙成为草原上最吸引人的金碧辉煌的建筑。蒙古人脱掉盔甲,披上袈裟,放下刀枪,拿起经书。人们普遍认为当一名喇嘛,就是建一座千年浮屠。有两个儿子的一个当喇嘛,有三个儿子的两个当喇嘛。清朝皇帝为了统治蒙古地区,尽量扩大喇嘛的影响和权利。当了喇嘛的人,可以不服兵役,不应差纳税。凡是备了案的喇嘛,都可以从清政府那里得到一份钱粮。大寺庙都有自己的牲畜,还有庙地(直属牧场)和属民,加上香客的布施,生活都有保障,高于普通牧民。清廷还根据他们的道行和学识,授予各种学位和称号,还从全蒙的上层喇嘛中选出六十位高僧,作为理藩院特属的呼图克图,由政府每年拨给专款。这六十位呼图克图所在的寺庙,都有皇帝御笔亲书的"满汉蒙藏"四体牌匾,高悬庙门。寺庙如离开旗府所在地五百里,弟子达到八百名,主持就可以掌印,行使行政大权。不仅如此,清廷还在全蒙建立了七个喇嘛旗,由庙主直接担任旗长。内蒙古的库伦旗过去是喇嘛旗,库伦就是寺庙的意思。蒙古地盘很大,有些实在偏远、鞭长莫及的地方,也要搭一座蒙古包,开个玛尼会什么的,把牧民拉拢过来。

德高望重的喇嘛就

蒙古风俗

喇嘛教作为一种成熟的宗教，从教义、分工、管理、职务、职称等等方面，都已经非常系统和规范化，不是一两本书能说清楚的。

喇嘛有两种身份，一种是职称，一种是职位。有了一定的职称以后，才能晋升一定的职位。喇嘛的职位，大大小小有二十多个。现在我们把主要的几个说一下。

热布喇嘛，分管全盘；达喇嘛，掌印喇嘛；德木其，庙务协理；格斯贵，拳棒喇嘛，分管法律；尚斯德，达喇嘛助理；翁吉德，领经喇嘛，俗称经头儿；尼尔巴，庙仓管理员；果尼尔，具体一个独贡的管理。职称也有七八种。喇嘛的最高等级是活佛，活佛也分六七个等次。平常说宝格达、呼图格图、班第达、格根达、迪雅齐、呼毕勒罕，都是活佛的等级。班禅、达赖，蒙古国的哲布尊丹巴，就是宝格达（圣贤）级的大活佛。过去称为"三个宝格达"。

喇嘛赐福

召庙不仅是宗教活动的场所，也是一所大学校。我们现在参观寺庙听导游介绍某某独贡，实际上就是指的各种学部。各种大型寺庙的设置大同小异，不妨在这里简述如下：

一是却伊剌，有时也译为乔伊儿，哲学学部。

二是曼巴，医学学部。

三是纠德巴，念咒画符等，秘宗学部。

四是洞阔尔，天文历法数学学部。

独贡，供奉佛爷的地方。拉卜楞，活佛住的地方。

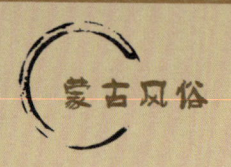
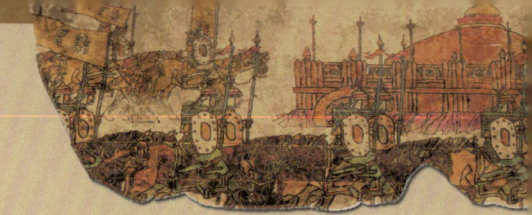

蒙古风俗

朝克沁，综合性的开会场所。吉斯（桑），庙仓，寺庙管理人员住的地方，也是给香客准备茶饭的地方。

喇嘛教不仅是一种意识形态，更是一股政治势力。它从来不是游离于政治和社会之外的世外桃源，而是与朝政互相结合、互相利用和推动的巨大能源。它与社会政治结合以后，使社会变得复杂化，绝不是用武力就可以征服和取缔的。蒙古国受苏联影响六十年，两百多座寺庙剩下三四十座，有的喇嘛甚至被砍头治罪，但是民间一天也没有忘记宗教。一旦世易时移，人们信奉起来变本加厉。外蒙古之所以能够独立，除了别的原因以外，哲布尊丹巴起来号召也是一个决定性因素。土尔扈特能够跟着渥巴锡举族东归，与他们信奉黄教，跟沙俄的东正教格格不入有内在关系。黄教领袖罗布藏丹增，本身就是渥巴锡东归的高级策划人。

长期以来推行喇嘛教的结果，使蒙古高原的社会面貌和人们的精神气质发生了深刻变化。喇嘛教的"君权神授"理论，给历代的上层统治者蒙上一层某佛转世的面纱，增加了他们在牧民心目中的威望。反过来又使他们更加不遗余力地推行喇嘛教，让老百姓奉献、忍耐、慎行、不说谎、不偷人、相信因果报应、努力追求来生。他们甚至用黄教对蒙古的历史进行诠释，把成吉思汗和他的祖先说成是从印度来的，某某佛爷的转世。久而久之，这种学说不仅塑造了喇嘛的人性，也对整个民族发生了深远影响。一位新疆的学者亲口对我说："如果不是信奉黄教，我们蒙汉族的关系，就不会像现在这样好。"我在内蒙古牧区行走，到了一个单身男子家，即使主人不在，我从格局上一眼就能认出这是喇嘛，还是俗人的光棍住宅。

宗教创造了辉煌的艺术，把建筑、绘画、雕刻、造型工艺发展到一个登峰造极的地步，创造了一批巨大的物质财富。一直到现在，还是我们值得炫耀的国宝。所有这些东西，不论是出于匠人之手，还是普通牧民自愿捐献，都是出于一片虔诚，不为出名，不为挣钱。首先使它们在质量上得以保证，躲过了地震和水火灾害。其次是把它们变成了艺术，即使是一般的佛器和用品，也非常精致和讲究，远不是普通牧民家可以比拟的。

喇嘛是牧区的知识分子，寺庙是文化的传播圣地。寺庙是一座高级的神学院、医学院和艺术学院，蒙古地区过去的医生、雕刻家、星象家，多为喇嘛出身。过

唢呐

蒙古风俗

去牧区没有学校，喇嘛庙就成了孩子们启蒙的地方。所以新中国成立初期，好多干部小时候都当过喇嘛。高级喇嘛精通蒙藏语文，经历丰富，游走四方，能说会道，会讲许多民间故事、宗教故事和英雄史诗，有些本身就是诗人和艺术家。达赖五世就是一位著名的诗人。他们对草原上的文化传播，立下了汗马功劳。

喇嘛教传播的结果，在一定程度上磨灭了蒙古民族的斗志，使他们的精神受到限制，失去了往日叱咤风云的雄风，使牧区男女比例严重失调，人口减少。一直到新中国成立初期，蒙古各地的人口几乎都呈下降之势。就连一个小小的四子王旗，据1936年统计，喇嘛人数占到男子总数的41.8%。也就是说，将近一半的男人不能娶妻生子。至于过去喇嘛游走四方，有的跟当地妇女发生爱情，被编入歌谣，我认为这也是一种情理之中的事。有的词曲还很调皮、幽默，至今在酒场上被人传唱，它也是一种艺术。

叁⊙敖包

1. 敖包的样子

蒙古民族作为神物供奉的敖包，是一种用石块、泥土、柳条等堆砌而成的塔形建筑，通常建在山顶、隘口、湖畔、路旁、滩中等显眼的地方。各地的敖包虽然形制不同、规模各异，但现存敖包的典型模式，一般都是在圆坛上环叠三层石台，基础宽广厚实，往上渐小渐尖，中间竖起一柱高杆，杆端安有铁矛一柄，矛锋四刃，分指四方。其下承一铁盘，盘上缀有用枣骝公马黑鬃做的垂缨，这就是敖包的顶饰——苏勒德神物。苏勒德周围多用柳条、树枝装饰。

蒙古国宾德尔敖包

蒙古风俗

敖包的东、西和正北，各竖三根木杆，杆顶分别刻有日、月、云图形，用彩带与苏勒德相连，带上多悬挂哈达、旗幡之物。故清人有诗云："绝顶矗鄂博（敖包），哈达纷垂旒。"倘是阿拉腾敖包或诺颜敖包（各旗王爷直接供奉的敖包），其东南和西南还要各栽一柱高杆，左右对称，其间扯一细绳，上挂红、黄、蓝、白、绿五面禄马风旗，以此象征王府的门庭。敖包正南或四周多建香案一个或数个，用来接受供物和香火。

除了上述单个的以外，敖包还以群落的形态出现。其中主要有三个一组的群落——中间一个大的，两边各一个小的；或三个排成一行，两个小的在一边。七个一组的群落——一行排列或中间一个大的，两边各三个小的。十三个一组的群落……

一行排列或以大的为中心，呈"十"字形排列，每面三个在一条线上，或环绕大的，三个一组，呈三角形排列。此外尚有十九个一组或二十五个一组的敖包群落等等。

敖包这种形态和数量的变异，是在长期的历史进程中形成的。早在石器时代，原始人群猎获巨兽，在欢呼跳跃之余，常在山巅垒石为包，以示纪念，并以此作为指示方向的标志。日久天长，又将它看作有神之地供奉起来，这就是最初的敖包。后来由一个发展成三个，分别代表天、地、人加以供奉。进而演变为七个，代表七曜或日、月、金、木、水、火、土。黄教传入蒙地以后，对敖包的形式和内容曾做了一系列改造和革新，增添了哈达、禄马、旗幡等饰物，在祭词中注入了黄教的内容，对原有的各种形态也重新做了解释。例如将七个敖包称为七星敖包，十三个敖包中之大者为须弥山，其余十二个象征十二部洲，或大者为浩日穆斯特腾格尔（天之长者），其余十二个为其护卒。然而在民间，百姓一律将十二个小敖包称为徒弟敖包或士卒敖包。同时，有关敖包的一系列活动，诸如建造、供奉、

新疆温泉县供奉的母亲石，女阴崇拜的一种遗风，牧民经常来此求儿求女

蒙古风俗

祈雨、领牲等等，均到了喇嘛不插手就不能进行的地步。以往敖包的祭祀，一般分为血祭、酒祭、火祭、玉祭四类。黄教流行以后，喇嘛活佛们认为血祭污秽而造孽，力主用素供奶食代替。但在某些黄教影响不及之地，至今仍按萨满的做法祭祀，或黄黑（萨满教又称黑教）参半，兼而有之。乌拉特西公旗的敖包，直到今天仍用原始的方法祭祀，将公牛宰杀，用熟皮筋缠绕敖包，将肉按一种方式吃掉。

根据敖包的性质与作用的不同，大体可以分为五类。

2. 敖包的分类

(1) 萨布基鄂博

这类敖包，包括山冈敖包、道路敖包、隘口敖包、滩中敖包、崖畔敖包等等。《大清会事例·理藩院·疆理》记曰："游牧交界之所，无山河为标识，则垒石为包，曰鄂博。今称敖包。"蒙古的祖先，素来就是"行则车为室，止则毡为庐"的游牧民族，

那些腿脚不太好的人，由于常年供奉敖包，扔掉了拐杖，于是就把它们集中到了敖包跟前

生活在辽阔无际的草原、沙漠、戈壁、丘陵中。为了生活和生产的方便，便在山顶、水边、路旁等一切显眼的地方，垒起各种各样的石堆作为方向的标志，以便寻找和呼唤。这对畜牧、狩猎、军事无疑具有很大的作用。起初并不一定是疆界的标志，后来也不是所有的敖包都做了"界碑"。不过因为它们都是作为标志建立的，如果位于边界一带，便很自然地成为两个苏木、两个旗、两个省，甚至两国的分界线。清代蒙古人松筠的诗"萨布（蒙古语'边界'的意思）基鄂博，酌规以平治"，就是很好的概括。在《绥远通志稿》上，就记载着土默特旗有"官祭"敖包之俗："官鄂博多在本旗边境与他旗分界之山巅或原隰诸处，昔为本旗之最大祀典。"届时旗里的行政长官都要参加，"名

一座小寺庙前背经转庙的牧女

为祭祀，实寓有巡视所部与勘正疆界之意"。在鄂尔多斯也有类似的风俗，在赛音吉日嘎拉和沙日勒岱所写的《成吉思汗祭奠》一书中就记载："祭礼在七眼井南岗的两个敖包上进行以后，杭锦、鄂托克两旗的王爷要朝北走去，划出两旗的边界线。"清朝晚期以后，甚至出现了专为确定边界而建立敖包的情况。比如乌审旗的德力格尔敖包，就是1901年（清光绪二十七年），哈日梅林为了阻止王爷放地，专门建立在内蒙古和陕西边界上的。还有一个更典型的例子，就是关于包头市东西脑包来历的传闻。

　　大约在光绪以前，包头还是一座小小的集镇，只有几家买卖字号，周围住的全是牧民，属乌兰察布盟管辖。当时包头有个东脑包，是乌拉特和土默特两个部落共祭的敖包，也是两个旗的天然分界。后来由于放垦招荒，水草和土地的矛盾日趋尖锐，为了防止冲突发生，两个部落的首领聚在一起商议，决定在离东脑包五十里的地方，另建一座西脑包，作为乌拉特部落的公脑包。东西脑包之间的空地作为缓冲地带，双方牲畜均不得进入。乌拉特部落由于牲畜众多，日感草场不足，便逐渐向西迁走，放弃了西脑包。土默特部落经过谋划，一夜之间将东脑包拆除，把所有的石块、旗幡、哈达等都搬到西脑包上，这样就把土默特的边界扩大到西脑包一带。

　　这类敖包，一般没有盛大的祭祀，也没有固定的祭日，下面也不埋东西，只是行人路过，骑者要下马，拔一绺马鬃献给敖包；步行者要弯腰，捡几块石头加到敖包上，并口中念道："德额吉之大者归敖包，收获之大者归我们。"然后才可离去。

　　(2) 一方水土一方神

　　根据笔者手头接触的材料，不仅蒙古民族，其他北方民族也有自己的敖包。

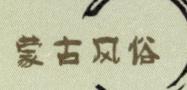

蒙古风俗

这个用黄羊角做成的神物,是喇嘛用来划"地界"用的

这些敖包,大多是作为一方山水的守护之神供奉的。比如达斡尔族的白那查,虽然画在树上,却经常在敖包前显灵,实际上就是达斡尔族的敖包神。旧《绥远通志》也说:"各旗蒙人,以石垒成高堆,名曰'脑(敖)包',视为有神之地。"直到现在牧民的口语里,有时还管敖包叫"敖包额吉德"。大约很早以前,供奉敖包带有一种浓厚的自然崇拜性质。黄教传入以后,才跟喇嘛、经卷、禄马诸事物联系在一起,把这种崇拜发展到登峰造极的地步,使敖包像雨后春笋般到处建立起来,几乎所有像样的山水都修建了敖包,甚至有的牧民一家人也建立了一个敖包,说这是他们家的"风水"所在。特别是后来跟供奉龙王连在一起,祭敖包是为了"风调雨顺,国泰民安",使之具有了更大的生活实用目的。这类敖包,依其所建之地,常以山水之名呼之。其数量之多,堪为各类敖包之首。它们都有固定的祭日,祭祀也颇为隆重热闹。牧区十年九旱,视雨如金,自然把向龙王祈雨作为祭敖包的一项重要内容。许多地方祭奉敖包,都在夏历五月十三进行,而这天正好是"关老爷磨刀"的日子。关老爷磨刀,有所谓"干磨"、"湿磨"之说,而且以湿磨(下雨)最为吉祥。蒙古人祭敖包的时候,通常要请喇嘛念三至七天经文。伴随这一现象,出现一种名曰"酢答"的怪石。在宋人彭大雅所著《黑鞑事略》中,就有"蒙古人有能祈雨者,辄以石子数枚,浸于水盆中玩弄,口念咒语,多获应验,石子名曰酢答"的记载。民歌中也唱道:"苍

牧民给敖包献上的经幡

天虽然高远,酢答可以够着。"喇嘛们从淖中取水置于甘露瓶中,内放酢答一枚,念过几日祈雨经文之后,这水就变成"圣水",可用来解救万民。这类敖包实际上是百姓通过神灵,寄托自己的希望之所。鄂尔多斯的敖包祭词,从浩日穆斯特到黄金世界的山水神仙,上至成吉思汗诞生的不儿罕山喀鲁连河(克鲁伦河),下至根生土长的阿尔巴斯山和哈敦高勒(黄河)都提到了,最后念道:

从邻家邻居,
到亲朋弟兄;
从乡里乡,
到各位友人;
从一家一户,
到一里一村;
从白发长者,
到黄毛小童,
为生命长久而祈祷,
为生活美满而祭奉,
愿活蹦乱跳的五畜,
长壳带皮的五谷,
产得多而健壮,
熟得透而丰稔,
愿围猎的时候能够满载回家门。
再祭奉和祈愿,
金银珠宝,
绫罗绸缎,
能堆积如山岭。
我们由衷祝愿,
年年幸福,
岁岁快乐,
草原常绿,
清泉喷涌,
我们众位乡邻福大寿增,
嘛。

宝格德山祭敖包的盛况

这就是最现实的证明。

(3) 敖包与翁衮的结合：数典祭祖

在蒙古语里，"敖包"一词常跟"翁衮"连起来使用，唤作"翁衮敖包"。在内蒙古人民出版社出版的《描写词典》中，也把"敖包"列入"建筑"一类，称作"敖包翁古德"（翁衮的复数），这是很有道理的。《史记·匈奴传》在祭其先天地鬼神之后，接着写道："秋，马肥。大会蹛林。"颜师古注谓："蹛者，绕林木而祭也。鲜卑之俗，自古相传，秋天之祭，无林木者，尚竖柳枝，众骑驰绕三周乃止。此其遗法。"《绥远通志稿》记："殆以后世蒙地树林甚少，于是鄂博之制兴焉。"从这些说法来看，起码可以推出，现在敖包上扎柳条并环而行之的礼俗，是古俗"蹛林"的遗迹。这样做的目的，是为了祭祖宗的，也就是我们说的翁衮。

敖包是一种美丽的建筑

敖包为翁衮的最现实的根据，明显体现在它的建筑过程中。一开始我们介绍敖包形制的时候，描述的仅是它的地上部分，实际上每个敖包都有不同程度的地下建筑，并埋葬不少东西在里面。一般多系王爷或敖包之主的王冠、服装、金银、武器及生活用具，实际上已经成了一种翁衮，起码是衣冠冢。由于王爷是宗亲世袭的，这种敖包无疑是家族权威和尊严的象征，具有神圣不可侵犯的性质。

敖包这种神圣不可侵犯的性质，在它的有关礼法方

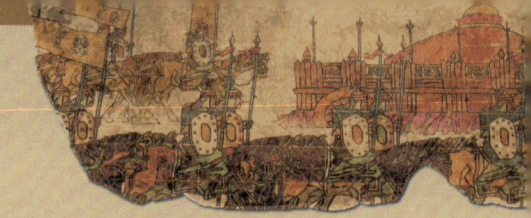

蒙古风俗

面表现得更加突出。一是在酢肉的摊派和分配上都有严格的法度，是一种政治待遇的象征。比如鄂托克旗王爷的布尔陶勒盖敖包远在毛盖图苏木，离王府所在地（今乌兰镇附近）很远，快马须走一天才能到达。五月十三祭过敖包后，十四必须将羊头和一条羊前腿给王爷送去。那时天已大热，等送进王府肉也臭了，王爷也不一定会吃。但这是他家口福的象征，不送绝对不行。《秘史》记载着成吉思汗的母亲因为分酢肉不公平，跟俺巴孩汗的夫人翻了脸，就是因为这个缘故。二是从前王爷要降罪或赦免犯人，常在敖包前举行。三是如果边关告急，国难当头，需要出兵抵抗的时候，往往要在敖包前举行誓师大会，必要时甚至要用活人祭敖包，以示每战必克的决心。

正因为敖包是陵寝宗室的象征，从前各旗的王爷几乎都有自己的敖包。以鄂尔多斯而论，郡王旗治北八十里，有达黑伊勒图敖包，为本旗之公敖包；鄂托克旗治东南约百里，有爱勒克图敖包，为本旗之公敖包；扎萨克旗治西北二十里，有独更敖包，为本旗之公敖包……同时王爷姓氏以外的其他氏族，也都有自己的敖包。这些敖包都各有自己的来历，祭祀的日期和仪式也五花八门。乌审旗的艾古尔靳哈然，住的全是艾古尔靳氏族的人，他们供奉的敖包叫京肯薛德（一位英雄的金枪）。这个哈然下设五个苏木，正月初三大祭的时候，每个苏木各出一名珠玛，各出一只全羊，由哈然的大珠玛带领五名珠玛主持祭礼。不过，并不是所有的氏族住的都像艾古尔靳这么集中，或者原先虽然集中，后来由于各种原因走散了，等到能够返回家乡，第一件事就是由长者带领，供奉自己氏族的敖包，在敖包前认识自己的家族。当然也有可能永远回不去了，于是就出现了这样的情况，有的牧民不供奉自家附近的敖包，却跑老远祭另外的敖包，这就是因为有个陵寝宗室的问题。

(4) 敖包会是那达慕的雏形

关于那达慕，《辞海》的解释是："内蒙古地区蒙古族传统的群众性集会，多在夏秋季节祭敖包时举行，一般一年一次，内容有摔跤、赛马、射箭、

召河祭敖包时招福的盛况

蒙古风俗

歌舞以及贸易活动。"从这条解释看来，特定意义的那达慕，很可能是新中国成立以后命名的，而且是由敖包会发展而来的。从前牧区地广人稀，聚散无定，平时大家都忙于养牧，难得一聚。一到五月十三祭敖包这个季节，水流草青马上膘，牧业大忙季节已经过去，丰收已成定局，于是大家便换上新衣，骑上快马，褡裢里装进奶食，马鞍上捎上全羊，来到敖包山下，举行敖包大会。勇者摔跤，健者赛马，娱神而自娱也。那些放苏鲁克的牧主，也在这个时候向牧民分股子，安排一年一度的牧业事宜。新中国成立后将6月30日定为牧业年度，跟祭敖包的阴历五月十三相差无几，往往合在一起举行。由于时代的原因，可能在某个阶段省去了祭敖包的内容，专以庆丰收和娱乐为主，变成了名副其实的那达慕。

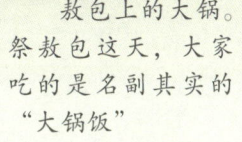

敖包上的大锅。祭敖包这天，大家吃的是名副其实的"大锅饭"

我以前参加过基层的不少那达慕大会，发现了一条规律：凡是参加那达慕的牧民，不论男女老少，贫富贵贱，都不空手而来，总要带一些酥油、酪蛋、砖茶之类的东西。拿多拿少，全系自愿，主持者们也不计较。将这些收下以后，公社或大队根据参加人数宰杀足够的肥羊，煮在一个大锅里，来者有份，吃个管饱，分文不取。不过就是这一顿，当晚不论多晚也必须散去。后来我采访了几次祭敖包的活动，才明白了它们之间的承传关系：敖包会上人家（施主）敬献的羊背、砖茶、饼子、烧酒、奶食等等，按规矩都要让来人吃喝掉，不许再拿回去。

祭敖包时念经的喇嘛

如果吃喝不了,就扬到敖包上(全羊留一条羊腿给施主),让乌鸦、狐狸来吃。有一些可以放在奖品中摊销,让那些摔跤、赛马的优胜者多得一些。一时坏不了的,留待明年此时享用。总之绝对忌讳个人贪污。据说从前还有一种曼金陶高,一次能盛三头犍牛(指其肉)、三十六桶水、三十二斗大米、二斤盐。第二天开敖包会,头天晚上就得烧火。烧到第二天,几个人用铁锹翻一遍,再焖一会儿就可以吃了。凡是来赶敖包会的,不论民族、性别,都可以吃个满饱,这就是名副其实的"大锅饭"。一直到今天,许多基层的敖包会上还保留着这种遗风,从中可以看出它与那达慕的渊源关系。

(5)敖包是一种纪念碑

在鄂尔多斯市鄂托克旗特别是乌审旗一带,普遍流行着"呼拉呼敖包"的说法。乌审旗共有十三个敖包,也叫十三个呼拉呼。呼拉呼是"集会"的意思,为什么这样称呼呢?当年成吉思汗亲率大军远征西夏的时候,曾经路过鄂尔多斯。据说当时每破一城,一定要事先把军队集合于某一高地进行战斗动员和讲解战术,结果总是取胜。后人为了纪念这些地方,就垒起敖包加以供奉,名之曰呼拉呼。说来也奇怪,凡是有呼拉呼的地方,附近总能找到一座废城堡的遗址。鄂托克前旗查干陶勒盖苏木的呼拉呼敖包,附近就有白城的遗址,这是我亲自采访过的。乌审旗嘎鲁图苏木呼和陶勒盖嘎查和呼和淖尔嘎查交界处的铁木尔敖包,附近也有废城一座,清泉一道,名叫巴音布拉格。民间传说敖包下埋着一位名叫陶贡铁木尔的将军,是跟随成吉思汗攻打这座废城时牺牲的。他牺牲之后,便把他埋在现在的地方。因无土覆顶,便从附近挖了许多泥堆在上面,形成这座敖包。挖泥的地方涌出巴音布拉格,绕敖包东流而去。每年正月初三和五月十三,人们都要去那里焚香祭奠。据查《蒙古秘史》确有陶贡铁木尔其人,为成吉思汗1206年(蒙古太祖元年)开国大典时所封九十五名千户诺颜中的第六十一位。根据《中国通史》记载,当年成吉思汗的确曾攻打过这一带,其时西夏的局势已经十分严峻,连换了三个皇帝,蒙古军也损失不小。西夏的都城被攻陷的时候,成吉思汗也病逝了。乌审旗至今流传的呼拉呼祷词,仍然保留了当时的战斗气氛:

囊括五族四夷,
包容天下的圣主成吉思汗,
从你的时代开始,
誉满布尔陶亥的十三座呼拉呼。

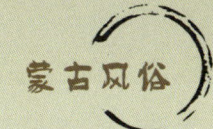

蒙古风俗

你的盛祭之洪福，
我们长跪而请求，
让那黑心之徒，
屈膝于脚下，
请保佑我们，
免遭外敌欺侮！

同时，乌审旗有十三个敖包，鄂托克旗也有十三个敖包，锡林郭勒盟的敖包也有十三个（不过是堆在一起的，中间一个大的，四面是三个小的）。鄂托克旗的十三个敖包，也称为十三个军敖包。根据学者罗卜桑悫丹的考证，敖包自唐代发展成十三个以后，也叫十三个英雄敖包。看来，敖包确系一处纪念和凭吊英雄的地方，可以说是另一种形式的纪念碑，而且恐怕在黄教传入以前就存在了。

在我调查的敖包中，还遇到一个反面的例子，它不是作为英雄的纪念地，而是作为镇压坏人的纪念地供奉的。这就是巴彦淖尔乌拉特中旗巴音哈太苏木的宝日提格敖包。据苏木一离休的老干部介绍，这座敖包埋的是一位外号"毡帽诺颜"的人的顶子。毡帽诺颜是喇嘛出身，从塔尔寺回来以后戴一顶呢子礼帽。当地牧民不认识呢子，就管他叫毡帽诺颜。此人仗势欺人，贪财好色，每天晚上都要糟蹋一名妇女。七十个台吉愤愤不平，就联合起来罢了他的官，将顶子摘下埋在巴音哈太南面包吉日沙拉的东北部。每年到了这天，七十个台吉便集合起来前去祭奠，实际上是为了纪念这件大快人心之事。后来我读了色·宝音巴达拉呼同志的《乌拉特三公旗简史》一书，知道毡帽诺颜实有其人，说他投降了日本，干过不少坏事，

新疆的敖包

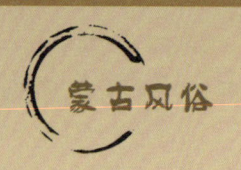

却没有上面介绍的一节。所以这个例子,还有待于进一步考证。

3. 敖包的建造

敖包建造的仪式,在很早的时候大约比较简单。俗谓"落地之土为黄金,常饮之水是甘露",蒙古民族离开故土阿尔泰、喀鲁连南迁的时候,总要携带些土块石,将其埋在落脚之处的山上,上建敖包加以供奉,举行敖包会以示庆贺。政教合一以后,每旗都养活一名商更(祭祀)喇嘛。建造敖包的时候,首先要请这位喇嘛选择一块风水宝地,挖下三尺多深,将盛有颂希格的箱子或瓷罐埋进去。由于建造者的目的不同,颂希格的情况也千差万别。想发财致富就放五谷杂粮、骏马鬃尾,想健康长寿就放药物,想安定太平就放弓箭。有的说把这些东西装入罐中或净瓶埋入土里就行了,有的说要先将它们装入召福香斗或十三种成分组成的香炉中,然后再放入箱中才能埋土。不论属于何种情况,都要用五色彩缎封口,

呼和浩特五塔寺上的四大天王砖雕

上印"唵嘛呢叭咪吽"六字真言,伴随喇嘛的诵经之声,将土填到与地齐平,夯筑结实,其上再建石头敖包。敖包建造的时候,除了主持喇嘛和敖包的发起人以外,别人绝对不能在场。

随着时代的变迁,敖包建造的礼仪也渐趋繁杂。有的在敖包动工的前三天,就请几十号乃至上百号喇嘛,来到相中的地址,开始诵读《乌力吉呼图格奈曼葛根经》,然后在地上挖出一个深丈五、径七尺的圆坑,周围用砖头砌起来,好像一座无顶蒙古包,旁边要留一个供人出入的通道。接着再做一个四棱尖头的紫檀

木桩，上面简要地记上敖包建立的日期、缘由和主持者的姓名，将其砸入圆坑底部的中心，上面铺好大毡，摆好三张木床，上置敖包之主的四季服装、弓箭、鞍辔、锅勺、盘碗等物，火撑像平时一样支在当地，架起沉香木做欲燃之状。然后将坑顶封闭，埋入黄土，使与地平。这时喇嘛们经由通道进入蒙古包，点燃佛灯，摆放羊背，诵读《德布吉德舍日吉木经》，接着走出蒙古包，将通道堵死，再在地上建几丈高的石头敖包。

4. 敖包的祭奠

关于敖包的祭礼，由于它们各自的来历和性质不同，其祭礼的日期、规模、形式和组织都不一样。鄂尔多斯、乌拉特多在阴历五月十三举行，察哈尔、乌珠穆沁部多在阴历六月十三或二十五举行，阿拉善（土尔扈特）部多在阴历六月初三举行……不过多数都在夏秋季节。一般一年进行一次祭祀，偶尔也有一年两次的。祭祀时间的长短也不一定，乌珠穆沁、鄂尔多斯要求在一日之内祭完，巴林则能延长到五至七天。旗敖包的祭祀，通常都有严密的组织，主要由四人组成：达玛勒——敖包祭祀的总承担者；霍牙格或浩林宝什嘎——按照公例向百姓征收祭品者；尼尔巴——施主所献物品的登记保管者；德木其——备办茶饭者。他们必须根据不同敖包的不同要求，在相应的时间里把该办的事情办好。

观音寺里的壁画

到了祭敖包这天，人们穿上新衣，骑上好马，从四面八方（事实上在祭敖包的前天晚上，多数人已经赶到敖包山下的会场周围就宿）向敖包进发。到了敖包跟前，一般要从西南登上敖包山，由西向东绕着敖包顺时针转一圈，来到敖包正前方香案前叩拜以后，将带来的石块

加在敖包上，用五色哈达、彩旗、禄马等将敖包妆饰一新，使它恢复了生气。然后在敖包前的祭案上，摆上全羊（要盛在大盘里）两至八只，两边摆上牧民奉献的全羊、鲜乳、奶酪、黄油、圣饼、白酒、什锦粥、盐、茶等红（肉）白（奶）食品，念一种专门的经文，使这些食品变得圣洁以后，喇嘛们开始燃放柏叶香火，进行烟祭。这时鼓钹大作、号管吹响、法铃齐鸣，香客们不论僧俗尊卑，大襟铺地，向着敖包三拜九叩，祈祷"风调雨顺，五畜骤增，无灾无病，禄马飞腾"，继而将马奶、醇酒等泼散到敖包上，诵读《敖包祭洒词》。这时香客们便群起仿效，围敖包顺转一圈，将食品象征性地祭洒在敖包上，接着献哈达、举佛灯。同时要将某头牛、马、羊等净化成为神畜，有的地方将玉点黑骏马牵来，将其童鬃（即从未剪过的鬃）系以五色彩绸，绕火堆一周使其圣洁，成为神马。如果以前的神马眼睛或蹄子出了毛病，就无权再做神马，便要选一匹同样毛色的代替。成了神畜的牛马羊大多要撒野，不能拉

阿拉善悬空寺

到市场交易，不得随便打骂，不得让妇人或外人骑乘。神马老死以后，要将其头骨放到敖包山上，名之曰"马头水晶"。最后众人双手托举哈达、食品等物，口喊"呼瑞呼瑞"，举行召福致祥的仪式，至此祭礼便告结束。于是大家便回到山下帐篷之中，分食祭祀敖包的酒肉，称为"敖包的口福"。在分食之前，要将主祭全羊的某个部位（肥尾、前腿或脊骨等）献给敖包之主——敖包建造者的后代，主要祭祀人——大家才能喝酒吃肉尽情娱乐。旗里一般都要置备一口曼金陶高的大锅，一次可煮三头牛的肉，来者不分地域民族，人人可食，称为"散福"。饭罢以后，开始好汉的三技比赛，即那达慕大会。

祭祀敖包的礼俗各地虽然基本相同，但也存在不少差异。有的地方祭敖包时出行的仪仗相当盛大。乌珠穆沁亲王的敖包在祭祀的时候，要由王爷仕官领头，全旗二十一苏木、六个召庙的僧俗人众都要加入仪仗，浩浩荡荡向敖包进发。最前面一人手执布特（为一布包的乌龟，布上印有八供九色和藏文咒语）转轮而行，意为震慑地方破神烂鬼之人。其后是王爷的白通大（仪仗之首），朝服佩剑，开道引路。后有二人手举旗幡苏勒德相随，再后是十八名赫牙（小吏）分两行随行。

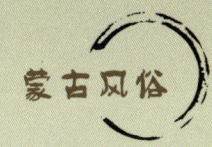

蒙古风俗

接下去是王爷或骑马或坐车而行,赶车牵马者共有六十个赫牙陪伴。而后是活佛喇嘛、各位仕官和平民百姓,一齐相随来祭敖包。如果是转世活佛和僧侣供奉的敖包,最前面也有一人背负布特而行,其后一人手执达达日(一种绸缎做的旗帜)紧跟,再后一人腰缠丁瓦(代表喇嘛席位的黄缎垫子)而行,更后一人手撑黄罗伞盖而行,伞盖两边有转世活佛和有衔喇嘛护卫而行,登上敖包诵经祭祀。此外,进行好汉三技比赛和奖赏的情况也各不相同。科尔沁敖包会上多不射箭,而赛掷比鲁(一种猎具)却比较普遍,还有儿童赛跑等等。鄂尔多斯赛马不仅要奖赏前九名,还要把跑在最后的驽马列为第十名奖励,说它唯其跑在最后,才把所有人众的福祚都囊括回来,因而也奖饼子一盘、羊头一颗。乌拉特比赛摔跤的时候,最末的一名称之为"泥土布和"(被摔倒沾上泥土之意),要从头浇下一罐酸奶,奖一方粉绢哈达作为纪念。

祭祀敖包是全旗性的集会,从前王爷便利用这一机会给某些人加官晋爵,封赏功勋摔跤手,逮捕或赦免犯人。有时还判断官司,划分水草。各地商人多在敖包会上摆摊售货,进行物资交流。它还是亲朋好友和青年男女相逢会面、谈情说爱的极好机会。敖包的达玛勒,也要借此机会宣布全旗各苏木布施祭品的情况。

敖包在平时尤其是供奉以后颇有不少禁忌。诸如妇女不能上敖包顶,不能在敖包会上骑马参赛。行人不能骑马从敖包旁边经过,一定要下马才准通行。敖包附近不能捕鱼捞虾、打柴伐木、围猎杀生等等。因此直到今天,敖包山上的自然环境都是保护得比较好的。

肆⊙禄马风旗

1. 禄马风旗与成吉思汗:一个符号,一则古老的传说

凡是来鄂尔多斯旅游的人,都会在每家牧民门前一眼看到一根高高兀立的旗杆,杆头安着一柄明晃晃的三叉,叉上錾有日月图形,半杆间挂着一面长方形的蓝旗。有的人家还把这种物件左右对称地栽两根,中间用细绳连接起来,上面垂挂上红、黄、蓝、白、绿五色彩旗。风一吹过,这些旗帜就哗啦啦一起飘起来。你立于旗下,觉得又庄严、又神圣,由不住仔细端详一番。这时你才

禄马风旗的形态

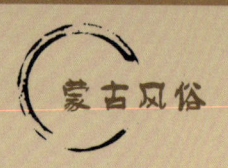

蒙古风俗

牧民乌力吉刻的禄马

发现，那三叉中间的一股，样子很像箭头，两边的形状酷似一张弓，如挽弓搭箭欲射之状。不过下面有个承托它们的圆板，圆板朝上栽了许多的缨子，很容易被想象成儿童团员站岗放哨拿的红缨枪。再看圆板的边缘，头朝下画着八个骷髅。那旗帜上呢？好像有一匹腾飞的骏马在随风飘动，还有许多东西在风中不好看清楚。你总觉得这个东西很神秘，一定是蒙古人供奉的什么神物，想开口打听又怕冲撞了什么。

事实上，你把它看成弓箭，看成长矛，已经对了大半。

自古蒙古人爱马尚武，旗帜是一面蓝布上的奔马，出则举于军前，居则竖于帐外。成吉思汗西来鄂尔多斯的时候，就是高举着这面旗帜，用弓箭长枪（矛）攻灭西夏的。后来成吉思汗葬于鄂尔多斯，老百姓为了纪念他，就把他的旗帜和武器仿制下来，竖于自家门前。逢年过节，必得朝拜，日久成俗，就形成上面看到的禄马，蒙古语叫"嘿毛利"，意思就是"希望之马"、"时运之骏"。溯源却与战争有关。它的形体，可以看成是骏马和兵器的合璧。那圆板上倒挂的骷髅，不明摆着"斩下敌首，祭我矛头"的含义吗？

成吉思汗的长矛当地人称作"苏鲁德"，或写作"苏勒德"，原来供奉在鄂托克前旗查干陶勒盖苏木，每逢成陵大祭的时候，要由一匹枣骝公马把它驮到一个名叫千棵树的地方，参加十二年一度的镇远黑纛大祭。据说从来没有人靠近过的野公马，一驮上这柄苏勒德就像绵羊似的老实了。苏勒德为什么这么厉害？原来它本身就是神物。成吉思汗有一次被围困在千棵树，四面楚歌，形势危急，便翻身下马，将马鞍取下，朝天反置，大叫一声："苍天呀苍天，你救我不救？"一语未了，只听空中一声巨响，这柄苏勒德便倏然从天而降，挂在树梢上便不动了。木华黎根据成吉思汗的授意，登在枣骝公马的背上，将其取了下来。从此成吉思汗把它举到哪里，哪里就奏起了凯歌。如今禄马上描绘的便是这一段故事。当中的矛头就是苏勒德，日月代表苍天，圆木盘象征苏勒德承接于树上，缨子用枣骝马鬃做成，表明苏勒德取于马上。那矛头两边的两股形成的"U"形，就是那个朝天反放的马鞍。蒙古人歇马卸鞍的时候，忌讳把马鞍直接放在地上，更忌讳朝天反置，一定要把它搭在一个东西上，因为只有人仰马翻的时候鞍子才凹面朝天的。

2. 禄马风旗与喇嘛教：一幅神图，一个信仰的总汇

宗教很会利用人们的心理。黄教传入蒙古地区以后，喇嘛们抓住禄马旗大做文章，进行了一系列的大胆改革。原来只有一匹奔马，嫌其力量不足，在四角又加上狮、虎、龙、凤，合称"五雄"，即所谓"四蹄系千家悲欢，一身备五雄之性"。他们把释迦牟尼面前供奉的七宝八供，甚至五色、八卦、十二生肖、二十八宿都一股脑儿绘了上去，空隙间又写满密密麻麻的藏文经语，使人面对此旗，宛如进庙入寺面对佛祖，不由得生出一股敬畏虔诚之情。不仅如此，他们还把禄马风旗的出版权和复活权垄断在自己手中。即使有个别人家藏有木板，印出的禄马旗也是死的，只有经过喇嘛念经以后它才具备神力。经过改革的禄马，成了一个集大成者的神物，有对自然的崇拜，有对祖先的祭祀，有对宗教的虔诚。苏勒德的下面总要用砖或土坯垒个神台，上面砌个袖珍小庙或挖个浅洞，用来燃放柏叶香火，至今每日早晚两次供奉。五十岁以上的鄂尔多斯老人，纵然大字不识，没有不会念《伊金桑》的。《伊金桑》就是供奉禄马时念给成吉思汗的颂词，平时不念全文，只念开头"唵嘛呢叭咪吽"的六字真言。当地汉族老乡听不懂意思，只觉得像唱歌似的怪好听，又抓住开头的只言片语，把禄马旗叫成"玛尼洪"（嘛呢吽）杆子。不信你来此处访问，汉族牧民都知道玛尼洪杆子，却不知道禄马为何物。凡是逢年过节、出征狩猎、旅行远足，都要念全文的《伊金桑》，请求禄马保护：

>   ……
>   消除那天灾与人祸，
>   消除那口角与内讧，
>   消除那兵燹和战乱，
>   消除那会盟时加害的敌人
>   ……

管庙的喇嘛

禄马既然有这么大的威力,享受香火就是理所当然,不能对它有丝毫亵渎的表现,不能冲着它的方向撒尿,不能把真正的马拴在它的杆子上。再好的朋友,也不能骑马从禄马的那根细绳下面通过。

3. 禄马风旗与人生三宴:一杆家旗,一块人生的里程碑

禄马既然是这么一个重要的神物,自然在心理上成了蒙古族牧民的精神支柱。在每家门前插竖禄马,是一种和谐安乐、吉祥美好的标志。"禄马飘飘召福来",大家都这么认为。再穷的蒙古人,门前也要栽根玛尼洪杆子。每到新年除夕之夜,家家神台东南都要燃起一堆旺火,将新印的禄马旗

禄马木版画

在上面旋转烘烤几下,爬到神台上将旧禄马取下,新禄马挂上去,用火勺从旺火上挖几勺红火烬,倒在神台上的袖珍小庙或浅洞里,撒上香柏、白酒、红枣、圣饼焚祭。这家的长者这时要面对神台跪下,全文背诵一遍《伊金桑》。而后拿起螺号,手拍着灌进一些气去,呜呜地吹起来。声音低沉而有力,能传很远的地方,引得周围的螺号也响成一片,宣告新的一年来临。这时全家老少都要出来围着旺火放炮,观察天象云气,瞩望四周由于举火而显得很近的人家,倾听从那里传来的噼噼啪啪的爆竹声。最后一起向神台跪倒,对禄马三拜九叩,三绕九转,祈求它给未来的一年带来好运。

除夕以后,禄马就只能供奉,不能打动了。如要打动,就是发生了意外。不是意外的喜,就是意外的忧。所谓喜者,就是生了小孩,特别是生了男孩,禄马要换成新的。还有娶媳妇的时候,禄马也要更新。所谓忧者,就是死了人,尤其是一家之主的男人死了,禄马旗一定要降落下来,好像国家元首死了下半旗致哀一样。鄂尔多斯蒙古人自言人生只有三宴,出生满年时有去发宴,成年娶妻时有婚礼宴,老了去世时有入土宴。前两宴都是升旗,最后一宴是降旗。禄马风旗为它的主人服务了三次,却伴随了主人一生。

在鄂尔多斯,从前的部队也供奉禄马。每天早晨出操前,把枪架在一边,大家先向禄马叩拜。后来投奔延安参加革命的乌审旗那顺德力格尔营长,就是利用早晨供奉禄马的机会,缴了一部分人的枪,发动部下起义的。

蒙古风俗

蒙古古代的军旗，几乎跟今天鄂尔多斯供奉的苏勒德一模一样。至于"禄马"一词，至今还活在所有蒙古人的日常口语中，并且任何一个小孩都知道，禄马腾飞是好运到来、禄马卧地是运气不佳的意思。只是禄马的具体形态，除了鄂尔多斯，别处很少看到，有也没这么复杂，或许这是别处的禄马先行消失的缘故吧！

寺庙供奉的禄马

○信仰趣点一

迈德尔佛。迈德尔佛实际上就是弥勒佛，梵文译过来就是"慈悲者"的意思。内蒙古土默特右旗的美岱召，就是迈德尔佛庙——弥勒佛庙的意思。

不过详细说来，迈德尔佛跟弥勒佛也有一些小的区

别。迈德尔佛主要指弥勒佛的庄严像，代表着未来，所以也叫未来佛。佛家有所谓"竖三世"的说法，就是从纵的方面来说，释迦牟尼代表现在，燃灯佛代表过去，迈德尔佛代表未来。据说迈德尔佛是释迦牟尼的弟子，释迦牟尼涅槃以后，他要继承释迦牟尼的未尽之志，从天而降，普度众生，共享极乐，所以他是释迦牟尼的接班人。

我们在庙上看到的大肚弥勒佛，实际上他是弥勒佛的世俗形象，或者说是中国特点的弥勒佛。相传我国五代梁朝有个布袋和尚，经常面带笑容，出没人间，劝人向善。后来慢慢地就把这两个人合在一起，把他说成是庄严弥勒佛的化身。有的在弥勒佛身上还爬着几个嬉戏的男娃，于是又有了"送子弥勒"的说法，搞得人情味很浓。

迈德尔佛在新疆和内蒙古阿拉善地区（卫拉特族系）供奉比较普遍，而且他的塑像普遍比释迦牟尼高大，安放在大殿正中。正月十六的迈德尔节，长达五至七天，可见尊崇之胜。

○信仰趣点二

卫拉特人在集体祭火的时候，总是找一个有树的地方，把一只剥了皮的绵羊左前腿让一位德高望重的老额吉拿着，下边蘸在盛了奶水的碗里，上边用一条长长的红线把它跟高高的大树拴在一起。这幅有趣的画面，我在别处从来没有看到，它引起了我极大的兴趣。后来我读《卫拉特蒙古简史》，看到一则关于卫拉特起源的神话传说。说是有一位猎人到森林里去打猎，发现有一棵大树，上面长着一个茶壶嘴子似的东西，一股白白的乳汁竟从那里面不紧不慢地滴下来，正好落在树下躺着的一个孩子的小嘴里。旁边树枝上，还有一只小猫头鹰时刻不离地守护着他。这位猎人把孩子抱回去，起名叫绰罗古，认为他是长生天的外甥，把他好生抚养起来，这个人就是绰罗斯——卫拉特准噶尔、杜尔伯特（卫拉特中的主要支系）的祖先。卫拉特的学者们在谈到他们祖先起源的时候，曾经给我念过一首诗，后两句就是"以树为母，以鸦为父"。我想起我翻译的《成吉思汗祭奠》，里面似乎有过这种古老的解释，回来找书一查，果然一字不差。只是觉得新疆离鄂尔多斯迢迢几千里，古代交通又那么闭塞，这种民间口头传说，究竟通过何种途径，居然跑到成吉思汗的祭词里？"绰罗古"这个词，就是水管子、水龙头、壶嘴子之类的意思，现在也活在人们的日常口语中。今天看来，这种对民族起源的远古记忆，包含着许多积极的意义。那条长长的红线，就是连接大自然母体的脐带。他们是大自然的骄子，大自然就是养育他们的父母。

蒙古风俗

○信仰趣点三

财神爷的故事。我在蒙古国南戈壁省博物馆，听画家宝尔夫讲过一个故事。他说财神爷原来也是穷光蛋，老额吉那木和儿子斯莱只有一个绵羊的肉，三碗炒米。儿子出门，碰见一个人往死里打狗。他问为什么打狗，那人说狗把他的羊肉吃啦。儿子说："你把它放了，到我家把那一只羊的肉背回来吃吧。"儿子又往前走，见一个人往鼠洞里灌水，问他为什么灌水，他说鼠把他的饭吃啦。儿子说："我家有三碗炒米，你把它拿去吃吧。"这两人把他家的肉和米全拿走了。儿子回家，见家里空空。母亲生了气，数落他一顿，把他赶出门。儿子走呀走，在树下遇到一条狗和一只鼠。它俩对儿子说："你从这棵树往前走九步，可以找到毛劳尔额尔德尼（一种宝贝）。你把它含在嘴里，就会富起来。"儿子向前走了九步，果然找到了宝贝。他走到家门口，听见母亲在里面吃羊头，一边吃一边念叨："要是儿子在，二人啃羊头多好。"儿子很感动，把经过告诉了母亲。晚上把宝贝含在嘴里，第二天醒来一看，发现自己住在水晶宫里，外面站满了牲畜，从此富了起来。有个巴音发现了这事，就向老额吉打听，老额吉一五一十地告诉了他。巴音派人把儿子抓住，抢走宝贝。第二天起来，母子俩又住在破包里，一切跟原来一样。儿子去滩里捡牛粪，又碰到那只鼠和狗。鼠和狗说："不要紧，我们给你再拿回来。"鼠钻到狗耳朵里，它俩一起往巴音家走。巴音家站了三道岗，人根本无法进去。守护人发现有条狗，也没留意，它俩就溜了进去。巴音正腆着个大肚子，把宝贝含在嘴里高兴。鼠跳到佛龛上，在圣水里打了几个滚，浑身湿淋淋，爬到巴音肚皮上一抓，巴音哇的一声把宝贝吐了出来。老鼠把宝贝含在嘴里，跟狗一起跑回来，交给了主人。这家后来就成了财神，把母子俩的名字合在一起，人称那木斯莱佛爷。

郭雨桥 著

蒙古风俗
(下)

内蒙古出版集团
远方出版社

图书在版编目（CIP）数据

蒙古风俗：全2册/郭雨桥著. -- 呼和浩特：远方出版社，2015.9
（2020.1重印）
ISBN 978-7-5555-0520-4
Ⅰ.①蒙… Ⅱ.①郭… Ⅲ.①蒙古族–少数民族风俗习惯–中国
Ⅳ.① K892.312-49
中国版本图书馆CIP数据核字(2015)第 207357 号

蒙古风俗（上下）

著　　者	郭雨桥
总 策 划	苏那嘎
责任编辑	云高娃　王　福
封面设计	徐爱东
版式设计	徐爱东
出版发行	内蒙古出版集团　远方出版社
社　　址	呼和浩特市乌兰察布东路 666 号　邮编 010010
电　　话	（0471）2236473 总编室　2236460 发行部
经　　销	新华书店
印　　刷	廊坊市海涛印刷有限公司
开　　本	710×1000　1/16
字　　数	422 千
印　　张	25
版　　次	2015 年 9 月第 1 版
印　　次	2020 年 1 月第 2 次印刷
印　　数	5 001—7 000 册
标准书号	ISBN 978-7-5555-0520-4
定　　价	88.00（上下）

如发现印装质量问题，请与出版社联系调换

目录

走进蒙古包
壹⊙蒙古包起源断想 …………………1
贰⊙蒙古包的构件 ……………………4
叁⊙蒙古包的搭盖 ……………………8
肆⊙蒙古包的拆卸 ……………………10
伍⊙蒙古包的装载与搬迁 ……………12
陆⊙蒙古包的内外布局 ………………15
柒⊙蒙古包中的规矩 …………………18
捌⊙蒙古包的六大性能 ………………22
  1. 组合性能 …………………………22
  2. 伸缩性能 …………………………23
  3. 冷暖性能 …………………………24
  4. 环保性能 …………………………24
  5. 科学性能 …………………………24
  6. 文化性能 …………………………25
玖⊙蒙古包诸忌 ………………………26

服饰：衣着是最好的名片
壹⊙珍贵的民族文化遗产 ……………33
贰⊙蒙古族服饰的四大内涵 …………35
  1. 蒙古族服饰的生活内涵 …………35
  2. 蒙古族服饰的部族内涵 …………37
  3. 蒙古族服饰的礼仪内涵 …………38

- 4. 蒙古族服饰的历史内涵 ……………… 40
- 叁⊙蒙古族服饰举要 ……………………… 42
  - 1. 冠帽类 …………………………………… 42
  - 2. 袍衣类 …………………………………… 46
  - 3. 靴袜类 …………………………………… 54
  - 4. 佩饰类 …………………………………… 55
- 肆⊙头戴须发 ……………………………… 62
  - 1. 妇女头戴 ………………………………… 62
  - 2. 男子发式 ………………………………… 64
  - 3. 男子胡须 ………………………………… 66

饮食：白、黄、红三色描绘的生存空间

- 壹⊙一般饮食习俗 ………………………… 71
  - 1. 先白后红 ………………………………… 71
  - 2. 以饮为主 ………………………………… 72
  - 3. 轻便简朴 ………………………………… 73
- 贰⊙茶 ……………………………………… 74
  - 1. 素茶 ……………………………………… 75
  - 2. 奶茶 ……………………………………… 75
  - 3. 擎茶 ……………………………………… 75
  - 4. 面茶 ……………………………………… 75
- 叁⊙奶食品 ………………………………… 76
  - 1. 酸马奶和马奶酒 ………………………… 76
  - 2. 奶皮子 …………………………………… 80
  - 3. 卷肯 ……………………………………… 80
  - 4. 初乳 ……………………………………… 80
  - 5. 查嘎 ……………………………………… 80

6. 艾日格 …………………………… 81
7. 塔日格 …………………………… 82
8. 白油、黄油、酸油、黄油渣 ………… 82
9. 酸酪蛋、奶豆腐、甜酪蛋 …………… 83
10. 浩日木格 …………………………… 85
肆⊙肉食品 ……………………………… 85
1. 祭锅肉 …………………………… 85
2. 羊背子 …………………………… 87
3. 阿拉善烤羊 ……………………… 93
4. 喀尔喀浩日霍格 ………………… 94
5. 灌肠 ……………………………… 95
6. 羊三样 …………………………… 97
7. 高尔呼格汤 ……………………… 98
伍⊙炒米 ………………………………… 98
陆⊙骨头文化 …………………………… 99
1. 羊拐趣话 ………………………… 100
2. 肩胛趣话 ………………………… 101
3. 骶骨趣话 ………………………… 104
4. 脖骨趣话 ………………………… 105
5. 牛腿趣话 ………………………… 106

交通：诗意地行走

壹⊙驼运 ………………………………… 109
1. 拉脚的准备 ……………………… 109
2. 骆驼鞍屉 ………………………… 110
3. 上驮子的方法 …………………… 110
4. 上路宴会 ………………………… 112
5. 艰苦的旅程 ……………………… 113
6. 第一天与最后一天 ……………… 114

  贰⊙勒勒车运输 …………………… 115
   1. 勒勒车及其组合 ……………… 115
   2. 勒勒车的构造 ………………… 119
   3. 勒勒车的制作 ………………… 120
  叁⊙雪爬犁运输 …………………… 123

畜牧：牧业大文化的基座

  壹⊙永恒的牧歌 …………………… 129
   1. 畜群的配备 …………………… 129
   2. 四季牧经 ……………………… 130
   3. 畜群的管理 …………………… 138
  贰⊙牧事时节 ……………………… 141
   1. 断羊尾 ………………………… 141
   2. 灌羊 …………………………… 141
   3. 打鬃与套马竞技 ……………… 142
   4. 净身与"骟后"工作 ………… 144
   5. 分群与公马"上任" ………… 146
   6. 马奶会洒奶祭天 ……………… 150
   7. 跑马擀大毡 …………………… 150
   8. 母牛归群祭 …………………… 152
   9. 放神畜敬天地 ………………… 154
   10. 踩羊圈起羊砖 ……………… 155
  叁⊙牧畜特点 ……………………… 156
   1. 以情服"畜" ………………… 156
   2. 以畜照畜 ……………………… 157
   3. 对牛弹琴 ……………………… 160

肆⊙驯马和驯驼 …………………… 162
1. 套马杆 ……………………………… 162
2. 驯马 ………………………………… 164
3. 驯驼 ………………………………… 168
伍⊙牲畜的宰杀 …………………… 170
1. 杀羊 ………………………………… 170
2. 杀牛 ………………………………… 171
3. 杀马 ………………………………… 171
4. 杀驼 ………………………………… 172
5. 宰杀禁忌 …………………………… 172

狩猎：辉煌的历史和乐趣

壹⊙狩猎的一般习俗 ……………… 177
1. 祈赐"狩猎之福" …………………… 177
2. 爱惜生长之道 ……………………… 179
3. 原始古老的分配 …………………… 180
贰⊙精彩奇异的狩猎方式 ………… 181
1. 乌审网猎 …………………………… 181
2. 巴林围猎 …………………………… 182
3. 苏尼特奇猎 ………………………… 183
4. 兴安岭猎熊 ………………………… 184
5. 乌拉特猎狼 ………………………… 185
6. 其他狩猎办法 ……………………… 186
叁⊙猎犬——牧人的帮手 ………… 187
1. 敬狗如敬人 ………………………… 187
2. 细驯出来的细狗 …………………… 188
3. 细狗的精彩捕猎 …………………… 190

题记

蒙古包是游牧民族的杰作，是他们对世界民居的一大贡献。你不知道它的每一个部件，是如何妙不可言地同生活与自然融为一体。"皮裘毡帐亦开颜"，从蒙古包开始，走进蒙古人的生活和游牧文明。

走进蒙古包

壹⊙蒙古包起源断想

谈蒙古包起源的时候,我们必须把蒙古包的名称换成"住所"。因为我们现代人的既定观念里,关于建筑及其构件的种种名称,都是有具体含义的。我们习惯用这些概念来理解过去的东西,这就容易产生歧义,带来许多不必要的麻烦。最好的办法是,你跟着我走进四五十万年前的古代,而且假定你也是猿人,从时间的隧道里一步一步往出穿行,而且在一点一点进化,包括住所的观念也在一下一下更新,一直跟到我写这篇文章的时候。

人类开始的住所,就是现成的山洞。这是动物的本能,来了雨,牛马都知道往山洞里跑,作为跟猿相揖别、已经学会用石器和棍棒的人,这点智慧还是有的。

仙人柱——蒙古包遥远的祖先

1

蒙古风俗

当然他们也懂得简单地修补和整理山洞。比如把不需要的石头搬出去，使里面更加宽敞。洞口正好来了风，就用石头堵上。但山洞不是到处都有的，而人类或者说猿人却需要到处寻找食物。看见了山畔、沟崖，想起了过去住过的山洞，便凭着记忆，自己挖了一个山洞。这种人造的山洞，可能在某些方面更适合人类居住。可是也有许多缺点，比如换气不好，里面尘土多，烟走不出去，而且相当黑暗。同时也不能搬迁，人一走就只好扔掉。对于当时四处寻找食物的人来说，也是不适宜的。

这样一来，地上的窝棚便应运而生。过去北方比现在温暖，到处是原始森林。人们就用石斧和本身的体力搬些椽子，先把自然分叉的椽子搭起几根（这样便于固定），再在四周搭些其他椽子。由于简单和方便的关系，人类自然选择了圆形。我在蒙古国采风的时候，在2005年的库苏古尔湖畔还看到过这种住所。那是一种用十六根椽子搭的圆形尖顶窝棚，跟我们鄂

牧民搬迁途中用两片哈纳搭的临时住所

伦春人的撮罗子差不多。这是一支专门靠养雪鹿生活的部族，全蒙古只有两百多人，他们一个月要搬几次家，临走的时候，会把这十六根椽子也扔掉。这种住所避免了人造山洞的缺点，人类一开始也感觉良好，但是慢慢就不满足了，就是它怎么搭，墙壁（这个词就遇到了我开始说的那种困难）也是斜的，人走到中间才能完全直起腰来。因为顶上面总开着，里面也比较冷，某些方面不如人造山洞。于是他们就想把这两种东西结合起来，在地面挖下去近一米深，再在上面搭起窝棚，虽然上面还是那个样子，人一进门里面就高了。而且因为是半地穴式的，也远较窝棚暖和。有人考证，蒙古包最初就是挖出来的。现在最上面的毡，仍然叫"乌尔和"。"乌尔和"这个词卫拉特人仍在使用，在蒙古语里就是"挖"的意思，就是这种痕迹的遗留。

可是新的矛盾又出现了，地下的部分不能搬迁。人们又想如何把地下加高的那部分搬到地上，想来想去，哈纳出现了。

蒙古风俗

最初的哈纳不是我们现在蒙古包上的哈纳,也不是土房意义上的墙壁。当初可能就是"Y"形的树棍,选的长短粗细尽量一致,用它们把窝棚的椽子一根一根顶起来,这样一来,就把这种住所的架子抬高了。人住进去很宽敞,活动起来也方便。人们很快又发现这种结构不稳,于是又从横的方面给它绑上一些木棍,形成一个网格状的整体,哈纳的雏形就这样诞生了。可能到了后来,又在网格交叉的地方干脆用钉子钉上,变成了横竖两层。那时候的哈纳两面完全是直的,就像现在新疆的蒙古包一样,后来进一步发展,懂得了熏制木头,才慢慢做成了现在内蒙古蒙古包的样子。

套脑的发明更是一个难题,最初的窝棚是没有套脑的,就像我看到的撮罗子一样。后来人们感到顶部空间小,就用柳条弯成一个圈儿,把那些椽子直接绑到圈上,这样顶部就自然出来一个圆洞。或者把窝棚的顶部不让它合拢,就像瓶子似的弯出个弧度来,伸出在窝棚的最上面,这也可以出来一个圆洞,刮风下雨可以用兽皮把它盖上。这就是蒙古历史上,所谓"有脖子"的蒙古包。终于人们又发现这样的圆圈禁不住椽子的压力,又把两个木棍绑成"十"字,再把它们跟圆圈固定在一起,这就是最初的套脑。内蒙古阿拉善的车额吉格日,还可以看到这种套脑进化的痕迹。他们把四根柳条,上面两根、下面两根搭起来,

没有哈纳的蒙古包。这种蒙古包,有的是本来没有哈纳,有的是在搬迁途中为了搭建方便未使用

把"十"字变成"井"字,"井"字的八个头都弯回来,绑在下面的木头圆圈上,做成了简单的套脑。圆圈制作也极其简单,把木头弯成一节一节的弧形,弧形两端都锯成马蹄形,互相用皮绳捆在一起,这就形成一个圆圈,把"井"字形柳条的末端跟它绑在一起就行了。再进一步向前发展,就形成了新疆名叫"哈喇其"的套脑。在此基础上,才慢慢地发展成插孔式套脑和串连式套脑。按我的看法,串连式套脑应该是套脑发展的最后阶段,或者说是它的成熟形式。

我这样描述,就像数学上的符号一样,是一种轮廓化的简化形式。事实上并不是这么简单和轻松,任何一种事物的进步,都离不开社会生产力的发展。比如钻孔和锯木头,需要铁器的发明,弯曲木头需要熏制的工艺。这些技术写来简单,可能在实践中都摸索了几百年甚至上千年的工夫。

贰⊙蒙古包的构件

蒙古包的构件,简单地说,可以说是三个三位一体。从材料来说,是毡子、绳子、木头三位一体。这三种材料,都是草原的特产。几千年来,蒙古包的发展已经非常完备,各方面都已高度程式化,多一件不行,少一件也不行。新疆蒙古包用的绳子一共是三十三根。别的地方也根据哈纳的多少,都有自己的固定数目。这是一个三位一体。

蒙古包的架木和插孔式套脑

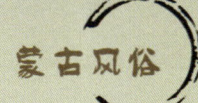

蒙古风俗

蒙古包由两部分构成，一个是里面的架木，一个是外面的苫毡。架木和苫毡都分别由三部分组成，又是两个三位一体。具体点儿说，架木由套脑、乌尼、哈纳组成，这是一个三位一体。苫毡由毡、顶棚、围毡组成，这又是一个三位一体。

套脑是蒙古包的顶子，好像人的头一样。它圆而如轮，凸而似锅，稳稳地扣在蒙古包的顶上。各地蒙古包的套脑不完全一样。新疆的套脑就是下面两根柳条，上面两根柳条，搭成一个严格的"井"字，再把八个腿子都弯回来，插在一个由六节弧形准圆木组成的圆圈里，上面高高的，像一个瓜皮帽的骨架一样。蒙古国的套脑是大圈里面套一个小圈，小圈隆起在大圈上面，用一根"十"字形的"梁"固定在一起，小圈和大圈之间也有四根短的横撑紧紧拉住。内蒙古的套脑，一部分和蒙古国一样。呼伦贝尔、锡林郭勒和赤峰地区的套脑，都由两个半圆组成，可分可合，中间用闩插住。第一种套脑，叫栅栏式套脑；第二种套脑，叫插孔式套脑；第三种套脑，叫串连式套脑。其中第一、二种套脑，大圆圈周围都打窟窿眼，乌尼插在窟窿眼里可以取下来。第三种套脑，它的大圆圈实际上由两个柳圈组成，柳圈的末端牢牢插入半圆的"丁"字形木梁里，再在上面绑满铲形木片，铲形木片侧面有窟窿眼，乌尼上端也有窟窿眼，用一条长长的皮绳把它们串连在一起就行了，这种套脑的乌尼取不下来，总是跟半个乌尼连在一起。

乌尼是一种长长的木杆，要求粗细长短最好一样，上端插在套脑里，下端挂在哈纳头上。它搭在蒙古包上的时候，呈伞股辐射状。栅栏式套脑和插孔式套脑上的乌尼可以一根根取下来，随意放置。串连式套脑的乌尼分成四份（半个圆圈两份）捆在一起，这样运输起来方便。

哈纳是两层木片或者柳条组成的长方形构件，这些木片交叉以后要互相钉在一起，这样张开来就有许多正方

串联式套脑

放小型厨具的刺绣品，分为两层，挂在蒙古包东南的哈纳上

新疆的哈纳

形或者菱形的网眼，合回去就变成一个紧密的双合板。哈纳一面由十八根木片或柳条组成，其中十三根是整的，其余五根锯成越来越短的截条，插在哈纳的另一面，正好一点儿也不浪费。两边的哈纳条缩回来以后，从侧面看去，有的地方完全是一条直线，有的地方则微呈"S"形，内蒙古的哈纳多数是后面这种形状。这种哈纳不仅外形美观（蒙古包下部有条曲线），承受力也较强，只是做起来比较麻烦。一座蒙古包，可以由这样的哈纳三、四、五、六、八甚至十二扇组成。哈纳越多，蒙古包越大。不过普通牧民住的蒙古包，多数是四哈纳或者六哈纳的。

苫毡是与架木一一对应的。苫在套脑上的部分，名叫毡。大部分毡是标准的正方形，也有四个角呈锐角形的。四个角上缀带子，三个角上的带子拴在下面围绳上，前面的带子不拴，这根带子拉到后面以后，正方形的毡就重合为等边三角形，套脑的一半就被打开，毡包里通光透气走烟。刮风下雨和晚上的时候，就把毡再拉成正方形，这时蒙古包就变成了一个闭合的半球体。

苫盖乌尼的部分叫"顶棚"，顶棚的样子很像一个展开的扇面，这是因为乌尼插上以后变成一个辐射状圆形的缘故。顶棚一般分前后两片。天冷的时候，顶棚还要放里外两层。里面的一层可以放次一点或者颜色斑驳的毡子，外面一层一定要放雪白的好毡子。

苫盖哈纳的部分叫"围毡"。围毡都是长方形的，一般都是四块。擀毡子的时候，多数地方一次成型，这样使用起来就非常方便。

上面所说三位一体的结构，是从总的方面讲的，实际上还有一些派生物。比如在架木方面，还应当提到的是门。门又分木门和毡门两种。蒙古语把毡门称为真正的门。木门分单扇和双扇两种。蒙古包的门跟哈纳竖起来的高度平齐，因此

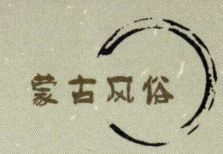

一般比较低矮,进门需要低头。在寒冷的冬季,蒙古国的牧民还要在门外接一个小木屋,安一个风门,用来缓和外面进来的冷气。

在苫毡方面,也有一些派生物,其中顶饰是披散在顶棚上的部分,但并没把顶棚苫严,只起装饰作用,所以译为"顶饰"。顶饰的蒙古语叫法是"呼勒图日格",有人说这是"呼勒图乌尔和"的缩写,意思是"有腿的毡";有人说是"和勒图乌尔和"的缩写,意思是"有舌头的毡"。腿也好,舌头也好,都是指顶饰垂下来的那一长条,一般是八条,四条长的,四条短的,鸟瞰像一朵八瓣莲花。有身份的人家才能有这八瓣莲花,好像是头上的顶子一样,是一种地位的标志。其实都是一块装饰布,王爷、喇嘛用红色,一般官员用蓝色。

苫毡方面,还有一种派生物是底边围子。我以前译为"墙脚围子",蒙古包是另一体系,不能套用汉族的房子概念,所以译为"底边围子"比较妥当。底边围子平时不要,天冷的时候才另外加上,主要用帆布、毡子和木片制作,绕着蒙古包的底部来一圈,可以抵挡外面的风寒。有的人家索性连这些都不要,天冷的时候,把雪和沙子压住围毡底部就行。内蒙古东北的辉河和莫尔格勒河流域,有一种柳笆做的底边围子,是在夏天用的。这样的底边围子又凉快,又能挡住苍蝇蚊子,还不怕雨水沤坏,是一种很好的发明创造。

有顶饰的蒙古包

叁⊙蒙古包的搭盖

搭盖蒙古包的时候，三种套脑的蒙古包还有所区别，不过都大同小异。搭盖的顺序，各地也有所不同，但也是大同小异。为了理解的方便，笔者以比较复杂的串连式套脑为例来说明。

搭盖串连式套脑蒙古包的时候，先选好地方，把套脑竖着放在它的正中间，再把木门立在套脑的正南面，把西南面的那扇哈纳紧靠着门立起来。在立门和哈纳的同时，把里围绳从门框上的窟窿眼里（这是专门打的，一面有两到三个窟窿眼，里围绳穿在最上面的窟窿眼里）

搭盖蒙古包

掏进去，穿进一个哈纳网眼，再抽出来，在外面门框上挽个疙瘩。哈纳一扇一扇顺时针往回圈围的时候，里围绳也要跟着往前走。最后那扇哈纳（东南）圈围好以后，里围绳也就跟着圈了回来，然后跟西面一样，把围绳穿进门框上事先打好的窟窿眼里挽住。哈纳围得圆不圆，正不正，都要靠里围绳揪紧揪松来调节。哈纳调整好以后，要把哈纳的所有接口都捆紧。

把哈纳都捆好以后上套脑。上套脑的时候，先把套脑的主梁（指套脑的东西向横木，把两个半圆合在一起的部分）摆顺，然后让一个身强力壮的汉子左手抓着正东的两根乌尼，右手抓着正

用这种原始的方法给乌尼打孔

蒙古风俗

西的两根乌尼,交叉在肩膀上以后,使劲向上顶起,这样套脑就被抬高。别人趁此工夫插挂门头上的六根乌尼,为了平衡,与它对应的北面也要插几根。这样再以主梁为中心,左右开弓,向东西两面一齐插挂乌尼。

把乌尼全部插好,架木立起来以后,还要审视一番,如果盖得过于陡峭,就把里面的围绳松一松;如果盖得过于瘪塌,就把里面的围绳紧一紧,使它看上去很顺眼。

架木调整好以后,开始搭盖后面的里顶棚,再搭前面的里顶棚,接着再苫西南的那块围毡,与此同时,开始捆上面的围绳。上面的围绳有的跟里围绳用的是一个窟窿眼儿,捆的方法也差不多,要一边苫盖围毡,一边用围绳捆压,用围毡的领子(上面的边儿)压住里顶棚的下面(下摆),上风头的那扇围毡,一般要压住下风头围毡的边儿。

围毡苫好以后,要把它们的带子都交叉起来捆好。即西围毡的带子拉向东面,东围毡的带子拉向西面,交叉捆好。这时才放后面的顶棚,再放前面的顶棚,用后面顶棚的斜边压住前面顶棚的斜边,后面顶棚的四根带子在蒙古包前交叉成一个"井"字,把前面的顶棚压住。

前面顶棚领子(上部)上的两根带子从后顶棚的领子上出来,跟后面的带子也同样交叉成吉祥图案,压住了后

往套脑上穿缀乌尼

漂洗蒙古包上的苫布

蒙古风俗

蒙古包的毡门

面的顶棚。后面的带子也叫"支带",从两条主要带子上又各支出两根带子,所以变成六条带子。另外,在前后两个顶棚下摆的角上,也都各缀着两条带子,它们也都互相揪在一起,这样就把毡包紧紧固定在一起。拴蒙古包外面的带子的时候,都是从围绳外面掏进去,在里面挂住,再从上面出来,留成活扣挽住。简单适用,看上去美观。接着才捆下面的围绳。有的蒙古包有上中下三根围绳,中间的围绳最后捆,这样顶棚上的那许多带子才能都有所归宿。这些带子多数都同时拴在上下两根围绳上,因此毡包上的蒙盖物一般的风都吹不起来。

最后放的是毡。如果同时有顶饰,那么应当先放顶饰后放毡。放毡的时候,折回来的等边三角形,东西方向的那条边要与套脑的辅梁重合。毡的带子应当揪得特别紧,否则容易让风吹起来,所以蒙古包顶饰、毡上的带子有时还要增加。

这时要把火撑子请进来,放在正对套脑的位置上;再把家里铺的毡垫

用柳笆、苇帘做蒙盖物的蒙古包特别适合夏季居住,内蒙古只有少数地区有这种蒙古包

和家具拿进来,最后把毡门吊在门头上拴好。

肆⊙蒙古包的拆卸

蒙古包拆卸的时候,要按一定的顺序,不能乱了规矩。

一是解开所有的带子。包括毡的带子、顶饰的带子、顶棚的带子、外面的围绳。外面的围绳要解下来盘好。我看过盘围绳,他们把围绳先解下来,撑开两臂

把它展开，再一圈一圈地盘回来，最后把绳头绕进去，又从里面抽出来，把绳头揪在手里，就可以把整个围绳提起来。

二是把毡取下来。

三是用一根做套马杆子的长木杆把顶饰从前面挑起来，从后面取下来。

四是去后面的顶棚。

五是去前面的顶棚。

六是把围毡取下来收拾起来。取围毡的顺序，如系四扇，一般是西北、东北、东南、西南。折叠的方法各地相同，都是从外面折回来，使里面朝外叠放。

七是去里层的后顶棚、前顶棚（夏天都用布料）。

八是解开哈纳的捆绳，四个哈纳的蒙古包有三条捆绳，六个哈纳的蒙古包有五条捆绳，把捆绳丢在一边，准备捆乌尼的时候使用。

九是取巴根（这是往蒙古包顶上放套脑用的，平时搭在东面的乌尼甘兀里，可以用来搭衣服）。

十是把正南、正北乌尼腿上的绳环摘开几根。乌尼摘开后，由于重力的关系，它们便垂直地吊在套脑下面（串连式套脑）。

十一是由于哈纳的捆绳已经解开，要慢慢解开里围绳，轻轻放下。里围绳放下的时候，刚才摘掉的那几根乌尼腿子要支在地上。

十二是去掉木门。

十三是把几根乌尼腿子支在地上以后，才把所有乌尼摘开。乌尼下端全部解开以后，乌尼和套脑就变成一个圆筒，倒扣在地上。

十四是从东南方向开始依次拆卸哈纳，任何时候都不能把哈纳的顺序颠倒，

要不下次再搭的时候，哈纳的口就对不上了，或者使蒙古包的原型发生改变。哈纳全部去掉以后，只剩下那个套脑和乌尼组成的圆筒扣在那里。

十五是把套脑上的尘土打扫干净，以主梁、辅梁为标准，把乌尼分成四份，用刚才解下的哈纳捆绳把乌尼从腿子上紧紧捆起来，然后让几个小伙子抬到车上。

伍⊙蒙古包的装载与搬迁

要搬家的人家，头天就开始准备。路途远的人家，提前几天就得准备。检查牛鞍子、修理绳索、修车等，都得提前做好。俗话说："搬家赶早。"箱箱柜柜头天晚上就得捆绑好，只留下被褥、毡垫和空包，睡一晚以后黎明就动身搬迁。秋天牲畜膘好，要往远处搬家的话，要提前几天把犍牛控好。毡包和物品装载运输以及搬家车的启动，都有一定的顺序。装载毡包和家具的时候，应该先从包里的用具开始。

首先要装佛龛和供器，把这些东西放在蒙着毡子的箱子里，放在最干净的车上，再把碗架、碗、勺子、盐碱等等收拾到相应的家具里。

孩子们的装饰品要包好放在箱子里。女人用的剪刀、纺轮都要放在袋子里，然后很有头绪地装进箱子。毡包里面的东西，比如佛桌、箱子、锅架、碗架等，都要抬到外面，准备哪辆车拉，就放在那辆车跟前。枕头和衣服也要叠起来，放在箱子里运输。自古以来，蒙古人都要把枕头拿出来，并且要用衣服裹起来搬运。

家里的所有东西装上车以后，把毡垫、褥子拿出来，打掉抖净上面的尘土。他们打尘土不用拉绳子，白雪地、绿草地就是最好的清洁器。到了新的地方以后，不能再打上面的土，这是一种忌讳。毡垫、褥子之类，要放在拉家具的车或拉套脑的车下面。

家具车上面放各种箱子、柜子，上面用围毡苫好，再用绳子捆紧。

篷车下面垫毡子、褥子。围毡要根据车底板的大小折叠起来，上面从东南那扇哈纳开始装载，哈纳的头部要冲着车尾，腹部（也就是向火撑子的那面）朝下扣过，两扇哈纳中间要衬一块围毡。哈纳全装完以后，西南那扇哈纳应该放在最上面，这样将来搭盖蒙古包的时候方便。哈纳上面还要放围毡，所以放木门的时候很合适。也有的先把围毡铺开，用它把哈纳头部包起来。这是怕后面的车辕条顶上来，把哈纳头戳破。

哈纳装上车以后，也要跟拉家具的车一样，要把车轮前后两面捆好。

蒙古风俗

套脑最后装在拉套脑的车上。把顶棚三折以后，再把底边折回一半，然后一前一后错开放在车上，不大不小正合适。里顶棚也照葫芦画瓢放到车上，上面再装上套脑。

把套脑立起来，从后面拿到车跟前，举到辕条高的时候，乌尼的下端就触到了车尾，这时候轻轻一抬，套脑就到了车上，压一压车辕条，让套脑在车上放平衡。然后在捆成四份的乌尼中间，把毡或者里顶棚卷成卷儿塞进去，套脑里面就会出现更大的空间，把火撑、锅、奶桶等放进里面，再用皮绳捆住。

捆套脑的时候，先把皮绳搭到分成四份的乌尼上面，在辕条后面绕一圈从两面抽紧，再把皮绳从两根细乌尼中间穿进去，从前面抽出来，从套脑的主梁两边向里压进去，挂在辕条上，拴在压着主梁的那段皮绳上。

套脑捆好以后，把禄马旗杆、套马杆等原木之类统统插到主梁上面，一般情况下，蒙古包的家具和外边的苫毡有三辆勒勒车就可以装得下。

在寒冷季节，羊圈可以跟哈纳、围毡在一辆车上装下。哈纳摞得太多，容易压得走形，因此一定要在两扇中间夹进围毡，同时在前后两面网好捆住。如果有牛犊栅栏之类东西，最好把它们套在水缸外面运输。冬天水缸里放冬储肉或者雪水，平时用处不大。牛粪一定要拉上。

搬家的时候，要特别注意不要把东西丢在原地方。马的縻绳、牛犊的练绳一定要事先拉上，火种要用沙土压灭。夏秋季节如果熏皮子的话，走时候要把挖的坑用土填满。如果别人的牲畜掉到坑里出了毛病，原主人应该给人

贡桑诺尔布卧室的座屏

13

蒙古风俗

家赔偿，或者赔礼道歉。

搬家的牧民家家都有拉水、拉粪和手头使唤的犍牛，这种牛应该听话，说走就走，说站就站，不轻易受惊。搬家时，应该根据辕条的长短、装载的轻重，合理地使用犍牛。先把老实的牛套在家具车上，头朝要去的方向站下，再把套脑车、哈纳车等依次套上，一辆一辆连接在自己赶的车后面。

用十几辆车搬家的人家，要分成两部分来赶。篷车、箱子车连接起来。拉家具的车要放在最前面，自己赶车。后面是拉套脑的车，因为套脑上插着禄马杆，而禄马是一户人家威严和正气的标志，可以避免路上的磕磕绊绊。同时套脑、火撑、灶火又是一个家庭中最珍贵的，所以必须先行出发。

搬家的车如果需要组成两列，要赶着后面一列的篷车，放箱子的车、牛粪车、拉水车要依次走在后面。拉水车一向都在最后面。

搬家车起身的时候，不能穿过蒙古包的原址。过大年要搬家的时候，要按顺时针方向，在初一祭过的雪敖包上绕一圈再走。正月才开始搬迁的时候，要按五行八卦的位置，向主人的吉利方向搬迁。

游牧民族虽然经常搬家，但是对五行八卦特别注意，特别忌讳走到黑狗嘴里。如果万一躲不开，非要从这个方向走的话，那么主人不能在旁边赶车，一定要把车拉在他的后面，径直向那个方向走去。

牧民搬家的时候，浩特里的人们要过来帮忙，将毡包等打捆到车上以后，把热茶、奶酪、饼子拿到蒙古包原址上为他们送行。如果是骆驼搬运，最先走的是神像和套脑。驼驮行动以前，牵驼的女人开始穿新衣。这家的尊长为她鞴马。女人牵上骆驼以后，绕着蒙古包的旧址从东向南，顺时针转一圈（一般只牵第一个驼子），再上马而去。这家尊长在自己过去住过的位

二十世纪八十年代以来的铁房子可容纳一家三口，下面有轮子，可以直接用拖拉机拉走，这是名副其实的"家车"。

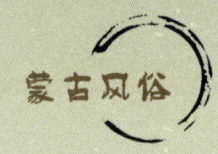

蒙古风俗

置上穿好新袍,骑马跟在驼驮后面行进。搬家的时候,最前面走的是马群和马倌(为了不影响驼驮的进程,马群要先行出发,从容而行)。这家尊长之所以要走在驼驮末尾,主要是为了看看是否有东西掉下,或驮子是否倾斜。小畜总是走在最后,由老汉、娃娃赶着前进。

陆⊙蒙古包的内外布局

千百年来,蒙古包的布局已经程式化,互相之间虽然有一些小的差别,但总的原则还是相同的。

蒙古包正中间,对正套脑的地方支起火撑,烧火做饭。西面和北面铺下两块很大的毡垫,毡垫靠近哈纳的那面是圆的,靠近火撑的这面是方的。火撑的东面,靠近北面那块地上铺下一个长方形的毡垫。东南面要放牛粪斗子等东西,铺上毡垫也多余,所以不放毡垫。在西面和北面的那两个大毡垫上,还要铺上两层雪白的大毡,白毡上面用驼毛织出好看的花纹图案。这样的白毡蒙古语叫作"面毡",意思是"表面上的毡子"。在白毡的上面还要铺上一对一对的栽绒坐垫,或者细长条的马褥子。

西北放佛桌和佛箱,上面摆上佛龛。佛龛前面,有条不紊地摆上佛家七供。

用勒勒车搬家的情景

蒙古风俗

佛龛的下部

雕工精致的木盒，出自民间艺人乌日根毕力格之手

维吾尔风格的箱子，这样的箱子一般都是一对

这些东西一般都是用镂花的铜和银器做的，一年四季摆在那里。前面还摆着一个袖珍长槽形的香炉，早晨喝茶的时候，还要献上一点茶饭。也有更隆重供奉的人家，佛龛靠里的地方还要放几本经书。

佛桌的西面放一个小箱子，里面放一些父母的手头用品。佛桌的东面也放一个小箱子，里面放孩子们的手头用品。正面一般要放两至四个大一点的箱子。再过来也就是东面，摆放儿子和儿媳的床，旁边的地方叠放儿子和媳妇的衣服。这些东西都沿着蒙古包的边缘放成一长条，所以前面的空还很大，足够人们坐的。

西面也同样，挨着包根叠垛着父母的衣服。女人的衣服放在下面，男人的衣服放在上面，孩子的衣服放在最上面。

东南放一个四四方方的箱子，里面放新媳妇的用品，上面放镜子和针线盒之类的东西。接下来是碗架，碗架一般分三层。碗架里面放碗、盘、奶食之类的东西，下面放一些日常用的米面口袋。而后放锅架，锅架中间坐锅，上面还有奶皮子、奶桶、生奶子之类。在跟前的哈纳头上，有的还挂着盐袋子、碗袋子等。锅架的前面放粪斗，里面放牛粪、羊粪、吹火管等等。

西南靠着包根，有的人家放一个四方箱子，或者留出地方，下雨的时候，把马鞍子拿回来放在这里。火撑的东北大多放酸奶缸。西南的哈纳头上，挂着马的笼头、嚼子。巴根取下来，头朝北搭在西

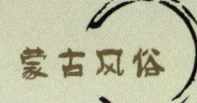

面和东面的哈纳上，上面还可以搭衣服。

蒙古包外面的东西不能乱放。靠着包西的墙脚，一般要竖玛尼杆子，或者把套马杆插在围绳里。锅用过以后，在毡包的东北或者西北扣过放下。如果有巴根和多余的套马杆原木，一般都稍头朝北放在蒙古包背后。

勒勒车放在西边，牛鞅子和绳线不要着地，一辆跟一辆连起来摆放。而后是箱子车，箱子车后面是装载车。空车的辕条斜放在篷车辕条的下面，让篷车辕条搭上。这一列车的最前面的位置，不能超过蒙古包套脑的主梁或门，勒勒车应当跟套脑并列放置。

牛粪车安排在蒙古包西南，跟别的车和蒙古包拉开相当的距离。水车放在东南，要离蒙古包近一些。水车和牛粪车不能放在一起。蒙古人认为水火不相容，不能把牛粪和水同时用车拉回来，停在蒙古包外面。

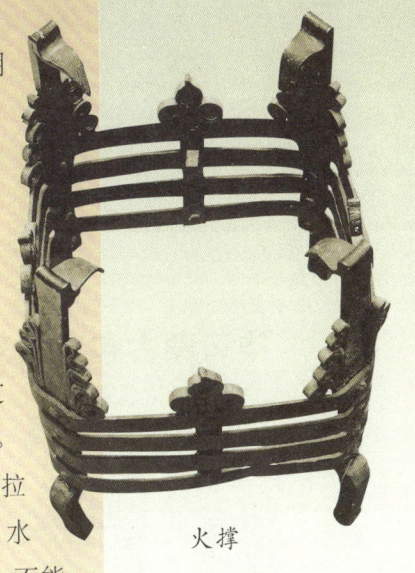

火撑

查腾养的雪鹿

灰倒在东南远一些的地方，忌讳随地乱倒。

羊圈盖在东面，热天可以不要羊圈，就让它们卧在东面。因为怕羊粪和尿臊味吹进蒙古包，不让它们卧在上风头。羊群的那面，是守夜人住的羊房子。

热天牛犊的练绳，拉在蒙古包的门前。因为这些小家伙需要不时照看，拉在门前比较方便。大牛卧的地方，离开牛犊练绳很远。

夏天练马挤奶或者吊控赛马，需要拉起练绳的时候，要在一长列勒勒车的那面准备。

柒⊙蒙古包中的规矩

一是走近人家勒马慢行，不能骑马冲进浩特或者从两家中间骑马穿过去，不能从门前骑马横穿和奔驰而过，春节例外。

二是听到狗叫声，孩子们就会首先跑出来，看着有人来到他们家，回去报告大人。如系贵客临门，全家人都要出迎。

三是如果迎客者中间有年长的人，客人要早些下马，拉着马往前走。孩子们要迎上前去，把马牵过来，替他拴在马桩上，如果有褡裢，要帮着解下来。主客人中间的晚辈，要互相向长辈屈膝请安。

四是客人如果是经常交往的人，这家的孩子跑出来把狗看住，问好以后迎回家里就可以了。如果家里人不知道有人来，客人就喊"看狗"或者咳嗽一声，给个信号，不用敲门就可以进去。

五是如果是一群客人，让老年人走在前面。如果并排走着，年长的要走在右面。

六是客人如系耄耋老者，孩子们要用右手从左面搀扶着他。

七是三不跨过，客人不能从鞭子、练绳、套马杆上跨过。

八是三不进家，客人的马鞭、马绊、武器不能带进家里。

九是三整理，帽子戴正，纽扣扣好，腰带扎紧。

十是三垂下，袍襟垂下，不要掖在腰带上；蒙古刀垂下来，不要别在腰里；马蹄袖垂下来，不要贴在袖口上。

十一是如果没人出来迎接，客人一定要看蒙古包。如果包西挂出小弓，就是生了男孩。包东挂出一朵花，就是生了女孩。如果天窗关闭，就是有人去世，千万不要进去。

十二是主人用右手从东面开门，左手弯曲回来做个请的动作，客人从东面进

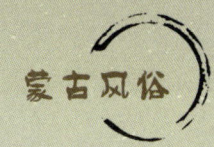

门。客人走的时候,用左手撩东面的门帘,从东面出来。

十三是客人进家,先迈右腿跨门槛。如果先迈左腿,就表示来讨债和打官司。

十四是年长的客人先进家,进家的时候,用右手的指头肚儿轻触一下门头里侧,表示对主人祝福。

十五是除了当官的人,普通人不能从门正中间进去。

十六是客人如果在门外没有问好,回了家以后再问,不要一脚在外、一脚在里的时候问好。

十七是客人也不能在马桩跟前小便,主人不能在迎接客人的时候小便。

十八是客人骑的马,休息一会儿以后,孩子们要替他縻出去。客人要过夜,主人要替他把马逮回来拴住。如果客人的马夜里让狼吃掉,第二天走的时候,主人要送他一匹好马。

十九是家里平时的座位,正面是户主坐的,东面是女人和娃娃坐的,西面留给客人或者男长辈,西北是神位,留给喇嘛。北面的座位,是阿拉腾奥润,意思是"金地",只有一家之主可以坐在这里。

二十是客人来了以后,男的坐在西面,女的坐在东面。岁数大的坐得靠北,岁数小的坐得靠南。大家不能盘腿大坐,一定要把靠门的那条腿立起来,意思是不让坏东西进来。举行婚礼的时候,如果在女方家,男方的客人一律坐在西面,女方的客人一律坐在东面。如果在男方家,女方的客人一律坐在西面,男方的客人一律坐在东面。

二十一是坐的时候,要用袍子盖住脚,不能让脚露出来。

轿车和箱子车

二十二是不满十八岁的青年,不要越过套脑中线以北就座,不能从长辈前面出入。

二十三是给客人端茶不能太满,也不能半碗端上去。不能正对着茶碗出气,也不能把唾沫溅到碗里。咳嗽的时候,要背过脸去。

二十四是如果客人自己带来银碗,女主人可以把银碗要过去,用他的碗给他献茶。

二十五是客人用右手把碗接过去,把碗放在左手掌上,用右手扶着,表示对主人的尊敬。在客人喝一两口茶的工夫,主人把盘子递过来,放在桌子上。客人把两个手掌朝上,用左手的中指肚儿顶住盘子,右手指从盘子里捏点食品品尝。

二十六是这种盘子一般放在小桌子上,如果蒙古包很大,桌子也相应大一些,但是比正式摆上的大桌子小许多,为了搬动方便。

二十七是客人应该先尝奶皮,所以奶皮放在最上面。客人少放一点到嘴里,却像是吃了很多东西一样嚼着,但是不要发出大声。

二十八是敬酒的时候,各地的风俗大不一样。一般是用一个铜盘或者银盘,里面放着三杯酒,用右手捧给客人,同时左手掌心向上,以示谢意。有的还要唱歌。客人用右手接酒,置于左手掌心。这时主人半跪施礼,请客人喝酒。客人用右手无名指在第一杯里象征性地蘸一点,向天弹洒;又蘸一点,向地弹洒。第二杯用嘴碰一下,第三杯必须喝干。

二十九是吃肉的时候,刀子、叉子、筷子之类一定要柄儿朝着客人。

三十是客人和主人不能把刀子往地上插,也不能向灶火捅,不能用刀子从锅里扎肉吃。

三十一是放牛粪的四方木箱,蒙古人看作是火的"讼"(酒坛),晚上睡觉的时候,一定要加满,同时任何人都不能垂腿坐在上面。

三十二是不要抓蒙古包的乌尼杆,因为女人生孩子的时候,就是抓着它做道木(一种宗教仪式)的。

三十三是不要挡在门口,不要踩门槛。

三十四是不要靠着柱子站立,那样会断了那家的收入。

三十五是晚上客人不走的时候,可以请一些地方上的人物来陪他闲聊,讲故事。年轻人要把右手掌合在左手掌上,聚精会神地倾听。

三十六是蒙古包里平时睡觉的习惯,主人与他的妻子睡北面,孩子们睡东面,

蒙古风俗

长者睡西面。

三十七是客人来了以后，一般让他们睡北面、西面。睡西面者头朝北，睡北面者头朝西，这主要是因为不能把脚伸给佛爷。如果家里无佛，大家可以一律头冲灶火，腿朝蒙古包边缘。

三十八是客人睡觉的时候，女主人或这家的姑娘要给客人铺炕，看着他们脱去外衣，才倒退着走出门外。

三十九是早晨起来以后，主人要向客人问候昨晚休息好了没有。

四十是客人出门前，要到佛龛跟前，转一转那个小转轮。

四十一是客人出门的时候，坐在东西面的人不能互相交叉地走出去。也就是说，男人要从西面出来，女人要从东面出来，同时注意不要让袍襟扫着水桶、牛粪箱子，也不要践踏火钳。

四十二是客人动身的时候，孩子们一定要在前面引路，但必须在客人动身时才能动身。

四十三是客人离开时送行，一般客人送出门外，亲近的客人送到马桩前，尊贵的客人要送到边界上。

四十四是送客人的时候，孩子们要跑在前面，为客人拉马拽镫。年老的客人，孩子们还要抓住马，把他们扶上马背。

四十五是有的地方送客人的时候，主人还要给客人敬上马奶酒。

四十六是临走的时候，主人要说"好走"，把右手向上举起来，或者把两只手掌先向客人举起，然后又转向自身，欢迎客人再来。客人也要表达谢意，说声"您也平安"。

四十七是有的地方客人走的时候，主人要举行烟祭，并朝着他远去的背影，泼洒鲜奶，祝福他们一路

这座大蒙古包的柱子装饰得非常漂亮华丽，上下四方都有彩绘

平安。

捌·蒙古包的六大性能

蒙古包是游牧民族的伟大发明，是他们对世界民居建筑的一大贡献。没有蒙古包，就没有游牧经济。从农耕文化的角度观察，蒙古包具有下面六大性能，也可以说是六大优点。

1. 组合性能

看了前面的蒙古包构件就可以知道，不论是蒙古包的架木，还是蒙古包的苫毡，都是可以一件一件卸下来的，它实际上是一种组合"房屋"，可以拆卸组装，化整为零，变零为整。材料可以反复使用，就是构造最复杂的套脑，也可以全部拆卸开来，直到只有十几厘米长的铲形木片。这样一来，它不仅适应了游牧生产，也弥补了牧区人手的不足。

（1）搭盖省劲

就是最重的套脑，一个棒小伙

一座蒙古包收拾起来以后，就占这么大地方

就可以举起来。乌尼都是一根一根的，四五岁小孩就可以拿动。乌尼连在套脑上的稍微重一些，可是能够一分为二，一个小伙也可以举起来。蒙古包省去了和泥、脱坯、打地基、砌石头等前期工程，也不必像盖房那样一块一块地垒砖。熬茶的时候还在野地，喝茶的工夫已经坐在蒙古包里了。民间戏称："在山羊打圈（交配）的时候，就可以搭起一座毡包。"

（2）搬迁轻便

如上所述,蒙古包是一种组合房屋,可以一件一件化整为零,这就大大减轻了牧民的负担。再说,为了适应游牧经济,牧民的生产、生活用具都比较简单。家中无长物,五个骆驼或者七辆勒勒车就可以把家搬走。假如没有蒙古包,跟农民同样住土房,搬上两次土坯就坏了。

(3) 装载容易

千百年来,装载已经规范化、程式化,什么东西放在什么地方,都有严格的规定。骆驼搬运有骆驼搬运的方法,勒勒车搬运有勒勒车搬运的方法,就是一个碗也打不了。主要原因还是蒙古包可以拆卸,大件变小件,拿起来轻巧。

(4) 修理方便

因为能化整为零,哪个地方坏了换一个就行了,不必整个从头开始。比如乌尼,跟土房的椽子差不多,但土房的椽子坏上一根,就要把房顶掀掉重来。蒙古包的乌尼,如系栅栏式和插孔式套脑,抽出来就可以换掉。

(5) 部分利用

在搬迁途中,不用哈纳也可以搭起一座半截子蒙古包居住。新疆的蒙古人甚至常年住在这种蒙古包里,名之曰"蚤劳牟"。甚至把两扇哈纳搭在一起,上面盖上围毡,就可以成为小帐篷。这对土房来说,无异于天方夜谭。

2. 伸缩性能

由于哈纳的发明,使蒙古包变成了一种神奇的居室,它可大可小、可高可低,甚至可偏可正。

(1) 哈纳可以调节蒙古包的大小

小包变大包,不用重新搭盖,顶多换一个套脑,增加一两扇哈纳就可以,原来的哈纳和乌尼都可以使用。甚至在套脑不变、哈纳数也不变的情况下,多加几个哈纳头,也可以把蒙古包扩大。

蒙古包的帘子

(2) 哈纳可以调整蒙古包的高低、缓陡

哈纳上的皮钉，并不是一个交叉点上钉一个。假如那样，哈纳就被束缚死了，伸缩范围就非常有限，牧民叫作"不出气"了。正因为皮钉可以隔行来钉，就使哈纳变成了活的，可高可低，可宽可窄。雨季的时候挤得紧一些，搭出的蒙古包又高又陡，避免包顶存水；旱季的时候，蒙古包搭得扁塌点，这样包里的空间就扩大了。风大的时候，蒙古包也尽量要搭得低一些。

(3) 哈纳可以调节蒙古包的外形

包址稍微不平一点，也可以通过围绳的松紧来调节。

3. 冷暖性能

在主体架构不变的情况下，可以通过更换和加减材料调节蒙古包的冷暖。这对土房来说，也是不可想象的。

(1) 围毡和顶棚可以调节蒙古包的冷暖

通过增减围毡、顶棚的数量、薄厚，可以调节蒙古包的冷暖。夏天可以用一层毡子，冬天用两层毡子，再冷的时候可用三层毡子。

(2) 防雨透风

夏天假如一层毡子还热，可以干脆把毡子去掉，顶棚换成苇帘，围毡换成柳笆。这两种东西，不仅凉快、轻巧，在一定程度上还能透风，同时又能防雨，简直是天然空调，在夏季牧场上使用非常适宜。

(3) 凉亭

没有苇帘、柳笆的地方，夏天可以拿掉底边围子。再不行把毡边撩起，蒙古包就变成了凉亭。

4. 环保性能

一是建造和拆迁的时候，不破坏环境，留不下垃圾，甚至原来做过棚圈的地方，草长得比周围更好，最大限度地保护了居室周围的环境。

二是不用长途贩运，就地取材，省工省料，材料环保，不含污染，对人体没有任何危害。

三是基于以上优点，蒙古包可以频繁迁徙，减少了对草场的压力，能够合理利用和保护水草，有效防止草原沙化和退化。

5. 科学性能

一是蒙古包的流线造型能够承受压力，减轻风力，减弱沙尘暴，是内陆沙漠

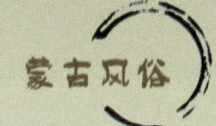

地区游牧居室的最佳选择。实践证明,当风暴和沙土袭来的时候,受到蒙古包的缓冲以后,就会在它后面适当的距离形成一个新月形的沙丘堆积下来,不会把蒙古包直接吞没,同时对蒙古包的直接损害也比墙体要小得多。

二是蒙古包的轮形套脑、伞状乌尼结构合理,受力均衡,互相编结,环环相扣,形成合力,能够以轻负重,以弱胜强。内地有些客人看到旅游点的蒙古包乌尼非常单薄,担心顶棚会掉下来,他们不知道这种伞形乌尼和网状哈纳的结构非常合理,可以承受两三千斤的压力。即使下雨后毡包吸水重量增加,也从来没有发生过"房倒屋塌"的现象。由于毡盖上以后,蒙古包变成一个浑圆的球体,再加上苫毡搭盖合理,上面存不住水,结合的部分渗不进水,所以蒙古包很少发生漏雨的情况。

三是蒙古包的圆体造型可以扩大空间,增加容量,减少风力和牲畜对它的损害(有棱角的地方牲畜会不停地蹭痒痒),娱乐时容易形成共鸣。搭建蒙古包,比房子要省地方,但是里面使用的空间很大。同时这种特殊的圆体结构形成一个天然的回音壁,在蒙古包里饮酒娱乐非常适宜。由于透视的关系,在大一些的蒙古包里,画一幅草原背景的画,你会感到蒙古包好像没有边际,能够跟着这幅画走到天边。如果把这幅画贴到方正的墙上,就不会产生这种效果。

蒙古包用的全部围绳盘起来就这么一大盘

6. 文化性能

蒙古包是游牧生活的载体,是蒙古民族的摇篮。蒙古包的发展历史,就是草原文化和畜牧业发展的历史。解剖蒙古包的历史和风俗、禁忌,可以解读蒙古文化的许多奥秘。一个在蒙古包里长大的人,跟在火柴盒式的楼房里长大的人或者"隔壁高打墙"的农民相比,他的精神、观

念和文化心理，都是完全不一样的。蒙古包大多数没有院门，他们的门户向一切人敞开。汉民族把自己的住宅叫作"家园"，因为"家"后面总跟着个"园"。蒙古族的习惯说法是"家车"，因为家后面的确跟着一溜车。"车"一走，"家"就连根端了。"居则毡为庐，行则车为家。"蒙古族没有那么多坛坛罐罐，有些值钱的东西，男人装饰在坐骑身上，女人装饰在自己头上，所以没有安土重迁的观念。

长期以来住蒙古包和游牧生活的结果，使蒙古民族养成了生活简单、行动敏捷、富于开拓精神、敢于闯荡天下的性格。由于游牧和长期骑马，蒙古民族的体质、耐力、抗寒忍饥的程度，都是其他民族望尘莫及的。几天几夜不下马背的事情是经常有的，这在冷兵器时代是非常厉害的。由于家车的特点，行军作战时候，他们的家属和牲畜都跟在后面，没有后退余地，打起仗来只能胜不能败，就连恩格斯都称赞过蒙古的骑兵优于欧洲的战车。

玖·蒙古包诸忌

平时为了尊重门户，不但脚不踩门槛，手不抓门头，连毡也不能随便触动。在苏尼特嘎林达尔台吉的传说中，就写着"不可触动毡、灶台、有顶子的帽子"等"三不许动"的字句。人有帽子，蒙古包也有帽子。蒙古包的帽子就是毡，所以不许触动。

蒙古人最尊重灶火，把它看得比什么都珍贵。来家做客的人，别说踩进灶火的木箱里，就是木箱边也不能踩着。支火撑、坐锅的时候，一定要注意不要倾斜。万一要倾斜的话，一定要向西北倾斜，不要向东南倾斜。据说西北主吉，东南主凶。俗话说："富裕人家的锅偏向西北，讨吃人家的锅偏向东南。"忌讳向灶火洒水、吐痰、扔脏物，不能在灶火的木箱上磕烟袋。更忌讳向灶火伸腿，把腿伸到火撑上烤火。不能把刀子等刃头家具朝着灶火放置。要把剪刀、切刀装进毡口袋里，夹在蒙古包的衬毡缝里，或者刃刃朝外放在墙根下面。忌讳用刀刃捅火、用刀刃翻火、用刀子从锅里扎肉吃、用刀子在锅里翻肉。出门的时候，袍襟不能扫到碓子的边缘。

尊重灶火的起因，可以从几方面解释。考察"灶火"（高勒木特）一词的含义，首先指祖先流传下来的家庭用火，即火撑之火，就是香火。"高勒木特"一词可以看作高勒和木都——主要的木头柱子、主梁等的结合，这个词一直从古代叫到今天。我们的祖先不仅很早就会用火，而且差不多同时就开始祭火。在很早以前

住窝棚的时候，在窝棚正北面栽一根木头。在木头的最上面刻着一个鸟形的东西，这就是高勒木特。我们的祖先不仅认为这个木头是火的象征，而且是祖先灵魂的所在。当时的人认为，人死以后，灵魂还附在原地，就在灶火的北面竖起了标志，认为它是灵魂所附，把它供奉起来。这种栽木头的遗风，到现在还能在北美的印第安人那里找到。印第安人被认为是蒙古人的远祖，所以一直保留下来。

从祭火的祝赞词中可以看到，蒙古人祭火是成吉思汗流传下来的风俗。某一家的香火中总是那家的季子继承，尊重那家的香火，实际上就是尊重那家的主人。苏尼特传说喀尔喀有一个名叫达灵嘎的安本，有一天，嘎林达尔以找牲畜为名来到他家，用烟锅敲打火撑腿子，发出叭叭的声音。他还把火剪拿过来，从火撑里夹出一块火来烤自己的脚。所有这一切，都是安本最忌讳的。下人看了愤愤不平，这人怎么这样欺负我家安本？但是安本从家里出来，吩咐下人道："他不是普通人，他就是苏尼特的嘎林达尔台吉，来我们家找碴儿来了，你们不要出声，让他吃饱喝足走人好了。"这就是侵犯主人香火的一个例子。

新疆的卫拉特蒙古族用落叶松做燃料，把肉吊在天窗上，一来通风透气，二来日久天长会渗透松木的香味，做面条的时候，切成小块放进锅里，吃起来鲜美无比

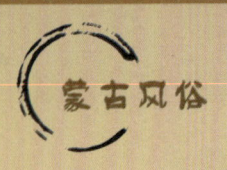

蒙古风俗

坠绳就是拴在天窗正中用来固定蒙古包的拉绳。拉绳的一端拴在包东主梁以北第四根哈纳头上搭的乌尼里,先从套脑和乌尼之间垂下弓形的一段,再把其余坠绳从乌尼旮旯里穿进去,挽一个吉祥结(活扣)以后拉下来。如果刮起大风,就可以把坠绳一下子揪出来,固定在地上拴牢。春秋季节刮起羊角风的时候,用力把坠绳揪住,或者把它固定在外面北墙根的桩子上,可以防止蒙古包被风刮走。在挽坠绳的时候,垂下来的部分长短要适当,一般以站起不碰头、伸手能够着为好。蒙古人认为坠绳是保障家庭安宁、保存五畜福分的吉祥之物。出卖大畜的时候,要从鬃、尾、膝上拔一小撮毛,拴在坠绳上,这就是要把牲畜的福底留在家里,不要让它随买主跑掉。男方到女家娶亲的时候,要把一庹长的缎哈达作为五畜的礼物,搭在对方的坠绳上。正因为坠绳这样讲究,所以外来的人不能用手去摸。

○ 蒙古包趣点一

火给先民带来光明和温暖,也使他们从动物界脱离出来。从大自然里得到的实惠中,火给人的感觉最直接、最重要。对火的崇拜和祭火的习俗,也由此而生。当人们开始熟食以后,断火就意味着断炊,所以火种的保存就成为日常生活中的头等大事。千百年来,蒙古人保存火种有好多方法,最简单的就是每天起来,往火里加点牛粪,延续火种使它不至熄灭。如果火暂时不太需要,就用牛粪马粪煨着,让热灰把火种捂住。尤其劳累一天,晚上准备休息的时候,姑娘、媳妇们一旦把毡盖好,就赶紧回来压火,不让火种熄灭。关于留火种,蒙古族有这样的一句谚语:"虽然不寒冷家里也要生火,虽然不喜欢也要和他说话。"这是一种经验之谈。

留火种的风俗由来已久。在原始社会的时候,我们的祖先碰到刮风下雨,雷击树木起火,便把它引进自己家中,想方设法把火种保存下来。成吉思汗的伙夫能把火种压住,三年不灭。搬迁的时候,把火种挂在三岁牛角上,不与其他杂物同运。三岁牛蒙古语叫"古纳",

火绒草

蒙古风俗

这族人后来就变成古纳氏。这也是一则趣闻。

当然那时候已经发明了钻木取火，甚至火镰也在广泛使用。但这种东西不像后来的火柴，更不像今天的打火机，使用起来相当费事，不如保存火种简单。我在小时候见过火镰，那是普通牧羊人用的，不像后来照片上那么豪华，说来就是一片羊肾形的生铁。想要用火镰取火，必须有两片火石，还有足够的火绒。这两种东西都是土产，来自本地的山上。火石比较难找，质地很像红玛瑙，必须是薄片，击打时能够迸出火花。火绒土名叫"白背"，学名"白山蓟"，蒙古语叫"乌拉额布斯"，意为"火绒草"。这种草叶子背面是白的，头状花序，单一，顶生，一开好几朵，品红色，叶片长圆，上面净刺，稍不留心扎你一下生疼。火绒就是叶片背面的白色毡毛。秋天叶子快枯的时候，把它采下来，戴上皮手套，揉搓半天，把刺和其他杂物抖掉，剩下就是毛茸茸的棉花状的东西，这就是火绒。火绒极易燃火，一两个火星就能点着。把它夹在两片火石中间，啪啪用火镰击打火石，只要火星能溅到火绒上，就可以把它点燃。把点燃的火绒赶快压到旱烟袋上，抽烟的人赶紧吧嗒吧嗒吸几下烟嘴子，就可以把烟抽着。不过火星溅到火绒上，带有很大的偶然性，也比较费时间。民间有歌唱道："生铁火镰白背葛，早晨打到太阳落。"葛就是泡制好的火绒。可见过去牧羊人抽旱烟也不容易。因而有的蒙古族婚礼，专门让男方的叔叔和女方的舅舅在一起比赛打火镰，可见它确实是一项比较重要的生活技能。

除了火镰以外，吹火管和鼓风囊也是两件充满原始趣味的工具。这两种东西是结

鼓风囊的使用

鼓风囊

合在一起的,作用跟内蒙古西部农村的风箱差不多,不过它的构造简单,轻便,便于携带,也不像风箱那样,一做饭就得用它。鼓风囊在蒙古包里不常用,多半是冬天遭了雪灾,燃料受潮冒烟,火焰着不起来的时候使用。它的做法有比较原始的和比较精致的两种。比较原始的,就是找一个山羊皮或者牛犊皮红筒(整剥的囫囵皮),口子上嵌进去一块木板,木板上钉上能伸进手指头的活扣,把红筒的底部打一个小孔,把吹火管伸进去,再牢牢地缠住,不能跑气,把吹火管另一端伸到火撑圈下面的正中间,用它把埋在灰里的火种吹旺。2005年11月我在蒙古国肯特省德力格尔汗苏木一户牧民家看到过比较精致的鼓风囊。那是用熟牛皮做的像手风琴一样有许多褶子,两面对称固定在两块梨形(横断面)的木板上。一面的木板有一个四方小孔,孔里面安着个"木舌头"。木板的两面都安有把手。梨形木板小头的那面安着一个长长的吹火管,用螺丝与整个皮囊紧紧固定在一起。吹火的时候,老额吉两手拿着把手,把吹火管对准火撑上的牛粪,同时向外拉,风就把木舌头顶开,把气灌满皮囊。两手同时往中间挤的时候,"木舌头"就被关上,气从吹火管里吹出来,把牛粪火吹得燃烧起来。这个鼓风囊做得比较精巧、细致,老额吉拉着它鼓起风来,一张一合,好像拉手风琴一样。

总而言之,牧区的人在用火方面有许多绝招。1995年我在达茂旗都荣敖包苏木,看见一个人把抽剩的纸烟头放在马粪蛋里,吹了几下塞进火炉子下面,不大一会儿,就把一炉子羊砖全点得呼呼燃烧起来。

○蒙古包趣点二

蒙古包的巴根,喀尔喀用的是一种,巴尔虎用的是另一种。喀尔喀的巴根起的是柱子的作用,几乎每家的蒙古包都有。那是两根一样高低、一样粗细的木杆,上面做成三角形,三角形的横边向上。搭盖蒙古包的时候,由两人举起巴根,用三角形的横边抵住套脑,让别人往套脑孔里插挂乌尼。乌尼、哈纳都弄好以后,这两人就把巴根的另一头放在地上,把巴根支在那里,这样就成为一根柱子,牢牢地顶在套脑下面,什么时候也不去掉。有的巴根雕刻得相当精致,有的上面尚有彩绘。巴尔虎的巴根平时不顶在蒙古包下面,只在上套脑的时候,由两个人从两面往上顶一下。套脑上好以后,巴根就取下来,搭在蒙古包里两个哈纳网眼的中间。搭在东面的,往往变成了衣架,可以在上面搭衣服;搭在西面的,就变成了晒肉杆,可以在上面晾肉,成为一个多功能的东西。搬迁的时候,把它插在套脑里面,用小绳子

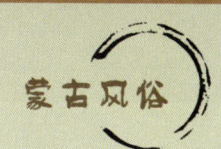

蒙古风俗

跟勒勒车绑在一起。我们看到有凹的端头，就是用来顶套脑的地方。

○蒙古包趣点三

利用现成的住宅条件风干牛羊肉，也是蒙古牧民的一项绝活。直到今天，他们的夏季牧场尚未通电，没有条件利用冰箱、冰柜，但是他们用传统做法晾干的牛羊肉，比电冰箱、电冰柜保存下来的还好吃。这是非常会利用自然条件的一个民族。新疆伊犁地区的蒙古人，夏天住在长满苍松翠柏的山上。他们火撑里烧的，也是松柏树的枝干。他们的肉干就吊在套脑的周围，密密麻麻、条条缕缕大半圈。松柏树燃烧的芳香烟气通过烟囱冒出去的时候，要把一部分熏到肉里，使风干的肉渗进松柏的芳香，吃起来别有风味。

内蒙古莫尔格勒河边的蒙古人，夏天住的是柳笆蒙古包，这种蒙古包通风透气性能好，还可以把柳笆任意开合到你需要的位置。牧民把暂时吃不了的肉割成细条，挂在西面的哈纳头上，利用空气的自然对流，把包里的温度降低，这样晾出来的干肉，吃面条时削进去一些，吃起来特别有咬头，鲜美异常。

利用蒙古包风干牛羊肉

题记

"衣着是最好的名片。"你骑上骏马在大草原上奔驰数日,就知道这里为什么流行蒙古袍了。蒙古服饰是草原的名片、历史的名片、统治者意志和时尚观念的名片……还有数不清的典故和趣闻,为你检索这些名片提供向导。

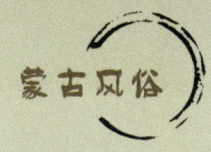

蒙古风俗

服饰：衣着是最好的名片

壹⊙珍贵的民族文化遗产

蒙古族服饰在全国五十六个民族中独一无二，在世界各民族中也享有盛誉，在很早以前，就受到国内外旅行家和学者们的关注。我国宋代使者彭大雅和意大利旅行家马可·波罗、柏朗嘉宾，多次谈到蒙古族妇女的固姑冠和其他服饰。《蒙古秘史》更用自己的母语，多次提到冠带、练垂、固姑冠和腰带等大部分服饰和它们的独特含义。现在人们谈起蒙古族服饰，不免接触到一个满族的影响问题。满族当年跟蒙古族一样都是马背民族，从事游牧经济，又同处于北方寒冷高原地区，他们的衣服有共同点，那是非常自然的现象。蒙古民族共同体刚刚诞生的时候，就受到满族（金国）的统治。1196年（宋庆元二年），成吉思汗因为助金攻打塔塔儿有功，还被金国封为"诏讨"，直到1234年（金天兴三年）窝阔台汗灭

穿套裤的摔跤手

蒙古风俗

掉金国，蒙古才可以说彻底摆脱了金国的统治。这以后就反过来，蒙古统治了满族整整四百年。从1636年（清崇德元年）开始，蒙古各部在盛京拥戴努尔哈赤建立清朝，蒙古又处于满族的控制之下。在这种长期的统治与被统治的变幻中，两个民族在服饰方面的互相融合和渗透，就成了不可避免的事情。努尔哈赤在给北元林丹汗的信中，公开承认女真（满族的前身）和蒙古虽然语言不同，但文字和服饰还是一样的。所以在满清入关以后，在广大中原地区实行"改冠易服"的时候，受到了汉族非常强烈的反抗，甚至出现了"留发不留头"的极端倾向。但是在蒙古地区，就没有受到多大阻力。因为长袍马褂留辫子的衣着，蒙、满两个民族原本就差不多。特别是归顺满族较早的地区和清廷公主下嫁的蒙旗，比如科尔沁、巴林、喀喇沁、阿拉善、察哈尔等部，受满族的影响更加明显。

从公元十七世纪末到十九世纪初的一个多世纪里，由于清朝统治者推行了"建众而分其势"的盟旗制度，在全国范围结束了战争，蒙古地区的畜牧业、手工业、商业和农业，在相对封闭的状态下，得到了前所未有的发展，内地的绫罗绸缎和金银珠宝运到了牧区。

喀尔喀妇女服饰

同时这些服装材料又作为俸禄的一部分，奖发给各旗王公，蒙古部族的服饰在继承自己传统的基础上，逐渐定型并加以推广，出现了异彩纷呈的繁荣局面。现在蒙古族各部的服饰，都是在那个时期的末期形成的。

蒙古地区跟其他地区不同的是，他们不仅有一个广阔的高原牧区作为自己从事游牧业的根据地，而且局势发展相对平稳。辛亥革命以后，内地废除帝制，走向共和，而袁世凯对蒙古的政策却网开一面，明文规定"内、外蒙汗、王、公、台吉等之各世袭号位，袭承旧制，其特权依旧……各蒙古王公原有管辖治理权一

律照旧"。内蒙古自治区已故的乌兰夫主席，是一位杰出的民族工作领导人，在全国实行土地改革的时候，他从内蒙古地区的实际情况出发，提出"不分、不斗、不划阶级"的政策，使蒙古地区得到平稳过渡，也保留了相当一部分民族文化，服饰就是其中主要的一项。尽管受到"文化大革命"一定程度的摧残，但是直到今天，我们仍然可以看到清朝和民国时代留下来的头戴、服装，这是一笔非常珍贵的民族文化遗产。

贰⊙蒙古族服饰的四大内涵

1. 蒙古族服饰的生活内涵

蒙古语讲"人体是鬼，衣服是佛"，人的各种形象和地位，是通过服饰打扮出来的。衣着是历史的名片、时代的烙印、阶级的标志、时尚的前卫。它还是一面镜子，透过衣服，可以观察许多深层的内涵。

入冬时节，百草凋零，满目枯黄，景物萧条。曾几何时，那热闹欢腾，充满水鸟美丽色彩和嘹唳叫声的淖尔已不存在，变成了镜子似的一片冰滩，偶尔有几只黄羊徒劳地在上面寻找水喝。路上行人寥寥，偶尔有人骑马走过，头戴草原帽，身穿挂面皮袍，皮袍上又套着对襟马甲。骑着一匹马，牵着一匹马，小跑着从你的身边掠过，抓着扯手（驾驭马的嚼绳）的右手不停地在马蹄袖下一伸一缩。我想起在草原上穿蒙古服装的经历，那白云似的绒毛为我抵挡了多少风寒。

蒙古国前德力格尔苏木的牧民，皮袍外套坎肩，马蹄袖把手遮住，这是典型的冬装

蒙古风俗

衣着因地易，
寒暑分棉单。
长袍腿不冷，
短袄腹中暖。
执鞭知蹄袖，
跨马识筒靴。
胡服未骑射，
也曾几度穿。

是草原奔波的生活，使我认识了蒙古族服装的优越。比如蒙古袍，如果你是一个农民，穿上它肯定感到不方便。尤其是南方人在稻田里插秧的时候，你更会觉得它是一个累赘。但是当你一跨上马背，即使在夏天，马跑起来你也会感到腿上凉飕飕的，脚脖子也被镫绳磨得生疼。这时你就会想，有一件蒙古袍和一双马靴穿上多好！你如果穿上它们套马，更会感到蒙古袍裉里很宽大，对于套马非常合适。蒙古人真是聪明，发明了这么好的东西。当初蒙古袍就这样产生了。它跟蒙古包、勒勒车一样，同样是这块土地的配套产物。

在严寒的蒙古高原，最冷时往往达到零下三四十摄氏度，那时候人们的服装全是封闭式的，除了两只眼睛露在外面，别的一切都包裹得很紧。拿最冷的呼伦贝尔举例子，最外面是里外都是毛的外套，外套里面是挂面皮坎肩、挂面皮袍，皮袍里面又有夹袍，夹袍里面又有长衫。大皮袍用八张老羊皮做成，身材矮小的人连这些衣服都穿戴不动。蒙古袍是竖领的，前面有底襟。这都是有效保暖的举措。这时候如果执缰的手露在外面，立刻就会冻坏，于是马蹄袖便产生了。有人也许会说，戴副皮手套不一样吗？不错，蒙古人也有皮手套，但是手套容易丢，骑在

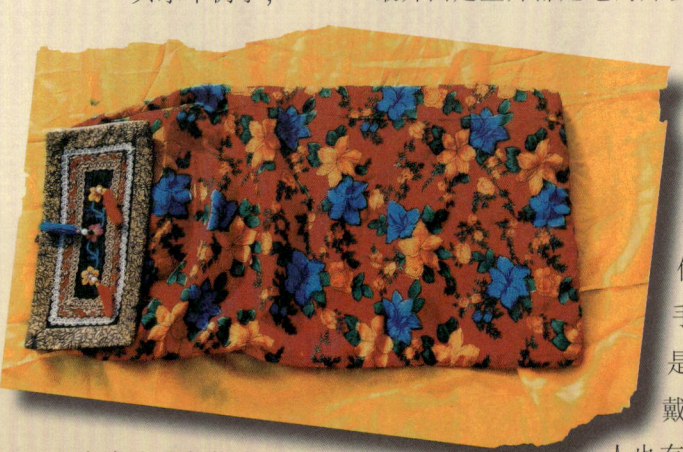

一专多能的长枕头

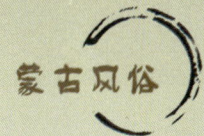

马身上做个什么动作，很容易掉下一只，又不能像农区的人那样，用一条长长的线绳把两只手套拴在一起，这样骑马就很不方便。于是他们就在袖口上多接出一部分，做成了马蹄袖。马蹄袖有夹的、棉的、皮的，有缝死在上面的，有可以取下来的，适应了不同气候和场合的需要。干活的时候，把马蹄袖卷到上面，一点不受影响。这种民间的东西后来传到朝廷，被作为一种礼仪性的东西使用起来。有人就说，戴马蹄袖是为了扫地。文武百官到了金銮殿，给皇上磕头的时候，就用它来扫地。这就奇怪了，皇上也有马蹄袖，难道他也要为谁磕头扫地？

蒙古族服饰为了适应游牧生活，常常表现出一种灵活性或者多功能性，这是一个突出的特点。新疆蒙古族的长枕头，不用说它是当枕头用的，但是叠放被褥的时候，它又可以放在下面当"被桌"使用。转场的时候，它又变成了衣服箱子，里面塞满了衣服。长枕头两面的顶子绣得非常漂亮，又是一件艺术品。蒙古袍是蒙古族的代表性服饰，它更是一件多功能衣服。正如书上所说："袖子是枕头，底襟是褥子，大襟是簸箕，后襟是斗篷，怀里是口袋，马蹄袖是手套。"1995年我在达茂旗听七十多岁的罕岱老额吉讲述，她小的时候牧区还没有被子。我戏问那两人结婚怎么睡觉。她说把两件袍子搭在一起就行。我想起鄂尔多斯民歌《喇嘛哥哥》唱的，喇嘛哥哥和二妹子"大红袍子和盖上"，看来当时的平民百姓，甚至一般喇嘛，都是把袍子当被子用的。据说，只有巴音和诺颜才有一种专门的睡袍。这种睡袍跟普通蒙古袍不同，长短跟穿着它的人个子相当，袖子很短，有皮做的和棉花做的两种，晚上盖着它来睡觉，这已经是相当奢侈啦。

2. 蒙古族服饰的部族内涵

蒙古族的服饰是一面镜子，因为它可以用来观察部族，你是鄂尔多斯、土尔扈特、察哈尔、杜尔伯特、巴尔虎、

布里亚特夏帽

和布克赛尔中年妇女开襟袍

布里亚特、科尔沁、喀尔喀……一看服饰就知道，尤其是女性的头戴，简直就是一个标签。如果是这方面的专家，你可以一直从部族辨认到她或他是哪个旗的人。我国五十六个民族中，像这样在一个民族中穿戴区分得这么详细，而且又是那么异彩纷呈，各有各的亮点，同时能一直完整保留到现在，的确是罕见的。这里面渗透着智慧，渗透着文化，渗透着艺术。

布里亚特是一个最典型的例子，他们不分男女都戴一种尖顶红缨帽，帽上一圈一圈地引出许多横道，你数一下这些横道的数目，就可以知道他是布里亚特的哪一个种姓。根据呼伦贝尔历史研究会出版的《布里亚特蒙古简史》一书介绍，布里亚特的发祥地在贝加尔湖，同出于一个父亲的后代。这个父亲有两个儿子，一个人就叫布里亚特，另一个叫浩里太。布里亚特后来去贝加尔湖北面和两河（鲁古河、朱勒格河）附近居住，以渔猎为生，生了两个儿子。这两个儿子的后代为伊黑利德八姓和宝拉嘎德七姓。留在贝加尔湖南岸故土的浩里太娶有两个老婆，大老婆生了五个孩子，二老婆生了六个孩子，组成浩里十一姓。经过漫长的历史变迁，一部分布里亚特人到了现在的蒙古国，一部分到了内蒙古的呼伦贝尔锡尼河三苏木。但是直到现在，你从他们红缨帽的横道上，仍能辨别出他们是谁的后裔。有八条横道的，就是伊黑利德八姓的后代；有十一条横道的，就是浩里十一姓的后代。

3. 蒙古族服饰的礼仪内涵

我们看蒙古族服饰的时候，发现它们不仅有实用和审美作用，而且闪烁着一种礼仪内涵的色彩。什么衣服可以穿着随便，什么衣服必须穿着庄重，在什么人面前可以穿什么衣服，不可以穿什么衣服，都有一套严格的规定。蒙古人礼节多，也多在服饰方面。尤其是晚辈对长辈、媳妇对公婆、下级对上级，都有一套穿戴和动作伴随的严格礼仪。特别是结了婚的年轻媳妇，这方面对她的要求更加严格。头戴、乌吉、佩饰，不仅是一种美丽的装饰品，而且是礼仪的组成部分。特别是拜见公婆和外面来客的时候，或者在公众喜庆场合出现的时候，一定要穿

蒙古风俗

戴周全，上下配套，才可以抛头露面，表现自己的端庄和身份，同时也显得礼貌大方，文质彬彬。礼仪的讲究，各地因为穿着不同，风俗不同，讲究的部位和方式也不同。2005年我在新疆塔城和布克赛尔采风的时候，见到一位名叫巴达玛楚（当地人受维吾尔族的影响，写作巴登木错）的老额吉，她有过四十年的服装制作生涯，有过穿戴民族服装的经历，经历过有关这些服装的礼仪。她说做姑娘的时候，有腰带，蒙古袍开衩，胸前垂挂针插、镜盒、火镰包。一旦结婚，就减去腰带，开襟绣花，袍子不开衩，只垂挂一种针插。特别是加了附领和独特的头饰，拜见公婆或者过节的时候，一定要戴附领和全套头饰，否则便会遭到公婆的责骂。这种附领的装饰，我在别的地方还没有听说。

帽子、腰带是一种人格和尊严的象征，古代常用这两件东西区分品级和地位，蒙古语说是成就礼仪的腰带。男人戴帽子、扎腰带，是一种"自由民"的标志。《蒙古秘史》记载，成吉思汗有一次受了通天巫阔阔出的挑拨，把他的弟弟合撒儿抓起来，去掉冠带审问。冠就是帽子，带就是腰带。成吉思汗母亲诃额仑听到这事以后，连夜坐着轿车赶来，亲自解开合撒儿的绳索，把冠带还给他，盘腿解开自己的乳房，教训成吉思汗说："你一个人能吃完我一个乳房的奶，哈赤温、斡惕赤斤两个人才吃掉我一个乳房的奶，可是合撒儿一个人就能把我两个乳房的奶都吃扁，使我浑身感到舒服。所以他身上有劲，你铁木真心上有劲。现在你消灭了敌人，是不是容不下他了？"说得成吉思汗又羞又怕，退了出去。这个故事告诉我们，

这种奇特的铁制品，它是古代猎民上山打猎时套在鞋外面的靴钉子，以便在冰雪上攀登和行走（布林特古斯提供）

冠带是不能随便去掉的，去掉就意味着失去自由，降低了身份。所以，蒙古人的两样东西，表示我是神圣的人，和任何人平起平坐，你不能侵犯我。未结婚的女子也扎腰带，表示男女平等，不受侵犯。结了婚腰带就要去掉，表示政策放宽——对丈夫忠诚和顺从。有人称呼已婚女子和自己的妻子为布斯贵（没有腰带），就是这么来的。

这样一来，戴帽子、扎腰带就成为一种富有严肃性、礼仪性的事情。在一些郑重的场合，比如集会、会客、敬酒、献茶，必须穿戴整齐，戴帽子、扎腰带。平时不戴帽子的，敬酒时也一定要戴上才给你敬，和汉人脱帽表示崇敬正好相反，赤头拜见长者和参加宴会，被视为大忌一桩。这也有个说法，蒙古人认为头是人体之首，帽子是头衣，扎腰带是"郑重的礼节"。戴帽子、扎腰带是尊严在身和禄马奔腾的意思。而且头重脚轻，帽子、腰带、袍子这三样东西，从来不跟袜子、裤子、靴子混在一起。这里有个上下脏净问题。尤其是帽子，从它上面跨过就是从头上跨过，这是对主人的最大侮辱。两方摔跤手入场，举行仪式时都要戴帽子，以示尊重，摔开以后怕掉在地上沾土，临时让各自的裁判拿在手里，摔完再戴上。不论何时何地，腰带和帽子都要放在最高处。收拾衣服时，最下面放靴子、袜子，接下来是裤子，而后是袍子，最上面才是腰带和帽子。不能把这两件东西放在袍子下面，更不能放在靴子下面，尤其不能放在女人的衣裤下面，否则被视为大不吉利。戴坏的帽子，拿到一个干净地方烧掉，就是好帽子也不能送人。平时这两样东西，让人打动都会不高兴。《长春真人西游记》提到固姑冠时，就说"大忌人触"。

4. 蒙古族服饰的历史内涵

当我们仔细看蒙古族服饰的时候，就不难发现，蒙古族过去的某些经历留在了服装上。服装不是历史教科书，不可能也没必要全面地反映历史。但是历史上的一些蛛丝马迹，却可以通过服装透露出来，这是非常有趣的。从纵的方面来说，蒙古族服饰也跟其他民族服饰一样，经历了从繁复到简约、沉重到轻便、浓艳到朴素、宽大到窄小的发展大趋势。从横的方面来看，各部族服装的内部，也有自己的发展历史，都有认真研究的必要。

蒙古族过去从事游猎经济，现在在蒙古高原的偏僻地方，特别是深山老林，还能看到那个时候人们用过的某些服饰和用具。在一些跟清朝皇室关系最密切的地方，满族服饰的影响至今还有所遗留。跟俄罗斯接近的布里亚特、卡尔梅克、图瓦，受到俄罗斯服饰的影响。蒙汉杂居区的服饰，有的也接受了汉族的鞋、帽

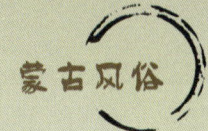

和短衣。新疆的蒙古族受到了维吾尔、哈萨克服饰的影响，这都是在漫长的历史过程中逐渐形成的。

如果你跟蒙古同胞一起出门，晚上睡觉的时候，你稍微注意一下，就会发现他们衣袍收拾得非常整齐，放的各有各的地方。特别是男子汉的腰带，睡觉时候都要盘起来，挽成各种各样的疙瘩（因地而异），有的像金刚杵，有的像兔子耳朵，放在枕头底下或者枕头旁边，但疙瘩都是活着，一拉就可以拉开。这可能就是成吉思汗时代军士作风的遗留。长期的戎马生涯要求士兵必须穿戴整洁，行动迅速，紧急情况下不要让腰带缠住身体。蒙古国的男性公民，直到现在还是全民兼兵，每个男子汉都有服兵役的义务，历久成风，形成这种风俗。

布里亚特蒙古族妇女的袍子，一共分为九块：一是领一块，二是大襟一块，三是里襟一块，四是后襟一块，五是袖子上半截两块，六是接袖两块，七是下摆一块。为什么要这样裁成九块再缝在一起？这就涉及布里亚特古代一位美人的故事。这位美人叫巴拉金，据说她是赫赫有名的阿拉坦汗公主，嫁给远在呼伦贝尔的布里亚特首领。那时没有火车、汽车和大通道，走了三个月才到达目的地。有一首民歌叫《兴安岭的云雀》，就是唱的这件事。但是巴拉金夫人最后死得很惨，被大卸九块，活活处死。为了纪念这位夫人，布里亚特凡是已婚妇女，不论穿什么质料的衣服，都要裁成这样九块，再缝合起来。巴拉金夫人被处死的原因，当地说法不尽相同。有的说是为了捍卫自己的家乡，率领百姓与敌人战斗，终因寡不敌众，被敌人抓住活活处死。不论属于什么原因，现在布里亚特妇女袍子的样式的确有祭奠她的成分，这是民间一致的看法。

绥远将军座位后面的刺绣品

叁⊙蒙古族服饰举要

1. 冠帽类

(1) 固姑冠

"固姑冠"这个词,蒙古文记载比较统一,这叫法现在还活在牧民日常口语中,就是"梳起头出嫁"的意思,跟古代姑娘戴起固姑冠出嫁的礼俗是完全一致的。汉文的记载则比较杂乱,有"姑姑"、"顾姑"、"固姑"多种写法。我查了一下《蒙古语词根词典》,竟记着"花冠子鸡",这令人想起一个传说。一个人走阿音来到南方,听见公鸡每天五更打鸣,心想何不买他一只,也好按时把自己叫醒,出去看看母羊下羔没有。临走时就向人家店主人索买,但叫不来名字,就蹲在地下张开两臂,边走边模仿其音——"咕咕",店主人误以为是鸭,就给他往骆驼驮子里装了一只。那人也没看,回去后圈进笼子,第二天五更却没有打鸣,天明捉出来一看,怪不得哩,咋叫骆驼把嘴踏遍了!我这个猜测或许有点根据,《长春真人西游记》上就说:"其末如鹅鸭,故曰故故。"要不怎么能叫故故呢?实际上翻译成"鸡冠帽"比较准确。

固姑冠

书归正传。固姑冠的具体形状,中外记载甚多,且举两例说明。"凡诸酋之妻则有顾姑冠,用铁丝结成,形如竹夫人,长三尺许,用青红锦绣或珠、金饰之,其上又有杖一枝,用青红绒饰之。"(《蒙鞑备录》)"妇女们也有一种头饰,他们称之为孛哈。这是用树皮或他们能找到的任何其他相当轻的材料制成的。这种头饰很大,是圆的,有两只手能围过来么粗,有一腕尺多高(原注十八至二十二英寸),其顶端呈四方形,像建筑物的一根圆柱的柱头那样。这种孛哈外面裹以贵重的丝织物,它里面是空的。在头饰顶端的正中或旁边插着一束羽毛或细长的棒,同样也有一腕尺多高。这一束羽毛或细棒的顶端,饰以孔雀的羽毛,在它周围,则全部饰以野鸭尾部的小羽毛,并饰以宝石。富有的贵妇们在头上戴

蒙古风俗

这种头饰,并把它向下牢牢地系在一个兜帽上。这种帽子的顶端有一个洞,是专作此用的。她们把头发从后面绾到头顶上,束成一种发髻,把兜帽戴在头上,把发髻塞在兜帽里面,再把头饰戴在兜帽上,然后把兜帽牢牢地系在下巴上。"(《鲁不鲁乞东游记》)这种头饰很长,"出入庐帐须低徊",坐车则要拔下来,交给对面坐的侍女拿着。已故杨允孚诗中有"香车七宝固姑袍,旋摘修翎侍女曹"之句。明朝《永乐大典》记载的固姑冠更比初期豪华,但民间仍较简陋。

1974年,内蒙古自治区文物考古队从四子王旗古墓中发现的固姑冠,像一个长筒,一尺多高,用桦皮弯曲而成,外蒙花缎,嵌有各类珍珠不少。其中一顶插有三四寸高的木条,可颤动,末端有小木球,其上插有孔雀翎,学者考证是蒙古汗国时期弘吉刺惕贵族夫人的礼帽。弘吉刺惕是成吉思汗母亲、夫人那一系,《秘史》曾载成吉思汗圣谕"弘吉刺氏生女世为后",此说可通。

(2) 将军帽

大多为演员和好汉三技表演者的礼帽,喀尔喀蒙古男子夏秋季节也喜欢戴它。下面是标准的圆形,往上收时渐渐成平顶,其梢又尖锐起来,顶着一个算盘疙瘩。下面一圈另钉半圆形四块瓦,上面可绷皮子。其做法是先从脑门和后脑勺斜转一圈,量出帽主的头大小,将其一分为四,做成四个桃花瓣儿,再加上缝头,做出帽子的本体,里面粘上用袼褙做的壳子。四块瓦也用袼褙做底,大小一致,绷上皮毛或大绒,跟帽底沿缭在一起。向上翻起来,大小要跟头顶相当,过大过小都不好看。缭时要注意在缝合的部分絮些棉花,防止天冷把耳扇放下来的时候,风从缭缝的地方透进来。将军帽是男人戴的,面

将军帽

清代官帽

昂贵精致的土尔扈特瓜皮帽

料不可太艳，但在缝合桃花瓣和四块瓦的夹缝处，可以适当夹一些颜色稍艳的布条。这些布条要一次弄好，大小宽窄一致。

(3) 瓜皮帽

剪裁跟将军帽相似，只是瓣瓣较多，顶上比较秃，算盘疙瘩安得低稳。如果加耳扇，要两大两小，两个大的一样大，两个小的一样大，不能像将军帽那样四块瓦平分。耳扇也要和帽体契合。压边与镶边和将军帽相反，宜用艳色绸缎库锦。其顶一定要有红缨，多用一束浓厚的红线构成，不能用别的颜色。

这种帽子，蒙古语叫作"陶日巧格"，有多种变体。男女皆宜，然而男子只能戴无缨穗者。女子欲戴绷皮子的瓜皮帽，一时找不到红线做缨穗，可用貂鼠和松鼠尾巴代替。蒙古人的瓜皮帽全用黑白毡子做胎，上面多用绸缎库锦覆被镶边，甚至有刺绣花纹和穿缀珍珠珊瑚的。有的前面还有"帽准"一点，嵌以块玉或整珠，此帽卫拉特妇女尤其喜爱。

(4) 草原帽

这是一种牧民冬季普遍戴的帽子。《蒙古语词根词典》解释为汉语借词，就是"老窝子"，我认为应当是"落窝鸡"。因为它的两个帽耳，很像耷拉下来的孵蛋母鸡的翅膀。尤其是喀尔喀人的发音，听起来更像。裁剪比较容易，不用绕头一圈量头的大小，取头顶到下巴的距离安排面料就可以了，用绸缎布匹都行。把两个差不多的长方片接在一起，顶子窝成圆的，向后脖颈斜裁下去，前面脑门之处稍微弄回去一些，把两块从中

草原帽——"落窝鸡"

间缝起来就行。里子参照面子的大小裁出，做出来是个斜桶状物。后面镶边的部分，要用布在背后裱一层。为了好看，一般要用纱绸和颜色相近的绦子宽点镶一圈，再在上面镶一圈细一点的道子，还要在宽边里面缀个吉祥图案。因为缝时图案要穿过背面，所以一般把帽圈围回来以后再缝比较顺手。由于把两个半个吉祥图案在背面对缝比较困难，一般要先把完整的吉祥图案编结好。草原帽钉皮子时很有讲究。如果是狐狸皮，不能以脊背为中心一破两半。因为狐狸皮前半截毛薄，后半截毛厚绒多，所以横着破两半最合适，这样前面和后面可以各做一顶帽子。沙狐的皮毛不存在这个问题，从中间竖破完全可以。山羊皮、绵羊羔皮、老羊皮的毛是均匀的，只要不是白一块黑一块就行。然而小孩子却故意用这种花里胡哨的皮子吊面子。

(5) 凉圆帽

土尔扈特已婚妇女夏天戴的凉帽，当地人按书面语(土尔扈特方言里经常用书面语发音)叫作"哈吉古勒嘎"。这种帽子没有深度，一个圆片儿顶在头上，有点博士帽的风度。从下面往上看，很像一个打伞的大蘑菇。从上面往下看，中间一个黄色的圆疙瘩，以此为圆心，向四面八方辐射出许多毛茸茸的红丝线，差不多把帽顶完全覆盖。年轻妇女戴在头上，别有一番情趣。

土尔扈特妇女凉圆帽

(6) 三角帽

三角帽的样式很多，其中以布里亚特最为典型。这种三角帽不分男女老少，夏秋季节都可以戴。一般用粗呢绒、细呢绒制作，方法比较简单。先用纸片做一个样子，大体上像一个不等边的直角三角形，不过多出一扇"耳朵"，实际上这就是帽子的一半。以它为标准，剪裁出

同样的两片布料,然后把它们重叠,把两个直角边缝在一起。斜边和帽耳朵镶一道窄边,缝上两条带子,帽子就做成了。别看它做法简单,却有五六种戴法。它的前后和耳朵都可以卷起、放下,可以当凉帽,也可以当雨帽,把脖子和脑袋全苫住。它还可以做成孙悟空戴的那种前高后低的僧帽。天冷了绷上皮子,它也可以当皮帽使用。

2. 袍衣类

(1) 袍子

袍子是各地蒙古族的代表性服装。蒙古语讲"蒙古衣",就是专指袍子,可见它在蒙古服饰中的重要性。蒙古各地的袍子名目繁多,款式复杂,名称也不一样。虽然从总的来看,蒙古袍的颜色比较鲜艳,有大襟、镶边,总体上比较宽大,但各部族的情况又很不相同,呈现出非常复杂

布里亚特三角帽

的局面。有的地方蒙古袍下摆开衩,有的地方不开衩。有的地方接马蹄袖,有的地方不接马蹄袖。有的地方女袍耸肩,有的地方女袍不耸肩。有的地方镶边宽,有的地方镶边窄。有的地方能镶好几道边,有的地方一道也不镶。男人和女人的袍子区别很大,老中青的袍子也不一样。同是巴尔虎,陈巴尔虎的袍子下面开衩,新巴尔虎的袍子下面不开衩。陈巴尔虎的袍子镶边宽,新巴尔虎的袍子镶边窄。喀尔喀妇女的蒙古袍从袖笼开始向上隆起,形成耸肩的格局,里面垫着毡子或驼毛,又浆洗出来,再用芨芨草做的弓子撑起来,看去显得很夸张。巴尔虎和布里亚特的已婚妇女也起肩,但是里面不垫东西,看起来并不那么抢眼。甚至跟腰带的搭配,各地也不完全一样。内蒙古的男性腰带扎得靠下,袍子向上提起,显得鼓鼓囊囊,里面可以放很多东西。女性的袍子扎得靠上,同时要求把袍子揪展,把胸部的美凸显出来。蒙古国就无此一说,男女腰带的扎法区别不太明显。土尔扈特姑娘结婚以后,要把袍子从中间裁开,做成斜对襟式的开怀蒙古袍,刺绣繁复华丽,这样哺育孩子比较方便,上面钉有七个纽扣。至于蒙古袍颜色、面料的搭配,也有一整套学问。

袍子是一个通称。按照大部分蒙古地区的习惯叫法,把有皮子的袍子叫"德

额勒",布匹和绸缎做的袍子叫"特尔丽克"。德额勒又分两种,挂面的和不挂面的,挂面的德额勒,又叫"焦布其嘎"。不挂面的德额勒,一般就叫作"皮袍"。

皮袍类:

根据用料的不同,各种皮袍可以分为下面几种:

一是老羊皮袍。就是用冬天卧羊时节的羊皮做的皮袍。这种皮袍毛大,暖和,沉重。其中又分山羊皮袍和绵羊皮袍两种。山羊皮袍轻一些,但是没有绵羊皮袍暖和。不过,它的皮板结实,耐磨,稍微划一下也不要紧。

老羊皮袍一般挂面的不多,所以也叫"白茬皮袍"或叫"老羊皮袍"、"大毛皮袍"。把绵羊皮用牛粪烟熏黄,对好皮缝子,根据穿者身材大小裁出,用黑布和倭缎一宽一窄镶两道边。

白茬皮袍用八张绵羊皮,肩胸一张,前后襟用四张,底襟一张,袖子两张。

白茬皮袍一律冬天穿,男女均可,不过镶边男女有别。女子的领、襟、裉、前后下摆用三指宽的黑倭缎镶边,黑倭缎上再用红缎条儿压些道道,形成红黑相间的彩虹效果。外缘用红绿库锦镶条窄边,同时皮袍的袖口和周边还要接一窄条白绵羔皮,目的是不让把老羊皮毛露出来,同时增加美感。有的还嫌倭缎镶边不宽不美,在靠里的部分用红、蓝、彩虹和银线压齿纹。这就要在领子上另加贴边,白绵羔皮或水獭皮做里子,用缎子做面子,三色库锦镶边,不用倭缎镶边。这是女性高级大毛皮袍。男式大毛皮袍镶边和女式区别不大,只是不用彩虹和银线压边。有的男士为了美观,在白茬皮袍的上述那些地方镶个较宽的倭缎黑边,上面再加上一道很窄的黑色库锦,也用白绵羔皮接边缘。黑边靠里的部位,可用黑倭缎再压个窄条儿。襟、裉的上下角上也可用丝线打线结子。老年人穿的大毛皮袍,在脖、领、襟、裉、摆等部位,用黑布和黑色倭缎镶一道宽一些

陈巴尔虎女袍

蒙古风俗

的道子就行了，不兴双道或用绦子压边及做彩虹。

二是二茬皮袍。就是用农历七八月杀的羊皮做的皮袍，有挂面的和不挂面的两种。

三是羔皮袍。这是一种挂面皮袍，用绵羊羔皮做成。

四是跑羔皮袍。这也是一种挂面皮袍，用大绵羊羔皮做成。这种羔皮毛长，好看，也较羔皮袍暖和。但这么大的绵羊羔轻易不死，勒死又可惜，所以这种皮袍一般人穿不起。

给以上三种袍子挂面子的时候，中间絮一层薄棉花，外面再挂面子，前襟和下面不要露出毛来。

这三种袍子的领、颈、裉、襟和下开衩，都要用几种颜色的库锦镶几指宽的边。每条库锦中间，再用颜色鲜艳的金银线窄绦子压边，接口处锁三角形或横杠形的线结子。

牧民穿的袍子，一般钉六至九道纽扣。领二、裉一、襟和下衩钉双纽扣。纽扣用银子雕镂，嵌有红绿珊瑚。扣门三四指长，编结而成。

青年男子的袍子用单色库锦镶边，三指宽，不用绦子压边。钉纽扣、锁线结子跟女子差不多，区别在袖口上。新娘如用红缎做袍，肘以下要接绿缎小袖子。袖口用四色库锦镶五指宽的边，中间也用金银线绦子压出来，这也是新娘的标志。老年人袍子镶边不用艳色材料，镶得也不宽，通常用颜色较深的单色平绒

这是一种古老的熏皮技术，用这种方法熏出的羊皮，不仅色泽好看，而且不怕雨淋

（黑和蓝）镶一指宽的边就行了。

五是半羔皮袍。从蒙古语里可以看出，这是一种上身有毛、下身没毛的棉和毛合一的皮袍。布里亚特妇女的穿着。

布袍类：

特尔丽克分为常服和礼服两种。常服特尔丽克用料便宜，镶边简单，主要是干活时穿用。礼服特尔丽克用贵重的缎子、蟒锻做成，镶边用五颜六色的库锦、

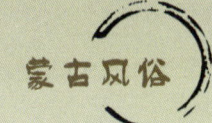

纱做成。礼服特尔丽克在敖包、庙会、喜庆场合穿着。

白发长者和有名望的人物到了本命年，或者过寿的时候，近亲和邻居要把有团花的挂面皮袍和礼服特尔丽克当作礼物赠送给他，祝福他健康长寿。

一是棉袍。巴林地区管棉袍叫"胖虎"和"胖裤"。

二是夹袍。这是蒙古族装饰花样最多的一种服饰，尤其女袍更为华丽，不同叫法也很多。各个部族在衣服上面的区别，主要体现在夹袍的装饰和款式方面，尤其在领口和前襟上面。像布里亚特、乌梁海、杜尔伯特等部族，一看前襟上的装饰就能认出来。

三是单袍。夏天穿着。布里亚特妇女穿的单袍叫"哈拉德"，用上面所介绍的九个部分组成，一般不太刺绣。

四是开怀袍。土尔扈特已婚妇女的一种服饰，属于夹袍类。

(2) 马褂

蒙古人一向有在蒙古袍外面套穿马褂的习惯。文物考古发现证明，早在元朝时期，就在有马蹄袖的袍子外面，套穿着竖领、对襟的马褂。清朝初期，马褂是士兵的装扮。到了康熙年间，马褂成了富人和官宦人家的装饰。从那以后，蒙古人套穿马褂开始在全国普遍流行，不论男女争相穿着，风靡一时。

马褂四面开衩，下面齐胯。款式有长、短、宽、窄几种。又分对襟、大襟、错襟（琵琶襟）几种样式。马褂冬天用绵羊羔皮和驼鹿皮做里子，春秋的马褂都是夹的。

对襟马褂在清朝初年用蓝色和黑色的团花缎面制作。到了乾隆时期，开始用蓝色的面料制作。到了嘉庆年间，开始用黄色、灰色的绸缎制作。

马褂虽然是官宦人家和富人的礼服，穷人也争相模

跑羔皮袍

白茬皮袍

仿，开始穿袄和汗子，这可以看作是对襟马褂的推广产品。

大襟马褂的衣襟大小跟袍子一样，长短跟对襟马褂一样。它的领口、前襟、四个衩口的边上，都用库锦和纱镶边。

错襟（琵琶襟）马褂的衣襟，跟错襟坎肩的衣襟一样，它跟大襟马褂一样，也是右开襟的，但是下面剪掉一块，因此也叫"欠襟马褂"。

嘉庆年间，马褂的衩口用云头花纹装饰。到咸丰、同治年间，开始给马褂镶宽边。到了光绪、宣统年间，马褂短到齐肚脐，同时，开始用浅蓝色、青色、灰色硬纱及细和团花缎面制作。

毛朝外的马褂，是官员和富人专门在冬天穿的。这种马褂在乾隆年间开始在中国范围内流行，人们对它甚为欣赏。到了嘉庆年间，这种马褂开始大量流行。所谓翻毛马褂的毛，多用贵重的野兽皮如白斑狐、黑狐、黧貂、水獭、猞猁的皮毛制作。

（3）坎肩

坎肩是在元代短袖马褂的基础上，演变而来的一种讲究服饰。坎肩有的地方也叫"其格德格"。坎肩没有袖子，有两个和四个衩口。其中分为对襟坎肩、错襟坎肩、大襟坎肩、一字襟坎肩四种。一字襟坎肩又名英雄坎肩，比较有趣。根据老年人传说，原来是为了防止被箭射伤，在衣服的夹层做了文章，人们看不出来，像现在的防弹衣一样。它是用钢和薄铁皮，像鱼鳞那样排列起来，夹在里外两层衣料的中间。俗话说："明枪好躲，暗箭难防。"穿这种衣服，主要是为了预防暗箭偷袭的。后来改朝换代，一字襟坎肩已经不在里面做什么文章，失去了原来的含义，但是人们还是把它叫习惯的旧名保存了下来。

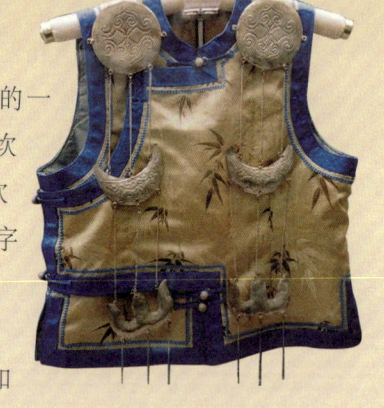

巴尔虎坎肩

坎肩的前襟、领口、肩头、衩口，都要进行宽窄不同的镶边和压条。坎肩有单、夹、棉三种。有的地方用烟熏过的去毛鞣革做成，用黑大绒修饰镶边。

坎肩（布林特古斯提供）

坎肩是成年男女装饰性的服饰，所以孩子不能穿。那些大人物的坎肩用蟒缎、库锦或者团花丝线缎做面料，以此来表示自己的崇高地位。除了婚礼、宴会、喜庆、会议以外，平时不大穿着。

(4) 乌吉

乌吉是妇女的服饰，相传是忽必烈大汗的爱妃其必发明的。有一天大汗去打猎，身边带着爱妃其必。其必穿了一件无领无袖，前不开襟，后身比前胸宽一倍，有两条腰带的衣袍。忽必烈看见大喜，觉得这件衣服能挡风寒，穿着轻巧，于戴盔披甲乘马骑射都很方便，便命宫中仿制。如今穿的斗篷和乌吉，就是这么来的。

巴林乌吉

鄂尔多斯的乌吉上身形同坎肩，无袖，直襟，缀大银扣，下摆两边开衩，扎腰带的地方捏有褶子，选绿或黑条纹的团花缎子做面料。穿在袍子外面，起装饰作用，又系礼服。姑娘不穿，成婚时方可穿着，辞旧迎新或参加各种宴会和集会时非穿不可。过去多系贵族夫人穿着，须与凤冠、头饰、靴子配套。衩子从腰间的褶子处开起，一直开通。顺着两边衩子，各有一件饰物垂下来，明曰"勃勒"。或是嵌珊瑚的银片，或在一圆木板上绷上缎面，绣出图案，从其上垂下五色彩绸。

乌珠穆沁的乌吉分为有大襟、无大襟两类，有大襟为女子服，无大襟为夫人服。从制作上来说，又分为普通乌吉与工艺乌吉两类。

工艺乌吉主要是工艺和用料比较考究。金纹黑缎、银条黑缎和水蟒缎、蓝纹库锦都是理想的面料。牧民穿的乌吉无领无袖，只有圆领口和袖笼，上身像个背心。一般有四片下摆，四个下开衩，每衩用各色丝线绣出种种花纹和动物图案，领口、肩头、裉里、下摆周围，都要用四指多宽的各色库

穿乌吉的巴林妇女

锦镶边，接缝中间压绦子，里面也要缝些红条纹道子或金银丝线压条。

普通乌吉的面料用黑缎、蓝缎或者黑市布，用蓝、黑倭缎宽一些镶边就可以了。领子用两种颜色的库锦镶两道。裉里的衩子不镶边，只镶前胸后背的衩子。挂里子、钉纽扣与工艺乌吉一样。

(5) 布衫子和汗子

为了保护蒙古袍的皮毛，蒙古人在冬天喜欢在里面穿布衫子或汗子。夏天，布衫子和汗子作为单衣穿着。布衫子最初的颜色是白的，后来变成了浅蓝和墨绿。到了嘉庆年间，又开始提倡白布衫子，有的地区用黑倭缎镶边。布衫分为开衩和不开衩两种。冬天大多穿不开衩的布衫，夏天穿开衩的布衫。布衫的基本式样与单特尔丽克差不多。而汗子的基本式样又跟对襟马褂一样，现在蒙古国的牧民就把套在皮袍外面的对襟马褂称为汗子。

蒙古语中布衫的概念和汉语不尽一致。布衫分长短两种，呈白色。名为布衫，实际上往往用绸缎等好料缝制。短衫不出门，穿短衫不宜外出或邻家走串，尤其女性见人必须穿长衫。

长衫实际上就是袍子，领、襟、衩用红绿缎、库锦、绦子等镶边，袖口接马蹄袖。姑娘出嫁必须接马蹄袖，长衫也瘦一些，两边开衩，衩根用丝线锁住。

乌珠穆沁长衫是妇女的一大工艺，颈、领、襟、裉、袖等部位都用两三种颜色的库锦搭配起来镶边，仍用窄绦子压边，边缘用丝线绣些齿纹。甚至胸部里子的边上，也要用颜色鲜艳的绸缎或者绣有云头花纹的布料装饰出来。还有的地方，在袖肘上巴掌大的部位，也要用不同颜色的库锦绣出彩虹道子，这是年轻女子穿的长衫。

青年男式长衫，只在颈、领、襟、裉等

雨衣长而暖和，适合森林里的小雨天气

处用黑库锦镶一指宽的边，胸部和里子边上也可以用艳色绸缎和花布做出。

男女长衫的扣门均三四指长，领、裉各一道，襟、衩各两道。纽扣银质，嵌红绿小珊瑚，可以扣住或挂住。白衫长短因人而异，通常用白布六至七米。

(6) 雨衣

草原上的雨衣跟城里穿的雨衣概念不一样，多用毡子或者呢绒之类的面料制成，长短跟袍子差不多，正前方对襟开口，纽扣很多。大体如汉族孩子穿的"棉猴"，帽子和身子连在一起，装饰简陋，能挡风寒，一般的雨淋不透。雨衣不分男女。

(7) 裤子和套裤

裤子分为单裤、夹裤、棉裤、去毛揉革裤、皮裤等多种。裤子的基本样式为，裤腰很高，裆大，裤腿细，穿起来不分前后。蒙古人做老羊皮裤的时候，要给孩子们在裤口上做一些鼻儿，这样可以把裤带套进去，能起到固定皮裤的作用。

蒙古人不把裤子放在其他衣服上面，也不能从它上面跨越。裤子不论新旧，要提的话，只能从裤口处提起，不能提裤腿。也就是说，忌讳裤腰朝下，裤腿朝上。

套裤是在裤子外面穿的单个裤腿组成的物件，没有裤裆。套裤有的地方也叫"果亚布其"、"额布德格其"。套裤分为一般套裤、工艺套裤、摔跤套裤三种。

一般套裤主要是干活的时候穿，主要是为了保护膝盖、小腿，不受寒湿，不让裤子的前面过早磨烂。一般套裤用布料、鞣革和刮去毛的皮革制作。天凉以后，年轻人穿絮棉花的布套裤，老年人穿二茬皮套裤和鞣革套裤。套裤最

鄂尔多斯男服

适合骑马的人使用。

工艺套裤的做工比一般套裤精细，质料、颜色也比较漂亮。这种套裤用团花缎子、倭缎、绸子等制作。裤脚用三种颜色的库锦镶边，里面用金银曲线压住。年轻人穿蓝缎套裤、蓝绸套裤或者倭缎套裤。老年人穿蓝绸套裤、古铜绸套裤、去毛鞣革套裤、二茬套裤。

摔跤套裤比以上两种套裤肥大，在颜色和做工上也更加细致、漂亮威风。据老年人讲述，套裤古代是保护大腿和膝盖的盔甲，所以直到现在，那些说书的老人还把套裤当盔甲对待。

3. 靴袜类

(1) 袜子

有布袜、毛袜、毡袜多种。布袜有刺绣花纹的习惯，毛袜子也是工艺品，的确如此。毛袜是用绵羊毛自己捻线自己织的，牧区有的男人也会这种工艺，放羊时没事就捻线挑袜子。毡袜是用绵羊的秋毛擀的，白色的好看，黑色的暖和。这种袜子工艺很好，全是用手擀出来的，整双袜子没有一道接缝，不用一针一线。有的地方的袜子比靴子高出三指，这部分用倭缎和皮子装饰得非常好看，牧民把它叫作袜子的"哈拉"或"勒饰"。

(2) 靴子

靴子、袜子在元朝时期已经定型，翘头皮靴、毡袜在蒙古民族中已经普遍使用。靴子由靴底、靴帮、靴、夹条组成。开始夹条是单股的，后来逐渐发展，变成了双股，这跟蒙古人提倡双数有密切关联。各种靴子都可以绣花和轧花。绣花最好的是布靴。工艺大体上有三种，一种叫绕针，一种叫刺绣，一种叫镂刻。绣花的部位、方法和图案更是五花八门，美不胜收。诸如云纹、回纹、草纹、水纹、万字及蝴蝶、蝙蝠、鱼虫、花卉，无所不有，十分引人注目。自古以来流传下来的翘头皮靴和马海靴，不仅非常适合牧民的游牧生活，它上面缝制和刺绣的各种图案也象征着追求吉祥和美好生活的愿望。

蒙古人忌讳把靴子朝外翻出来，因为犯罪坐牢的人才这样做的。靴底不朝南放，两扇不合在一起放。靴子向上开口，可以当作礼品送人，所以出嫁的姑娘要给新郎送靴子，做儿女的也要给进入本命年的父母长辈赠送新靴子。

一是翘头皮靴。翘头皮靴是我们祖先的发明，它非常适合骑马和在草原上行走。在长满牧草的野外走路，翘头皮靴穿上感觉很舒服，踩在地上也很适合。同

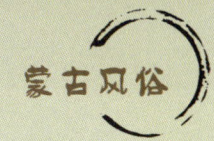

时它的尖头很容易把草划向两边。翘头皮靴又分大翘头皮靴、小翘头皮靴两种，这取决于草场的草高草低。

二是马海靴。马海靴适合沙地使用。从靴头和靴底子是不是在一条直线上，又可以分三种情况。第一种，鞋底和靴头正好在一条直线上。第二种，靴底稍微靠后一些，也就是说，靴头闪到了前面。第三种，靴底非常靠后，靴头闪出靴底很多。马海靴的子比较低，多数都是布靴。

据有人考证，马海就是马鞋。鞋，内蒙古西部区和陕北一带一律读作"hái"，这是g、k、h与j、q、x读音互换的规律保存在方言里的一个证据。马鞋就是马上穿的鞋。

三是软体皮靴。软体皮靴结实、轻巧，穿在脚上舒服，用牛、马、驼皮制作。还有一种专门做给小孩子穿的连袜皮靴，也属于这一类，用自己熟制的羊皮或者兽皮做成。

四是德格地。德格地是内蒙古东部地区蒙古族穿用的一种靴套。靴套很长，不仅可以包在毡靴外面，还可以一直伸到大腿根处。外侧各缀有一根带子，可以把它拴在裤腰上。严寒的冬天牧马人骑在马背上的时候穿用，下马以后穿上它基本不能走路。多用冬天的山羊皮制作，因为冬天的山羊皮有绒，非常暖和。

翘头香牛皮靴

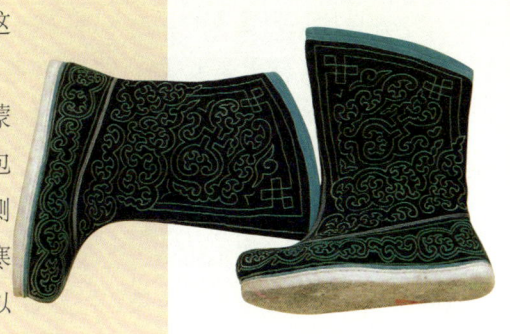

绕针马海靴

4. 佩饰类

(1) 哈达

哈达男女都有，一般放在鼻烟壶袋的另一侧或者揣在怀里，需要的时候拿出来（有些地方哈达和鼻烟壶是同时献的，放在一起比较方便）。哈达在全国的知名度很高，它一般用在迎送、馈赠、敬神、拜年以及表示敬意和祝贺

蒙古风俗

等重要场合。哈达的质料一般为丝绸、绢纱和棉布。以白色为主，也有蓝色和黄色的，一般两端有数寸长的拔丝。哈达长短不等，一般礼尚往来，有一尺三寸到三尺长，重大礼仪用一庹长的哈达，一般白色的哈达用于人们之间的交往，黄色的哈达献给寺庙和僧佛，蓝色的献给成吉思汗和祖宗。有的哈达上面刺绣精美的图案，印上蒙古文或经文，标明出处的也有。还有一种印有日月字迹的哈达（南吉万），是专门用在葬礼上的。不论哪种哈达，都是神圣的东西，不能洗，不能践踏，不能向它冲撞。

十二生肖银盘

　　献哈达一般分为两种情况，一种叫敬献，一种叫互献。不论哪种献法，哈达的折口一定要朝着接受哈达的人。如果拜见白发长者和德高望重的人，献者先把哈达拿出来，欠身或者半跪敬献，双手把它捧上，搭在对方的双手上面。对方也欠身，把哈达双手接过，可以把哈达折叠回来，也可以就那么拿着接见。只是献哈达的人一定要注意，不能让哈达把双手的手指头都盖住，应该把哈达卡在大拇指上，架在对方的两个手掌上面，这就是敬献哈达。现在有的地方动不动把哈达戴在游客和领导的脖子上，这是不对的。还有一种互换哈达的礼节，也是向对方表示敬意，但哈达不给对方。这种互换哈达的方法，不局限在年岁仿佛的人之间，年岁小的也可以跟年岁大的互换。方法与第一种有些区别，把哈达的一端缠在右手的无名指上，从里向外顺时针绕两圈，再从小指上面搭过来，让它垂挂下来，也不用放在对方的手上，就那么下垂着与对方相见。对方看见他走来，也赶紧从怀里拿出哈达，开始往手指上缠绕。这是蒙古国的做法。鄂尔多斯的互换哈达，跟他们有点不同。他们是把自己的哈达折口朝外放到对方的手掌上，对方也同时把哈达放在自己的手掌上，各自躬一下身，把哈达抖动一下，把哈达的口转向对方，再给对方把哈达献上去，如此这般，还是自己把自己的哈达拿了回来。还有一点要记住，献哈达的时候不用问好，献过以后再开始问候。

　　(2) 蒙古刀、象牙筷

　　蒙古刀、象牙筷一般是男子的佩饰，戴在右侧。蒙古刀种类繁多，造型各异，大小不一，主要用来杀羊吃肉。不戴蒙古刀的男子汉，妇女们多看不起。蒙古银匠、

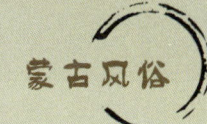

铁匠最拿手的技术就是做刀。刃用好钢，柄用牛角、红木。从前的蒙古刀比现在复杂、实用而且漂亮。鞘中有孔，可插象牙或驼骨筷子。鞘上有环，环上缀有丝线带子。丝线带子一头有环，可以挂在胯上，一头编有蝴蝶结，下面是穗子。勃勒是一种银子打的圆形饰件。蒙古刀的勃勒也有用绸缎刺绣的，刀鞘用金、银、铜做成，上刻龙、虎、兽头、云纹图案等。象牙筷的大头一端套着银束子，民间传说饭菜下毒用它可以试出来，不知真假。

(3) 鼻烟壶和鼻烟壶袋

鼻烟壶是烟具，一种行礼的工具，有的还是名贵的工艺品。最简单的可以自己用牛角和木头来做，最复杂的是用玛瑙、玉石、翡翠、珊瑚、琥珀、水晶、陶瓷、玻璃、金、银、铜、皮子等材料制成。有的还有内刻和外画的各种图案，制作精美，值几匹马、几峰骆驼的都有。一般都小巧玲珑，形状各异，不过以椭圆形的为普遍。它们的构造都差不多，下面是椭圆形的大肚子，里面装鼻烟。鼻烟大多数是买现成的，里面据说有六种材料组成。鼻烟壶上面的盖子，讲究些的都是珊瑚的，盖子上嵌进一个小勺，像挖耳小勺那么大。

做工精致的蒙古刀

交换鼻烟壶，不像献哈达那么隆重，但比哈达用的普遍。一般到蒙古人家做客，老些的人都会拿出鼻烟壶跟你交换。交换鼻烟壶的礼节有繁简两种。过去交换鼻烟壶，主人要先把盖子拧开，用右手递给客人，客人用左手接过，右手用小勺挖出一小点儿鼻烟，放在左手大拇指的指甲盖上，凑近鼻子吸掉，把盖子盖好，用右手递给主人，主人用左手接过，放在鼻烟壶袋里，这是繁的那种。简单的那种，主人递给的时候，不用拧开盖子，就那样递给客人，客人接过，略作把玩，拿在手里很恭敬的样子闻一闻，再恭敬地递给主人。鄂尔多斯客人把鼻烟壶拿住以后放在右手上，在手心里顺转一圈以后，再递到对方左手里。如果

鼻烟壶

是长辈和晚辈交换鼻烟壶,长辈接受的时候只微微欠身,晚辈递鼻烟壶的时候就需跪下左腿,双手将鼻烟壶举过鼻端,敬给长辈。

在蒙古人拜年、赴宴的时候,男女都必须带鼻烟壶,一对一地进行交换。所以他们出门,必须携带鼻烟壶口袋,也叫"褡裢",一端放鼻烟壶,另一端放哈达,夹在腰带的左侧。这时候鼻烟壶的功能与哈达差不多。佩带时为了炫耀,要上下错开,把两边的图案都显露出来。做这玩意儿是女子一技,姑娘往往视为情物送给心上人。新郎娶亲时,岳母和大姑有几个,就做几个鼻烟壶袋送给新郎,新郎要先戴岳母的。

银质鼻烟壶(正面)

阿拉善的鼻烟壶袋跟别处的不一样,它里面还有一个小鼻烟壶袋,依鼻烟壶的大小,用蓝、绿缎子缝成,上面绣花或印木版图案。用两条丝线编织的带子交错穿在袋口上,末梢缀上五色丝线穗子,把鼻烟壶放进这个小袋里,用那两条丝线带子抽紧以后,装入外面那个大鼻烟壶袋里,使五色穗头露在外面,一走就飘动起来,怪好看的。

女子同男人一样,每人一个鼻烟壶,却没有外面的鼻烟壶褡裢,只有里面那个小袋子。放入鼻烟壶以后,装在坎肩口袋里,让穗子从口袋上面飘出来。

银质鼻烟壶(背面)

(4)烟袋和烟口袋

牧区过去普遍抽旱烟(现在的蒙古国仍然如此),烟袋很讲究。烟袋大体由烟锅(烟袋头)、木杆和烟嘴三部分构成。烟锅是装旱烟(烟叶)的地方,用铜、银制作,颇有雕饰。木杆用红木和鼠李木制作,有天然和油漆花纹,中有细孔,可以通过烟嘴把烟锅燃着的烟气吸到嘴里。这三件东西在一起组装的时候,接口处要加镂花錾花的银束子。木杆有一二尺长,烟嘴多用玉石、翡翠做成。忌妇人吸食,说是会脱掉光泽。询问诸多人,都说是真的,不知何故。

烟口袋用库锦、绸缎、布料缝制,长方形的小扁袋儿,口子较小。底部用丝线绣些饰纹花边,中间是山水、花草、鸟兽图案。口上缀有磕烟灰钵(金属做的)、

掏油烟的钩子、丝线穗子、往腰带上别的挂钩。烟口袋是放旱烟用的，装上旱烟以后，口子能抽回来。

(5) 火镰

火镰戴在男子左侧的腰带上。一般是在刺绣的勃勒上引出一股带子，到下面以后再打结分成两支。一支有蝴蝶结，蝴蝶结下缀两束丝线穗子；一支用来拴火镰。火镰一般是生铁铸成的，一大半套在牛皮套子里（为了冬天捏在手中打火不冻），套上漆有庙宇、鱼虾、云头等花纹。一小半露在外面，有黄铜镀上的蝴蝶花纹，下面是不太锐也不太钝的钢刃子。捡两片天然火石，把火绒放在中间夹住，抓在一只手里，用另一只手的火镰刃子一击，迸出火星，就可以把火绒燃着。如果是抽烟，直接把火绒放进装好的烟袋上就行。如果要生火，要把火绒放在马粪上，用嘴吹出火苗，再用马粪把柴薪点燃。

(6) 牙签儿

鄂尔多斯民歌中唱道："金葫芦牙签儿，捎给我的父亲。若是父亲问起来，就说我在北军中很太平。"一位士兵临死前，托他的战友把牙签儿带给他的父亲，就编唱了这支歌曲。这种牙签儿因为缀着金葫芦，所以叫作"金葫芦牙签儿"。实际上它是纯银做的。通过一个勃勒上的环儿引出两条银索，一条上缀着金葫芦或宝葫芦，一条缀个花篮。通过花篮系上和底上的环儿，再坠下几件东西。缀下牙签、挖耳勺、胡须刷的是三件牙签儿，多加一个胡梳是四件牙签儿，还有五件、七件牙签儿的，有的地方也分别称为四饰、五饰、七饰。牙签儿一般用勃勒上的钩儿整体挂在肩头扣门上，也可以一件件取下来。多系老年男子佩戴使用，当地汉族也有。牧区小孩子不让多吃糖果，怕蚀牙，牙缝塞进肉去不准用棍儿去挑，让用湿毛巾擦，故年轻人不用牙签

男子四饰（牙签、镊子、胡梳、挖耳勺）

火镰

蒙古风俗

碗袋

儿。

(7) 碗袋

碗袋实际上有两种,一种是转场时用来装碗的,一装一摞,它不能带在身上;另一种碗袋是装银碗的套子,一般是圆柱形的,两头有抽抽(就是把口儿折叠起来穿绳的一种工艺,一揪绳子口儿就可以扎住),可挂在腰间。柳编的多挂在马鞍鞒上,在家里挂在哈纳头上,出门时便带在身边。游牧、狩猎、出征或者寻找牲畜到了外地,就可以用自己的碗筷和蒙古刀吃别人的饭菜。碗袋有布做、柳编、毡制、桦皮缝的各种式样。

(8) 图海

图海的样子各地不同,我在达茂旗看到的是一条银带子,近两尺长,带子是由重重叠叠的银花和镶嵌在其中的大小红珊瑚组成的,很重,毁掉足够打两只银碗。鄂尔多斯还有一种布斯图海,是用银子或铜制成的扁片儿,上方下圆,都有图案花纹,方处还嵌有珊瑚松石。上有两环,以便挂在腰间;下有两环,可

银图海

挂另外的一条长巾。长巾长两尺,宽可一,用白缎和白布缝成,上面用红线自上而下缀四枚铜钱。新郎娶亲走时,腰间挂的就是这个上方下圆的银片,没有下面这条长巾。他给岳母叩头以后,岳母把那条长巾挂在图海下面的环儿上,就算认可了这门亲事。"图海"一词,东西蒙古民歌中出现的很多,"银子锻打的图海,沉甸甸压在腰上。达尔占的姑娘热格吉德玛,沉甸甸压在我心上"就是用图海做比拟的。

(9) 佛盒

女孩子胸前戴的一种饰件,银子制作,有钱人家的工艺非常精湛,里面放着供奉的佛爷。上面有环儿,用银链

精致的佛盒,装在布袋子里

儿穿了戴在脖子上。也有的是一个四方片儿，钉在后背上。

(10) 勃勒

勃勒通常译为坠子或垂饰。一般用在两个地方，一是挂在火镰、蒙古刀的带子上面，一是少妇佩戴。少妇佩戴的一共有两件，左右对称，挂在腰上。下垂的很长，只比袍子的下摆短两三指。它的样子很多，通常多为圆形。银子制作，中间都镶嵌一颗红珊瑚，外面或为镂空的经轮，或为实心的图案。下面垂下一个丝线编织的吉祥结，吉祥结下面再吊下银链儿，银链儿下面再挂上小铃铛，或者垂下三根银链儿。银链儿下端再挂上三种东西，比如蒙古刀、火镰、牙签儿、银铃、镊子等（两面共六件）。

勃勒虽然一共两件，一般平时只戴右面的那件。姑娘新婚的时候，或者是春节、喜庆宴会上，则必须左右都戴，带有礼貌的性质。过了三十岁以后，民间认为已经步入中年，一般便很少佩戴了。

(11) 手镯

男女老少都戴，有铜、银、金、玉、骨和琥珀多种。造型

巴尔虎针插

戴勃勒的布里亚特姑娘

和花纹与汉族略有区别。

(12) 戒指

所用材料和手镯差不多。现在年轻人盛行一种上面嵌珊瑚的银戒指，没少毁掉传统的银器。

(13) 针插

是妇女的装饰品和实用品，样子五花八门，以葫芦形和钟形的为多。一般里外两层。里层用棉花和绒毛絮成，可以在上面插针。外层是个套子，刺绣得很好看。平时里层装在套子里，需要的时候一揪就可以抽出来。用一条丝线或者银链儿拴在里层上，把外层套在上面，再把丝线或链儿拴在肩头纽扣上。它可以塞进袍子里面，也可以拿出来垂在袍子外面。

肆⊙头戴须发

1. 妇女头戴

蒙古族已婚妇女头戴在服饰里是最复杂的，名词术语也最为庞杂琐细。它是部族与籍贯的标志，因此也最有特点和个性。大体上说，蒙古族妇女头戴可以分为两大类，一类可以称之为练垂式，一类可以称之为盘发式。前一类最多也最古老。《蒙古秘史》在写到成吉思汗的父亲当年从也客赤列都手里抢夺诃额仑夫人的时候，诃额仑就说，两个练垂，一个向前，一个向后，她怎么能走。暗示她在两个男人中间身不由己，进退两难。这是我们最早看到的关于练垂的记载。后来大部分蒙古部族都是用的这一类头戴，一直到二十世纪五六十年代，这种头戴还可以看到。科尔沁、巴林、察哈尔等部，妇女多用盘发式头戴，也非常精美和富有特色。

练垂式头戴以鄂尔多斯最具代表性，也最复杂。我想把这个头戴简单解释一下，使大家有一个粗浅印象。鄂尔多斯头戴大体上可以分作两部分，一部分当地汉族就叫作头戴，一部分是上面所说的练垂。头戴由六部分组成，互相穿缀成一个整体，可以一次性地戴在头上。练垂由三部分组成，自成体系，

鄂尔多斯妇女头饰，这是仁钦玛自己做的

蒙古风俗

与头戴不连接。

先说头戴的六个部分，第一部分叫"发箍"，就是那个套在头上的圆圈儿。其他几部分，都是从它上面连缀下来的。第二部分叫"垂饰"，就是那个从面颊两旁垂挂下来的部分。这部分又由好几个环节组成，最上面一个叫吊挂，一共六条链子，全用珊瑚、松石、银子穿成。六条链子两两穿在一个银片上（也就是共用三个银片），每个银片再穿下三根小银链儿，每个银链儿再穿两根更小的银链儿，每根银链儿又分成两支，吊下两个银铃儿。也就是说一共吊下三十六个银铃儿。妇女戴上它走动的时候，这些银铃儿就会发出好听的响声。第三部分叫"额络"，穿在两个垂饰之间，上面呈网络状，下面由一条一条长短不等的小链垂组成，跟着女主人的蛾眉排成两道弯月。第四部分叫"护耳"，实际上吊在耳朵的侧后，是两个小的半圆形耳扇，斜缝在发箍上。第五部分叫"后屏"，大体上像个铲子形，面积比较大，吊在正对着额络的后面，也就是脖子的后面。第六部分叫"耳坠"，由一连串的穿缀物组成，直接连在发箍上，从练垂的里面垂下来。有人往往把它跟上面的垂饰混淆，这是不对的。

我这样叙述的时候，为了大家理解便捷，省却了许多名词术语，省却了好多变体，也省去了工艺上的许多细节。不过所有这些东西上面都不是空的，而是密密麻麻又井然有序地穿满珊瑚珠子，珊瑚珠子一条一条要跟它下面的布胎缝在一起，每一个珠子还要单独缝上一次，所以非常费工。在每个部件中间，还要镶嵌一至三个银古，银古是或方或圆的银片儿，上面都有好看的花纹，中间镶嵌着绿松石或珊瑚。

练垂

鄂尔多斯准格尔妇女头饰

蒙古风俗

再说练垂，练垂过去直接跟头发练在一起垂下来，后来成了一个单独的部件，可以随时取下来。练垂大体上可以分为三部分，第一部分叫"板头"，把头发披散在一个棉花疙瘩（板头）上面，用一个像护耳似的大圆片，里外卡住。第二部分叫"发套"，就是把卡住的这一部分，塞进一个套子里面，从上面紧紧拴住。第三部分叫"飘带"，这是从发套上垂下来的最下面的部分。板头也有珊瑚镶嵌和银古，发套上有刺绣和买现成的银蝴蝶，汉族老乡称为"蜂儿牌子"。飘带要刺绣，或买现成的银饰件装点。

头戴和练垂戴在头上以后，还要戴上帽子，才能招待客人，参加喜庆宴会。帽子实际上也由两部分组成，第一部分是帽圈，直接顶在发箍上，真正的帽子就戴在它上面。所以它的外圈，要比帽子的里圈稍小一些，这样套进去以后才能妥帖安稳。除了帽子以外，鄂尔多斯妇女也有罩头巾的。

2. 男子发式

民族的有些古老习俗，有时会保留在最幼小的孩子身上。我在呼伦贝尔市采访的时候，发现那里五六岁的蒙古族小孩，头上都留三撮毛，囟门一撮，两边头上两撮，很是

布里亚特女孩装束

蒙古风俗

可爱,这就是三搭头,古代蒙古人的发型。

这种三搭头发型,并不只是小儿才有的,它应该是古代男人们的普遍发式。《蒙鞑备录》载:"上至成吉思,下及国人,皆剃婆焦,如古代小儿留三搭头。在囟门者稍长则剪之,在两下者总小角,垂于肩上。"郑所南《心史大义略叙》:"鞑主剃三搭,辫发。""云三搭者,环剃去顶上一弯头发,留当前发。剪短散垂;却析两旁。发绾两髻,悬加左右衣袄上,曰'不狼儿'……或合辫为一,直拖垂衣背。"电影《成吉思汗》中出现的许多文臣武将留的都是三搭头,可能根据就是从这里来的。

清朝不分民族,男人都梳一条大辫,辫根用红线扎住。但是喇嘛一律剃光头,有一首民歌唱道:"神山的北面,要种黄蒿了,哎,楞达日嗨,活佛喇嘛的头上,要留辫子了……"这里的留辫子,就是还俗娶老婆的意思。

男人的辫子必须是胎发,长长也不剪掉。所以孩子在第一次留辫子的时候,必须举行一定的仪式。而且留辫子的后脑勺从来不用刃头家具触动,所以是非常神圣的。过去打仗杀敌报功,便是割掉这块头皮充数。所以古书中有"不能可耻地把这块头皮在敌人的手上失掉"的话语。同时这个地方还是运气和尊严所在,应当从小留下,让它兴旺发达。而且自己的辫子不能让别人伸手触摸。男孩到

典型的科尔沁少妇装束,她的五簪和衣服都是外祖母留下来的,大约已有百年历史,故我称之为"百年新娘"

了五岁或者九岁,一定要选择吉祥的日子,把手脚干净的理发匠请来,把别处的头发都剪掉,把后脑勺的那块头发留起来,用穿着珊瑚和绿松石的丝线扎起来,辫成三股,戴上瓜皮帽。男孩长到十三或者十五岁,要在丝线扎的三股辫上接上穗头垂下来,戴上圆疙瘩红缨帽,说明他已经脱离了孩童时代,成了一名男子汉。

3. 男子胡须

胡须是男子表示尊严和老练的一种装饰,蒙古人把留胡子的人看作有派头、成熟、有教养,对他们都很尊敬。蒙古人对五撮胡须非常看重,特别是留着五撮白胡须的老人,常常被看作是有福人,对他十分尊敬。所以男子年轻的时候不能留胡须,要是年轻人留下胡须,左邻右舍的老人们就会笑话他:"想跟老汉攀辈数,要跟父亲做兄弟!"

蒙古人留胡子,有明确的年龄区分。男人到了二十五岁,就说:"超过了孩子的年龄,蹬上了骏马的铁镫,告别了儿童的时代,长成了英武的后生。"老人们可以同意他在上嘴唇上留一撮胡须。这撮胡须两端捻起来,使尖儿朝上,看去很威风的样子,人们称为"老虎须"。有的地方又讲究在爷爷在世的时候,不能留这样的胡须。

男人到了三十七岁,又说:"人已步入中年,智商体力双全,本领营生学到,跻身大人中间。"可以同意在下嘴唇凹窝处留一撮胡须。同时老人们还说:"你已经到了当官吏坐酒席的年龄,割羊背品奶酒的时候。"让他喝一些酒。男人到了四十九岁,又说:"日上中天,年过半百,到了谨慎的年龄,进入老练的行列。"可以让他满脸留胡。对于留下的胡须,蒙古人要求经常修理,保持整洁美观。

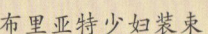

布里亚特少妇装束

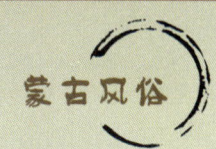

蒙古风俗

○服饰趣点一

布里亚特的姑娘和媳妇，从着装上一眼就能认出。姑娘的袍子有三色前襟，袖子跟袍子直接连在一起，无袖笼，不起肩，没有袖箍，束腰围了一整圈，不穿坎肩、乌吉。一旦结婚做了媳妇，就去掉三色前襟，加上袖笼，捏了许多褶子，肩头耸了起来，加上了袖箍，后面的束腰却少了半圈。布里亚特妇女没有腰带，束腰形似腰带，同时穿起坎肩、乌吉。后面没有束腰，就是布斯贵。

姑娘和媳妇的发型也不一样。姑娘辫子多，也小，不起眼。媳妇梳为两根，戴假发，外面是很长、绣有图案的黑色发套，中间用银链儿连起来。

○服饰趣点二

蒙古族头饰的来历很有趣，据说练垂原来很长，吊在胸前像两根打腿绊（为了防止牲畜跑快，在脖子上吊的一种木棒）一样。在成吉思汗出生的时代，抢婚的习俗很盛行。抓回的妇女不顺从，男人们就想办法取悦她们，给她们穿绫罗绸缎，还给她们头上戴了许多金银珠宝，又在头发上接了一根木棒，外面用绸缎和金银装饰起来。拖上这么重的东西，她们自然就跑不了啦。只是有时候还想家，每天起来倒灰，都倒在一个固定地方。日久天长，变成一个高丘，她们就爬上去望乡。所以直到现在，牧区的灰堆仍然选在东南（其实这是因为高原冬季多西北风的缘故）。那根木棒也蜕变为今天的练垂。这跟郁达夫先生所说领带原是东方人加在西方人身上的刑具是一样的道理。

说来也巧，直到今天，鄂尔多斯妇女的练垂里还真的有这样一根木棒，不过已经退化的很小，大概也就几厘米，是一个带杈的小树枝。姑娘出嫁那天，将带杈的那头用棉花缠成疙瘩，用黑布裹住缝起来，把姑娘的发辫从正中间一劈两半，每一半梳成许多小辫，均匀地散布在这个

67

疙瘩上面，再用皮条把下面捆住，这样就把头发跟这个疙瘩变成一个整体，再牢牢地把它插进一个上粗下细的发套里面，下面坠上飘带。在板头的外面罩个半圆形的饰片，里面跟板头扣在一起，这样就成了一个完整的练垂。说来也怪，一些牧区的老年妇女都说，她们的妈妈、姥姥过去戴过的练垂，里面的木头真的挺长，从上到下一根，有一尺左右，擀面杖粗细，干活睡觉非常不便。看来那个传说真还有点根据。这根木棒就像蝌蚪在刚刚变成蛤蟆的时候，屁股后面残留的那条小尾巴一样，是一种历史根据。

○ 服饰趣点三

科尔沁的头戴是典型的盘发式，它的主要组成部分是五簪。其中那个左右一般宽、横搭在后脑勺上的簪子叫"扁簪"，那一对尖尖的三角形的簪子叫"辕簪"，那一对有两个"U"形头的簪子叫"柱簪"。此外，还有发筒、冠针、假发、额箍、后箍、耳环等部件。这些部件一般都用白铜或银子做底料，上面镶嵌上珊瑚、松石、珍珠，或者用景泰蓝工艺镶嵌，各部件的造型巧妙地结合起来，本身都是好看的艺术品。冠针是簪子和垂穗结合的产物，它上面有个龙头或凤头之类，主人是多大的人物，看它就可以知晓。后箍的构造与额箍基本相同，但是没有额箍前面的网络（网络戴在额头上好看）。假发是一束长长的头发，卡在一个大珊瑚卡子里，戴在头上起"帽准"的作用。耳环有六个，一面三个，因此姑娘必须有六个耳朵眼。

科尔沁的女孩子跟别处一样，做姑娘的时候是一根大辫。跟新郎拜天地以后，父母把她的头发散开，嫂子用新棉线把她脸上的黄毛勒掉（俗称"剃脸"），给她穿戴上新袍、乌吉和绣花新靴，然后给她把头戴戴上，从外形上完成一个姑娘到媳妇的转变。

上头戴分下面十二个步骤：

一是把散开的头发分成两半，用一根红头绳从头发根上扎住，辫成一根三股大辫子，再用这根红头绳把另一边的头发扎住，辫成一根三股大辫子。

二是把发筒套进这两条大辫子里头，套到辫根。

三是把辕簪从上往下插进发筒里头。

四是把柱簪从下往上插进发筒里头。

五是把扁簪从辕簪的下面、柱簪的上面插进去。

六是把头发缠到上面去，防止簪子滑落。

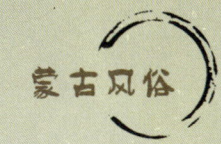

蒙古风俗

七是把假发搭到囟门靠上的地方,从两面垂下来,在脖子后面挽住。

八是把后箍搭到囟门上面,从两面垂下来挽到脖后;

九是把额箍搭到额头上,在脖子后面挽住。

十是把冠针横插到扁簪下面。

十一是用连发卡子从脑后把一对发筒从两面卡住,以免它们走路摇晃。

十二是戴上左右两边的耳环。

题记

白（奶食）、黄（茶）、红（肉食）三色描绘的生存空间，构筑了蒙古人叹为观止的饮食文化。你会喝茶吗？你会吃肉吗？你知道这三棱镜折射的色彩世界，聚集着多少奇丽怪异的故事和古俗吗？

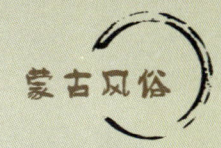

饮食：白、黄、红三色描绘的生存空间

壹⊙一般饮食习俗

1. 先白后红

蒙古族的饮食习惯为先白后红。白指白食，乳及乳制品；红指红食，肉及肉制品。这种称呼极富色彩感和生动性。蒙古人以白为尊，视乳为高贵吉祥之物。如果夸你心地像乳汁一样洁白，你就得到了最高的奖赏。牧民有谁不慎洒了奶子，就会马上用手指蘸了抹在额上，说一声"啊唏，折福了"。若是掉一点儿肉，或许就随手丢给了猫狗。不论大小宴席，都用白食开路。主人端来一只盛奶的银碗，按照辈分年龄，让客人一一品尝，这是一种神圣的礼节。客人即使七八十岁，大过主人几倍，也要跪接银碗，不是给主人跪，这是给乳汁跪。婚礼的人多，行这一礼节如果漏掉一位，对主人是最大的失误，对客人是最大的不敬。每逢祭奠翁

蒙古族祭祖先和山水的时候，无论是素供或是肉供，祭品最上面都是放奶食品

蒙古风俗

衮山神、敖包、苏勒德的时候，要用新挤的鲜奶向上天和圣主祭洒。在喜庆和祈祷之后，往往挥动着桶里的鲜奶，进行招福致祥的仪式。放羊背子的时候，一只绵羊割六七件，盛在一只大盘里，略似平日卧状。羊头在上面，羊头上面又抹了黄油，表示红食仍要以白食为先导。如果你到牧区，看见手把肉上来就下手，不先品尝奶食，那就要被主人下看。

2. 以饮为主

谚云："学之初啊（蒙古文的第一字母——译者注），食之初茶。"茶是蒙古人的面子，又是蒙古人的主食。凡走草地的人，不论蒙汉生熟，主人必先双手给你捧上茶水，这就是给你脸面，"有好茶喝，有好脸看。"从成吉思汗陵祭奠开始，到敖包翁衮的祭祀以及供奉苍天，都要把茶作为饮食头份献祭。亲友们互相拜年的时候，也要把整块砖茶作为德额吉互相赠送。

一直到今天，牧区的蒙古人还是早上、中午喝茶，晚上吃一顿饭。有时忙起来，晚上的饭也用茶代替了，这就是"宁可一日无饭，不可一日无茶"。当然你会说人家的茶是奶茶，还配有吃的东西，能止饿。这倒不假，牧民喝茶讲究配套，炒米酥油酪蛋白糖，冬天往往还有肉。即使这样，对一个不习惯牧区生活的人，你还是要喊饿的。据我观察，除了吃饭和吃手把肉，喝茶时吃的东西只能止饿，并不能达到饱的程度。明人萧大亨所说"其性耐饥，即食一酪弹，饮水一升，可度二三日也"也许有一定道理。牧区习惯，客人喝茶，女主人侍立在侧，饮未及底，复来续满。客人如不想饮，可以声明，否则你能灌一肚子茶，吃点一开始泡的小半碗炒米。但

碓杵大小高低不等，材料有石头、木头、陶瓷多种，用途各式各样，可以舂米、碎茶、捣盐、粉碎柏叶，能够起到磨和碾子的作用。小碓子可坐下来捣

无论如何，牧区泡两次炒米的人实在不多。

这大概就是蒙汉两族在吃上的不同吧。汉族从小吃惯干的东西，吃稀的总感到吃不饱。蒙古族从小吃惯稀的东西，吃干的就不舒服。如酸奶稀饭和霍零饭，其实都是半流食。

也许是以饮为主积久成习，蒙古人把吃肉也说成"喝汤"，把肉羊说成"汤物"、"汤羊"。"汤羊"一词，在宋人所著《黑鞑事略》中都能看到。这句话我开始也不懂，喝了一天茶，晚上想好好吃一顿，偏偏又听人家说要"喝汤"，于是我自然想起汉族的"清汤灌大肚"一语。再一看人家把羊拉回来就杀，十几分钟就炖了一锅，一个多钟头就吃上了手把肉。从此形成条件反射，一听说"喝汤"，口中就有涎水分泌。

3. 轻便简朴

古人南人以茶为素、肉为荤，二者反味，不可混用。其实酥油奶茶泡炒米，是游牧民族的一大发明，不仅有生活依据，而且有科学依据。吃上一顿手把肉，再美美喝一顿砖茶，不仅荤素搭配，稠稀结合，口中不腻，胃里舒服，而且很容易消化。牧区的蒙古族常把炒米装在一张整剥的牛犊皮里（有时也装些干肉），酥油放在用酸水泡制出来的瘤胃中，带在马身上，不怕磕碰打碎，行走无声响。即使到了荒无人烟的地方，只要有水，捡几块干牛粪就能举火熬茶。直到今天，打草、走敖特尔、长途拉盐或打猎的时候，仍然坚持这种轻便简朴的生活方式。

汉族有语"兵马未动，粮草先行"，行军作战须有庞大的后勤辎重，拖拖拉拉，非常不便，而成吉思汗的军队往往靠一点酸奶就能生存。马可·波罗曾说："先

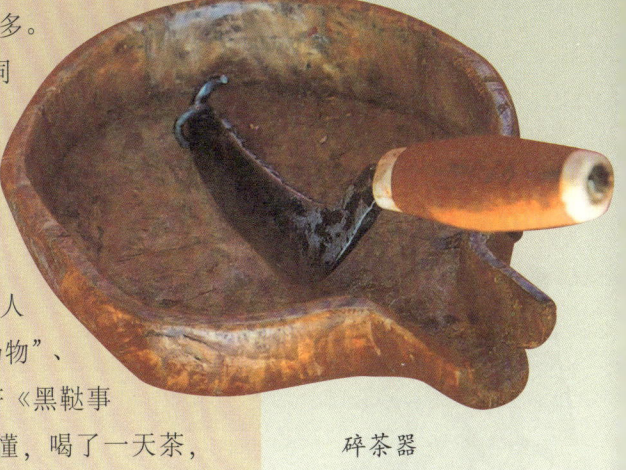

碎茶器

皮壶

古老的茶桶

将乳煮干,取出浮在上面的乳脂,放在另一个器皿中做乳油……取出乳脂后,再把乳品晒干备用,行军时每人带十磅在身边,每天早晨将半磅放在一个皮袋里,加上自己需要的一定分量的水,挂在马背上。一旦马匹奔驰时,发生剧烈的震动,这样会使皮袋里乳变成薄糊,他们就用它当食物充饥。"这实际上就是一种简便而巧妙的酸奶制法。酸奶兼有食物和饮料的双重特性,既止渴又止饿,这一点是马可·波罗不太知道的。

贰⊙茶

客人来家以后,一定要给端茶,这是欢迎客人的一种礼节。客人坐好以后,主人要站起来,用双手捧着茶碗向客人敬献。客人也要坐起来,用右手把茶碗接过去,放在桌上。主人接着双手端来一盘奶食,客人用右手接住,换在左手里,用右手的无名指将鲜奶蘸取少许,向天弹洒,并放在嘴里舔一舔。端茶的时候,女人们一定要衣冠整齐,仪态大方。品尝茶和鲜奶都是蒙古人见面的一种礼节性活动,往往并不是真给客人解渴。

茶碗不能有裂纹,一定要完整无缺,有了豁子也不吉利。往碗里倒茶的时候,一定要把铜壶或勺子拿在右手里,从里首倒在茶碗里。茶不可倒得太满,也不能只倒一半。用手献茶的时候,手指不能蘸进茶里,可以多少晃荡一下,但不能把茶洒出来。

倒茶的时候,壶嘴或勺头要向北向里,不能向南(朝门)向外,因为向里福从里来,向外福朝外流。给老人或贵客添茶的时候,要把茶碗接过来再添茶,不能让客人把碗拿在手里,由主人来添茶。新熬的茶在未喝之前,不管什么时候,都要首先向天帝、山水土地、火神等分别作为德额吉泼洒,而后才能开始倒茶。每次倒茶,都要按照年龄

放柏叶的香袋

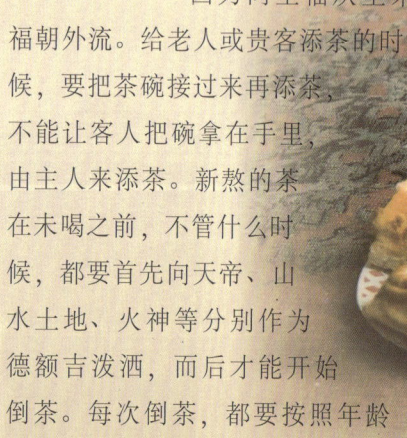

卫拉特喝奶茶的配餐

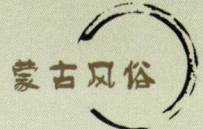

蒙古风俗

的大小，从长者开始依次敬茶。茶喝到半碗以后，就要给客人添茶。锡林郭勒等地，主人先给客人敬一碗茶，而后把茶壶放到客人面前，让客人随意自倒自饮，但是第一碗茶一定要敬。客人喝完茶以后，其中一个最长者要端着茶碗说唱《茶的祝词》。主人和其他客人要一起接着长者的尾音说道："扎，祝福应验。"把碗里的茶喝完，把勺子从锅里拿出来，就可以上路了。

目前内蒙古西部区的牧民以喝砖茶为主，东部区的牧民以喝红茶为主。砖茶以湖北省赵李庄出的"川"字青砖茶质量最好，已有百年历史。砖茶在熬的时候，可以单熬或加入其他东西，主要有以下几种：

1. 素茶

在锅里的水（忌用饭锅）烧开以前，把事先捣好的砖茶末子放进去，加上适量的盐。茶一滚开，就用勺子反复扬几次，等茶香散发出来以后，灌在壶里端上来饮用。这种茶因为没放奶子，所以叫素茶（黑茶）。冬天牲畜奶子干了以后大多喝素茶。

2. 奶茶

茶烧开以后，放上奶子。再烧开以后，很快灌到茶壶里。如果动作慢了，茶的颜色就会由白变青。

3. 擎茶

熬好素茶以后，把茶叶皮捞出去，倒在一个特制的有木杵的桶里，里面放进酥油、奶子、奶皮子，用木杵擎到跟奶皮等物融为一体的时候，停止擎，倒在茶壶里饮用。做法跟藏族的酥油茶相近。这种茶一般敬给老年人喝。

4. 面茶

把熬好的素茶捞出茶叶皮以后，再倒回锅里，把腰窝油或漫肚油切成碎块撒进去，再加上酪蛋之类，共

银碗

带盖的银碗

白铜茶壶

煮一阵后，把炒熟的白面撒进去，拌匀以后再煮。这种茶白面不能放得太多，否则就会做成稀饭；面放得太少，颜色就发白，变成淡茶，喝起来很不爽口。面茶一般在冬天喝。

叁·奶食品

蒙古族的奶食品品种丰富，名目繁多，各地做法千姿百态，不一而足，名称也不统一。有的名同实异，有的名异实同。汉语的叫法更不统一，且较笼统。本节在介绍的时候，尽量照顾到各地的特点，并以蒙古名作注，以防讹误。

1. 酸马奶和马奶酒

(1) 酸马奶

酸马奶、塔日格是蒙古人最古老的传统饮食。据《蒙古秘史》称，成吉思汗的远祖孛端察尔早年流浪生涯的时候，每日曾向"林中百姓"乞讨额苏克（酸马奶）度日。酸马奶的做法十分简单，将马奶挤下，装在皮红筒里，多次搅动或驮在马身上任其自然颠簸，有了酸味以后就是酸马奶。酸马奶颜色发白，混浊，微酸，有腥气。以后的制法比较精致，将马奶挤下以后，放在皮桶或坛子里，加进曲种生成酸奶，上面起泡，能发出唰唰的声音，散发出酸味。制作酸马奶要时时小心，撇去上面的沫子，一天要捣几次，不时舀出尝喝。新挤的马奶要放得很凉了才加进去。室内温度要保持在二十摄氏度左右。酸马奶暑天饮用清凉下火，使人神清气爽，恢复人的思维能力，还能帮助消化，治疗溃疡。

这种舀子是用兽角和木头做的，专门用来从大缸里往出舀酸马奶

曲种有以下五种：

一是用牛奶做的艾日格（酸奶）作为曲种，加上凉凉的足够的马奶，放在专门的锅里发酵。

二是把别的酸马奶作为曲种。

三是在各类初乳上面加艾日格发酵。

四是在一至二两半生的糜子上面，加白酒搅和，把器皿的口子扎紧放置。

五是在五斤马奶上，加四至五两白酒，频频捣动使其发酵。

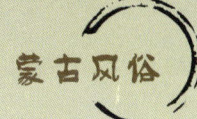

(2) 马奶酒

马奶酒也称蒙古酒，也可以唤作奶酒或畜酒。古代的制法比较简单，将酸马奶搞七八天，白色和混浊一起沉淀，变得无色而透明，腥味也消失了，这就是马奶酒。向大汗或宫廷赠送的马奶酒就是这种。

负责供应这种酒的官吏叫太仆寺诺颜，要亲自过问饲养母马和挤奶诸事，制作礼仪十分严格。太仆寺所辖人员从哈融赤——黔首（百姓）中挑选，尚有加工马奶的官员。这种奶酒还向祖庙奉送，并用之于大元朝廷的祭祀中。每年秋天听到雁声之时，在上都行宫避暑的大汗便率领文武诸臣来到一个固定的地方，在占卜喇嘛的导引下，大汗亲自向天地祭酒膜拜。由于祭祀天地、婚宴喜庆、招待来客都离不开马奶酒，曾经一度官方和民间酿酒业十分发达，养马在他们生活生产中占据很重要的位置。

马奶酒的酿造除上面介绍的古代的粗放式工艺之外，目前最流行的方法有两种：

第一种是大锅里倒进半锅艾日格，上面放上酒笼（形如无底圆桶，下大上小，用木板箍成，或用柳笆编成再抹胶泥），酒笼上面再放上小铁锅。小铁锅下面，要用两条细绳悬吊一个接酒坛子。两锅和酒笼间的缝隙都要用泥巴、毡片或羊毛之类堵严，以防跑气。酿造时下面架牛粪火，使艾日格慢慢沸腾，蒸气扑到小锅底凝成水珠，掉进下面的接酒坛里。小铁锅里要加满冷水，用瓢不停地扬，促使锅底蒸气快些冷却。当热到三十至四十摄氏度时，要再换一锅冷水。如此换上三四锅水，端起小铁锅，把接酒坛的口用布蒙住取出来，坛里已经接了三到四斤酒。这就是头锅酒。将头锅酒倒进新注入锅里的艾日格中，再酿

酿造奶酒的全部工具

蒙古风俗

做奶酒

制作马奶酒的桶

出的酒称为回锅酒——阿尔嘉。两锅头锅酒才能造出一锅阿尔嘉,所以后者的酒劲是前者的一倍。阿尔嘉回锅再酿就成浩尔嘉——三锅头,浩尔喜再酿就成沙尔喜……如此可以酿到六锅。六锅酒是酒中之华,专门用来招待贵客,清时为上贡的御酒。酿酒的时候,要掌握好火候,不能用硬柴。火太猛了,锅里酸奶一煳,奶酒就带了煳味,或者酸奶开得太猛溢进接酒坛里,从而前功尽弃。如火太小,酸奶蒸发不好,影响酒的质量。

第二种是在小铁锅的下面,吊一个略似茶壶的接酒器,壶嘴子从酒笼上穿出来,嘴子下面再接一个大瓶子。这样酿酒的时候,酒可以随时流到外面,可以直接品尝。奶酒的味道跟作为原料的艾日格有直接关系。头一两次换水的时候流出的酒最好,以后一次比一次差,四五次换水时流出的酒质量更差。鄂尔多斯酿马奶酒,主要用于祭奠成吉思汗。奶酒喝起来味道不烈,可是后劲大,一旦醉了比白酒都不容易醒来。奶酒对人体没有任何害处,适量饮用可以抵御严寒,促进血液循环,消食健胃。自古以来,奶酒就作为蒙药、藏药的引子和成分。

酿酒时左邻右舍来人,年轻的女主人要把新酿的酒慷慨相敬。如遇祝颂人,他就会把奶酒接住,高声诵唱《奶酒赞》:

前天的奶水,
昨天的酸奶,
今天成了美酒。
造这美酒的时候,

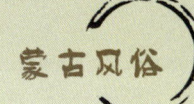

蒙古风俗

聪明能干的标致媳妇，
在那四方的腿、三棱的箍、钢铁的火撑里头，
放上大锅一口，
倒进酸奶半锅，
扣上酒笼一个，
点上一灶活火，
上面套进小锅，
每换一次凉水，
那唰唰流淌的奶酒，
便灌满玉瓶一个……

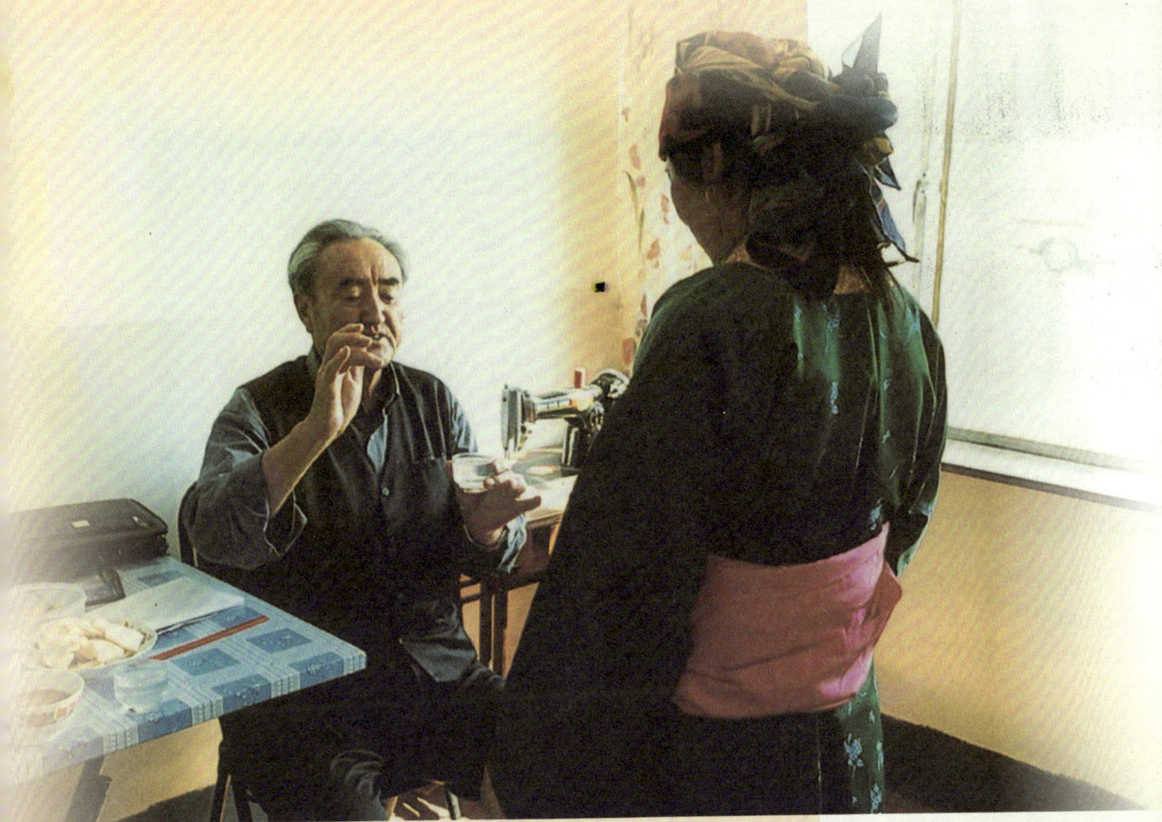

这个媳妇把刚出笼的奶酒献给客人，客人接过酒碗祭天祭地，对主人和奶酒加以祝福，然后才能喝掉

2. 奶皮子

把铁锅坐在火撑上，倒进新挤的生奶子，用牛粪火烧开以后，用勺子反复扬奶子。扬过半小时以后，慢慢把火弄小，同时慢慢停止扬奶。火势减弱以后，在锅上搭根木棍，把锅盖放上去。搭木棍的目的，是为了让热气跑出来。一般人家是晚饭以后熬奶皮子，第二天早上起来的时候，就会在熬过的奶子上面结一层厚而多皱的表皮，这就是奶皮子。熬奶皮子的时候，有时要往锅里撒一二两面或多少放一点糖，以便使奶皮子变厚而带点甜味。用铁匙从锅沿上把奶皮子划开，用细木棍从中挑起来，这样奶皮子就被折叠成一个半圆，将它放在阴凉通风（忌太阳晒）的地方晾干。夏天的草水分大，奶水质量差，做下的奶皮子发湿，不宜永存。一般是秋末牲畜抓油膘时大量做奶皮子，把它们放在一只特意编的半圆形篓子里，备以冬春食用。奶皮产量不多，常常摆在客人面前的桌子上。奶皮营养丰富，香甜油腻，能够滋补身体，调理气血，使人容光焕发。

3. 卷肯

将挤下的奶放在瓦盆或瓷盆里，在阴凉的地方放七八个小时，上面就会凝固出一层黄色的油皮来，这就是卷肯。卷肯拌炒米不仅非常好吃，而且很耐饿。

4. 初乳

刚生了仔畜的五畜所产的黄而黏稠的乳汁叫初乳，俗称"胶奶子"。初乳仔畜吃下去不好消化，所以往往挤下来煮熟后人吃，还可以煮了拌炒米吃。初乳甜而营养丰富。

5. 查嘎

酿造马奶酒剩在锅里的酸奶称为"查嘎"，有的地方也称为"包查玛格"。此外，查嘎尚有三种制法：从艾日格捣酥油时，把酥油撇出去，剩下的艾日格烧开汽化，所剩的东西也叫查嘎；将做奶豆腐分离出来的酸水烧开变稠，加入曲种使其变酸也是查嘎；揭奶皮子后剩下的奶子倒进缸里，用木杵（长

捣酸奶（从酸奶里分离奶油）的工具，一般都是木头做的

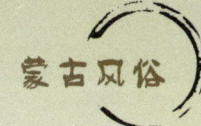

木棍上安一个用树根做的疙瘩，上面打几个窟窿）搅动，使其发酵变酸，这就是查嘎。

6. 艾日格

汉族习惯把查嘎和艾日格都称为酸奶，鄂尔多斯的酸奶指艾日格，达茂旗的酸奶指查嘎。

艾日格的曲种称为活酸奶，民间传说是成吉思汗沾在胡须上从天宫窃来的，一直到今天还保存在乡野。民谚有"宁可丧命不能断种"的说法。每年新奶子下来以后，没有曲种的人家要向别人请曲种。请曲种要选取无风无雨的晴朗日子，最好是虎日由属虎的人，带上一点礼物，拎一个装上一二斤新奶瓦罐来到有曲种的人家，将新奶倒出去，装上三四斤曲种，赶快往回返。因为时间耽搁久了，曲种会自己长起来，由活种变成死种。有曲种的人家要给请曲种的人管饭，但临走的时候，请者却要故意找碴儿和主人吵架，据说这样请的曲种才劲大和有活力。有的地方还不给亲戚借种，实在没办法时，就得找一个不沾亲的人去"假手借种"。

将曲种请回以后，装进一个瓷或瓦的器皿里，再加一点奶子喂起来。随着曲种的增多，要换在一个大家具里，每天早晨加生奶子，晚上加酸水，用专门的木杵频频搅动，使之起泡，越发越多，颜色发绿而清澈，能发出河水流淌或下雨时的唰唰声，这就成了艾日格。做酸奶要注意保持其纯洁性，杵具要专用，加酸水要晾，加奶和酸水要掌握好比例（在曲种大发的情况下，一百斤原种加酸水十斤，奶三斤）。周围的温度要保持在二十至二十五摄氏度，

捣酸奶

因此有时要把它放到热炕上,有的人家还用专门缝制的羊皮"坛衣"盖起来。

牧民家家都有酸奶缸,就像农民的酸菜缸一样,平时总有酸奶子盛放。每天把生奶或揭奶皮剩下的奶子加进去,并用木杵捣好几次。因为有酸奶子,所以能很快变酸。一户有五六头乳牛的人家,每天可揭一锅奶皮,熬一锅酸酪蛋。第一次揭奶皮剩下的奶子,自然发酵慢,数量也少,不值得做酸酪蛋,发酵得两三天。如果从别人家借一瓶酸奶倒进去,就会加快发酵的速度。

艾日格或查嘎用来煮肉或做面条味道特别香。将其微热服用,可治胸膈满闷、腹部胀疼,帮助消化、降低血压。牲畜腹内生虫,拉稀瘦癀,用艾日格灌过以后,拴在阳光下,一日不饮水,可以止泻育肥。艾日格的泡沫涂在水火烫伤上,可以消肿止痛,还可治毒蛇咬伤、人畜食物及药物中毒。

7. 塔日格

塔日格一般有三种:

一种是用布缝一小袋,装入稻米若干,放水中浸泡三至四天,使稻种发芽,拿到日光下晒干,放入木桶的奶子中,在热乎的地方放一昼夜就成塔日格。这种塔日格是艾日格的曲种。

一种是在摄氏四十几度的热奶中,以百分之二至百分之三的比例加入曲种,将其搅匀,盛进器皿使其发酵。不能像艾日格一样用木杵去捣。生熟奶均可制作。

一种是喀尔喀的塔日格,实际上指的是艾日格(酸马奶)。

8. 白油、黄油、酸油、黄油渣

白油提取方法,东西部不同。

西部从艾日格中提取,在五六十斤容量的大缸内,倒入三分之二的艾日格,用木塞塞紧。塞有孔,可使木杵穿出。捣酥油人站在缸前,手持杵柄上下捣动,数至三四千到一万不等(牲畜品种使然)。从塞孔中加入兑奶温水五六斤,再捣几百下,将塞子取掉,间或猛捣几下,加入兑奶温水,使奶油从艾日格分离(上漂一层白油),将白油撇出。

东部从卷肯中提取,将积攒的卷肯装入布袋控出黄水,放入器皿中搅动使其从水中分离出来,这就是白油。

白油酸甜可口,在里面放上白糖或红糖,与炒米、炒面拌起来吃,也是牧区一绝。这种食品可增加热量,营养丰富,久食能使面色红润光泽。白油有酸奶的香味,但水分较大。

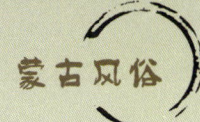

黄油提取三法：

一种是奶皮子攒多以后，经过一夏天晾干，就可以放在锅里炼油了。开锅以后，慢慢搅动，同时让火势慢下来，渐渐分离出上下两层，上呈黄色，叫黄油；下呈白色，叫酸油。杀羊以后，将大肚子在酸水中腌泡三两天，捋掉上面的毛毛，晒干备用。炼出酸油之后，将大肚子泡软，装进去存放。到来年吃的时候，大肚子风干如纸，酸油虽颜色变黄，却新鲜滋润，一尘不染（因不透气的缘故）。

一种是将艾日格中撇出的白油倒进锅里加火来炼，就成为黄油。为了防止炼得过劲带上糊味，一次搅出的白油里要加入一把阿木苏（什锦粥）同炼。在阿木苏吸收白油中水分的同时，白油也逐渐变色成为黄油。黄油绵甜可口，营养极为丰富，是奶食品之冠（五六十斤艾日格可出两斤左右黄油）。黄油也叫酥油，能调血补气，增加热量，健全体魄。

附在白油中炼过的阿木苏，称为黄油渣。有的地方把黄油炼好撇出以后，剩在锅底的渣滓叫作黄油渣。黄油渣酸甜而有油性，能增加热量，促进消化。

一种是从卷肯中提取。把鲜奶挤下以后，放在一个大容器中，不要打动，过些时上面就结成一层奶油似的东西。将其撇出，攒多以后倒进锅里，下烧文火，上面搅动。烧开以后，黄油浮起，渣滓下沉，将黄油撇出，剩下的也是黄油渣，特别酸。

9. 酸酪蛋、奶豆腐、甜酪蛋

将揭奶皮剩下的奶子做成查嘎后，将其从酸奶缸中舀进锅里，用牛粪或羊砖紧火煮熟，使奶糊糊翻上来，如同浪涌，这便是沸腾了。然后将火放小，使浪涌平息。继而再烧开一次，使慢慢澄清，稍稍撇出上面的酸水。然后将其倾入盆中，再由盆中倒入白布口袋，吊在阴凉处控净水分。约过半天后，从指缝中挤出，在盘子或筛子中晒干，

巴尔虎蒙古人把奶豆腐装进布袋里控干水以后，用棉线勒成一个一个的圆片儿，放到架子上晒干

蒙古风俗

这就是酸酪蛋。乌兰察布一带经常制作。有人在奶皮子成形以后先不去揭，把火灭掉，等下面的奶子发酵以后，再揭去奶皮，填火烧开，使里面的糊状物翻上来，与水分离捞出控净晒干，也能获得酸酪蛋。

生奶形成卷肯以后，将卷肯撇出，所剩部分倒进锅里，加火煮熬。然后拿个勺子陆续舀出上面的酸水，剩下的稠物用勺头挤压，去掉水分，再包在白布中，上面压上石头，出来划成二三斤重的方块，这就是察哈尔奶豆腐，其中蓝旗最为有名。

上述做酸酪蛋的材料，如果不是装入白布口袋，而是包在白布中，上面用石头压上半天，使其变硬，能拿得起来，将其晒干，这是乌兰察布奶豆腐。如果就在口袋里控干水以后，倒在盆子里，加入少量煮熟的奶子（可放糖），和面似的揉匀，倒进模子里，脱出多种花纹图案，这也是一种奶豆腐。

揭去奶皮以后，把锅里的剩奶烧热，加进一两勺酸奶，滚开以后把火放小，使黄水自己浮在上面，撇出部分以后，加火再熬，等黄水完全渗透以后，舀出来晒在木盘里，好风好天晾晒半天，包入纱包让其慢慢干硬，这就是甜酪蛋，颜色发红。黄水留得越多，甜酪蛋的数量越多且越软，所费工夫也越长。

艾日格捣好后，撇出上面的白油，剩下的部分倒进锅里，加火煮开，撇出上面的黄水，用床子或指缝挤压出来，或用手掌团成圆球，分别称作"西古木勒"、"乔日木"或"呼如德"，这三种东西来源一致，汉语统称酪蛋，是鄂尔多斯的做法。这三种东西极易霉坏，为了长期存放，须做一个木头架子，将其放在上面晾干。鄂尔多斯牧民每家院中都有这种架子，长五六尺，宽二三尺，上铺芨芨棍或芦苇编的席子，离地四五尺高。要特别注意不要风吹雨打，彻底干了再存放，可保持三五年

风雪送奶人

吊锅

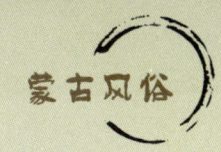

不变质。多年收藏的酪蛋煮服可治陈年胃病。

10. 浩日木格

在任何一种酸奶里兑上一多半的生奶或熟奶，就可以培养出浩日木格，通译作对乳稀释酸奶。此物香甜可口，具有特种营养，很适合有胃病的人服用。身体虚弱的人每天喝一碗，可以起到滋补健身的作用。

肆⊙肉食品

1. 祭锅肉

西蒙地区一般在大小雪中间牲畜膘情最好的时候宰杀，储存到冬春食用，故称"冬储肉"，俗谓"卧羊"。由于草场宽阔，许多人家的牛都在撒野。这些牛从两岁去势接触过人一次以外，从未有人靠近过，长到三四岁，变得很野很凶。牛倌都是瞭牧，不能近前，否则牛就结群逃走。他们把这种牛称为"野牛"。对于劳力不足的牧家来说，宰杀一头野牛可不是容易的事儿，因此左邻右舍都要一起出动。野牛一开始见人便逃，后来眼红了反过来追人。人们一般是赶回小股牛群，

剥牛

将要杀的牛挟裹入圈,用套绳将其套住放倒杀掉。如果赶不回来,就像捕猎野物那样用枪打死。好野牛有四五百斤肉,膘肥体壮,味道特别鲜美。冬天宰杀牲畜的时候,首先从漫山遍野的野牛开刀。鄂尔多斯名之曰"祭锅肉",牛主人家用之祭奠成吉思汗。

祭锅肉在煮和吃的时候,都有一套固定的礼俗。杀牛以后,从牛身上各部位取一点肉,作为祭锅肉来煮,还把寰椎、短肋、胸骨柄、鼻翼等四样骨头煮在一个锅里,称为"衙门四骨",煮的程度和方法跟普通肉相同。煮好以后,大家分宾主坐定,厨师把肉端进来,放在桌子正中,弯腰屈膝行礼说:"大家用膳!"杀了牛的人要把准备好的牛肉、油、乳、酒组成的祭品洒到火上,吟说《祭锅祝词》:

    在父亲成长的家乡,
    聚来十五六人,
    要把桀骜的野牛,
    迎头拦回圈棚。
    谁想野惯的犍牛,
    狮虎般的凶猛,
    向它自己的草场,
    拼命地逃奔。
    套索闪电般飞来,
    把它放倒在草地中。
    倒地的这头野牛,
    左右挣扎不停,
    前后拖你奔命,
    红着眼睛顶人。
    在那广阔的草滩,
    压倒一片芨芨草,
    膝盖着地爬行的时分,
    一条精壮汉子,
    捋袖往上一冲,
    手持钢刀一把,

断了它的性命……

在祝颂的当中,要从长者面前的盘中,象征性地取一点肉作为德额吉,向长生天、黄金世界、成吉思汗圣主、祖先的圣灵、敖包土地各献三次,再向大家行一个礼,说"大家好生用餐",大伙这才开始吃肉。大家饱餐一顿,之后用衙门四骨祭火。因为四骨以寰椎为主,祭火时要念《寰椎祝词》:

从那拴过地方,
生出红花的牛犊,
红花牛犊孳生起来,
愿你成为高原富户。
从那杀过的地方,
生出白花的牛犊,
白花牛犊越来越多,
充满荒野沙谷……

古代的锅,带有明显的游牧痕迹

如此祭过火神以后,吃祭锅肉的仪式便宣告结束。这样的饭一年只能吃这样一次,而且按照风俗,这天的饭人人都要吃个够饱。所以旧时代的姑娘、媳妇说下这样两句俗话:"腊月二十三(祭灶)饱吃一顿,杀花牛的时候饱吃一顿。"

吃祭锅肉的时候,还有吃牛灌肠的习惯,不过肠肚和肉一定要分开煮,将肠、肚灌好以后,要用细芨芨草棍儿把口子别住。煮熟以后,也要用它来祭火。达拉特、准格尔、杭锦旗的部分地方,现仍流行这种风俗。

2. 羊背子

羊背子即术斯,术斯一般译为"五叉"、"羊背子"、"全羊",都不甚确切。术斯是古代流传下来食品的精华,也是最尊贵的食品。《蒙古秘史》就记载着成吉思汗用全

羊祭天或在喜宴上待客的风俗。过去除了祭敖包、神佛，供奉成吉思汗和那达慕大会，向王爷、仕官、活佛喇嘛及祖宗们放全羊术斯以外，普通人还享受不到这种待遇。如今成了待客的最高礼节，广泛流行在蒙古地方。将绵羊宰杀剥皮后，按照头、脖子、胸椎、腰椎、四肢、五叉、胸茬等部位卸开。能进入术斯的部分是肩胛两块、前臂骨（哈日图）两块、桡骨两块、胫骨两块、髋骨两块、股骨两块，共十二部位。问骨（骶骨）、荐椎、胸椎共六节椎体进入术斯。脊椎两侧的二十根肋骨，腰侧的六根肋骨共二十六根肋骨都要进入术斯。胸椎的第一节叫黑胸椎，不能进入术斯。脖颈除了婚礼以外，别的术斯也不进入。进入术斯的羊头没有下颌骨。解剖以后是这样区分的，煮的时候各个部位都是整煮的。

整木头做的德布希有多种用途，可以放水，可以用来放羊背。它上面的窟窿眼是为了穿绳携带方便

在大锅里倒进冷水，将术斯里各个部位分成六七件整放进去，放进适量的盐或少量查嘎，用文火慢煮，频频翻动，什么时候不生了（不能煮得太烂），捞出来放到盘子里。肠肚、内脏、肝、肾等都要另锅另煮，否则下水的味道就会钻进肉里，使肉不香汤不美。羊头更不能与术斯煮在一起。

有下颌骨的绵羊头，可以代替整个绵羊术斯使用，这是一种祭祀敖包、翁衮、苏勒德等神物用的简化了的术斯。比如正月初一向玉皇大帝或成吉思汗献的术斯就是羊头术斯。将煮好的羊头放在一盘饼子上，上面再配上黄油、红枣、果品之类，作为供物奉祭。有的人家还把这份供物和饼子并排放在一起，在大年初一让前来拜年的人品尝，起看盘的作用。

驮桶

蒙古风俗

献术斯要用专门的盘子。这种盘子用柳木或榆木制成,长方形,里面正好放一只仿佛卧着的绵羊肉。

往盘里摆术斯的时候,先把两条前腿分左右放好,肋骨朝里扣过,桡骨朝里弯曲。两条后腿分左右摆在两条前腿的后面,把胫骨提起朝里弯曲。将胸椎朝前放在两条前腿中间,将五叉的脊椎面朝前扣过,上面把羊头朝前放上。羊额头上要画一个月牙形。

在摆放术斯的时候,要由总管(婚宴)或主人(家宴)让来宾品尝鲜奶,并给他们唱歌敬酒:

> 金杯里的美酒芳香流溢,
> 赛啦尔白咚赛,
> 朋友们哟,
> 让我们在一起娱乐欢聚,
> 嗨,
> 赛啦尔白咚赛。
> 绵羊的五叉摆上桌来,
> 赛啦尔白咚赛,
> 亲家哟,
> 让我们在一起同餐共聚,
> 嗨,
> 赛啦尔白咚赛……

在激动人心的歌声中,解羊者高举木盘破门而入,恭恭敬敬放在主婚人或正面的最长者面前,羊头要冲着客人,然后说:"扎,大家请用术斯!"很熟练地行一个屈膝礼。之后从术斯的各个部位象征性地割取少许,蘸上一点儿酒放在杯子里,高举着走到门外,将杯里的酒肉泼散出去,高声喊道:"德额吉献到了!"屋里的人接着他的话音喊道:"献到了!"那人又转身回到屋里,又像刚才那样割取少

发现于沙漠,这个沉重的铁家伙是用来盛水的。据说是因为沙漠里风大,用它盛水风吹不倒

蒙古风俗

许向火里泼散一番,之后从胸椎上割取少量的肉,放在羊额头上,用右手拇指轻轻压住,从正面的最长者开始,象征性地让大家品尝一下,这个礼节叫尝份子。尝过份子以后,解羊者把木盘顺时针转过来,使羊头冲着自己。再将羊头和胸椎放在盘子的一侧,用麻利的动作把术斯卸成便于食用的小块。其做法是把左面的胫骨卸开,将肥尾从末梢开始割取三或五节,献在成吉思汗或佛像面前,这叫作佛爷的口福。之后再把四根大肋和肩胛、胸椎等分出来给主人留下,这叫主人的口福。因为有时人多,主人忙于招待大家,来不及自己吃喝,而术斯又是珍贵的食品,所以一定要给主人留一份。接着从五叉开始,将一个脊椎卸开。使刀刃朝里,把左腰侧卸开,带肉分成四块,放到左边。之后将刀朝上,刀刃向着自己,把右面腰侧卸开,也是四块,放在右边。接着继续从左边开始,向左边转边卸,把所有的关节都卸开。很快按既定的规矩摆好,大体上像一只羊卧在盘子里。肩胛要胛峰朝上,肩胛盂冲客人的最长者放置。髋骨平的一面朝着最长者。股骨转子要朝着最长者,胫骨的踝侧向着最长者(踝骨的马面朝上)。胸椎一般不卸,脖颈的一侧向着最长者。肋骨的面侧朝上放置,肋骨头一侧朝向最长者。

如此卸开摆好以后,解羊者将所有蒙古刀放在盘子两侧的桌子上(柄朝客人,刃朝自己),将羊头跟原来一样放上去,将木盘翻转过去,使羊头冲着客人。这样准备好以后,解羊者要面朝正面的最长者跪下,或者双手一摊,头一点,说声"扎,请用术斯",倒退着走出去(始终面朝宴席)。这时最长者先把羊头放到一边,说一声"大家用膳",于是在座的所有宾客就可以按自己的所好,自由地从木盘里拿上肉来吃了。

在鄂尔多斯,术斯上面的羊头不能啃,五叉的其他关节卸开以后也不吃。吃术斯的时候,不能直接用嘴来啃,一般是用刀子割食或用手撕下送到嘴里。吃不了的术斯可以放回盘里,却不能把骨头上的肉全部啃尽,露出森森白骨,否侧便

这是一种热茶或温水用的器皿,上面的茶壶可以取下来,下面像火盆一样的东西用来装火,可以让水保持一定的温度。喇嘛念经时用它热茶非常方便。杀牲口的时候,可以用它的温水洗涮肠肚

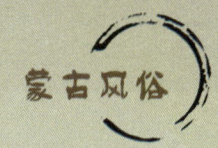

是侮辱主人。

吃过术斯以后，要把术斯撤下去，撤的时候，仍由解羊者来完成。他进来以后，要面对最长者行屈膝礼说道："大家请用术斯！"如果从最长者开始，大家一齐回答："用过了！"就可以把木盘端下去。如果某一个人还在吃肉，或最长者默而不答，那就表示没有吃好，木盘还不能撤下去。撤时要从最长者头上开始，把木盘顺时针转一下，面朝客人倒退着走出去。

术斯撤走以后，来客一定要吃主人的汤饭，不吃汤饭就等于没吃术斯。汤饭就是在煮术斯的汤中加入大米或糜米，跟查嘎一起煮成的稀饭。这种稀饭称为蒙古饭，大家在观念上看得很重。来宾不吃也要尝一尝，否则就按失礼对待。

放羊背子是非常隆重的礼节，为了增加宴席气氛，一般吃术斯之前都要吟唱现成的《术斯祝词》。吟唱者可以是卸羊者或主人方面的人，也可以由其他人越俎代庖。吟唱者先用右手无名指蘸取鲜奶少许，向天弹去，面向最尊者站在术斯木盘的对面，两只手掌向上，向最尊者点一下头以后，清清嗓子，高声念道：

明净蔚蓝的天空，
日月是主人。
五彩缤纷的世界，
山水是陪衬。
洋洋万千的人类，
源于血缘婚姻。
在大伙欢聚、全体集中、有缘相逢、吉祥美好的时辰，
在阴山之阳，
以黄河为饮的万头白色绵羊所生的第一只羔羊，
海螺似的雪白，

银子做的德布希，上面是二龙戏珠，下面是佛家八供

蒙古风俗

肉球似的肥胖，
扁平的前胸，
宽阔的身腰，
拖不动的肥尾，
无杂色的白毛，
扥挲的耳朵，
岩羊的犄角，
蓝色的眼睛，
分瓣的四脚。
鼠年所生，
牛年所长，
虎年作汤。
老妪捉不住，
小孩追不上。
将这宝贝似的绵羯，
宰杀做成全羊，
放进有福的锅里，
烧火将它煮上。
按照古老的礼仪，
献到檀木桌上，
向那社稷的支柱，
正襟端坐的来宾；
向那四方聚来，
英姿飒爽的客人；
生儿育女的父母，
隔山阻水的乡邻，
应邀入席的亲家二公，
上首坐的尊长，
跟前坐的弟兄；
旁边坐的姑嫂，

食盒

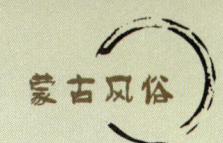

身前坐的儿孙；
毡包的成员，
守门的仆从；
毡帐的百姓，
看门的门阍，
所有你们大家，
把这肥美的全羊敬奉！

3. 阿拉善烤羊

地道的阿拉善烤羊用土烤炉、本地羊、梭梭柴。土烤炉有一尺多厚，一人多高，全系泥土结构。上面敞圆口，下面傍地有个"∩"形灶门，如农村的"地钵子灶火"。

烤羊用的绵羊骨碌（胴体）不剥皮，胸口上割开个七八寸的口子，把调料、食盐撒进去。将红糖和酱油搅在一起，滚开以后，浇在煺洗干净的羊皮上。待其稍干，再嫩嫩地遍涂一层植物油，用铁链子从胸腔、腹腔、耧斗骨中穿出来，挂在铁棒的另一头上。吊入炉中，上面扣口大锅，将敞口盖严，周边用泥巴抹住，两头各露一条铁棒。最好的燃料就是那种梭梭木炭火，热力强劲而持久，还能把一种奇异的香味熏进肉

包德格

里，远不是一般的电烤炉所能比拟。烤入羊以后，要有专门的师傅照看。温度下降以后，把梭梭的红火烬夹进炉膛下面加以补充。如果有风，还要把里面的羊体转动一下，使其受火均匀。大约烤四个小时，就可以出炉。

开吃前有个简单的仪式，先把羊打扮一番，脖子拴上红布条（吉祥结），像活羊似的站在一只大盘里，用小车推出来绕场一周，向宾客亮相，很快推进厨房。第一道上来的是羊皮，色如檀木，光泽鲜亮透明，如罩一层玻璃。这种皮要赶紧吃，慢了就咬不动了。它有一种说不出的异香，是肉味、糖味还是角质味不可言说。第二道上来的是肉，冒着丝丝热气，还配有荷叶饼、大葱、面酱等，吃法与烤鸭相同。

据说多罗格格公主当初下嫁罗卜藏多尔济亲王（阿拉善第三代王爷，罗姓由此而来）的时候，不习惯阿拉善的牧区饮食，思念北京的烤鸭。陪嫁的高级厨师便想尽办法，因地制宜，以梭梭代桃木，以绵羊易京鸭，终于做出了不似烤鸭、胜似烤鸭的阿拉善烤羊，闻名朝野。阿拉善烤羊肉，的确与煮的、蒸的不同，有一种烧雀肉的感觉。接下去是啃骨头，而后是滴落的油脂煮的柳叶面汤，真是别开生面，口味一新。

伴随烤羊，还有一些相应的仪式，吃肉以前还要唱敬酒歌，饭罢还要喝酒。阿拉善兴用一只大盘，里面放许多景泰蓝杯子，一杯一两，一人一杯。最后是羊尾，根据人数多少，切成长长的细条，放在你手掌上，让人一口气吸进去，不许咀嚼。我走过许多地方，在别处还没见过这种吃法。

4. 喀尔喀浩日霍格

浩日霍格是喀尔喀一种野餐风味的肉食品，在野外杀羊以后，先把下水煮出来吃掉，再用其余的肉做浩日霍格。在户外用石头支起野灶，将劈好的松木棒子放进去，从下面点燃以后，松木塌陷下来，再满满加进一灶松木。将河边捡来的石头，一块块夹进松木火中。过一会儿女主人便把卸好的肉端出来，别的妇女帮着把切好葱、葱头的案板搬出来。有人抬来了铝桶，桶底有一小截加了调料的凉水。几个人一边放肉，一边把烧红的石头夹出来放进桶中。桶里刺啦一声响，一股白气冒了出来。全部肉、石都加进去以后，把桶盖扣上了。要等半个小时才能熟，大家便利用这段空隙到附近河里去取来圣水，游玩一阵。回来以后，肉也煮好了，捞在一只大盘里，热气腾腾端了进来。那只空桶也抬了进来，主人从那里面夹出滚烫的石头，依次一块块递给客人。客人烫得不行，只好左右手来回倒腾，或者

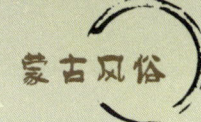

传给下一个人，逗得大伙哈哈大笑。据说这种石头可以治癔症，疗效能管一年。用这种工艺做成的肉，可以说别具风味，它兼有煮肉和烤肉的味道，不像煮肉水，又不像烤肉那样干，尤其挨着石头被烤焦的部分，吃起来更有味道。

蒙古国的浩日霍格，我在内蒙古民俗著作里没有找到，辞典里却有。《蒙汉辞典》的解释是："（兽腔内或充血的肚子里放入烧红的石头烤成的）炙肉。"《蒙古语辞典》的解释是："将野兽肉或牲畜肉乘热塞入皮子或肚子中，里面放进烧红的石头而制成的食品。"这种古代浩日霍格和今天的区别，一是用皮子或肚子代替了桶，二是肉里没有加水，可见当初它是游牧甚至游猎生活的产物。三是除了辞典里说的这两种吃法，蒙古国现在还有另一种叫法，叫"包德格"，我国东部蒙古地区也有，与浩日霍格不完全是一回事。

5．灌肠

（1）灌小肠

灌肠的工作一般都在现杀的羊皮上进行。因为羊皮光滑，肠子不易弄断。多数要两人合作。小肠下接盲肠（俗称"苦肠"），盲肠下接细肥肠。把细肥肠割掉，从割口处灌进水去，容量较大的盲肠就成了一个天然的大漏斗。灌满以后，一人不断用力挤压，水就流入小肠。一人用两手不断捋小肠，将粪便排在泔水桶里（割口处也能

开腔破肚

排出一部分）。如此再灌再排，直到把小肠基本洗净，再割一块肺子塞进小肠里，上面灌水并挤压排出，再用水涮一两次，就可以灌肠了。

从羊腔中舀在盆里的羊血，一般正好灌满它自己的肠肚。灌时，先用手把凝结的血块攥碎，搅进荞面或白面，加入切碎的漫肚油、盐、调料、葱蒜等物，亦从割口处灌入，要灌得不可太满也不可太扁。小肠两三丈长，为煮食方便，可断为四五段，不撕掉外面连接肠壁的油脂。这些油脂有固定小肠的作用，灌时要注意摆顺不使肠子扭结，煮出时盘成一团，一如腹中的自然状态。卧羊时节肠肚太多，一时吃不了，就灌好分成四五团冻起来，在来年清明时节煮食。

（2）灌肥肠

在细肥肠和肥肠连接的地方断开，留下肥肠。水从肛门处注入，涮净以后，将天棚肉、花肚、细肥肠均切成和肥肠一样长短的细长条，加入盐、调料、葱等，从细端塞入肥肠，边塞边翻，塞完以后，肥肠也正好翻过来了（里面朝外，这是和小肠不同的地方），可以当时或春天煮食。

（3）灌小肚

百折和小肠中间的部分俗称水肚（胃）。为跟连接红肠的大肚子（瘤胃）相区别，称为小肚。把小肚多留一点小肠（约三尺），从与百折连接的地方断开，将粪便倒掉，涮洗几次，翻过来，使里面朝外。将灌小肠的血糊糊从断开处灌入，灌到欠满，插入筷子将断口处缭住。翻的时候，小肠只在连接小肚的地方翻出个头儿来，其余从灌血的口子上抽出来，打个结把筷子缠住，就可以现煮或做冻肚。煮出的小肚会体积会缩小。因为是翻过来的，上面有褶，颇像一只乌龟负驮架而行。

为了很好地排除粪便，一定要注意两点：一是在开口以前，把便尽量挤压在大肚子里；二是花肚、百折、小肚要连在一起，从花肚和大肚子连接的地方开口，水从开口处灌入，连百折也洗净（百折褶子特多，涮洗困难，一定要在洗小肚时，反反复复用手抓捏），然后将百折和花肚割去，剩下小肚一涮就净了。

（4）冻肚

在煺过的瘤胃里，装入心、肺、腰子、洗涮的小肠，吊起来冻作一块。吃时化开放入水中，在锅里与盐面、调料共煮。由于冻肚能保鲜，吃起来往往鲜美如初。冻肚严格说不是灌肠一类，因为它并不往里灌什么东西，由于单独列出比较单薄，只好附在灌肠后面。

一般灌肠小肠要另煮，因为小肠煮出的汤黏糊，味不好，又容易破，流出里

面的血糊糊。五脏、心包、小肚、百折、脾可共煮，煮出的汤很好，澄清后可煮面条、大米。其中心包、百折和脾是灌馅的。

6. 羊三样

割下的百折再与花肚分离（花肚要拿去灌肥肠），单独煺净，刮去上面的毛毛，露出洁白鲜嫩的肉壁，把馅子一个褶子一个褶子地抹进去，从两头把口子扎上，就可以下锅煮了。这是一样。

再一样是心包，就是包在心外面的那层薄膜，看上去透明如玻璃。一般人往往忽略了这个东西，更不知道它能吃。把心从底部割下，用手一挤，心就蹦出，手里留下很软的一团皮，这就是心包。从割口处把馅子塞进去，占据原来的位置，心包就鼓起来了，像球却撑不破，用线绳扎住口儿，这就成了第二样。

最后一样是脾，一般人很少吃，不过都认识它。把脾平置，从侧面开一小口，把小刀伸进去，将里面割通而不透，把馅子从小口填进去，脾就鼓鼓的，成了扁蛤蟆，用线把刀口处扎住，就可以下锅煮了，煮熟时体积略见缩小。一只大绵羊的脾跟馅子煮出来能有一碗，可供一人饱食。

羊三样的馅子都是相同的。把羊宰了以后，将鲜肉剁碎，从野外掐些沙葱，连蒜泥、肠油（也是这只羊的）等拌起来，这就是馅子。包了馅子的羊三样，一般和心肝、小肚共煮。煮出来的这三样东西，因为扎了口子，跑不了味，自然有汤有水，鲜嫩无比。尤其沙

碾打糜子的工具

葱之味渗入其中，有一种特别的香味，的确是任何调味品也比不上的。据说羊三样的营养价值很高，老人和病人吃了能补身体，在牧区也被视为稀罕物。

7. 高尔呼格汤

煮了肉的汤，营养非常丰富，是滋补身体的佳品，从某些方面讲比肉还富有营养。尤其是刚杀下的羊肉汤，味道鲜美，营养更佳。年老体弱的人都盼望在春天喝到新汤以补血养气。可是春天"九尽羊干"，不能宰杀。为了解决这个矛盾，他们就把头年冬天杀的绵羊做成高尔呼格汤，喝了补养身体。这种肉汤自然不及春天现杀的好，可是没汤可喝的春天，也有一股现杀羊肉的味道，这说法很不简单了。

高尔呼格汤的做法是在冬天卧羊的时候，选择膘好的绵羊，把肉全部剔下来，把大肚子洗得干干净净，把整个一只羊的肉放进去，把口子扎紧，不要让气跑进去，将它冷冻起来。春天把口解开，把肉拿出来，加汤炖出以后，跟新肉一样鲜美，同时汤也很香。鄂尔多斯就将这种汤称为高尔呼格汤。

伍⊙炒米

炒米是蒙古人的主食。牧民每日两顿茶一顿饭，茶茶不离炒米。不可一日无茶，也不可一日无米。二十世纪六十年代末，牧区不供应炒米，也不让自己解决，牧民曾以炒玉米代替，干硬艰涩难以下咽，可见炒米对于牧民，实属须臾不可分离之物。

炒米的原料是糜米，俗称"蒙古米"，以天然黄河水浇灌、不上化肥者为最佳。先把糜米筛簸干净，去掉土和砂子。有的人家用水淘洗，砂和土可以一次去掉。锅里倒上开水，将干净糜米倒入，使开水淹没糜米之后，尚留五六寸深的水。也可以倒冷水，再加火浇开，上下搅动，使热气走匀。煮得破开米嘴以后，赶紧捞在筛子里，这样炒出的炒米发硬，有咬头，当地人称为"蒙人炒米"。如果不等破开米嘴就捞出，炒时反而容易开花。这样炒出的炒米软而好咬，但是经不起咀嚼，当地称为"汉人炒米"。

捞出控尽水以后，要就地摊晾在砖地上或干净的硬地，使水分吸受。一般用七烧锅，煮两三斗炒米，流水作业。等最后一锅炒米煮完，第一锅摊晾的炒米便能炒了。

炒炒米要选用好砂子。砂子用筛子筛一筛，筛过的砂子再用箩子过了土，就

可以使用了。砂子如不太干净，还要用水淘洗一次，控干以后再用箩子过一遍土。炒炒米时一次顶多放三碗糜米，却要放五碗砂子。砂子烧红时，将晾出的糜米倒入，待大气冒过，米粒快噼噼啪啪爆起来，赶紧连砂子倒在筛子里，下面接上盆子。筛子一摇，砂子落在盆里，炒米留在上面。将砂子倒回锅中炒热，再加入新晾出的糜米，如此连续作业，那一点砂子可炒许多炒米。末了把砂子装在口袋里，下次炒时再用。

　　有的人家炒米中还加入黄豆或黑豆。把黑豆煮得皮展开再铺在地上，炒完炒米再炒黑豆——还用那锅砂子——然后把砂子筛出，黑豆架在上面。

　　炒出的炒米和黑豆都得去皮。去皮有古法两种，今法一种。古法是把炒米放在石碓中，用木杵轻搅，使糠壳剥落，或倒在石碾上，套头驴马将糠壳碾掉。碾时要不断往碾心添米，否则会把炒米压成面粉，那就不是炒米了。从石碓石碾上撮下的炒米，还得用簸箕簸去大糠，用箩子箩去细糠，才能端上来食用。牧区有"头遍箩、二遍簸"的做法，把碾第一遍的炒米箩掉细糠，大糠不簸，再倒上石碾碾第二遍，碾出的炒米又簸又箩，可以把炒米收拾干净。如果光簸不箩，留下细糠，到吃时再箩去，可以使炒米保鲜。今法则把炒出的炒米倒进碾米机，把皮剥掉，一般也得来两遍。黑豆的皮相对好去，倒在大筐箩里，戴上手套，用一块石头搓，就可以搓掉。

　　牧区在农历腊月二十三祭灶以前家家要大炒炒米，装两三麻袋，供正月来客或家人食用。

装炒米的盒子

陆⊙骨头文化

　　蒙古人吃肉啃骨头，有很多讲究和禁忌。有的属于煮法、摆法、解剖范围，有的是某部分不给某种人吃、某部

分专给某种人吃、某部分到了某种年龄才能吃的,真正有点孔夫子"非礼勿食"的味道,研究起来可以出版一本骨头文化学之类的书。有的骨头还有各自的"特异功能"。伴随着功能,又有一则有趣的故事。你若记住这些故事,在吃肉时穿插一段,一定会增加许多情趣。因为你不会像蒙古人那样熟练地用刀,再不懂点儿骨头趣话,只会抱住一块骨头死啃,不是就显得太没文化了吗?

1. 羊拐趣话

连接羊后蹄和小腿的地方,有一块游离的骨头很特殊,汉语称为"踝骨",俗称"羊拐",《西游记》写作"拐孤",蒙古语称为"沙阿",或译作"髀石"。这种骨头有宽有窄、有凸有凹、有正有侧,六面六个形状。所以民谚说:"高高山上绵羊走,深深谷地山羊过,向阳滩上骏马跑,背风弯里黄牛卧,倒立起来叫不顺,正立抓个大骆驼。"用五畜的名称给羊拐的各面命名。

牧区孩子长到三四岁,大人就把它拿出来,让其辨认哪面有什么牲畜。再大一点,就可以做羊拐的游戏了。牧区长大的蒙汉儿童,没有不会用羊拐做游戏的,所以他们的童年记忆总是和羊拐联系在一起的。铁木真十一岁跟扎木合做盟友时,将一个铜灌的羊拐赠给扎木合,扎木合也将一枚狍子的羊拐赠给铁木真。后来两人反目,想起从前互赠羊拐时,"又重新成为好友"。羊拐在这里做了友谊的纽带。1983年巴林右旗清理一座辽代古墓,曾发现九枚拐骨,牛拐骨一枚,山羊、绵羊拐骨七枚,还有一枚铜铸的仿绵羊拐骨。由此看来,北方游牧部落接触羊拐的时间,还可以推至更早。

这块骨头是羊前腿的一部分,如果按人来说,就是小臂上的骨头,它上面有四个槽儿,相传噶尔丹曾把马缰卡在上面

草地有"玛瑙珊瑚稀世宝,牲畜之中肉是宝,肉之中拐骨是宝"一说,可见羊拐骨在他们心目中是多么重要。卧牛卧羊的时候,牧民杀多少牲畜也要把拐骨保存起来,不仅保存自家的,还要把赢取别人的也一同装在皮袋里,有的多达几百几千枚。"拐多之家牛羊多",就是说的这种意思。一到冬闲季节,不论男女老少,都提着羊拐袋子玩耍起来,把赢得对方羊拐看作一大乐事,所以牧民中有"玩羊拐也是一技"的说法。

上面所说铜灌和铜铸的羊拐骨,多半是为了加重分量做"老子儿"用的。将羊拐挖空,灌以铅或铜,就成了铅铸或铜灌的羊拐骨。以羊拐为本,脱出模子,注以铜,以此翻砂铸出的羊拐,就是铜铸的羊拐。几个人围成一圈,每人出五或十枚羊拐,互相混合起来。然后将其抓起,抛散而下,有相同面的两者之间用小指划一下,将一枚弹向另一枚,弹中者取其归己。如弹不准或弹到别的子儿上,则算失败,须交下一位再抛再弹。如此循环往复,直到赢得对手袋儿空羊拐尽为止。这是其中的一种玩法。还有只出四枚老子儿,让在座的人轮流抛掷。如果四枚落下,出现"四只绵羊",则是"四个一样",向坐在上首的人要四枚羊拐。如果出现四匹马,便是"四十匹黄马",向上首的人要四十枚羊拐……如此这般按规则进行。此外还有"赛马"、"摔跤"、"猜羊拐"等各式各样的玩法。还有许多增加情趣的规定。比如上面说的第一种玩法,如果抛下的羊拐摞在一起,就要把它们弹开再玩,可是弹开时用了右手,再玩时就得用左手。一般人用右手弹惯了,弹开时用了右手,再弹时还要用右手,就被别人制止了,这样无形中吃了一亏。

2. 肩胛趣话

肩胛骨很好玩,牧民用日常生活中的一些术语称呼它的各个部位,生动而富有生活情趣。大人用诗的形式这

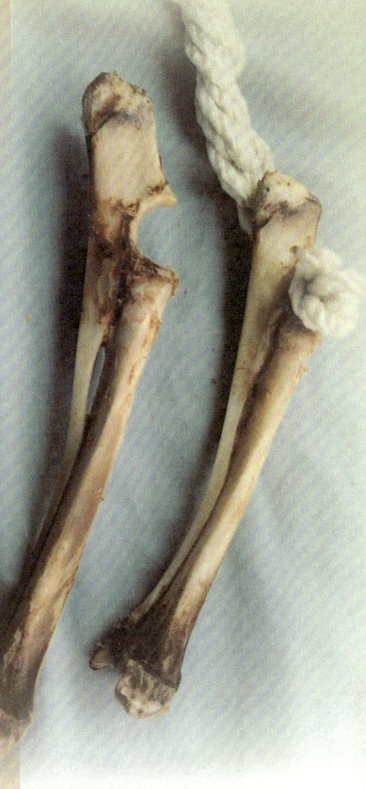

羊拐与羊棒骨

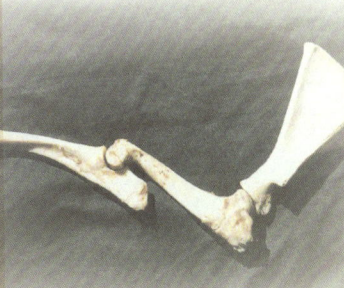

样给孩子说谜语:"不放羊有棚圈,不煮饭有锅灶。没有城池有通路,没有黄历有孬好。你猜那是什么东西?"肩胛骨是个三角形的,中间有个突起的棱儿,细的这头正好手能握住,顶端有个酒盅大的小坑。牧民就把这个小坑称为"锅",把那个突起的棱儿称为"山梁",把山梁这面称为"趟马大道",那面的三角地带称为"羊圈",羊圈的边上还有牛路……许多名堂。把肩胛骨上面的肉啃掉以后,或者把它放在火里烧过以后,根据出现的种种情况进行占卜,说起来非常复杂,有人为此专门出过一本书。

(1) 肩胛骨,大家吃

阿拉善放全羊术斯时,都要把肩胛骨留在最后。由客人中的一位把上面的肉剔下,根据座中人数切成许多小条,分给每一个人吃,之后把肩胛骨上的肉啃得干干净净,将一长条绵羊尾巴和一杯酒置于其上,献给在座的民间祝赞家:"扎,

肩胛骨

请您祝颂肩胛!"于是祝赞家就有板有眼地把肩胛骨从里到外祝颂一番,末了还对主人赞扬道:"愿这肩胛的主人,升官成名,幸福康宁,孩子成器,牲畜成群,资产丰厚,善及乡民……"祝颂完毕后,将那一条长尾一口气吸进肚里,把那杯酒一口喝干。肩胛骨为何获此殊誉,且必须众人分食?原来这是有背景的。相传一猎人到山中打猎,午间自烤野物饮酒。这时有两个强盗潜来,趴在猎人头顶的悬崖偷觑,他俩的头影照进猎人的茶碗里。猎人看到这"杯中贼影"并不害怕,便把肩胛上的肉割下好多块,顺口说道:"肩胛骨,大家吃嘛,吃!"东西南北撒去,张三李四唤一通。强盗以为谷底人多,怕吃眼前亏,便逃之夭夭。从那以后,就形成了不能独食肩胛骨的风俗。

(2) 肩胛骨,能打卦

肩胛骨人畜都有,一头通过窝骨疙瘩连接前臂骨,一头通过脆骨连接着躯干的肌肉,独立而完整。上面有锅、马径、水井、草场等牧区习见的自然和人文环境,古人就以此作为占卜的根据,发明了肩胛骨卜。卜时先要洗手净面,对肩胛洒奶祝福,再向神佛祈祷,使其具备灵气,这才开始占卜。占卜的肩胛分黑白两种,

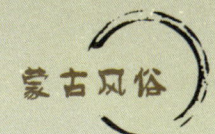

吃净肉以后用来占卜的叫作"白肩胛",吃净肉以后再烧黑用来算卦的叫作"黑肩胛"。彭大雅所谓"其占筮,则灼羊之子骨,验其文理之逆顺,而辨其吉凶,天弃天予,一决于此,信之甚笃,谓之烧琵琶",大概指的就是后一种了。肩胛骨,三角扁平,形同琵琶,故也称"琵琶骨"。有说"胛"、"甲"通假,胛骨就是甲骨,那么其来历就更早了。宋朝徐霆一行奉命出使蒙古时,窝阔台汗数次烧琵琶,决定他们的去留,结果都是该去,徐霆一行才返回京都。可见胛卜在蒙古是何等重要。

(3) 肩胛骨,能警戒

上面的故事和做法都说明肩胛骨有先验之性,透着股灵气,具有某种暗示、警戒的作用。至今牧区有些关隘险路,往往把肩胛骨和几根长肋骨一起挂在树上。风吹肋骨打在肩胛上,发出丁零当啷之声,提醒过路人前面有危险,不可贸然行进。或者在路的中间横拉一条皮绳,把许多肩胛骨像旗帜一样挂在上面,同样起一种警戒的作用,如同今日公路两旁的标志牌一样。肩胛骨上大下小,有柄可握,薄而易响,乡村孩子便在上面打两个孔,拴上两枚铜钱,像拨浪鼓一样满村里打着摇。这样虽能起到提醒的作用,但警戒的意味已经没有了。

(4) 食肩胛,忌讳多

肩胛为骨中奇者,讲究颇多。孩子不能啃肩胛骨,晚辈不能在长辈面前啃肩胛骨,外甥不能在舅舅面前啃肩胛骨。游牧倒场时,不能把完整的肩胛骨丢在旧营盘上,一定要砸碎再扔掉。如今牧区往来做买卖的三轮车与日俱增,过去扔掉的骨头也成了收购之物,但牧民仍不出售肩胛骨。

成吉思汗壁挂,对联用蒙古文篆字写成,大意是"膂力为王名逞一世,寸心雄霸史载千秋"

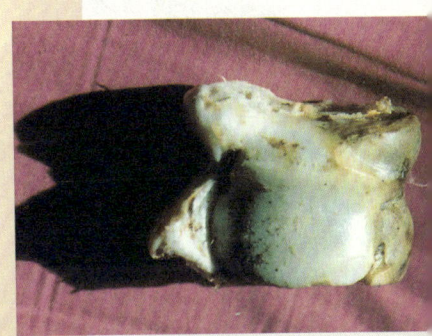

手拐

3. 骶骨趣话

羊的脊椎骨有许多节，最末一节叫骶骨。因为下面连着的是尾骨，吃不上劲，前面几节脊椎的重量又压在它上面，出的力多受的苦大，所以俗称"受罪骨头"，这是老名。受罪归受罪，但上面的肉很好吃。所谓里脊、外脊，不就是从它们上面割下来的吗？有一次，一个出门人正在自己帐篷里啃受罪骨头，有一个强盗来到外面，打探如何下手。此举被出门人察觉，便灵机一动，自问自答曰："要把骶骨掰开吗？""掰开掰开！"强盗认为里面至少有两人，便未敢下手而去。打那以后，受罪骨头的身价提高一倍，变成"问答骨头"了。而且吃这块骨头时，即使是一个人，也不能悄悄地卸开就吃，一定要大声自问自答："解开吗？解开解开！"

随着星移斗转，日升月落，问答骨的范围又扩大了九倍。那两根向两边伸张的骨头，形状像凤凰的翅膀；那个连接上面脊椎、扁圆又突出的部分，形状像好汉的额头；还有美人指甲、骏马獠牙、须弥山、木匠锛、马鞍子、流水河、渡鸦喙等（各地名称不一，但都是九种）。吃罢全羊以后，客人把问答骨头卸开啃净，置于盘中，递给主人。主人站起来将盘子接过，用左手的拇指和食指把问答骨头夹住，右手拿一根白草，指着上述各个部位，向客人一一发问。客人如不仅能答上是什么，还能答上为什么，就是算作"篾尔干"（智者），很能博得满座宾客的赏识。比如问："这像什么形状？"答："美人的指甲。"问："何以见得？"答："没有剪刀能裁布，没有顶针能缝衣，所以才成了美人的指甲"。问："这像什么形状？"答："好马的獠牙。"问："何以见得是好马？"答："没有坐能追上野驴，没有捆肚能追上黄羊，所以才成了好马。"如此等等问答下去。如果一知半解，丢三落四，或者干脆答不上来，就会受到别人奚落，自觉脸上无光。所以你要记不住那九种特征的话，千万不要把它单独卸出来，悄悄放回盘里就是了，这样就可以蒙混过关。

主客一一问答完毕以后，主人要问："拿它干甚哩？"

骶骨

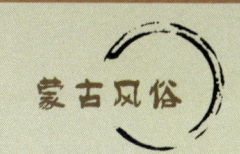

客人便答:"皇上也吃哩,百姓也啃哩,门外也扔哩,黑狗也啃哩,说是卧象便躺哩,说是走象便行哩。"

主人:"眼下咋办好哩?"

客人:"照原样放倒便行哩!"

这是新疆卫拉特蒙古的风俗。如果是青海蒙古,就说:"给百姓当饭去,给皇上当膳去,这块问答骶骨,从黑狗嘴里掏出去!"将骶骨扔进火里烧了。

4. 脖骨趣话

蒙古人认为脖骨是力的象征,常说:"伸长脖子用劲。""七截脖子拉成八截。"都是说的用劲的情形。脖子只有一个,怎么会有七八截呢?原来蒙古族同胞把那组成脖子的六节骨头,又都分别叫"这个脖子"、"那个脖子"。其中连脑袋的第一节叫"阿门呼吉古",当地汉人称为"锁子骨",学名"寰椎",是脖骨中的老大。它与后几节紧紧锁在一起,所以又有牢不可破的意思。如果要试探膂力又象征团结友好的,简直非它莫属。所以便把它用在婚礼上,作为对新郎膂力的考验。

那时夜已过半,启明星即将升起,梳头爹妈已经落座,只等着给姑娘绾头埋脸就可以上马出嫁了。这时新郎面前要放一个羊背子,新娘面前也要放一个羊背子。新郎的羊背子里面藏着一个整煮的羊脖子,必须将它一掰两半,将其中的半截和羊背左腰侧的肉送给新娘,新娘也要把她羊背左腰侧的肉割给新郎,这就是所谓"伙吃脖子换吃肉"的习俗。这是姑娘在嫁家的"最后的晚餐",也是女方晚宴中的高潮。那些调皮捣蛋的姐夫小姨子们,常常故意让脖子煮得半生不熟,又在骨髓中插入红柳,想看新女婿手劲到底有多大。如果折而不断,这些刀子嘴就不饶你:"羊脖子都掰不开的可怜虫,还想娶我们的玉美人!""脖子上的肉没吃头,当女婿的人没劲头,羞羞羞!"不过那些专门负责保护新女婿的伴郎非常尽职,常常赶在新郎之前把羊脖子找出来,用蒙古刀把骨缝剔开,再交给新郎去掰。新郎自然一掰就开,常常还能掉出半截红柳棍子。伴郎就把它拿给女方嫂子:"扎,半截脖子是新娘的,半截红棍是嫂子的。"不过这帮女流也来者不善,往往不让伴郎插手,于是争争抢抢、打打闹闹,很是热闹,不过最终羊脖总是要掰开的。当一对新人"伙吃脖子换吃肉"时,祝颂人便祝福他们不仅夫妻双方像脖骨一样亲密无间,牢不可破,还要连带孝敬双方的父母,很有点传统文明的意味。

5. 牛腿趣话

俗话说："父亲的儿子，不吃牛腿棒子。"牛腿棒子，牛榾骨的土名也。相传不知什么朝代以前，有一位父亲的独生子去走阿音——就是现在的长途运输，走时赶一辆车，牵一练骆驼，驮上皮张或食盐，到张家口、大库伦、呼和浩特，换点茶、布、酒、烟、糖之类，不过都是自己享用，很少出售的。那位独生子是赶车去的，临走带了三根牛腿棒子，吃了肉以后舍不得扔，晚上露宿在荒滩野地，就把它们顺手立在车上，一来做伴，二来壮胆。正好有一个歹徒想抢劫车上的东西，黑暗中把牛腿棒子瞅成人影，心想人家三四个人，还是走为上策。于是独生子躲过了这一难，平安回到父母身边。打那以后，就形成了没有兄弟姐妹的独生子不食榾骨的习俗。不但不食，啃剩的骨头也不能扔掉，不能烧火、不能喂狗，一定要在榾骨的凹窝里插进几根芨芨棍儿，夹在蒙古包门头东南的椽缝里，让其继续站岗放哨，如同汉族门口贴的秦琼、尉迟恭一样。

○饮食趣点一

脾为什么贴到胃上？有故事说，脾原来是游离之物，无所依附。一天过河，便对冰说："冰，你厉害？""嗯，我厉害。""你厉害咋就让太阳晒化了？""太阳厉害。"脾又去找太阳："太阳，你厉害？""是，我厉害。""你厉害咋让云彩遮住了？""云彩厉害。"脾又去找云彩："云彩，你厉害？""对，我厉害。""你厉害咋让山挡住了？""山厉害。"脾又问山："山，你厉害？""我厉害。""你厉害咋让旱獭挖空了？""旱獭厉害。"脾又问旱獭："旱獭，你厉害？""我厉害。""你厉害咋让人捉住了？""人厉害。"脾又去问人："人，你厉害吗？"人不吱声，一个耳光就把它打得贴到胃上去了，所以现在脾还在跟着胃。这是余话，不足为据。

○饮食趣点二

肩胛骨，不独食。相传一位老猎人，打猎时总骑一匹白马，也总是满载而归。有个巴音看上了老猎人的马，要也不给，换也不换，便起了歹意。那天晚上，他骑上自己的黑马去老猎人家做客。老猎人摆下"肩胛宴"（即胸椎、前腿、肩胛和羊头）招待他，那家伙竟把肩胛上的肉全吃了。半夜风雪交加，巴音推说出外解手，把老猎人的马弄死了。第二天一早，他告诉老猎人说："不好了，刚才我看见您的马死

蒙古风俗

了。"老猎人说:"我活了七十岁,肩胛上的肉从未独吃过,哪会出现这种事情!"跑去一看,原来死的是巴音的黑马。原来昨夜雪大风紧,巴音的黑马身上落了冰霜,他误认为是老猎人的白马,结果落了个自食其果。从那以后,便形成了大家共吃肩胛骨的乡俗。

○饮食趣点三

肩胛占卜来头大。胛卜为何灵验?民间也有说道,讲的是很久以前,一位好汉要娶人家可汗的公主,赛马、摔跤、射箭这"好汉三技"全胜利了,最后可汗把公主藏起来,让好汉去猜,猜出来就把女儿嫁他,否则前功尽弃。好汉没了办法,就找他们乡间一个牧民帮忙。牧民拿出一个黄山羊的肩胛骨端详一阵,说是卦已算出,只是不敢明言,因为可汗身边有黄黑两位算卦先生,会算是谁向他泄露了机密,这样自己便活不成了。好汉苦苦哀求,牧民就想了个办法,自己藏进大铁锅下面,对着茶壶嘴子把机密告诉了好汉。这样好汉便当上了额驸。可汗不相信这是好汉自己猜出来的,便让两位先生占了一卦。黑脸先生说:"此乃铁身之人所告。"黄脸先生说:"此乃铜口之人所告。"可汗勃然大怒:"世上哪有铁身铜口之人!"便把两位算卦先生杀了,但牧民从此出了名,于是便传下用肩胛占卜一法,而且以黄山羊的最为灵验。

肩胛骨

题记

驼铃丁东的岁月业已成为历史。勒勒车长列的迁徙，逐渐变为文人笔下的招贴画。寻访原汁原味的它们，你得走很久很久，但驼队和勒勒车读出的辽阔却平添了很多很多诗意和淳朴……

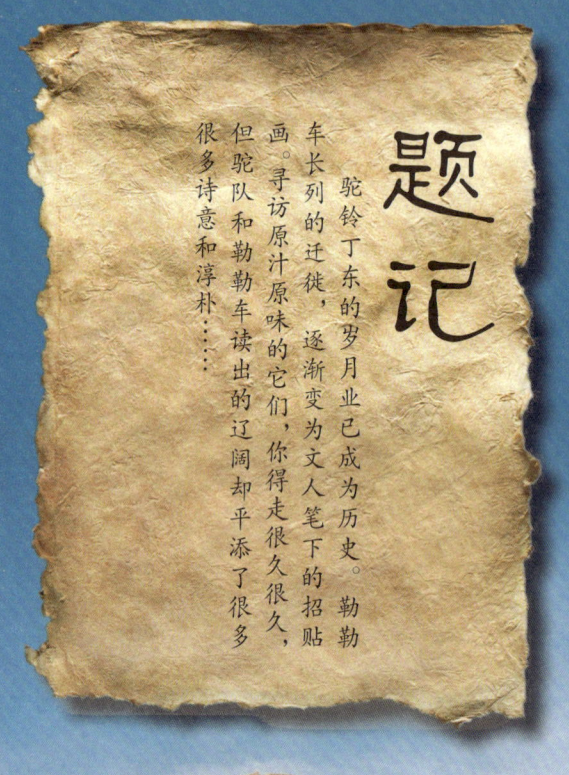

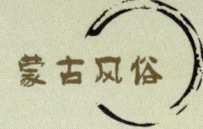

交通：诗意地行走

壹·驼运

在清朝和民国时期，偏远的蒙古高原没有铁路，公路也出现很晚，主要的交通运输工具就是骆驼。骆驼运输一般分两种情况，一种是内地的买卖客商，其中以山西的晋商（大盛魁就是其中的代表）最为有名；另一种是本地的王公牧主和普通牧民。路线长短不等，可以在本旗和临近旗县，也可以是北京、呼和浩特（当时叫归化城）、乌兰巴托（当时叫大库伦）、乌里雅苏台、科布多、乌鲁木齐（当时叫迪化）、阿拉善额济纳，最远的可以到莫斯科。时间是阴历九十月份到第二年二三月份，正是一年中最冷的季节。有时几百几千峰骆驼一起出发，一串一串，络绎不绝，驼铃丁东，摇过月夜，摇过大漠，成为一道最壮美、最宏大的风景线，定格在历史的天空。现在，只有在蒙古国以及我国新疆、内蒙古的个别地区，偶尔还能碰到三三两两驮东西的骆驼，但那全是交通不便的地方，自家临时运输草料和粮食的，气派已经跟当年不能同日而语。蒙古人把骆驼长途运输称为"竟"，汉人则一般称为"拉脚"。

1. 拉脚的准备

拉脚一走数月，又值严寒季节，骆驼和人都要经受严峻的考验。为了适应这种生活，脚驼都要提前一两个星期逮回来，每天适当放出去吃一点草，拴在灰堆或有硝的地方控起来，隔两三天饮一次水，多会儿粪蛋子捻碎以后没有潮气，说明可以长途跋涉了。牵驼人路上住的帐篷、吃的干粮、过冬的衣袍以及锅碗瓢盆等等，都要准备整齐。至于鞍具、口袋、杀绳等运输必需的装备，自然更不必说，还要把皮张、食盐等都打捆好。

驼铃

金马鞍

2. 骆驼鞍屉

根据我现在了解到的情况，骆驼用作交通运输工具，一般用三种鞍具，骑人的一种，拉水的一种，还有就是现在说的拉脚的一种。相对而言，最后一种最复杂。

骆驼鞍屉大体上可以分为三个层次，最里面一层毡子，把骆驼的前后驼峰甚至上面的脊梁都裹起来，两驼峰之间的空隙要用厚毡子填平填满。中间两面两块屉子，也是厚毡子做的，长度要超过驼峰。外面是两根长杆，长杆的两端都有刻下去的深壕，把毛绳打个"8"字形，套在这些壕里，就组成了一个长方形的架子，压在左右两块屉子上面，就像大车上面绑的架子一样，可以在它上面放东西了。实际操作的时候，要把这三个层次的东西组合成一个有机的整体，还有许多具体细节和技术问题。

3. 上驮子的方法

上驮子的方法，根据运输对象的不同，也有几种不同的做法。现在介绍我小时候看到的一种，也是长途拉脚普遍用的方法。通常上驮子的时候需要两人，一左（设定为甲）一右（设定为乙）配合协调，才能把驮子快速而稳妥地捆到骆驼背上。把骆驼卧倒，把骆驼鞍屉捆好，把一条专门用的大绳在正中间挽上两个死环，

蒙古风俗

两环之间留开一定的距离，这样实际上就变成了两股平行的绳子，把它们从骆驼鞍屉上架过去，交给乙。乙把口袋举起来，用这两个死环和两股绳子兜住，下顶（用膝盖）上揪弄到骆驼背上，把两个死环交给甲。与此同时，甲也要把左面的口袋举到相应的位置，手脚麻利地挽两个死环，举到骆驼背上，和乙的两个死环接在一起，用一种专门的锥形木棍把它们系在一起，中间这两股绳子就算捆好了。但是，对两条大口袋来说，光捆这两股绳子还是不行的。两头耷拉下来不说，上坡下洼的时候，口袋容易前倾和后移，把扎口绳子挣开。所以还要在两端各捆一道绳子，把口袋兜起来，这样骆驼驮起来才安全稳当。这两道绳子都是一头带环的，先把其中的一道绳子架在骆驼背上，把口袋的一端兜起来，拉到跟中间的位置一般高时，把绳子的一头套进另一头的环里，用活疙瘩系住，口袋另一端的绳子也如法炮制。如此把前、中、后三道（共四股）绳子都捆好以后，两人再一起慢慢地把口袋放下来，这样就把重量通过鞍屉完全架在骆驼身上，再给口令让骆驼爬起来，就可以出发上路了。要打尖住店的时候，让骆驼卧倒，把上面的闩关拔出来就可

拉水的骆驼

蒙古风俗

以了。所以这种办法看似简单,却很科学。

4. 上路宴会

上路之前,要把帐篷和生活用品装在一个专门的口袋里,驮在最前面的骆驼身上,蒙古语称之为"家当驮子"。在阴历九月底或十月初,选择一个吉祥的日子,把左邻右舍请来,为牵驼的人送行。牵驼人的家长或乡邻中的白发老人要把鲜奶抹在牵驼人的额头上,祝福他们一路平安,吟唱优美动人的祝词以壮行色:

不要把鼻拘折断,
不要把驼蹄磨穿。
不要让驮子偏斜,
不要把驼峰压弯。
拣草好的地方走,
拣水好的地方行。
中午要记住打尖,
黎明时早点动身。
吃喝时不要磨蹭,
睡觉时不要太沉。
走路要避免坎坷,
要小心土匪强人。
愿皮张食盐能卖高价,
满载而归收获丰盈。
阿爸额吉在祝福你们,
妻子儿女在等待你们。
手搭凉篷在盼望你们,
掏心挖髓在怀念你们,
左邻右舍在惦记你们。
愿你们吉祥而归,
眉开眼笑与家人相逢,
呼瑞呼瑞呼瑞。

人骑的骆驼

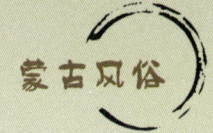

这时人们帮着牵驼人上好驮子，在家当骆驼后面依次连上第二峰、第三峰骆驼……在最末的骆驼上戴上大董铃，把鲜奶洒向天地，含着眼泪目送他们上路。直到长长的驼队消失在远方，人们才恋恋不舍地掉过头来向各家归去。据说扫尾那峰戴董铃的骆驼体格最好，这跟小学生走路个子最高的男生走在最后的道理是一样。至于为什么要戴董铃？有人说是为了人，如果后面的链子断了，前面的牵驼人能听见。有人说是为了骆驼，骆驼夜里走路爱打瞌睡，听不到铃声就站住不走了。所以人们就让董铃一路上老响个不停。有人说"董铃"应该写作"盹铃"，是防止骆驼"打盹"戴的铃铛。

5. 艰苦的旅程

苏尼特驼运一行三至四人，称为一个"嘎勒阿音"。每人牵十峰骆驼，每峰骆驼驮三百六十至四百斤，能顶一辆载重六吨的汽车。一个嘎勒阿音有一个打头儿的，人称"嘎林阿哈"。每程走路的方式和远近都不一样，分为老迈式、少壮式、喀尔喀式、喀喇沁式等等。老迈式东方发亮起身，走到晚上住店，夜间不行路，一程只能走六十至八十里。喀喇沁连续式天亮动身，日夜兼程，只在骆驼撒尿时小憩片刻，几天才一休整，每天可走两百至两百八十里。据说每天只准在黎明和午后撒尿两次，所以就像军队

驼羔

栽绒马褥子

一样动作整齐。趁骆驼撒尿的工夫，牵驼人可以整理一下驮子，拾点干牛粪回来，或把磨裂的驼蹄缝好或者休息片刻，喝口茶、吃点干粮都可以。

牵驼人一路的生活非常艰苦。他们行走在荒无人烟的沙漠戈壁，经常要受到断草缺粮的威胁、高寒炎热的煎熬、豺狼和风暴的袭击、疾病和洪水的侵扰，还要注意防匪防盗。打尖的时候，他们并排放上三颗驼粪，用火镰从一头点燃，当这三颗驼粪烧完，他们就得上路了。住夜的时候，嘎林阿哈要把一只碗扣在地上，耳朵枕着碗底睡觉，远处有了响动就能听见。特别要防止狡猾的恶狼，狼会学着牵驼人的榜样，叼着驼缰把骆驼悄悄牵走，牵到隐蔽的地方再跟同伙聚餐。

6. 第一天与最后一天

牵驼人有个规矩，自己朝哪个方向走阿音，住宿时帐篷的门就朝哪个方向开。刚离家的头一天不远走，走二三十里就住下，支起帐篷，生火熬茶。茶熬好后，先向天地祭洒，将其中一位长者让到西北主位上坐下，推举他为嘎林阿哈，由其中一位年龄最小者给他敬茶。而后大家拿出各自的干粮，略摆小宴。大伙儿互相品尝，喝茶漫话，商量一些道上的事情，然后便早早休息了，第二天一早才真正开始了拉脚的生涯。这个仪式，蒙古语称之为"初宿宴"。当换上粮食布帛返回来，走到最后一站的时候，也要举行一个牵驼人分手的小宴，蒙古语为"丰盛午宴"。仪式跟初宿宴相同而隆重，时间可以拉得长一点，酒也可以多喝一点。因为明天就要各回各家，免不了说一些惜别和下次再见的话，还要互赠一瓶酒、一包点心做纪念。

当牵驼人拉着骆驼满载而归的时候，孩子们奔走相告，老人们满脸堆笑，左邻右舍都要出迎，让牵驼人尝过鲜奶，迎进家中，熬新茶为其洗尘。牵驼人也要把带回的点心糖果取出一些，作为"阿音之福"分给前来欢迎的孩子们。少不了拿出酒来，与来人把盏共饮，传播一番旅途见闻，有时甚至连续数日。一路上备

蒙古风俗

尝艰辛的脚驼,也要把背上的鞍架松一松,再控上一礼拜,待汗落掉以后,将驼架垫子取掉,只留一块屉子,在水清草嫩的地方放牧十几天,赶回浩特在灰堆上控两三日,才能最后取掉驼屉放入大群。

贰·勒勒车运输

1. 勒勒车及其组合

蒙古人使用木头车的历史比较悠久,蒙古包、木头车、毡子很可能是同一个时期的产物。在《蒙古秘史》里,曾经提到"哈日古太车"(哈木车)、"大车"、"车家"(车室)。一则谜语说:"太阳月亮有两个,你猜那是什么呢?一样的孩子有八个,你猜那是什么呢?"形象地把木头车的车轮、横衬说了出来。

木头车一般用牛来拉,一些特殊活计要套上马和骆驼来完成。如果是马和骆驼,牛鞅子和下轭都要去掉,换成另一类挽具。

搬家的勒勒车

蒙古风俗

勒勒车是一个总称，一般指牛拉的木头车。上面有篷子的叫"篷车"，有箱子的叫"箱子车"，有牛粪柴草的叫"柴薪车"，有水缸的叫"水车"，什么也没有的叫"杭盖车"，意思是"空车"。勒勒车一般能拉五六百斤，一般都套一头犍牛，沙漠和沼泽地方都能行走。

搬家的时候，最前面的是篷车，跟在它后面的依次是佛爷车、衣服车、粮食车、闲物车、柴薪车、水车、蒙古包三辆车。搬家时的车都有严格的顺序，犍牛也是固定的。一般的人家搬家时也得七八辆车，稍微富裕的人家用十一二辆车，大户人家用二十几辆车。

俗话说："富人家的箱子车多。"富人家的车主要多在箱子上面，当然蒙古包也相对多一点。

勒勒车的辕条一般都很长，大约有五米，从最前面一直到最后面。一头犍牛占两米多，后面有八根横撑。横撑后面还得空出一段距离，因为后面那头牛就在它上面，要给牛头一个活动的余地。蒙古人的犍牛上面有牛鞅子，下面有下轭，能有效地保护脖子，拉车时能使上劲。篷车上的牛可以意译为头牛，最老实最听话。

箱子车

它的牛缰也比较长，赶车人坐在车上，甩动牛缰就可以指挥头牛左转右转。其余的犍牛，牛缰长短一致，颜色也一样，可以换着使用。只是头牛的牛缰较长，颜色也特别。平时不用牛缰的时候，牛缰都放在篷车里，颜色不同便于辨认。所有的牛缰都用驼毛或者与马鬃、马尾毛混合搓成，拴在牛角上。

(1) 篷车

篷车倒场时走在最前面。它的篷子是把木头弯成拱形的架子，里面镶进木板做成的。外面苫上毡子，里面挂上布面，后面封闭，前面吊个毡帘，毡帘紧贴篷子的边缘，把篷子盖得严严实实，毡帘边缘和篷子的毡边都用毛绳锁起来，缀上

纽扣式的东西,可以把毡帘子和篷子紧紧扣在一起。纽扣也都是毛绳做的,挽扣子的那一截钉在帘子上,做扣袢的那一截钉在篷子上,不过它的扣子不是一般的扣子,而是别棍,跟马袢的结构一样。把一截短小的硬木头,中间削一个壕儿,把毛绳的一端紧绑在壕儿上,往扣袢里套的时候,要竖着纫进去,横着别过来,这样就能把两者紧紧地扣在一起。有的地方,别棍是用山羊角做的,上面穿孔,把毛绳纫到孔里拴住,这样更不容易滑脱。

篷车搬家时可以在里面生活,因而可以理解为流动的家。不会骑马的小娃娃,年迈体衰的老者,都可以安顿在里面,这家女人坐在前面赶车。风和日丽的日子,把帘子撩起来。刮风下雨或者气温骤降,把帘子放下来扣上,里面还是一个温馨的家。走敖特尔的时候,夜里有人专门住在里面照看牛羊。洗温泉的人坐着它到有温泉的地方,牛放出去吃草,篷车就成了他的家,过上一个月,再赶着篷车回去。篷车平时不用的时候,也可以当库房。

现代箱子车

(2) 轿车

轿车实际上也是一种篷车,不过一般做得比较精细。巴尔虎博物馆门前放的那辆轿车,虽然年代久远,饱经沧桑,上面的油漆已经剥落,但是仍然可以看出它当年的风采。整个车篷没有一枚铁钉,全用圆卯和方卯,榫合得非常紧密合理,至今完好如初。窗棂股子方圆结合,圆的上面有缠过东西的痕迹,我猜想可能是麻绳,用的是庙上柱子的工艺。如今红漆剥蚀,麻绳脱落,只剩下这些木杆。车轱辘也比较特殊,车辋上钉铁钉,轱辘外缘扣铁瓦,当地叫"山西轱辘",可能当初是从山西进

来的。辐条的两端用铁束子箍住，并用铁叶装点。车厢后面伸出去一块，好像另加了一节小箱子，当地叫"铺格"（篷车也有）。晚上睡觉的时候，可以把腿伸到这里，平时也可以放一些零碎东西。这辆车比较高级，平时搬家的一般不坐，娶媳妇聘闺女的时候才用。大人物或者上层喇嘛多数坐这种车。

(3) 箱子车

箱子车至少两辆，前面的放衣服，后面的放肉和粮食。也有三辆的，最前面的就变成了佛爷车，里面放佛龛、佛像、经卷和其他一些贵重的东西。

箱子车的箱子采用人头卯结构，非常结实。箱盖采取马脊梁形，上面又裹上毡子，封闭严密。甭说你看不清里面的木头，连箱子上的钥匙都看不到。盖上的毡子拉出去一截，紧紧地压着下面的毡子，用别棍和扣袢牢牢别住。别说下雨漏不进来，就连刮风沙子也钻不进去。因为平时箱子车都露天放置，所以必须采取这种看上去似乎麻烦的方法。

衣服车

(4) 柴薪车

柴薪车四面用木板围起来，看上去像个大木槽子，但它是活的，四条毛绳把四块板子捆在一起。这种捆法也相当有技术，每个角上一条毛绳，先捆住下面，再拉上来把上面捆住。从一面卸车时解两条毛绳，从两面卸车时可以把四条毛绳全解下来，四块板子都可以放到一边。

柴薪车主要是拉牛粪的，装满一槽子牛粪以后，路上可以烧两天。这主要是为了变天准备的。如果天好，周围又有干牛粪或柴火，一般不烧车上的牛粪。柴薪车的上面，还可以放点粗笨的东西。

(5) 拉水车

拉水车就是专门用来拉水的车，就是普通的车上装进一个大木桶做成的。这种大木桶，就着车底板的大小，做成一种长扁圆形的形状，能装十几桶水，因此非常沉重，于是便在辕条上横加了两根枕木。

(6) 闲物车

闲物车上放暂时不用的东西，比如夏天放冬衣，冬天放夏衣。

(7) 蒙古包三辆车

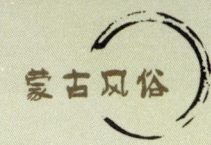

蒙古风俗

蒙古包三辆车,家具一辆。底边围子、围毡、木门、哈纳一辆。套脑顶篷一辆(如果是串连式套脑,要用两辆车)。

2. 勒勒车的构造

勒勒车的构造,大体上包括两个部分。

第一部分车辕。车辕由辕条、牙厢、立柱、横衬、鞍木、羊角桩子、车底板组成。

辕条是车上最长的部分,由两根一模一样的平行放置的圆木组成,细头部分套牲口,粗头部分修成方棱,用来安牙厢和横衬。牙厢指辕条两侧竖起来的部分,支撑牙厢的是四根立柱,立柱直接安在辕条上面。有了牙厢,人坐在车上以后碰不着车轮,放上东西以后掉不到车轱辘里,起保护作用。牙厢是活的,可以取下来。把两个辕条连在一起的短木叫"横衬",横衬大小长短相同,共有八根或者十根。铺在横衬上面的木板和柳笆叫"车底板"。把辕条和车轴固定在一起的木头叫"鞍木","8"字形。辕条最前面有两个上下贯通的小木桩,叫"羊角桩子",羊角桩子下大上小,牛鞅绳子就卡在它的上面。

洋车

第二部分车轮。车轮由车辋、车辐、轱辘头、车轴、车辖组成。轱辘头又名车毂,左右各一个,每个的两边都嵌进去一个铁圈,这是为了保护车毂。与铁圈相对应,在车轴的这个部位,也要不远不近嵌进许多铁条,俗称"车键"。这也是为了保护车轴,因为车走开以后,摩擦最厉害的就是这两个地方。过去车上都带着一个油葫芦,油葫芦的盖上连着一个毛刷,要不时蘸上油刷到这两个地方。为了防止车轱

古老的勒勒车

辘掉出来,在车轴两端要竖着打进两个销子,学名"车辖"。有的书上把它跟羊角桩子混为一谈,希望读者阅读时注意分辨。车辋是车轮最外面的那个环形圆圈,一般由六节弧形木头组成。车辐是轱辘头和车辋之间的辐射状木条,一般是十八根。所谓六辋十八辐,就是指的这种典型的勒勒车。

3. 勒勒车的制作

蒙古人制作勒勒车的时候,一般要请专门的木匠。木匠制作勒勒车的时候,讲究综合利用,物尽其用。相中一棵树伐倒以后,要考虑到勒勒车各部位的制作,最好把它都能用上,不要浪费材料。比如根部粗大结实,可做车毂,弯曲部分做车辋,端直杆干做横衬、牙厢、立柱,有树杈的枝干做鞍木,实在不成材的木头还可以用来做下轭。车毂一定要用桦木来做,紫桦较好,紫桦纹理弯曲得又最好,木匠总是要千方百计把它找到。砍倒一棵大树,可以做几辆车的车毂。车毂能达到四(直径)以上最好,最短的做好以后也不能少于三,长二左右。

(1) 车毂

把做车毂的部分锯下来以后,马上把中间掏空(安车轴的地方),让它快些干。同时把外面的皮剥掉,放在开水锅里煮过,埋在地下吸干。或者是用火把外面的树皮燎掉,再把它弄干。一般的木头车都是六辋十八辐,所以要凿十八个安辐条的卯眼。开这十八个卯眼的时候,一定要把距离量好,使辐条之间的宽窄相等。这些卯眼长三指,宽一指左右,辐条之间的距离一指左右。辐条的卯子一定要把车毂穿透,也就是要达到车轴的部位,这些卯眼挨车轴的部分大一些,靠外的部分小一点。车毂一左一右有两个,做法完全一样。

(2) 车辐

车上的辐条用柞木最好,找不到柞木,榆木也可以将就。辐条长约二,接车毂的部分三指宽,接车辋的部分两指宽,不过这不是死的,要看车毂的粗细、车辋的薄厚而定。一辆车上的辐条,在破料的时候,一定要长短粗细一致,用在车两边的时候,少不了加工修正,实际上要比原来短一些。辐条在往车毂、车辋上装的时候,车辋这面比较薄,车毂那面比较厚。辐条往车毂上的卯眼里插的时候,一般要削出三指宽、一指厚的榫头,天衣无缝地穿进去。这个地方是考验木匠技术高低的所在,技术好的木匠做的辐条,用到车毂烂了也不会掉出来。把辐条一一插进车毂的卯眼以后,要慢慢地砸进去。辐条不能一次砸到位,要在太阳下风干几天,再把它砸到底。

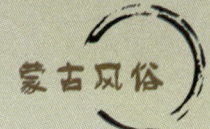

蒙古风俗

(3) 车辋

车辋一般用桦木做。车辋也是先一个一个劈砍出来做好,再往轮子上合套。辐条都卯进车毂以后,在车毂的正中间(也就是将来安车轴的地方)塞进一截木头,在木头的正中间钉进一个钉子,在钉子上拴一条长绳,长绳上系一个铅笔头,以钉子为圆心,以辐条的长度为半径,画一个圆圈,这样就可以把安进车辋的卯子做出来。辐条一定要在外面做出榫头(也就是车轮朝外的那面),从里面劈砍好以后,砸进车辋里去。一截车辋上凿三个卯子,也就是插三根辐条。全部辐条都插进去以后,再一节一节地把车辋首尾相接,合套在一起。车辋的卯眼一定要用楔子打紧。虽然说新车不需要楔子,但是卯眼还是补满为好。

(4) 铁圈、车键

辐条与车辋上好以后,要把车毂正中的窟窿眼凿大,以便将来插入车轴。在插入车轴以前,还要在这个窟窿眼里镶进一个大铁圈。大铁圈是用生铁铸成的,周围有四个楔形的耳子,都铸成一个整体。它的直径正好跟车毂的圆圈大小一致,把这两个圆圈对齐重合以后,比照铁圈的宽窄和耳子的轮廓,把铁圈的大小画在车毂上,然后用凿子凿出来,把铁圈和耳子紧紧地砸进去。再用一种专门的戴帽子的钉子,把铁圈的四个耳子牢牢地卡死。一个车毂上用两个铁圈,里面一个,外面一个,因为这是车轮转动的时候磨损最厉害的地方。与此相对应,在车轴上的这两个部位,也要嵌进去不少四棱形的铁条,俗称"车键"。

(5) 车轴

车轴可以用桦树、榆树、柞树为料来做,长约十三,粗二左右。做车轴的时候,要比照车毂直径的粗细,尤其在插入车毂的部分要修理光滑,粗细适中。同时要比照辕条大小把鞍木坐进去。车轴上打进车键以后,再穿进车头里。车轴的两端要竖着打进销子(车辖),以防车轮脱落。

车轮

车毂

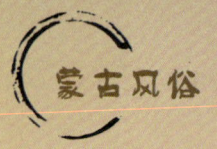

蒙古风俗

(6) 辕条、牙厢、横衬

车辕条一般用松木和白桦来做，长二十三到二十四。这是勒勒车上最长的部分，从车头一直通到车尾。辕条的根部朝向车尾，梢部朝向车前。先用锛子劈砍，根部砍成方的，梢部砍成圆的。从辕条的正中间开始，往后开八个卯眼（侧面），用来安放八根横衬。在最前面的横衬前面，最后面的横衬后面，大约一的地方，还要凿两个卯眼。这两个卯眼不插东西，俗称"空卯"或"气卯"（留待将来捆东西用）。还要在两根辕条上面各凿出四个卯眼，用来安插牙厢的四根立柱。还有鞍木的卯眼，左右各有两个。也就是说，一根辕条上面要凿六个卯眼，侧面要凿十个卯眼。辕条前端至少还有一个卯眼，用来插羊角桩子，连空卯眼算上，一根辕条凿十七个卯眼，两根辕条共凿三十四个卯眼。

横衬、立柱、牙厢都用白桦木制作。横衬八左右，两指厚，三指宽。横衬的长度，是由车身的宽窄决定的。车身宽的车，装的东西多，大犍牛拉起来也很方便。立柱高出辕条一多，牙厢长八，盖在立柱的上面。

(7) 鞍木

鞍木是把车轴和辕条固定在一起的东西，把带叉的木头从一端锯掉，另一端铲平做成卯子，嵌进辕条里面。带叉的这端用销子与车轴、辕条固定在一起。鞍木一般长三左右。

(8) 牛鞅子、下轭

新疆伊犁马车，驾车人高高骑在马上，好不威风

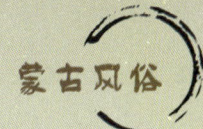

蒙古风俗

勒勒车除了上面介绍的部件以外,拉车的犍牛上也要有绳线和挽具。

上轭也叫牛鞅子,搭在牛脖子上面。它是用弯曲的木头做的,大约四指多宽,长度应小于两根辕条之间的距离。下面的部分要做得非常光滑,最起码用火烧以后弄平,这样才不至于磨破牛脖子。两端都有窟窿眼,里面穿进皮绳,拴在羊角桩子上。下轭是一块比较细的扁木条,套在犍牛的脖子下面,两端也有窟窿眼,窟窿眼里穿进质量好的皮条,挂在车辕条上。不往车里套牛的时候,下轭一般都在右面的辕条上搭着。往车里套牛的时候,从牛的脖子下面揪过来,松松地拴在左面辕条上。也有的把两面的皮条,用别棍那种形式,跟牛鞅子上面拉下来的两根皮条扣在一起。

布里亚特的轻便马车

叁·雪爬犁运输

雪爬犁也叫雪橇,蒙古语有多种名称("察纳"这个词在史籍中很早就出现了),样子很多。在我国,广泛地用在"鸡头和鸡尾"——兴安岭和阿尔泰山。这些寒冷而多雪的地方,正是雪爬犁驰骋的大好天地。蒙古国的北部和东部也有不少。除蒙古族外,鄂温克、鄂伦春、哈萨克等民族也在使用。

新疆额敏县额玛勒郭楞乡的雪爬犁

大雪封山的时候,汽车和拖拉机都显得无能为力,这时候雪爬犁就显出了它的英雄本色,担当起了运输的任务。它可以载人、拉草、运送粮食和肥料,成为冬季最活跃的救急工具。

雪爬犁的构造比较简单,有点跟小孩玩的冰车相似。它把两根笔直的木头弯回来,让前面上翘,加一些挡板撑起来,后面也像车一样加些横衬。没有车轮,那两根木头直接接触雪地。为了更滑,木头外缘和上翘的地方都加了一层铁瓦。有的两面还有牙厢似的栏杆,后面也有靠背。牧民都用形象的语言称呼雪爬犁上的部件,把翘起的部分叫作"头"或"下巴"(爬犁头),把挨着雪地的那两条木头叫作"蹄子"(爬犁底),把钉上的那层铁瓦叫成"掌"。有的地方没有牙厢,另外绑上一个四方车架子,可以多拉一些草或者轻而体积大的物品。

雪爬犁大的用双马拉,可坐十人,后靠背四人,中间四人,前面两人,抵上一辆小客车,小的也能坐三四人。下雪以后,一般人走路坐车生怕打滑,叫"苦连天"。这种天气,雪爬犁反而来了精神。当晚大雪,雪爬犁第二天就能上路,虽说一开始重一些,随着雪越积越厚,越积越实,马的速度也越来越快。坐车人

蒙古风俗

喝上二两烧酒,把皮大衣一裹,用帽子捂住眼睛,任马拉着雪爬犁在雪地上驰骋,那两道铁瓦等于自带轨道,时速可达每小时十五公里,当地人称为"雪地火车"。马因为有了铁掌,在雪地上走路不打滑,雪地又能减少摩擦力,故能负重而快行。雪爬犁底盘特别低(也可以说没有底盘),不容易翻车,翻了也压不到人。

○ 交通趣点一

蒙古人精于畜道,凡是能拉车的,能驮东西的,抓住就能使用。骆驼、黄牛、牦牛、马、驴、驯鹿、雪鹿,甚至狗都能充当运输工具。如今在一些偏僻的山区、牧场,还能看到各种各样的马车。牦牛除拉车以外,单独驮东西也是一把好手,尤其在高山雪原。蒙古国的查腾没有牛马,六只雪鹿就可以把家当全部驮走。

兽力车发明早,发展慢。据老年人说,日本人退却的时候,在土默川扔下好多报废汽车,当地人就把胶皮轱辘卸下来,安在自己的大车上。从那以后,土默川和后山才有了胶皮轱辘车。二十世纪六七十年代的呼和浩特大街上,还能看到趾高气扬的骆驼车。我听不少地方的老年人讲过,某某寺庙由于建在高山顶上,车马上不去,就把山羊发动起来,每只让它驮两块大砖。前面人用草哄着,后面人用鞭赶着,一次就能把好几百块大砖运上去。若是竖一块功德碑,山羊应该当仁不让。

牦牛也是运输的好手

125

蒙古风俗

○交通趣点二

土匪难破的牛车阵。如果要在土匪强盗出没的地方住店，要把牛车围成一个圆圈，互相连在一起。一般的连法，就是把许多车围成一圈，把一辆车的辕条插进另一辆车的屁股底下。特别的连法是把所有的车围成一圈，辕条一律朝外，车轴和毂辘头互相咬住，只留一个口子。阿音的人们睡觉的时候，都要把牛赶进这个圈子里头，拴在各自车屁股后面的辕条上。有些贵重的东西，也要拿进这个圈子里面。末了用最后一辆车把这个口子堵上，让一个最有力气、睡觉最轻的人睡在这辆车上，其他走阿音的人都睡在各自第一辆车的辕条里面。为了防止突发事件的发生，每一个人要把一面的车牙厢卸下来，放在跟前，把木匠用的斧头放在枕头下面睡觉，必要的时候，这些都成了武器。

○交通趣点三

用你的影像测定骆驼的年龄。我在牧区走得多了，听过好多趣闻轶事。那次在新巴尔虎右旗汗乌拉苏木采访关布的时候，听他讲过一些骆驼的趣闻。他一辈子放养骆驼，现在也有九十多峰骆驼，对骆驼的习性知之甚详。他说骆驼有好多

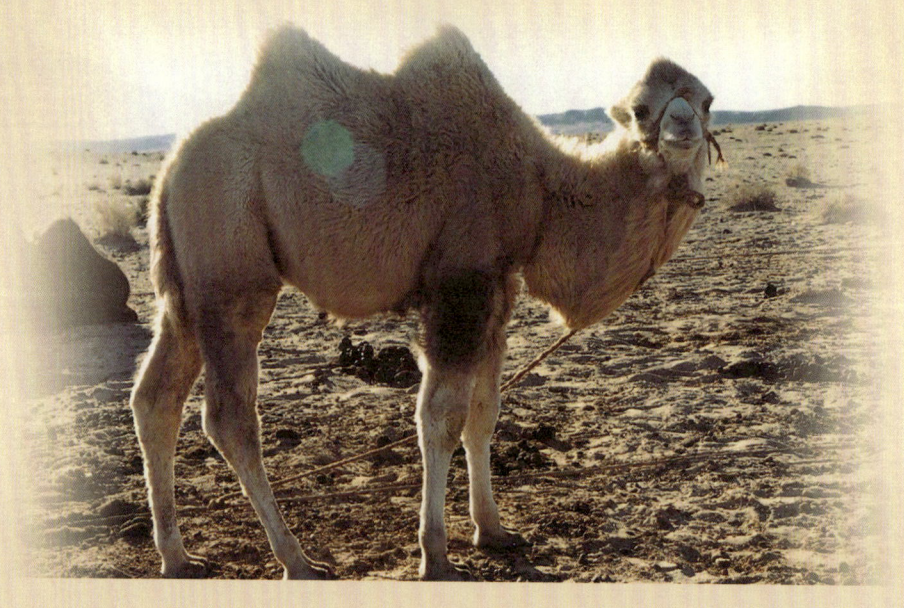

蒙古风俗

地方跟其他牲畜不同。比如骆驼的眼睛跟别的牲畜一样,也是一面镜子,可以在里面照见人影,但是骆驼眼睛里的人影在青、中、老各个年龄段反映得很不相同。

  年轻的骆驼呈现人的影像最清晰,而且是全身像。骆驼到了中年,人的影像就变成了一半,只有上半身,下半身看不到了,成像清晰度也有所下降。到了老年时期,人的影像只剩一个头,而且比较模糊。如果再老一点,人的影像就不出现了。因此,一个买骆驼的人,可以让骆驼卧倒(当然站着也可以,可是你没有那么高的个儿),用你映在骆驼眼睛里的影像测定骆驼的年龄,这样就不会受骗上当。因为在现在的牧区,也有个别哄人的人。当然,你也可以通过骆驼的口齿推断骆驼的年龄,但是这个要有相当多的实践经验,而且有的人无所不能,有的还会在口齿上做手脚,比如把磨豁的牙齿锯平,在毛色上油等等,让你真假难辨。

题记

草原上有一支永恒的牧歌,天地悠悠,千年万载,以至于一种简单的挤奶都成为讲究,十几年走草地的人叫不出某一种牲畜的准确名称。它包容的人与畜、母与子、畜与狼的关系和故事都非常曲折和微妙,构筑了牧业大文化的基座。

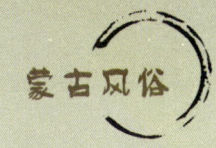

蒙古风俗

畜牧：牧业大文化的基座

壹·永恒的牧歌

蒙古族是游牧民族，精于水草和畜牧之道。由于地域辽阔，太阳照遍内蒙古尚需两个小时，各地自然地理和气候差异很大，牧事活动的季节和规律不尽一致，很难概括一种标准模式，也无所谓哪里典型哪里不典型。笔者在鄂尔多斯生活十八年，乌兰察布达茂旗生活近一年，感性认识较为丰富，四季牧经要从这里念起。

1. 畜群的配备

畜群的配备与草场的宽窄、草质的好坏、居民与牲畜的数量、周边环境和水源余缺都关系极大。呼伦贝尔、锡林郭勒地广人稀，水草丰美，牧人骑马挎杆放牧，羊群多达千头，且个头较大，有一百多斤的羊肉骨碌（去头蹄内脏后的带骨整羊）。

开都河边的牦牛群

129

蒙古风俗

鄂尔多斯一般两百至三百只羊为一群,山羊、绵羊各半,称为"花群"。每只公绵羊配备二十至二十五只母羊,每只公山羊配备二十五至三十只母羊。牛一般五十至六十头为一群。每头公牛配备十至十五头母牛。骆驼二十至四十匹为一群。一匹公马配备十至十五匹母马。牛、马、骆驼称之为大畜,一般要到远处放牧。山绵羊大多"隔羝",公山、绵羊不跟大群。大畜种公畜则必须跟群,能对所在畜群发挥照看、保护、管理的作用,是牧人的一大帮手。尤以公马为最,马群里的马,都是它的顺民,无条件服从,绝不允许跑到别的群里。别家群里的马,它也连踢带咬驱逐出去,不让跑进自己群中。公马实际上就是马群的放牧者。牧人称呼马群,必以公马呼之,如"枣骝公马的马群";统计马匹的数量,也以公马数估之,如"五个公马的马群"。过去官人、富人的马群就是这样统计的。只要公马健在,马匹就不会缺少。牧区以牛、马、骆驼、山羊、绵羊为五畜,是牲畜的正宗。驴、骡在观念上不大重视,数量也少,不入五畜之列。五畜群中除公畜、母畜外,还有相当数量去过势的公畜,可与公畜、母畜和平共处。

莫尔格勒河边的马群

呼伦湖畔的牛群

2. 四季牧经

(1) 从四季游牧到两季倒场

游牧分为大小两种,以前的游牧可以出盟、出旗,以后除了特大灾害,一般都在本旗境内游牧。以前的游牧可以有春、夏、秋、冬四个营盘,以后一般都是冬夏两个营盘。游牧从来都有统一的组织,不能每家每户乱来,过去由旗王爷、仕官决定,某月某日哪些苏木的人家到某个夏营地集中,在家的牲畜都必须按期

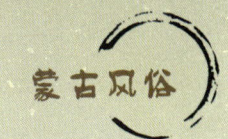

到达，谁也不能提前进入。规定什么时候离开，大家也必须赶上牲畜离开。新中国成立以后，由旗乡干部或社员大会研究决定，也不能擅自行动。这样做的目的，主要是为了统一利用草场。随着工业的发展、农业的开垦、城镇的建立，草场的面积相对减少，大范围的游牧已成历史，便利用草库伦的圈围进行划区轮牧，解决冬季水草缺乏的问题。1983年以来牲畜联产承包，牧民的草场相对划定，哪是谁的草场都有了明确界限，别人的牲畜不能随便进入。草场少的地方，有的牧户把自家的草场全部用铁丝网圈围起来，进行内部轮牧，开始按照自己的计划植树种草，改变生产条件。草场宽阔的地方，一般还有两季倒场，夏季的草场有个简陋的土房或蒙古包，冬季的草场上盖砖房或像样的土房，作为定居点。人们开始用改良畜种等方法提高草场的利用率。

(2) 牧业周期轮回

"四月草初长，牛羊未尽肥。"西蒙地区清明前后乍暖还寒，变幻莫测。也许今天白雪皑皑，河水结冰，不消两天工夫，积雪忽然消失，只有阴坡山沟留存残雪，初得山川脉络清晰，远望变成一抹黛色，屹立在苍黄草地的边缘，上面衬着蓝天朗日，风已吹面不寒。表层消融的浩特周围散发出一股特有的羊粪味儿，羊儿再不吃来年枯草，新草又吃不饱，"草色遥望近却无"，整天疲于奔命，拉出的粪稀而发绿，名曰"跑青"，瘦弱牲畜往往就在这最有希望的前夜死亡。过了谷雨，小畜最先饱青，下羔羊开始断料。除了带犊牛，牛群开始撒野，出牛粪的事情大大减少。"春天的马要给仇人骑"，这时要狠狠地驯化、调教两岁马和三岁马。如果能下一场雨，草原

羊群撒在绿草原上

马上就会变成鸟语花香的绿色世界，戴胜飞来，燕子寻窝。母羊开始挤奶，奶河开始涌流，羊羔单独放牧。立夏以后，羔羊开始断尾、净身，打马鬃、烙火印，小马去势，公马分群，剪毛抓绒，牧忙季节已经到来。吃饱草的大小牲畜陆续发情，繁殖时期逼近。多数牧户要到夏营地搭蒙古包住卜，搭起凉棚圈羊羔。五月过马驹节，五伏浴羊，选择一个中午，左邻右舍一起把小畜赶到淖畔，一家一家地把羊推到淖里浴过，赶到沙丘上晒太阳，据说这样可以治皮肤病。

五六月牲畜开始抓水膘，七八月开始抓油膘。抓水膘就是把牲畜赶到草好的地方，尽量延长放牧时间，让牲畜吃胖。这时绵羊一般已经停止挤奶，山羊、牛还在继续挤奶。抓油膘的方法同抓水膘一样，只是时间不同。夏季的草水分大，牲畜的膘是虚的，所以叫"水膘"。秋季的草带籽质量好，牲畜的膘是实的，所以叫"油膘"。八月小畜配种，九月牧民打草。剪秋毛、擀大毡也是在这一时节。九月初二，乳牛要停止挤奶，放其入群。十月二十几小畜开始入圈，到来年三月二十几才能出圈，这段时间是牧区最冷的季节，大雪茫茫，抗灾保畜、接羔保育主要在这个季节。因为待的时间长，圈里粪层积得很厚，一般要一月踩一次羊圈。大小雪中间还要卧羊杀牛冬储肉。牧区的配种季节是秋天，收获季节是夏天。习惯上把6月30日作为牧业年度，用以统计牲畜。因为冬春牲畜损失较大，极不稳定。

(3) 四季牧地的选择

春季风大，选择背风的地方。夏季蚊虫多，选择地势高的地方。有的地方有醉马草，牛马羊吃了都会中毒，轻者关节有黄水，发抖不能走路，重者死亡。这种草天越旱长得越旺，蔓延侵占了草场。牲畜没有草吃，容易饮鸩止渴，一定要跟群放牧，阻止它们采食。大热天的时候，饮马要特别小心。因为这时马渴得厉害，大群冲向水源，会把马驹挤死。秋水如兽药，选择河边淖畔放牧。因为秋草籽多面大，水分少，牲畜必须通过大量饮水补充水分。有的地方要赶着牲畜顶风放牧。夜里要看管牲畜，不让出场吃草。骆驼要赶到戈壁滩和有碱的地方轮流放牧。白露前马群要赶到戈壁滩放牧。冬天选择向阳山谷，同时水源也要丰富。大冷天不要用冷水饮牲畜。下霜以后，一定要等到太阳出来晒化了再出群，否则怕母马、母牛流产。

(4) 五畜怀胎产仔日期

母马阴历四、五、六月发情，即立夏吃饱后有了气力以后发情，这时公马交配容易怀胎。马怀十个月产驹，如今年四月怀胎，正好第二年二月产驹。

蒙古风俗

母牛六、七、八月发情。因为牛嘴笨,吃饱的时间晚,发情也晚。牛怀胎十个月,今年六、七、八月发情,来年四、五、六月下犊。

五畜中骆驼是比较怪的动物,放牧时不太合群,爱单独觅食,顶多三五峰在一起。公驼数九以后开始口吐白沫发情,到五九(十一月、十二月)最冷时进入高潮。公驼身上太热,天冷以后热量全部聚集到睾丸中,引起小便淋漓。公驼用尾巴将自己的尿蘸上,频频甩到后驼峰后面,同时,热量还从皮肤毛孔中渗出来,在脑后分泌出一种骚臭难闻的东西(驼倌偶尔沾在鞭杆上一点儿,几天以后都有味)。公驼嘴里冒出白沫,一月之内不吃不喝,专寻母驼交配,有时甚至追人。人如看见它追来,不可慌张,将衣服脱下一件扔给它,它就会踩卧其上,人就可以逃脱。这时的公驼是群里最高大、最雄壮的头驼,一月以后身体垮下来,变成一个两岁驼羔那么大的东西,孤零零单独到一个地方吃草去了,到来年秋冬才能彻底恢复体力。母驼怀胎整整十二个月,今年十二月、一月怀胎,来年一月、二月下羔。

公绵羊膘好,四至十一月间均可发情,绵羊怀胎六个月,因此理论上一羊一年可产两羔。只是母瘦儿单,体力不支。过去大游牧时,遇上风调雨顺,绵羊清明下羔。

在戈壁地区养畜,饮水就是大问题

刚出生的羊羔双膝跪地吃奶

阴历九十月和公羊混在一起,开始怀胎,这样生下的羊羔称为"春羔"。如今都是八九月公母混群,来年一二月下羔,称为"冬羔"。冬羔体大、健壮,抗病力也强,但是必须草料充足,有暖圈羔棚。春羔生于春季,天已暖和,体力、体重都不如冬羔,但是省草省料,没有暖棚也行,过去粗放的畜牧业多采用此法。

公山羊膘好,三至十一月均可发情。以前大游牧时,交配时间比现在晚二十天到一个月,即阴历十月、十一月公母合群,山羊怀胎五月,第二年三四月下羔。现在都接冬羔,七八月公母合群,当年十二月或来年一月就可下羔。

公羊与母羊合群时,为了让它跑得快,要提前几天吊控好。为了在清明前后集中产羔,在上年十一二月就把公羊从大群中隔出,单独立群放牧。如今包畜到户,单独集中不容易,就在公羊肚底吊一块"避孕片",也可以解决问题。

(5) 五畜挤奶的方法

牛、马、骆驼、羊其实都能挤奶,现在人们说挤奶,多指挤牛奶和羊奶。这是因为牛羊是大宗牲畜,又比较老实,自然挤得普遍。但马和骆驼也一样能挤奶,挤惯了都按时自动归来。阿拉善都挤驼奶,锡林郭勒都挤马奶。别处的这两种牲畜,则不大挤奶。别说这两种,有的地方连牛羊都不挤了。年轻人出外做事顾不上,雇的帮工多是汉人、男子,多半不会挤奶,也懒得挤奶。

蒙古人挤奶的样式五花八门,有的从里首挤,有的从外首挤,有的从后面挤。而且有时把外首叫作正面,不熟悉人家生活的人,很容

挤牦牛奶跟黄牛一样,不过它性野,一般需要绊腿

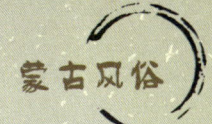

蒙古风俗

易搞错。有的画家没去过牧区，或去过不注意观察，往往把方位画错。

牛到五六月才能饱青，开始挤奶，一般早晚各一次。每户门西的草滩，常能看到一条条就地钉着的长毛绳，这就是练绳。练绳上不远不近拴些短绳，这便是牛缰。牛犊一生下来，就要在它脖上拴个项链似的东西，这就是襻儿。同时为了挤奶，就把它跟母亲"隔离"起来。小时用襻儿拴在练绳的牛缰上，大一点会吃草时另放，不能与其母见面。母牛回来一头，便用牛缰拴住一头。牛犊拴在另一边或圈起来，任其呼儿唤母，就是不理。要挤奶时，却要把牛犊牵来，从外首（即右侧）放到牛肚底，吃得奶来精以后，就揪着襻儿生生地拉开，女人们坐到乳房下面挤奶。一个膝盖顶住地面，上面放上奶桶，另一只腿蹲着，两只手各抓一只奶头，交替往下捋奶。挤完两个奶头以后，再让牛犊吃另两个奶头，吃到来精以后又拉开。这样四个奶头挤一遍以后，剩下的奶就是牛犊的了，便把牛犊放开，让它们母子团圆，开始挤第二头母牛的奶……如此挤完所有母牛的奶以后，让牛犊自己撒一阵欢，就把它们再隔离开来。第二天早上挤第二次奶，重复前一天晚上的顺序。牛多的人家，启明星上来就开始挤奶，到出牧之前才能挤完。女人、小孩子进进出出，正是牧忙季节。大牛走远以后，再把牛犊放出来，赶到附近草场放牧，晚上赶在大牛之前把它们再拴起来，接着又开始重复头一天的劳动。秋来草枯奶减，白天牛犊便跟着母牛到较远的草场吃草，晚上回来分别拴圈，第二天早上只挤一次奶，这样一直能挤到秋末冬初乳牛奶干的时候。有的空怀乳牛或晚胎乳牛，一冬天照样挤奶。两岁牛犊单独放牧比较困难，跟上大群它又偷吃奶吃得不行，牧人就想了个办法，让它只能吃草不能吃奶——头上戴个禁奶权，嘴巴戴块刺猬皮，或者鼻子里穿个薄铁片。这些东西都是带尖带刺的玩意儿，一抬头吃奶便扎乳

普天下的蒙古人都是这样挤奶

奶桶

135

房，母牛不让它吃，低头吃草时，草却能将它们自动顶起来，所以并不碍事。多会儿回家主人把奶挤得差不多了，才把那些东西取掉，让两岁牛犊吃些残羹剩汁。这种空怀乳牛，夏天也能早晚挤两次奶。

挤马奶的时候，一般站在母马的左面。马奶一天能挤七八次，甚至更多。把马驹拴在绳子上，绊在母马跟前，一两个小时以后母马每次奶精的时候，就把马驹拉到母马跟前，开始挤马奶。挤马奶的活计仍由妇女来干，不过拉马驹的活计总要有个人当帮手，和挤牛奶一样。

在阿拉善，一般由一个人把母驼牵着或拴住，挤奶人从母驼的左边（里首）接近乳房，左腿站着，右腿屈起来，把奶桶放在右腿上，用肩头靠着母驼来挤奶。据说还有把奶桶系上带子挂在脖子上，双腿站着挤奶的。生头一胎的母驼不习惯挤奶，先在杆子上绑个棉花疙瘩，每天用它摩擦母驼的乳房，过些时候便习惯了，

挤马奶的方法跟牛差不多，不过牛在右边，马在左边

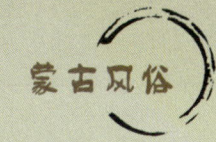

蒙古风俗

练羊挤奶

自动站下让人挤奶。

　　山绵羊挤奶的时候,蒙古人的习惯是从后面挤。挤奶的习惯各家不同,一般在午后或中午挤,也有晚上挤的。一般一天挤一次。把母羊赶到一个固定的地方,把一条长长的粗毛绳打个活结,把它们头对头地交错拴起来,从一边开始挤奶。一练能拴五六十只奶羊,牲畜多的人家能练四五练。挤时要用清水把乳头洗净,弄软了就可以开始挤奶,不用羔子吃。如果奶来的不冲,就用一只手使劲抓着奶盘,另一只手把乳房拍打几下,说道"哈斯哈斯",奶子就会来精。挤惯奶的母羊,到时候就会自动走到那个地方站下来,只要主人喊一声"好来宝,好来宝",它们就会自动交错地排起队来。挤完以后,三绕两绕绳子已经解开。全部挤过以后,就把羊羔解放出来,让它们和大羊混在一起。有的地方可以让羊羔跟群,但用羊粪糊糊把一只乳房糊起来,羊羔就只能吃一个乳房的奶。晚上回来以后,

用清水把奶头洗净，这个乳房的奶挤下来人吃。

羊羔和牛犊不一样，一般脖上不系襻儿，要么圈着，要么单独由人放牧。只有每天挤完奶后，才让它们母子团聚，喂奶或共同吃草。羊羔除单独放牧外，还可以跟邻居的羊羔换群，让邻居的羊羔来这边的母羊群里，这边的羊羔到邻居的母羊群里，挤过奶以后再过来。这种换惯群的绵羊，只要看到对方的羊群，便咩咩地呼唤着找自己的羔子。对方的母羊也向这边要羊羔，双方的羊羔便各自跑向自己的羊群。晚上要与母羊隔开另圈，早晨赶到邻家的群里。这种办法可以节省劳力，却为个别爱偷吃的羊羔打开了方便之门。

3. 畜群的管理

(1) 牧人——畜牧专家

罗卜桑悫丹曾经说过，蒙古人没别的本事，唯对养牧牲畜最为擅长。对于草原上的牧民，这种概括是精确的。他们世世代代在高天大地上游牧，与牲畜朝夕相处，对它们的放牧、饲养、管理、疾病防治和草场气候的观察利用，都积累了丰富的经验。一个老牧民的畜牧知识，不比一个农牧学院毕业的大学生差多少。我学了三十年蒙古语，关于牲畜的词汇还没有学完，有的虽然知道意思，但是在实际生活中对不上号。比如关于马的毛色和步态，我在实践中能辨别出来的，还是有限的几种。五种牲畜的性别、年龄（口齿）、毛色、步态，只要其中一项一变，就有一个专用名词。一岁马是一个叫法，两岁马是一个叫法；公的是一种叫法，母的又是一种叫法，绝不像汉语那样，几岁后面加上牲畜的通称就可以叫出来。世界上恐怕再无一个民族，对牲畜的种种事体能有这么丰富的语言。牧民不会堆砌辞藻，这种种叫法给人的感觉就是直观、形象、简捷，它来自于对象的丰富性、牧民观察的细致性和管理上的实用性。他们对牲畜的了解和辨认能力也是惊人的。一群四五百只一样的卷毛白头改良羊，他们竟能一一辨认出来，和邻家混了群也能找出来。走进畜群中观察一番，就能说出这群牲畜起初放牧得怎么样，后来又放牧得怎么样，如同自己亲自看管过的一样。每头牲畜的品种如何，有无疾病，如何治疗都知道得一清二楚。牧民观察一天的天气，就能预测出未来三天的气候如何。根据冬天的气候，就能推断春夏的气候、雨水如何。看一眼牲畜的草场，就能说出这个地方什么季节适合放牧哪种牲畜。他们不仅能从外部相貌上辨别牲畜，甚至能从蹄印上认出牲畜来。偷杀牧民牲畜的人，往往逃不脱牧人的打踪。

辨识驼踪，是驼乡牧人从长期实践中掌握的一门特殊技术。会认驼踪的人，

蒙古风俗

不但认识自家每一峰骆驼的驼踪，还能清楚地辨识附近其他骆驼的驼踪。如果人们认错骆驼引起纠纷的话，找一位老牧人辨析一下驼踪就能把问题解决。戈壁草原广袤无垠，每平方公里不足一人，不认识驼踪，天南海北乱找咋能找到！我们看骆驼的蹄子都差不多，实际上这里面大有学问，原来蹄子的形状、叉开的角度、踩地的深浅、运步的方法都不一致。这样综合起来，没有相同的两个驼踪，就像没有相同的两片树叶一样。蹄子有拢蹄子和散蹄子，有圆形、方形、方长形、脚踵宽窄多种形状。叉子（两蹄牙瓣间的缝隙）有深叉子、浅叉子、宽而敞的叉子、浅而敞的叉子、深而宽拢的叉子、深而宽敞的叉子、浅而宽拢的叉子、浅而宽敞的叉子。有的骆驼四只驼掌和叉子全一样，有的又不一样。种种差异，务须细审。其运步，有的走起来正直，有的走起来歪斜，有的举步拖拉，有的举步利索……牧人就是靠这种种特点和长期的实践经验来辨别每峰骆驼的。

(2) 讲究卫生

牧民很注意牲畜的清洁和环境卫生。凡是牲畜的草场，都不能乱扔人与牲畜的尸体。井、泉、河、湖各种牲畜的水源处，不直接在里面洗脏旧衣服，有自然淹死的老鼠和麻雀也要捞出来，尤其不能把牲畜的尸体和秽物丢进水里。牲畜可以在水里撒尿，人却不能把尿撒进水里。搭盖棚圈要选择环境，通风向阳，离灰堆和解手的地方要远。四季的营盘都有不同的要求。冬营盘要背风暖和，夏营盘要高而清爽。棚圈周围严格禁止大小便，也不能把污秽之物扔进圈里。还忌讳别家的人随便进入棚圈。

接羔的时候，要让小羔卧在干燥温暖的地方。给羔

套马

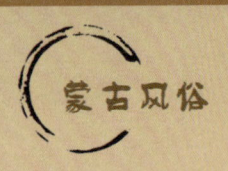

子喂料和配奶的时候，要注意用具的清洁。饲料也要新鲜干净，不能有霉的、坏的。春天的弱畜要喂精饲料、饮干净水。一年四季都要追逐水清草鲜的地方放牧。要时刻查看牛犊、山绵羊，如果身上起了草鳖、虮虱，要及时清除干净。绵羊羔夏天拉稀，屁股上结了屎疙瘩要及时剪掉。

(3) 防治疾病

一个牧民半个兽医，牧民给牲畜防病治病，积累了一整套经验。在防病方面，如春秋的灌药，夏秋冬季对牲畜的吊控，也是一种防病的好办法。像牲畜的骨折、外伤、流产、牛把驴子的肠子顶出来、母牛子宫脱出、痢疾等，都能自己疗治。不少牧民还学会了开颅和输液。有一种脑囊虫病，牲畜得了不会吃草，光知道打圈圈打旋子，牧民能把头颅敲开，清除囊虫，缝合以后，让其长好，恢复如初。还有一些土办法也很有效，不知是何道理。比如，小畜夏天青草吃得太多胀肚，牧民就抓着它的尾巴，跟在后面让它好好跑一趟，胀肚的毛病就能消除。牲畜产了仔胎盘下不来，就在胎盘上坠块胯骨，胎盘便能下来。山绵羊如果落了腰子（肾脏掉下来），牧民就在地上画个圆圈，把羊放在圆圈里，四蹄朝上，脖子后仰，抓着它的四肢，左右来回滚动，口中念念有词：

夹在脂肪中，
吊在里脊上。
圆圆的腰子在左边，
弯弯的腰子在右边，
额穆道穆，额穆道穆。
回到脂肪中去，
贴在里脊上。
圆圆的腰子在左边，
弯弯的腰子在右边，
额穆道穆，额穆道穆，
用带子把肚子捆起来放开。

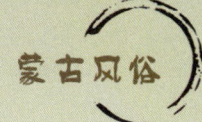

用带子把肚子捆起来放开,过几天腰子真的又长在脊梁上了。

贰⊙牧事时节

1. 断羊尾

断羊尾所用工具很简单,铁铲、夹板、破烂小凳各一,一瓶酒精。干这儿活得两人,一人把羊羔提来,使臀部落在烂板凳上,腹略提起,一人将铁铲烧红,用夹板将尾巴夹住,一股烟,羊的尾巴便烫了下来,再用棉花蘸上酒精涂在断尾上放脱,四五天即可痊愈。

要断尾的全是改良绵羊羔,尾巴特长。如果跑肚拉稀,沾在尾巴上,日久天长就会结成大疙瘩,拖都拖不动。如系雌性,还会把尾巴尿湿,让苍蝇下蛆,故多要断尾。断尾时要选择晴朗无风的好天,太迟太早都不行,太早了会冻,太迟了苍蝇会下蛆,一般在立夏前举行。断下的羊尾很肥美,牧民一般不吃。

2. 灌羊

灌羊和断尾时节差不多,每家每户每只羊都灌。那天从巴图斯仁家开始,周围的四户一次灌完。兽医把驱虫药配好以后,装在桶里,置于羊圈墙头。一人骑墙而坐,用一大小固定的器皿将药水装入瓶里,递给每一个灌羊人。灌羊人骑在羊身上,右手执瓶,左手将羊嘴扳开,配合右手将羊脖仰而灌之。为了避免漏灌重灌,一般可用两法。

给羊打抹子。抹子不同于永久性的耳记,一般只打在皮毛的表面,为了临时辨认方便

其一是一人守在圈口，灌一只放出一只，巴图斯仁家采用的就是此法。其二是把稀牛粪抹在灌过羊的身上，以此为标志，俗曰"打抹子"，其余三家皆采用此法。灌时大家全来，男男女女，颇为热闹。他们互相往对方身上抹牛粪，戏称"打抹子"。

3. 打鬃与套马竞技

一年一度的打鬃骟蛋在牧区是个很有意思、很热闹的营生，好像过节一样。小户人家几家合作，大户人家以自家为主，预先把附近的人们约好，做好一系列的准备工作。届时牧人都好马盛装，陆续赶来。主人杀羊摆席，广备酒菜。客人来了，先简单吃喝一顿，开始打鬃。好几百匹马已经赶来，一片彩云般聚拢在宽阔平整的草滩上。马倌们骑马拖杆，在外围不时发出"嗨咴"的呐喊，防止马群溜掉。牛皮风箱已经生起火来，各种火印已准备齐全。根据来人的气力和擅长，很快分成套马手、戴笼头者、揪尾巴者、剪鬃者、运送火印者、压按马者、收拢马群者好几摊。最精彩的当数套马一节，套马人是这出戏的主演，规矩也很多。主人家即使有好几名好马倌，也不能先下手套马。他们把几匹能做杆子的好马套来，送给没有骑马来的客人，指给几匹不太难套也不太好套的空怀骒马，让他们和各路高手首先大显身手。只见一位套手飞马而出，率先将一匹马追出群来。眼看越来越近，嗖地纵身一跃，从鞍座跳到马背，背靠前鞍鞒，贴着马鬃把套杆伸展，将套索啪一下甩出去。围观的人尚在惊讶："不是有点早吧？杆梢离马还有四五尺呢！"只听马镫飞起来磕

草原上的驯马手

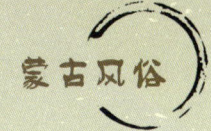

得鞍后当啷一声，再看他已经把那匹马套在手里，稳稳地后坐于鞍鞒上揪着。两边的姑娘、媳妇早已跑上去，争抢着给套住的那匹马戴起笼头来。套马人春风得意，把手中套杆从马上交给旁边的年轻人："就是这种套法，试一试吧！"戴笼头也是一技，你莫小看这帮女流，离马头还有一二尺，一弯腰就把笼头扔到马头上，不偏不倚，实属不易。更有甚者，竟能赶在套马手甩开套索之前，抢先一步把笼头扔在马头上，羞得那大老爷儿们无地自容。打鬃场上，这种有趣的插曲很多。套马人将套住的空怀骒马交给剪鬃人，便拿上套杆又出发了。几个人揪耳朵的工夫，有人便拿着剪刀跑上来，把马鬃齐齐剪了。剪鬃不能齐根子全剪掉，一般要留下一寸多长，额头和迎鞍的鬃也不剪，尾巴从中间剪两三绺就行了，不能全剪，这样显得英俊潇洒。公马的鬃尾一剪子也不能剪。群里的公马一眼就能认出来，高大威风，长鬃拖地，宛如一头雄狮。遇到狼以后，马鬃能全部竖起，四蹄叩击大地发出火星，狼要吃不了公马，就休想破得马阵，因此公马从不打鬃。但是公马最后要套一回，所谓真正"看好汉的本事"，因为公马最为桀骜不驯，套住很费力气，套住也揪不回来，只能跟在后面被动地直跑。于是一帮围观者便故意激将："揪，揪！它额上有玉点儿没有？揪过来看一看嘛！"这一次的剪马鬃便告结束，晚上才大吃大喝。

　　写到这里，笔锋还得闪回上午，大家争套一阵以后，人马都有点乏困，看看已到中午，喝茶吃炒米，小憩一番，也可以多少喝点白酒解乏。这时只听有人喊道："火印快烧化了，咋还没动静！"这是说给套马手听的，于是就答："扎，与其找铁匠，不如套达嘎！"达嘎就是两岁马，马到两岁打鬃烙火印。套马手将达嘎套住，未等完全揪得掉过头来，早有人蹿上去将其尾巴拽住，趁

骑马的勇士

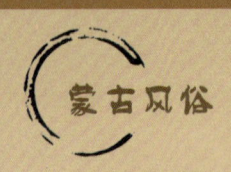

它迈步的闪劲把它摔倒。没等它爬起来,那人已经赶上来,将那上面的一条腿顺势抓起来,把尾巴从胯下、肷窝揪上来,一屁股坐在它身上,拿剪刀的人便飞跑过来剪了鬃,烙火印的烙了火印。

烙火印与做耳记在蒙古人的游牧生活中,也是一桩大事,这是为了方便辨认牲畜而做上的标记。一般牛羊用耳记,驼马用火印,也有羊角上、牛身上打火印的。火印多打在胯上或屁股蛋上。蒙古人的火印各式各样(实际上就是一种烙铁),耳记也五花八门,有的书上专门有图谱。两家的火印相近,用位置不同和大小不同区分。火印多在春末夏初,牲畜两三岁时打,因为这时牲畜吃饱青褪毛,能烙清楚。骆驼的火印也可打在左脸上,右脸上不能打。牛打在角上,秃牛打在胯上。马除了胯上打火印,脸上、耳上不能有任何标志,以保持完整之美。

4. 净身与"骟后"工作

骟马蛋和打马鬃、烙火印往往一起举行。骟牛羊多在夏历四月进行。有的地方骟羊蛋规定在四月十一日或四月十九日。骟骆驼在三九天最冷的时候,与众不同。春末夏初,大地解冻,蚊蝇尚未繁殖,这时阉割牲畜最好。羊当年,牛两岁,马四岁,驼五岁,在牲畜生殖器官未发育成熟前举行。

阉割牲畜是件正经严肃的事情,要举行隆重的仪式,选择一个良辰吉日举行。羊羔的去势比较简单,一般牧民都会操作。大畜的去势可得有点技术,要求利索,手轻,这样骟出的马才会"走",跑得快,体力好。所以有些地方,去势成了专门职业,年年就他们几个人做这项工作,大家轮流请去帮忙。

到了这天,在离家不远的绿草滩上,铺下一条白毡,请去势者坐在正面,主人给献上哈达,表达敬意。跟前放一只干净的桶,桶底撒几颗粮食,上面倒些酸奶,桶口上缠一圈白绒或放一条哈达。这只桶是放睾丸用的。白哈达象征吉祥,桶底撒粮食表示牲畜繁殖无穷。去势前女主人首先从牛犊、羊羔、马驹中选一头体格高大、长相奇伟、活泼伶俐的仔畜,拿它开刀。这个仔畜称为"长仔",少不了要祝颂一番:

> 骑上以后是主人的友伴,
> 拴在门外是牧户的装点,
> 放到草滩是故乡的风水,
> 写进史书是光辉的诗篇。

蒙古风俗

列祖列宗的规矩，
都有去势一关，
成吉思汗的八骏宝马，
也要把这公事办完。
在这骟马喜宴上，
向诸位亲朋好友，
献上神圣祝福，
马上开始割阉。
大家一齐动手，
拿来绳索夹板，
七手八脚压倒，
用刀和烙铁骟蛋。

这是马刷子，用桦木、竹片、兽角、鹈鹕的长喙做成，反映了蒙古人对马的感情

后面的牲畜，也要抹画一番——去势，最后要留一只身高体大的仔畜作为"老仔"给予去势。羊羔割蛋以后，用手把阴囊捏回去就行了。乌热（三四岁公马）割蛋以后，要用夹板将阴囊夹住，用烙铁烫一下止血。

对牲畜睾丸的处理，各地都很重视，表现的形式却不一样。有的地方要拣净上面的毛，同米饭一起煮食，将德额吉献了天地，其余的全家分食。仔畜的睾丸是仔福，如果拿到外面，仔福就会外流，所以必须在家里吃，不能拿到外面。有的地方却"你有我有全都有"，吃睾丸要请人、喝酒，有福大家共享。有的就在野外烤熟吃。乌珠穆沁不吃马蛋，放在盛有少量奶子的小桶里，在野外骟的扔到野外，在浩特跟前骟的放到高山顶上。有的地方，在阉割的牲畜爬起来时，就从肚底下扔掉了。

牲畜去势以后，要做好骟后工作，骟了的乌热要牵上遛遛，不要让它马上卧下，以防淤血。七日内注意水草，不可久站久卧，当年不要使役过重。七日后马热了，要骑

上让它出出汗。出汗后怕风,背上要用毡子、袍子盖上。牲畜去势以后,有的地方三日之内忌讳动土,据说动土以后牲畜的伤口好得慢。骟蛋刀子用白绒缠刃,放在干净地方,骟完后夹在门头的乌尼里,三日之内不能触动。万一伤口发炎肿疼,在碓子里放一块烧红的石头,上面浇上水,用散出的热气熏蒸伤口,就会很快愈合。牛、驼的骟后护理跟马差不多。小畜很朴实,一般没事,恢复很快。去势的人不能空手出门,要给砖茶、缎面和瓶酒作为礼物,也有送银元或羊羔的,名曰"净手"。如果不给去势者净手,牲畜的伤口不容易好。

阉割的目的是为了优化牲畜的品种,使母畜产仔有个固定时节,维护群畜的"安定团结"。去势的役畜性情变温和,能全身心投入劳作。古人就曾记云:"牡者四齿则扇(骟),故阔壮而有力,柔顺而无性,能风寒而久岁月,不扇(骟)则反之,且易嘶骇,不可设伏。"除了择优留下种公畜外,牧区的公畜一律去势。野兽没有这一说,发情角斗激烈,颇有损失,羚羊的例子最惨。公野猪怕小公猪后来居上,就用獠牙把它们全阉割了,以保持其霸主地位。

5. 分群与公马"上任"

五畜中马是一种奇怪的动物,蒙古人呼为"义畜"。小母马长到发情期,它们的爸爸——老儿马要从群中把它们咬出来,一天也不要。马不欺母,马也不欺女。牧人因势利导,每年要把三四岁的小母马从原群中隔出来,另立新群。三四岁的小儿马统统骟掉,只留一匹做新群未来的领袖,别的牲畜没有这一现象。

这一工作在四月立夏马吃饱青快发情时进行,与打鬃骟蛋同时。建立新群是牧业经济生活中的一件大事,要聚集好多人加以庆贺祝福。由主人或老马倌用香

杭盖草原风貌

蒙古风俗

柏进行烟祭，泼洒奶酒，向玉皇、圣主祈福，把那匹留作种公马的小儿马牵来（这是品种、体格、耐力都经过严格挑选的马王），把它的马粪蛋撒到房顶上。一位长者手端一盘鲜奶朝北站下，把鲜奶抹在小儿马的口鼻、额头、马鬃等地方，让它口含一块黄油，唱诗般地祝颂道：

出牧时仔细观察，
从它的鬃毛上，
腾起一抹祥云；
从它的脊梁上，
升起一道彩虹。
它一撒欢跑跳，
仿佛万马奔腾；
它一昂首嘶鸣，
仿佛万马的回声。
这匹良骏宝驹，
年高德馨的牧马人，
流连徘徊，
再三度审，
脑袋像异宝，
额头如奇珍，
灵敏的耳朵，
尖锐的眼睛，
宽阔的前胸，
张大的鼻孔，
强健的后胯，
颀长的腰身，
漂亮的迎鞍，
稠密的脖鬃，
尾巴修长，

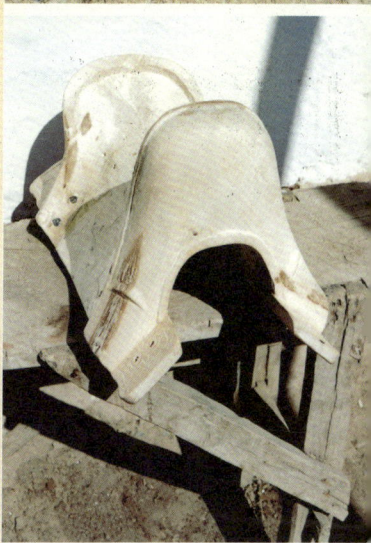

这是做马鞍的全部工具

147

毛儿起旋,
小腿粗壮,
盘骨强健,
腹儿收,
肚儿扁,
肩胛宽,
蹄子圆,
牙齿好,
上颚健。
在吉祥的那个日子,
把这匹英俊的宝马,
品种看过,
血统细查,
从母亲起上数三代,
对本身严加考查。

成吉思汗陵大祭时洒奶祭天的情形

新疆阿尔泰人擀毡子

擀毡子的第一道工序，是往母毡上絮毛

蒙古风俗

根据自身的条件，
占卜的启发，
不用上手去势，
不用使刀阉割，
让这宝贵完整之躯，
躲过皮肉之苦，
成为千群之首，
万群之冠，
马中之王。
领群的大公马，
作为马群的风景，
合进新隔出的群里，
提起牡马之任，
聚拢大小母马，
吃鲜嫩的草，
喝清澈的水，
热天在寸草滩，
冷季在向阳地，
敢跟恶狼搏斗，
呵护幼小马驹，
保卫自己的马群，
年年百母百仔。
愿你的后代，
从一千到一万，
从一万到一亿，
多得用沙坨子来量，
数也数不完毕，
而后才把新儿马放入新群。

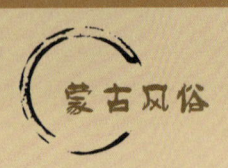

6. 马奶会洒奶祭天

马奶会一般都在迁到夏营盘以后逢虎日举行。蒙古人认为酸马奶和奶酒是有生命的曲种,会"发怒"和"高兴",选择虎日,取其虎虎有生气、吉祥又如意的意思。左邻右舍的人们接到邀请,便白马白衫,带着洁白的奶食,来到主人家的马驹练绳跟前,一起下马落座到白毡上,将带来的奶食摆在桌上。主人首先把那匹最先生的马驹捉住,拴在练绳上。这时就有最老的人站起来,把黄油抹在那匹马驹的额头上,拉长声调祝赞一番。而后客人们纷纷出动,帮着主人把所有的马驹逮住,统统拴在练绳上,男主人便开始挤马奶。挤完马奶以后,由两个人抬着奶桶,男主人拿把木头勺子,从桶里舀上奶,一勺一勺向苍天大地祭洒,口里小声祈祷着吉祥的事情。客人们骑上各自的坐骑,绕着练绳或蒙古包顺时针转三圈,而后陆续进家,先尝一下马奶酒,说一通吉利话,接着稳稳地坐了,主客共同喝茶饮酒,唱歌吃肉,至晚方散。

马奶节的形成,可能与蒙古人敬天的习俗有关。"凡饮酒先酹之,其俗最敬天地。每事必称天。"鄂尔多斯每年农历三月二十一日举行的成吉思汗大祭,就是用马奶酒祭天的,其礼节更为隆重,跟马奶节是一个道理。

7. 跑马擀大毡

擀毡子多用秋毛,因为秋毛硬实,有骨力,毛粗,有油性,结实耐磨。选择有水的地方,无风的天气,左邻右舍大聚会。先用弹毛棍或弓把羊毛抽蓬松,絮在一块大毡上,洒上水,再卷起来捆好。面对面两排人坐下,你滚过来我滚过去,

新疆阿尔泰人擀毡子就像游戏,口里唱着歌

蒙古风俗

什么时候里面的毡子变硬，便把捆绳解开，把新毡取出来，这是一种手工操作。还有的用一根五六米长的圆木横杆，以其为轴，把絮好的湿羊毛卷起来，用绳捆上。横杆两端各有铁环一对，套上两匹好马，众人从后面一驱赶，四马就像拉碌碡似的拽着横杆跑起来，杆上缠的毡坯越卷越紧。外面的捆绳渐渐松弛下来，再勒住马重捆一次，拉上再跑，奔驰十来里以后，毡坯就被擀碾结实，变成了一方新毡。头块新毡擀好，白发长者要用鲜奶、白米饭将其祝福一番。各地毡子祝词很多，《蒙古祝赞词》一书辑录十二篇，其中尚有二人问答式的《毡子祝祠》。现将哲里木的摘译如下：

进入秋天，母牛停止挤奶，牛犊开始跟群

　　在那凉爽的高原，
　　在那美丽的夏营地，
　　把那蓬松的绒毛剪得整整齐齐；
　　把那松软的绒毛，
　　洗得清清利利，
　　像棉花似的絮好，
　　像白云似的铺开，
　　用韧带缠了一圈，
　　用绵带捆了一匝，
　　用象骨碌子碌压，
　　用檀木棍子抽打，
　　用野牛来拖，

151

蒙古风俗

用生儿马来拉,
让巧媳妇修,
让壮汉子压,
用雨水来喷,
用快马来拉,
用圣水来喷,
用宝驹来拉。
从旁一望方方正正,
从远一望白白净净,
白得像雪,
美得浑然一体,
硬得像骨,
好不留痕迹,
碰不坏如钢铁,
磨不烂如宝贝,
朽不了如珍珠,
沤不坏如青玉……

8. 母牛归群祭

时近秋分，天气变凉，百草枯黄。为了大牛保膘，小犊健壮，乳牛要停止挤奶，让它与小牛团聚，放归大群。鄂尔多斯的这个日子，选在秋末月初二，捣过

蒙古风俗

最后一坛酸奶，将白油撇出，以备抹画乳牛使用。这天到了中午，家中长者来到神台前，将白油米饭投入火中祭火，诵念《老寿星赞》，向苍天、乳牛和牛犊抹画祝福一番：

> 在开始天凉以前，
> 末月初二的日子，
> 收拾挤奶的摊场，
> 把乳牛作过统计，
> 捣了最后一坛酸奶，
> 把你们母子放还群里，
> 愿你们去那广阔的草场，
> 背风的营地，
> 继续自由采食，
> 安然度过冬季……

抹画一头放一头，当全部放开以后，要把黄米饭高高举起，望着牛群远去的背影，边旋转边祝福：

> 祝来年的奶食，
> 比今年更丰富。

跑马毡毯

愿食物的精华,
奶水的福祚。
永留在这家这户,
呼瑞呼瑞呼瑞。

9. 放神畜敬天地

蒙古地区放神畜的习俗非常普遍,有的与祭敖包合在一起进行,有的单独进行。来源可能与藏传佛教有关,叫"色特日",有人考证也是从藏文转写的,意思是将牲畜放生,使其善终天年、逃离宰杀。这是献给天地的"活牲",所以要称为神牛、神羊,不能称为牲牛、牲羊,跟汉族领牲以后又杀掉人吃的习俗有别。

给牲畜色特日是出于一种人类的善举,目的是博得神的欢心,反过来再降福人类自身。放神畜以前,首先要准备一种叫"赫勃"的彩绸带。宽约一掌,用白绵羊毛捻线做成襻儿,用蓝、黄、白、红、绿五色布或绸缎纳成,分别代表蓝天、金日、白云、红尘、绿地,顺序不能颠倒。

放神畜时要请喇嘛看日子,在赫勃上印字,念经请神,所以一定要亲自到场。喇嘛开始坐在西北面念经的时候,毡门便撩在蒙古包上。主人把要放神的牲畜牵过来,把缰绳的一头拿进家里。喇嘛口中念念有词,在牲畜额头抹一点黄油,把赫勃拴在左肩胛上。通常色特日的都是好牲畜,哪头高大健壮口齿小给哪头,主人心爱的神才心爱。缰绳必须用白色的,牛、驼用白鼻拘,马用白缰,羊用白绳子。有的地方神畜的蹄角、膝盖、鼻梁、关节都要抹画到,用香烟熏一熏。赫勃有的地方穿在牛和骆驼的左耳上、马脖鬃的里首。

放神畜的目的,分为求寿、求福、求命三类,请的保护神各不相同。一般放神马、神羊,多请的是财神。然而各地讲究不一,不能一概而论。神畜本身也可分为两种,一种是普通神畜,一种是撒野神畜。前者除了家里的已婚女子,别的人都可以骑乘使用。每年还可以剪毛抓绒,也能借给亲戚邻人使用。使用时不能把脚踩过的褥子垫子鞴在它身上。马有专门的鞍子和嚼子,要借一并借给,不能用别人的鞍子嚼子。神驼也有专门的鼻拘和屉子。神驼驮东西时,多驮经箱、香箱之类。后者任何人不能触动,不能打鬃剪毛抓绒,更不用说骑乘了。不论任何一种,都不能宰杀,让它想去哪去哪,自行老死。神畜老死以后,头骨不可随便乱扔,让人踩着,一定要放在高山顶上或夹在树杈里,否则人畜的福分就会遭到践踏。

蒙古风俗

神畜的赫勃掉了或磨烂以后,要换上新的再拴上。

10. 踩羊圈起羊砖

踩羊圈起羊砖是常见的牧事,也是一次小型的集会。

每当喝过早茶,附近浩特的几家劳力或赶驴车、或拿铁叉,骑车乘马来到踩羊圈的人家,往往一去就干起活来。铁叉是踩羊圈的专用工具,五股,上面套个胶鞋的破底。四五百只羊的羊圈,最少要四个人踩,两人一线。踩开口子后,两两对面站下,把两铁叉放在适当位置,同时嗖地往起一跳,双脚踏着鞋底把铁叉踩下去,又同时翻起来,一块四方或长方的羊粪砖就这样踩了出来。踩铁叉的时候,这两人一定要配合默契,动作不整齐或用力不匀,就会把羊粪砖翻碎或薄厚不匀。这种活一般都由棒小伙来干。女人和娃娃就把羊砖(羊粪砖的简称)抱到驴车上,整整齐齐堆起来,另一个赶着车来到房后。这些人再跟过去,把原来的羊砖粪拆开口子,把拉来的新羊砖继续垛上去。垛羊砖的活计,是一项技术性又带艺术性的营生,须得有经验的老牧人亲自过手。封顶或封口都很讲究。垛起来的粪,或如蒙古包,或呈长圆形,上面能遮雨,中间能透风。一到春天,花花的戴胜鸟就会钻到里面做巢,落在粪垛顶上,一雄一雌"卟卟——嗞"、"卟卟——嗞"地鸣叫,牧民视为一大风水。俗语中有所谓"胡须是老汉人的点缀,粪是冬营地的点缀"一语。

起羊圈的活计,是与羊群入圈同步进行的。也就是说,从阴历十月二十几到来年三月二十几这段日子,正是踩羊圈的时间。一般是每月踩一次,一年踩四次。踩得太密了不行,太稀了也不行。太密了羊砖太薄,挖了老底子羊会

在莫尔格勒夏营地,牧民套住一只四角羊,这只羊因为长相不凡,做了群里的神羊

羊圈墙石头上面放的全是羊砖。羊砖放在墙上,有几大便利。一是省事,二是离开地面不容易返潮,三是冬天可以抵挡风寒。第二年来冬窝子的时候,就可以用它们做燃料,然后再把新起的羊砖放到墙上

受寒（羊粪有保暖的作用）；太稀了羊砖积得太厚，羊容易上火，下面沤过再烧就没劲了，同时羊捂住会起虱子。羊砖的薄厚、软硬、虚实都跟每年的气候、水草、羊的膘情有很大关系，当然跟羊数多少和羊圈大小直接相关。离水近、离碱近的羊砖，水分大、软和，反则硬而易碎。春天的羊圈不能踩得太迟。我们在和平家起的羊圈，就因为时交立夏，上面一层是吃上青的羊粪踩的，颜色发绿；下面有羊粪的颗粒，已经沤得发白，这样的羊砖燃起来便"没焰了"，一到春天，风劲天暖，风干得快，羊砖待不住。即使下雨，下面也沤成肥料了。一般谷雨前后，羊就离开羊圈上了羊盘。

从前牧区地广人稀，一般的牧民养羊不多。养活四五百只羊的人家，一般都雇人踩圈，好劳力一天就能踩完，能挣一只母羊。至于搬运和垒砌两项，留下让羊主自己慢慢完成。现在牧区人多，又有大集体养成的习惯，一般都是互相合作，一天完成。晚上主人管饭，免不了豪歌畅饮一番，不失为盛事一桩。

羊砖是很好的燃料，比起羊粪来，它起燃慢，火力强，持续时间长，最适合做奶皮子和烧水箱洗澡。

叁⊙牧畜特点

1. 以情服"畜"

在牧区放过四年羊的作家张承志，认为牲畜是牧人最重要的联系和感情寄托所在。"由于游牧业的生产对象是活的、有生命的畜群，所以人必须也要用一种充满生命感的办法去对待这种生产。"牧人和牲畜的关系，绝不单单是一种生产者和生产对象的关系。牲畜可能是牧人不会说话的"朋友"、"伙伴"，人也可能成为牲畜的"主人"、"靠山"。一个人赶夜路的时候，身边有条狗陪伴就觉得踏实许多。在野外迷了路，骑自行车和骑马的感觉，是绝不会一样的。野地里的牲畜如果看见主人，或听见主人的声音，常常冲着你嘶鸣，并显出很神气、很勇敢的样子。它这时并不是向你要草要料，只是一种精神上的需求。尤其在漆黑的夜里，牲畜听

蒙古风俗

到主人的声音才卧得安稳。

用感化的方法使牲畜驯服,这是蒙古人养牧牲畜的一个重要特点。蒙古地区地域辽阔,水草丰美,牧民对牲畜管束并不严厉,每天让它们自由地在山野吃草饮水,晚上赶它们在家门外面卧盘。蒙古人的牲畜从来比较自由,想吃什么草就吃什么草,想去哪里就去哪里,呈现一种半野的状态,所以比较敏捷、伶俐、勇敢,对主人比较驯服、忠诚,有感情。再暴烈的牲畜,一般也不会出现故意伤害主人的事情。

一般人认为牲畜是没有意识、没有思维的,但牲畜的确能听懂主人的某些语言,看主人的脸色行事,也晓得自己犯了错误,你打骂两下它也能忍受。如果主人无理取闹,别处受了气往它身上撒,它也晓得委屈和"结仇"。1973年,林西县出了这样一件事,店里一位车夫把他的黑骡子关起来,打了将近两个小时,脑袋、耳朵和全身鲜血直流。晚上那个车夫从黑骡子后面走过,那牲畜突然飞起一蹄,正好把他拿鞭子的右手腕骨踢断了。蒙古人使唤牲畜的时候,不论何时何地何种情况,都不对牲口随手打骂。驯马的人挨摔以后,并不爬起来打马,而是再骑上去让它再摔。当它再摔不下人的时候,它就和背上的人成了朋友。牧人也对它付出了体力和感情,因而能相伴终生。主人受伤或出了事故,骏马会尽力搭救。

2. 以畜照畜

在草地和民地都待过的人,对于这两地的牲畜一眼就能认出来,尤其是草地马,在个头、长相、精神上都

喂羊羔的女孩

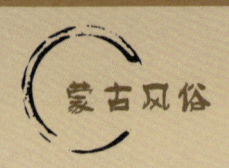

明显不同。民地的羊倌一有点风雪便不出牧,冬天半前响出去,外面待两三个小时就返了回来,羊儿翘起头硬等着主人来喂,来点小灾小害就不能适应。牧区人少牲畜多,也只能培养牲畜"自己养活自己,自己管理自己",因而生活能力特别强,对自然界的各种变化都能适应,听觉、视觉都比较灵敏。你在野外抓一只羊都不容易。由于从小在大自然中接受了艰苦的锻炼,忍饥耐寒、顶风冒雪的能力都比较强,在深雪中用蹄子刨草根而食,对狼等的警惕性也非常高。习惯了夜归浩特的牲畜,即使起了风暴,一些头畜也能把"大部队"带回家来。这样一来,使得牲畜品种方面也比较优良,体格健壮,同时绒毛、皮张、肉食也明显地在质量和数量上高于其他地方。连奶粉都是牧区的好,城里养的奶牛挤下的奶子总是略逊一筹。这也和人一样,一个在父母的娇惯下长大的孩子,在体质、力气、适应能力、生存本领等方面,反而不如其他儿童。

以畜照畜,是蒙古族传统畜牧的重要习俗。五畜必成群,群必有群王,自动负起管理本群的重任,可助牧人一臂之力。群王即本群的种公畜和经过色特日的

给马点眼药

蒙古风俗

神畜,畜群中的好公畜,所属都听它的指挥,说到哪吃草就到哪吃草,到哪喝水就到哪喝水,到时可以收拢回来,带头归牧。有了群王,牲畜才有核心,不分散,不丢失,遇事有了主心骨,特别是遇到风雪和豺狼,只有凭群王的指挥才能脱离险境。如果是几千几百的大群,也可以通过统计群王,把畜群的概数统计出来。蒙古人放神畜,乍看似属多余之举,实际上神畜由于撒了野,神圣不可侵犯,自来有一股凛然之气,胆大力大,有的本身就是种公畜,野性十足,在关键时刻很起作用。

蒙古人的牲畜处于半撒野状态,性子很生。群王和神畜更是高大健壮,威风凛凛,做惯了霸主地位,见了狼都敢撞敢冲,因而具有很强的自卫能力。如果跟狗配合起来,常常能僵持数日,等人赶来解救。老练牧人的畜群中,一般都有数头这样的厉害牲畜。如果狼来了,最老实的种公羊也会发出警戒,全群咩咩叫成一片,很快聚拢,把母羊、羔羊放在核心,圪羝(公绵羊)、骚胡(公山羊)、大羯羊站在外圈,一律头朝外,屁股朝里,挤成一团,准备狼进犯时予以回击。一两只狼对这样的羊阵是很难攻破的。

牛群的防卫能力比羊群更胜一筹,看见狼来了,发出一种凄厉的叫声,霎时抱成一团,牛犊、小牛裹在中间,公牛、犍牛、大乳牛围成一个环形,犄角一律朝外,狼看了也胆寒三分。牛狼搏斗被牛顶死的狼也很多。更有甚者,三四头牛从三四个方向把狼包围,眼睛血红,大声嚎叫,用蹄刨土,用角挑狼,狼看着不是敌手,只好放弃这次

冬春雪大季节要给母畜加草填料

机会。马群见狼也能迅速集中。公马不仅能把所属赶拢，还能竖起鬃鬣，夯起尾巴，围着马群奔跑警戒，冲上去用刨、咬、踢等办法把狼杀死。狼群如干不掉公马，很难吃上马驹。骆驼的个儿最大，据说自卫能力反而不如牛马。

3. 对牛弹琴

牲畜同人一样，有的牲畜也有个冷酷的母亲，不要自己生下的亲羔。有的则是婴羔死了亲娘，需要认一个有奶没仔的母亲做"干娘"。有的虽然自己有亲娘，但是过分瘦弱，自身难保，需要找一个奶旺的母亲做"妈妈"。让母畜认领的方法也五花八门，一言难尽。有的在仔畜身上涂抹碱水或硝，引诱母畜来舔，使之习惯仔畜的气味，或者把仔畜弄得湿淋淋的，让母畜误认为是自己刚产的婴羔，或者把死羔皮披在没娘的仔畜身上，使母畜产生一种羔儿还活着的错觉，如此这般哄出它们的母爱。如果是乳牛，可以将瘤胃塞进其阴道，取出后充气胀大，用它胡乱擦牛犊的皮毛，使之气味相投，母牛便把它当成自己的牛犊收留了。

冬春接羔保育季节，你只要一早一晚路过牧村的浩特乌素，就会听到从羊圈、牛棚中传来一种奇特、美妙而神秘的歌声，这就是牧家女人人人会唱的劝奶歌——一种行之有效的让母畜认领儿女的办法，也是一首诗、一幅画。

这种劝奶歌歌词不多，调子很特异，低沉而缠绵，会识谱的人并不难学。以前我不相信一首民歌有这么神奇的力量，认为是文人吹的。那年在达茂旗，亲身领教以后，这才确信不疑。一次是我和其德尔敖力玛配奶羊羔，我见她让羊羔含住"干妈"的乳头以后，便撒手不管给别的羊羔配奶去了。我就起而效之，想不到我一离开，那位"干妈"就逃了。我问其德尔敖力玛个中缘故，她说："因为你没唱劝奶歌，它听不到歌声，以为任务已经完成，就自动离岗而去了。"阿拉坦其其格家有一只四个牙的母山羊，阿拉坦其其格抓来一只羊羔让它奶，它一嗅气味不对，便要掉头走开。阿拉坦其其格抚摸、抓挠着它的脊梁，开口唱道：

柴格，柴格，柴格，
你的白羔饿得慌呀，
你快发发软心肠吧！
柴格，柴格，柴格！

柴格，柴格，柴格，

蒙古风俗

你的婴羔饿得很呀,
你就发发慈悲心吧!
柴格,柴格,柴格!

唱着唱着,母山羊果然奶起这个"干儿子"来了。

五畜之中,感情最丰富的是牛和骆驼。牛能哭能笑,但轻易不为。骆驼则很容易掉泪,而且骆驼爱吃糖,爱听音乐,尤其是长调和蒙古语说书,听着听着就潸然泪下。只要你能做到这一点,任何冷心肠的母驼都能被你感化。蒙古地区有的部落想让母驼、母牛要羔犊时,就把羔犊拴

踏雪出牧

在跟前,专门请嗓子好的人给它们唱长调或吹笛子,初时它们无动于衷,甚至踢咬别个的仔畜,继而安静下来,双目落泪,像自己的亲仔一样接纳了这些羔犊。卡尔梅克人当母驼抛弃了驼羔时,就在月出的时候,让驼羔卧在门口,把母驼的缰绳挂在手指上,用英雄史诗《江格尔》的曲调为它唱歌,唱着唱着它的两眼流下了大滴大滴的眼泪,自动来到驼羔跟前,身体发抖,闻嗅着奶起驼羔来了。杜尔伯特、巴牙特等部在母驼嫌弃驼羔的时候,要把它们拴起来,请专门的说书艺人给它们说《玉点母驼的白孤羔》——一首专门为骆驼编唱的史诗,说唱到最后时边拉胡琴边唱:

啊呀可怜,
扫平了仇敌,

夺得了神圣的名号。
镇压鬼魅，
博得了英雄的称号，
成为十万峰驼群的头驼……
这只孤独的雪白驼羔，
有过那么光荣的历史。
母驼呀母驼，
你怎么能把它不要？
啊呀可怜，
嘟嘶嘟嘶嘟嘶……
不长乳房的飞禽，
还用虫虫喂养自己的雏鸟。
你这奶头拖挲的母驼，
怎么忍心把这只亲羔轻抛？
嘟嘶嘟嘶嘟嘶……

这段词儿，当地人称为《琴词》。对牛弹琴，为驼唱歌，历来是对某些人愚蠢行为的讥笑，但在草原上的确起到了人们意想不到的作用。牧民认为，母畜和人一样，在它的心底潜藏着一种深沉的母爱，只要能用某种东西把这种母爱引发出来，它们就会认领自己的仔羔。牧民认为单纯的音乐最能起到这种效果，能把人和畜的心灵沟通，尤其是心地善良的母亲们来演唱效果更佳。有的人家人手不够，就在每峰母驼头前绑把胡琴，让它自己去觅食，风吹琴壳发出乐音，每每使母驼心肠软化，晚上回来掉着大滴大滴的眼泪来寻找它的驼羔。如果在它奶羔时再喂一把糖，那它就越发恋羔了。

用歌声感化牲畜是蒙古人的一大发明，是一种淳朴优良的民风。

肆⊙驯马和驯驼

1. 套马杆

套马杆（套杆）的作用，在它的祝词中概括得很全面：

蒙古风俗

长在旷野的时候,
召来雨水洒遍,
做成套杆的时候,
引来众人的艳羡。
长在丛林的时候,
召来雨露满,
走向畜群的时候,
简直扣人心弦。
翱着它走向旷野,
坐骑也显得壮观。
靠放在院内的时候,
家宅也显得灿烂。
追套牛犊的时候,
非常顺手的套杆。
追捕烈马的时候,
得心应手的套杆。
跟那悍的力士,
十分般配的套杆……
牧马人的武器一桩,
马群中的装点一件,
守夜人的武器一桩,
大灰狼的丧棒一件。

骑马(布林特古斯提供)

  这可以说是套杆的"纲",该讲的都讲透彻了。套马杆主要是套马的,也可以套羊、套牛犊,也能用来套狼和追捕敌人。呼伦贝尔一带多见骑持套马杆的牧羊人。最简单的套杆只有三部分组成,主杆直接与梢杆相接,再加一个套索就可以了。最复杂的,主杆前面加上中杆,中杆前面加上肩杆,肩杆前面加上梢杆,梢杆前面再接杆梢,加上套索共六部分组成。主杆的屁股上还要安一个牛角或

硬木做的疙瘩，以防套马时杆子从手中滑脱，全长四五庹。主杆用长在丛林中的稠李、杠柳制作，这两种木料不粗，却结实轻巧。也可用桦木为之，但忌用子、竹子、蓓、山榆，说不利于牲畜繁殖。梢杆长一庹，宜用山藤、榛木制作，因为二木富有韧性，颤而不折，弯而不断。

远在蒙古汗国之前，套杆已使用于民间。《蒙古秘史》载："一人骑白马据套杆独自赶来。"套杆是贵重之物，尊之为"男子身边的吉祥，畜群中间的召福杆"。牧人云："打猎离不开狗，放马离不开杆。"平时不可随便乱扔，靠在毡包西边立起来，或夹在毡包的围绳上。特忌妇女跨越。清明之夜，横置浩特附近，次日一早如被嫩草覆盖，可兆当年年景不错。套杆携带，也有说法，骑者挂杆上，将杆右手横握，置于马背；或把手套在套杆上专门配备的绳环里，拖杆于马右侧前行。

套马是蒙古人一绝。其中又分步行套马和乘马套马两种。乘马套马多数甩杆套头，也有套耳、套脖的，看各人的技艺而定。草马眼尖耳灵，机敏过人，知道你要套它，死也不往群马中间去，怕被裹挟套住，多会儿也在外围逡巡，一旦发现不妙，逃跑十分方便。久经沙场的老手把马缓缓赶拢，自己在旁边若无其事地转悠，眼却盯着要套的草马不放，看到有机可乘，突然横切而入，将套索甩在它的头上。如果一杆套空，马便受惊狂奔，只好追套。这样弄个人困马乏，草马掉膘，为好套手所不取。草马套住以后，要能稳住套杆，不可让它拖走或再度脱逃。在套住草马的一刻，杆马会主动配合，将后腿后坐，前腿腾空而起，使主人稳坐鞍上，把杆子揪紧，不至于拖下鞍马。有的杆马并不后坐，顺着草马跑上一段，配合主人伺机将其搂回头来。鞍马之技，也不一而足。

2. 驯马

驯服一匹奔走如飞的骏马，主人不知付了多少代价。

一个真正的牧人，对于那些"自生走"的马驹是不屑一顾的，认为将来是老婆、娃娃骑的材料。而那桀骜不驯像野骡似的马驹儿，恰恰被他们选作驯化的对象。于是艰苦的培训工作从两岁起就开始了，牧人把它从马群里分离出来，单独关在专门的马厩里。那马槽总是不断加高，促使它时时刻刻扬起头来。这样培养出来的马才能昂首挺胸、前躯高大，给人一种挺拔和雄伟的美感。马粪一般不去清除，这样四蹄才能长得丰圆饱满。如果把粪除掉，就会长成驼蹄似的扁片儿，不但样子难看，而且跑不出路去。可是到了休息的时候，却必须把它拉到槽外，不让一

点粪尿沾在它的身上。受到这样精心调养的马,就像得到父母宠爱的姑娘一样,一两年内就出落得水葱似的,既漂亮又英俊。可以说,骏马是牧人按照自己的意志塑造出来的艺术品。

养到三岁以后,四蹄打了掌,开始驯化了。就像人生下来会走不会舞一样,骏马的"走"也是压出来的。每年春天的时候,我们就会看到许多牧民骑着马每天在草滩上来来去去地骑驯。没有鞴过鞍儿的生马骑上容易跑,这样就把嚼子勒住,让它学会"走"。可是这么一勒,就成了平常的慢走,于是不得不把嚼子再松一点……这样不知经过多少月夕昏晨,那马突然获得灵感似的来了"走"。牧人像捡了一件钦达木尼如意宝一样高兴,他便千方百计地保护和巩固着这种步态。过上很长一段时间以后,又在地上不远不近地摆许多橼子,让马从上面走过去。马怕磕了腿,走过的时候前蹄抬得很高,蹄掌向里弯得很深,到几乎挖着自己胸部时,才腾空向前而跳。这样久而久之,养成一种高腿大步,再到什么地方也不变啦。这种良骏快走的时候,你从侧面观赏就像一位演奏家在敲打扬琴,动作非常娴熟而敏捷,在视觉、听觉上都有一种韵律和美感。

砖雕飞马

这"走"是骑术上的一个专门术语,是指一种同侧两腿同时并举的快步溜蹄走法,既异于平常意义上的走,又异于双蹄急奔的跑。骏马在骑乘时最讨人喜欢的秘密,就是在于"走"。王国维在《人间词话》中谈到做诗要经过

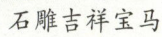

石雕吉祥宝马

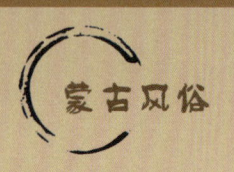

三个境界，走马的步态也要分成三个阶段。开始驯服出的四方步态，对于整个走马来说，还是一个低级阶段。有的骏马经过驯服，尚能突破这个阶段。使四只蹄子连起来成为平行四边形，这叫错落步态，属于中间阶段。最好的骏马的是流水步态，它的蹄迹完全是两条直线。这种走马跑起来像飞一样，耳边呼呼地直听到风响。骑者回头望去，能同时望见十三朵溅起的蹄花，短时间内连火车都撵不上它。

牧人驯马的目的是为了得到"走"，可是因为付出了代价，对体现着驯服成果的马（已不是原来的马）产生了爱。马在接受训练的时候不但获得了步态的进步，同时也培养了一种对主人的情。好的骏马就像烈女一样，具备了一种贞操。好马不鞴双鞍，这句话不是凭空杜撰的。驯过的骏马是主人不会说话的挚友。你骑着它去赶牛，它会连踢带咬把牛赶回来，甚至当你丧失骑乘能力的时候，它也不对你另眼看待，会想尽办法让你骑到它背上，绝不像驴子一样，觉得你驾驭不了它时便尥蹶子。一个牧人跟我讲过，在他被挖成"内人党"蹲"牛棚"时，由于忍受不了肉体的折磨和心灵的侮辱，曾在一个月黑风高的夜晚逃到黄河边上，打算和这冷酷的世界永诀。就在他正要跳水的时候，"咴——咴咴"，传来了杆子马的长嘶。这个牧人是个光棍马倌，听到这熟悉的嘶鸣，就像听到情人的呼唤，一下子把他稳住了。那马跑过来，嗅着他浑身的血腥，用嘴巴轻轻抚摸他受伤的面颊，好像就要开口说话似的。"马还没有嫌弃我，这个世界难道就能嫌弃我吗？"想到这里，他拍拍马的蹄子，那马真的半卧下来，他一咬牙爬上马背，就像溺水的人得到救生圈，跑出了苦海，躲过了这场灾难……

蒙古人热情好客，慷慨大方，但在马身上表现得比较小气。他很难向别人出借自己的走马，别人也决不贸然开口。当一个人遛马的时候，就是王爷来了也能停下。如果丢失了自己心爱的坐骑，那就成了天大的灾难，走到天涯海角也要把它找回，一边走一边唱："谁要是看见我的马，赏他一件狐皮马褂；谁要是捉住我的马，赏他一件虎皮马褂！"好像做广告一样，走一路唱一路，使草原上的人们都知道他丢了马，一齐帮助他寻找。

蒙古人提到马的时候，就像提到任何美好的事物一样，立刻就会引起滔滔不绝的谈兴，每个人都有一段人与马的故事。我们常常把"驴马"连在一起使用，这在蒙古人看来实在是对马的亵渎。实际上，他们已经把马从五畜的地位提升起来，用尽世界上最美好的词语赞颂马。现在这部分赞马的民歌和祝词，已经成了蒙古文学中最优秀的珍品。

蒙古风俗

三河马

　　蒙古人把骏马和美女相提并论，互为比兴，抒发他们的情怀："黄羊脊背的银合马哟，一听你的叫声就能认出来。自幼相爱的小情人哟，一听你的笑声就能认出来。"可见骏马和美女同是人们钦慕的对象。翻开那些古老的史诗，凡是有英雄出现的地方，一定有骏马相随。那些富有传奇色彩的神马，总是在生死存亡的紧急关头出现在主人面前。主人有难也总是想到骏马来搭救："王子看见自己的战马，脸上呈现出愉快的笑容，他把自己内心的隐情，向自己心爱的宝驹倾诉。"可见骏马就是英雄的心腹了。

　　有人说，随着现代技术的发展，骏马将为人类所抛弃。因为它无皮无肉，不能开辟新的用途。我的看法正好相反，由于人们物质生活的丰富和精神要求的扩张，骑马将作为一种娱乐活动和体魄锻炼风靡一时，就像现在的摩登青年玩轻骑摩托一样，何况马有那么多机械工具无法代替的特质呢！

蒙古人驯马的特点是注意养气。第一次骑驯的草马，不可让它跑得放了大劲。正当它意气风发的时候从背上跳下，使其恢复和增加体力，切忌跑得精疲力竭，一次征服。驯马和牛、驼的时候，要把"去惊"放在首位，使其胆大气粗，并不是硬耗它的体力。骑士估计它的对手，务必在力量用尽之前滚鞍下马，力量恢复以后再骑上去。蒙古马由于从小未放过大劲，锐气未消，主人稍一怂恿，便奋蹄扬鬃，力气倍增，冲锋陷阵，无所阻挡。随着年岁增长，骨骼变硬，意志更加坚强，故民间有"要骑好马，蒙人的老马"一说。明朝岷峨山人曾忌胡马之勇，谓"汉马即有雄姿逸态，可期千里者，只能直驰，一瞥剑光挥霍，辄遁去，是马不能相当也"，主张采取"射人先射马"的战术。仅此一例，亦可反证蒙古马之优良。

训练贴杆马的时候，起套时要选那些估计可能套住之马。这样套住以后，贴杆马眼睛也尖了，蹄子也快了，信心也足了。如果一开始就让草马逃脱，就会锉了锐气，预后不良，将来骑它套马时肯定出毛病。训练参赛马的时候，从小注意培养其竞争意识，不赛则已，一赛必然让它夺魁，夺不了魁的，就勒住不跑，久而久之，就会培养出一种好胜心理。

3. 驯驼

号称我国"驼乡"的阿拉善戈壁草原，牧民很早以前就驯化了骆驼，让它为生产和生活服务，在实践中积累了丰富的驯驼技术和经验。

(1) 鼻拘训练

骆驼尽管高大威武，堪称畜中之王，但它的弱点在鼻子上。在骆驼鼻子上穿个鼻拘，它很容易被驯服。鼻拘用木质坚硬的红柳、鼠李削成，一头带杈的最好，如果没杈，也要削成一个疙瘩，以便穿入骆驼鼻子以后，一面可以卡住，另一头必须是尖的，以便从鼻子上扎眼儿穿出来。尖的这头应在里首（左边），再削出一个小沟，在上面拴上驼缰，以便牵引。鼻拘直径一点五厘米，长度二十二厘米。骆驼在两三岁时就要上鼻拘，太大了不好驯服。骆驼鼻子下面有个地方，长着针茅似的绒毛，这就是穿鼻子的地方。天生的空穴地方，不知道是哪个聪明人怎么找到的。只要离开这个地方，扎在哪儿也不适当，鼻子容易红肿，疼得直吼，甚至发脾气。穿鼻拘的时候，可以用鼻拘削尖的那头直接穿刺，也可以用一个略粗的竹扦把鼻子扎通，再把鼻拘穿入。

(2) 牵卧训练

骆驼在一岁的时候，拴住其腿，戴上笼头很容易驯服。如果三岁以上牵驯，

 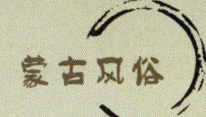

就要穿上鼻拘,戴上笼头,拴在训练出来的成驼后面,一个人在前面牵着,另一个人从后面驱赶。要小心它突然站住、后退或发脾气,以致把鼻孔豁穿,把鼻拘掉出来。

所有的骆驼都要训练卧倒,先用绳子把它外首的前腿拴住,从脊梁上架过左首使劲一揪。左前腿吃不上劲,用劲一掣或一推,就能跪倒,或用绳子把两条后腿的小腿缠住,一拉也能让它卧倒。不论采用哪种办法,都要手执驼缰,把骆驼从里首往下按头,同时口中喊着"苏格苏格",以配合动作让其跪倒。跪惯以后,只要把它的头向里按一按,轻轻掣动缰绳,说声"苏格苏格",它就能自动卧倒。

(3) 骆驼吊控五至七天以后开始骑乘

让骆驼卧倒以后,从里首轻轻压着驼缰绳,骑上去后,再慢慢把驼缰松开,让骆驼站起来。如不这样训练,骆驼就会养成猛起的习惯。站起来以后,顺着它愿去的方向控制鼻拘或左或右地行进,不要过分催迫,也不要打脑袋,最好跟在骑驼人后面,轻轻掣动缰绳,这样最易驯服。如果看见其他牲畜准备卧倒,要赶紧打着它朝一边快跑。如果让它卧下你再下来牵它,以后一看见畜群它就不想走了。一般骆驼想从它身上下来比较容易,勒缰站住,从脖子上溜下来或从背上下来。驯出来的骆驼,也可以从脖子上爬上去。骆驼腰硬,骑起来不如马舒服,但是十分暖和,冬天骑在骆驼身上,前后有

这峰骆驼已经训出来了

驼峰挡风,浑身毛茸茸的,一点不冷。骆驼的速度比马一点也不差,也不用好好饮喂。

伍⊙牲畜的宰杀

1. 杀羊

牧民杀绵羊,先将其放翻,使肚朝天,在胸口上割个口子,伸进手去,从红肠穿过天棚(横膈肌)将大动脉揪断。有的还弄展羊脖在地上磕打几下,使其充分出血。接着捅开四梢(由肚皮正当中从头至尾划道竖线,再在前腿、后腿上各划一条横线把皮板割开),从肚皮一边剥上几刀,伸进拳头去攉。一般除了尾巴、脑袋、胸茬,别处不用刀就能剥下来。剥完开膛时,从后腿根划两个圆弧,把肚皮揭开,穿孔套在右前腿上,将肠肚和肝脏掏出。再将天棚肉划开,穿孔套在左后腿上,将心肺掏出,用勺子把羊血舀出。将羊骨碌卸成八件,后腿两件、五叉一件(即荐骨,每侧带三根软肋)、前腿两件(每侧四长六短共十根肋骨)、胸骨一件、胸椎一件、脖子一件。这时再剥羊头。剔肉、洗涮肠肚和灌肠又有一套做法。

杀牛

面朝天宰杀是为了牲畜死的时候两眼望天，灵魂可以尽早超脱。牲畜完全没有死掉以前不要剥皮。死没死的标志是用手指按眼睛，眼睛闭上说明没有死掉；如眼不闭，说明已经完全死了。

2. 杀牛

去势以后，人再未接近的野牛不好杀，杀时须赶回一群，将其裹挟其中，进圈以后，单将其套住，角上一面一股绳子，让两个棒后生拽住驱赶跑到杀牛的地方，这两人反向飞跑，将牛腿绕住绊倒。眼疾手快的几个便一拥而上将其压住，一人便持刀将其从脖子上大抹了，人多的话不怎么捆绑。如果牛老实的话，人手持一刀，贴近身边，猛一下从两角之间插进去，再向里一闪，牛就倒下了，叫都不叫一声，非常利索。牛脑袋上两角之间有凹窝，天生是个挨刀的地方。平日呼吸这个地方还颤动，刀子扎的正是这个地方。不能偏了，一旦偏了扎不准，它可以反过来顶死你。

古时用斧头杀牛，也是趁牛不注意，从两角旮旯儿劈下去，将颈髓砍断。这个地方最要命，死得很快。

杀马

3. 杀马

蒙古人通常不杀马吃肉。马肉性大热，只在严寒的

冬季，经常在野外看守马群的人才偶尔杀一两匹马吃肉。杀马以前，要骑着它在野外好好跑一趟，出透汗。来到家门外面的时候，赶紧用毡子把鼻子蒙上，这样马就会立刻窒息而死。出透汗的马肉吃起来没有腥味。马的剥皮、卸肉习惯，与其他牲畜差不多。只是由于马肉太热，煮熟后一般不趁热吃，总是等完全凉了以后再吃。在家不吃马肉，据说会引起神经兴奋。寒冷时节在野外行路，长途拉脚或晚上守夜才吃马肉。

4. 杀驼

杀骆驼的时候，要让它卧倒，把刀子从驼峰中间插进去，捅断脊髓，或者按着脖子用刀子刺颈椎。

5. 宰杀禁忌

宰杀牲畜的时候，蒙古人忌讳折磨牲畜，尽量让它减少痛苦，死得越快越好。被狼咬伤的牲口、摔伤碰伤而好不了的牲口，要马上杀掉。

牲畜一旦杀掉，忌说"可惜了"、"哪如不杀来着"这类的后悔话。据说这样牲畜的灵魂就会逗留下来，引出祸端。此外尚有五不杀。

第一种是种公畜不杀。这是"有功之臣"，给主人繁殖过很多牲畜，即使丧失繁殖能力，又不能骑乘，也不能宰杀或出售。死了以后葬于干净高地，以后牲畜才能更多繁衍。

第二种是母畜不杀。繁殖力旺盛、产乳多的母畜一生贡献也不小，年老体衰时一般不杀，尤其不卖，怕触怒天神，折杀福气。

第三种是役畜不杀。多年骑乘、运输的牲畜有了感情，甚至救过人命的，任其老死。

第四种是夺过魁的牲畜不杀。在战争、狩猎、庙会比赛中出过大力，为主人赢得荣誉的坐骑或赛马、赛驼不杀。

第五种是神畜不杀。

○ 畜牧趣点一

放"牲"（畜）的由来。释迦牟尼圆寂四百年后，天竺地方诞生了一位名叫贡布隆德勃的婴儿。出生七天头上，父母请人相面。相面人说你这孩子天庭饱满，就是只能活七岁，好好行善积德，也许能活到十岁。父母听了这话，到处修桥补路，做尽善事，使孩子活到十岁。老两口就商量，这回没辙了，与其眼睁睁看他死去，

还不如把他放出去，要死要活由他去。小贡布一个人走呀走，遇见一个杀羊的，他就给人家说好话，让把羊放了。遇见一个捕鱼的，他悄悄把渔网掀开，把打住的鱼放了。遇见一个捕鸟的，他又偷偷把网住的鸟放了……这样走来走去，做来做去，不知做了多少好事善事，小贡布也从十岁活到二十岁，从二十岁活到两百岁，最后活了五百岁，成了神仙。从那以后，人们就学他的榜样，定期把牲畜放开，行善积德，求得上天的宽恕和回报。

○ 畜牧趣点二

骆驼的特异功能。骆驼是富有灵性的动物，又是认路的好手，卖到几百里外的地方，还能自己跑回来，生人根本捉不住它，所以人们说"拉脚远行的时候，骆驼就是向导"。骆驼的嗅觉十分发达，哪个地方有没有水，有没有草，有没有碱，或者有没有人家，骆驼在二十里外就能闻见，毫不含糊。更有趣的是，骆驼的某些行为具有天气

预报的特异功能。

跟马一样,骆驼有时也打响鼻。比如虫子和泥土钻到它的鼻孔里,它会打着响鼻把它们喷出来。这是动物的本能,不足为奇。可是,如果它无缘无故打起响鼻来,就会引起牧民的特别注意。因为老天刮风下雨,骆驼能未卜先知。大风降温以前,骆驼总是频频打响鼻。牧民就可以根据骆驼的提示,及早采取一些防范措施。

不少家畜都有抖动身子的习惯,骆驼也不例外。比如在灰堆、草滩上打滚起来的时候,要抖抖身子,把灰尘泥土抖掉。在雨雪天气和大风天或卧半天起来的时候,也要抖掉身上的沙土和冰雪。骑乘或者拉脚的骆驼,在去掉身上鞍屉的时候,或者给它把驮子减轻的时候,骆驼也会抖动身子。这跟人要换个姿势活动活动身子一样。但是,骆驼的抖动身子,在某些情况下有预报天气的作用。当草原上风暴一连几天不停,牧民感到厌烦,同时粮草也渐渐不足的时候,就观察骆驼,看它哪天抖动身子。它一抖动身子,牧民就说:"骆驼抖身子,天要放晴了。"

○畜牧趣点三

骆驼的防身武器。骆驼的前后蹄都是有效的防身武器,有些骆驼在发怒、受惊、厌烦或前后有人和牲畜接近的时候,会把某一只前蹄抬起来,再使劲地往地上跺下去。公鹿在看到陌生人的时候,也会做出这样的动作。有些性情特别暴烈的骆驼,还会把两个前蹄同时腾空,再使劲地跺下来。这是一种最后通牒,告诉你千万不能再向前一步,或者干脆走开。

别看骆驼身材高大,动作却比较灵活麻利。它最致命的一招,就是会把某一只后蹄突然收回来,再使劲绷展踢出去。这招又稳又准又狠,可以把狗踢到两三丈远,所以骆驼从来不怕狗。有一则谚语说:"尽管狗在叫,骆驼照样在前进。"就是讲的这个道理。当然也会把人和牲畜踢伤踢死。不过你尽可以放心,一般的骆驼不会这样,还是小心为妙。因为骆驼认生,我们在骑着它玩的时候,最好不要忘乎所以,到它的屁股后面去。

○畜牧趣点四

母牛会藏犊。五种牲畜之中,会把幼畜藏起来的只有母牛。现在草原上还能经常碰见,不过也是见之于个别母牛。这些母牛把牛犊产在野地里的时候,会把

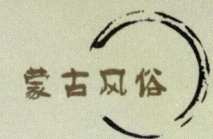

蒙古风俗

牛犊藏在深草丛中或者灌木丛的空隙之间，总之是人们不易觉察的地方，让它像小兔崽子那样四肢紧贴着地皮趴卧在那里。母牛来了哞哞唤它，它才起来。母牛不来的时候，它多会儿也卧着不起来，所以人们很难发现。有时候母牛正要走到牛犊跟前，看见有人来到，便若无其事地走开，就是不走，也不叫唤，低下头装作吃草。如果你不想让母牛发现，远远地跟踪盯梢，或许才能找到。可是母牛非常警觉，一般很少有闪失。倒是那些不起眼的孩子，个子也小，藏在一个什么地方辛苦一两天，才能在母牛喂奶的时候抓个正着，可以说这是一种家牛对祖先的无意识记忆，草原上狼的存在也强化了这种记忆。

题记

狩猎曾是蒙古民族辉煌的历史和乐趣。当它由乐趣变为生活需要又变为金钱的时候,草原上品类繁多的动物就濒临灭绝了。也许他们还是了解这些事物的最后一批人,于是我采撷了这些惊心动魄和鲜为人知的事例和习俗……

狩猎：辉煌的历史和乐趣

狩猎曾是蒙古民族一种很重要的生产方式和惊险有趣的体育军事活动，男子汉的最大乐趣。尤其荒年旱月的时候，牧民常把它视为生活的来源，猎取野兽作为食物的补充，用它们的皮毛做衣服或出卖交换其他生活必需品。

壹⊙狩猎的一般习俗

1. 祈赐"狩猎之福"

蒙古人认为山狍野鹿、豺狼虎豹都是上天的牲畜，只有祭天才能得到猎物。各地在出猎之前，都要进行专门的祈祷和"召唤猎物"的烟祭，祈求上天赐下"狩猎之福"，才能"出有所猎，归有所获"。鄂尔多斯每年正月初七都要举行第一次打猎的开幕仪式。届时每户一人，集中到事先约好的禽兽较多之地，由一位经验丰富的狩猎长者在高处点燃篝火，用带来的香火烟祭玛尼罕天神（狩猎之神）：

> 从身旁跑掉的，
> 把它赶回来，
> 我的玛尼罕！
> 扭头逃走的，
> 让它再归返，
> 我的玛尼罕！
> 眼看去远的，
> 请给往近拦，
> 我的玛尼罕！
> 让猎物多得前面人的脚板底下，
> 全是鲜红的血迹！
> 让猎物重得后面人的袍襟底下，

全是踩出的坑凹，
我的玛尼罕！

玛尼罕在人们的心目中非常亲切，好像一位打猎的帮手似的。大家接着长者的口气，齐声喊着"呼瑞呼瑞"，把猎具在火上象征性地旋转烘烤一下，喊着"阿利古恩，阿利古恩"（驱邪净化），这才正式出发打猎。阿尔泰山一带的猎民在出猎的前夜要把民间艺人请来，说唱《阿尔泰赞》。有的著名猎手出猎时还把说书人带在身边，如果打不到猎物，就在宿营时让他把《阿尔泰赞》再说唱一遍。他们认为山林之神和人一样，爱听好话。你把他们夸奖高兴了，他们才会出"牲畜"慷慨相赠，这就是"阿尔泰之福"。布里亚特猎人在出猎前夕，要请专门的艺人讲故事，如果请不到，就由老猎人代劳。据说山神也和人一样，都是一些故事迷，听得高兴了，就会向人们回赠很多猎物。民间传闻从前有两位猎人，一位是说书的，一位是阴阳生。两人上山跑了一天没有打着野兽，晚上回来在篷里说书解闷。山林里的神仙知道了，都聚集到他们的帐篷来听说书。神仙中间有个拐腿老姑子爬到说书人的歪鼻梁上听书，一失脚从上面滑落下来。阴阳生看见，不由"扑哧"笑了一声。这下说书人火了："在这山野草地，只有牛角般相依为命的你我二人，你平白无故为什么耻笑我？"一气之下停止了讲故事，闹得听故事的神仙们也不欢而散："都是这个讨厌鬼瘸腿姑子害的，明天就把她那只瞎眼花鹿送给这位猎人吧！"第二天他俩出猎，果然碰到一只梅花鹿，打死一看，一只眼睛果然是瞎的。打那以后，就形成了出猎前夜讲故事的风俗。讲完后，讲述者要在猎枪的捅条上扎一块羊尾巴油。别人则把黄油、鲜奶倒在木碗里，举过头顶，旋转着"呼瑞"一番。

狩猎前的准备工作，也在一种秘密的

牧民打扮的稻草人

蒙古风俗

状态和神秘的气氛中进行。他们不说出猎的日期，只是悄悄地相互传送马粪蛋，暗示什么时候大家集中。这期间大家见面办事，都要和和气气，避免争吵磕碰，谈及飞禽走兽，也不能口出秽言，即使某座山上没有野兽，也不能直言没有，而要说："可能有吧，近日没有看到。"特别忌讳在家里谈论打猎的事，因为灶神爱翻闲话，万一她给山狍野鹿透出风去，大家就什么也打不着了。猎人还怕野兽警觉，谈及猎物时尽量避免直呼其名，只用他们彼此明白的行话代替。如管狐狸叫"帽子"（因为狐皮做的狐帽好），管四不像（俗称犴子）叫"扁角兽"，管狼叫"斯尔吉脑日布"（因为狼最机灵，就用一个人名代替）。

2. 爱惜生长之道

乍看狩猎祭词，人们往往以为猎民是很贪婪的，似乎碰见的野兽都要杀掉，实际上他们却是很讲狩猎之道的。狩猎之福既是上天赐予，惜福便是下民的美德。什么季节狩猎，什么地方狩猎，什么野兽可杀，什么野兽不可杀，在行规上和道义上都有一套严格的准则。马可·波罗在他的游记中，就记载着一条忽必烈大汗禁止所属各国臣民在每年三至十月间行猎的命令，违者"严惩不贷"，其用意在于使"每种猎物能够大幅度地繁殖起来"。几百年来，在蒙古人心目中形成了良好的传统猎风。一般忌讳捕杀怀胎、带仔母兽及幼兽。谁若猎取这些野兽，就被看作是最无能的男人，受到百般揶揄。围猎时虽然要求不跑掉一头野兽，然而并不是把钻进包围圈的野兽统统斩尽杀绝。围猎的最后，总是以放生大批幼兽和带仔母兽来收场。一旦围猎结束，任何人再不得触犯野兽。过去打猎都忌讳"断群"，猎取十头以上的兽群，总要放掉几

鱼篓，蒙古人的祖先其实也是渔猎民族。成吉思汗小时候就抓过不少鱼。蒙古语关于鱼的词汇同样特别丰富

莫尔格勒河夏牧场的套马手

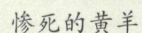

惨死的黄羊

头。如果全是公兽或赎辈（不孕或空怀）母畜，也要放生一两头。如果一群中只有一头公兽，一定要将它留下。历史上成吉思汗和他的子弟，曾把野兽当"牲畜"一样看待，将其捕捉以后打上火印，作为私有财产的标记，而后放还野地，外人不能随便捕猎。过去打猎多是为了吃饭和度荒，牧民观念中没有囤积居奇和赖以发财的思想，加之地广人稀，狩猎有道，野兽便能孳生繁衍起来。正如宋使萧大亨所记："若夫射猎，虽夷人之常业哉，然亦颇知爱惜生长之道，故春不盒围，夏不群搜，唯三五为朋，十数为党，小小袭取，以充饥虚而已。"

3. 原始古老的分配

内蒙古地区有"见面分一半"的说法，一般人只知道这是向别人讨要食物的口实，却不知道这话源于狩猎。如果你在野外碰到谁打着猎物，那你的运气就来了。你完全有权利同猎人一样得到一份猎物，不必为"无功受禄"而自惭形秽。因为既然猎物天授，就应当人人有份。参没参与、左邻右舍、路上邂逅的人，都有权利享受这种"天赐之物"，猎人不得独吞。牧区有句谚语："打猎靠各家，猎物众人拿。"这是一种非常古老原始的分配方式。历史发展到今天，作为牧民生活资料牲畜的分配，不知发生了多少次变革和反复。然而在猎物分配上，这种古老的习俗至今没有改变。鄂尔多斯古时曾出动的"千人大猎"，济农（盟长）带头，各旗王爷、仕官和普通百姓都要参加，人数上万，持续几天。所获猎物，除第一头赠给济农作礼物外，其余不分官民，人人都有相同的一份。直到新中国成立以后，凡是集体围猎，不论谁的猎狗抓住狐狸，分配一直按人头均摊。偶有争执，头儿解决，故有"猎事就地裁决，不进衙门"的说法。一般大型的围猎都是结束以后进行分配，不许在进行过程中据为己有。

这种分配方式，源于一种古老的习俗烧罗嘞戈。原意是用大扦子叉上猎肉，在篝火上烤熟，大家分着吃，后来就成了这种分配方式的代名词。《蒙古秘史》记载，朵奔篾儿干出去打猎的时候，在森林里遇到一位兀良哈人，正在火上烤鹿肉吃。他说了一声"烧罗嘞戈"，那人就把珠勒图和鹿皮留下，其余鹿肉全给了他。这种习俗一直保留到今天。小型狩猎，猎物讲究就地肢解，不可载归独享。一旦打着猎物，众人便一拥而上，割后腿的割后腿，割前腿的割前腿，几分钟就能把一只猎物肢解一空，毫不客气。可是头、皮和心肝却完好无损，一定要给那个猎获猎物者留下。而这个人也往往视此为最大荣耀，故意将其驮在马背前面，招摇过市，挑逗姑娘、小伙或爱慕或忌妒的目光。勒拉图就是头（通常只有下巴

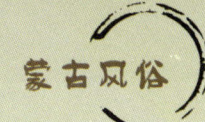

颏儿)、舌、心、肺、喉连在一起的总称。在常人看来，它们并不是猎物最好吃的部分，为什么偏偏给猎获者？因为古人认为，野兽的灵魂就附着在这一部分上，用它祭了敖包，它就可以早升天早转生，把它送了人，以后便打不着野兽了。这是蒙古人重精神、轻物质浪漫气质的流露，直到今天还能看到，而且从猎物发展到牲畜，从狩猎发展到祭祀。卫拉特蒙古人打回猎物，即使是一只小小的兔子，也要挨门逐户地给邻居送点，大家也不嫌少。如果谁家没有送到，就会被人歧视，猎人甚至因此迁往他乡。这种扦子肉也叫"烧罗玛哈"。乌拉特中旗祭敖包时，往往宰杀一头公牛，把肉煮熟分给在场过路的所有人吃，名曰"散福"。笔者亲见蒙古人祭奠成吉思汗的时候，用的就是珠勒图，只不过把黄羊换成绵羊，祭后把肉卸给在场人分餐，珠勒图交给羊主人。古风之广之深，由此可见。

贰⊙精彩奇异的狩猎方式

1. 乌审网猎

网子用山羊绒搓绳编织而成，长六七十尺，宽五六尺，挂在沙蒿林里狐兔经常出没的地方，两边要用毛绳扯起来，同时各藏一人于草丛中。为了防止网子夺拉，每十尺左右须立一个木桩把它支起来。一般小型狩猎，用这样一张网子即可。如果规模较大，就要把网子接起来，至几百尺长，守网的人也相应增多，而后由总头儿发令，由盯坡的领上男女老少从网子两边绕大圈向前包抄，每两百尺的地方站下一个人。盯坡和站下的人都是骑着快马的好猎手，走到一定的地方，两边盯坡的接上头，用扬沙的办法向守网人发出信号，说明已经完成包围。守网人再一扬沙，说明已经准备就绪，这时突然喊声四起，狗叫鞭子响，受

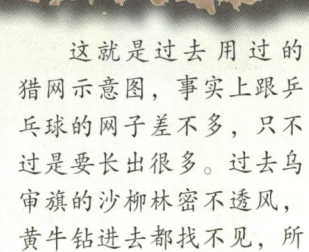

这就是过去用过的猎网示意图，事实上跟乒乓球的网子差不多，只不过是要长出很多。过去乌审旗的沙柳林密不透风，黄牛钻进去都找不见，所以用这样的网子猎取动物

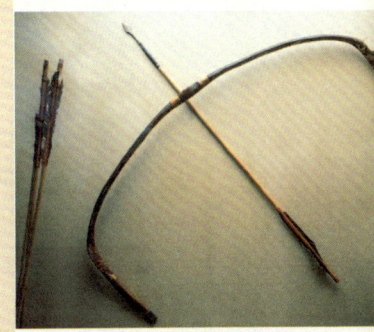

弓箭曾经也是狩猎的武器

蒙古风俗

惊的猎物自然向支网的地方逃窜,每前进两百尺,就有一帮人加入进来,用同样的办法驱赶猎物前进,包围圈越来越小,狐兔箭也似的飞奔,撞到网上,将木桩带倒,自己却被裹在网里,藏在草丛中的人一跃而起,一顿棒打,把狐兔打死。后面追来的人也纷纷上手,跑累被活捉的也有。这样的网猎,一般能包围七八里长、四五里宽的地方,一次能获狐兔两三百只。

2. 巴林围猎

每年夏历五月初四,这一带的人们便趁着夜色,奔向各自的集结点,二更时分,将一座方圆二十里的大梁包围。为了不惊动里面的野兽,人衔枚,马裹镫,猎狗紧紧牵在身边。猎人到位以后,将马鞍卸下,坐骑绊开,铺枕鞍睡一小觉。

围猎图(布林特古斯提供)

拂晓前一小时,人们开始行动,将"内应"放入包围圈内,放炮呐喊,虚张声势。卧睡的黄羊从梦中惊醒,慌不择路没命逃奔,跑不到十几里,就与"外合"之人遭遇。这些人都是行家里手,知道黄羊的特点,每每拦截领群的公羊。公羊被拦得性起,非要从前面突围。它后面尾随的大群母羊、羔羊疲于奔命,不大会儿工夫便被拖垮。这时人们故意网开一面,让它们逃出。黄羊一夜不尿,临近天亮欲尿被人惊动,如今忍无可忍,急急站下撒尿。四面八方的人如饿虎扑食,蜂拥而上,捉的捉,杀的杀,往往死伤大半。民间祝词中有"追上苍狼的花马,劈开顽石的宝刀"之类的词语,却很少有追上黄羊的快马一说。黄羊都是受到惊扰以后自己跑得筋疲力尽,才被人马追上的。相传黄羊仗着腿快,曾经口出狂言,与人打赌:"万马奔腾也没什么了不起,我一定从你们马前头抢过去,决不从马屁股后头溜走。如果你们真的把我追上,就请从胸口上把我捅死!"因此黄羊有个怪脾气,多会儿也不甘落后,总要从马前头穿过,不懂得扭头从后面溜掉。人们也按照当初黄羊的誓言,将其追上以后,从胸口上杀掉,分成十份,按人们跑到黄羊身边的先

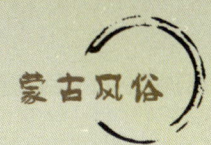

蒙古风俗

后分红。

围猎是古代蒙古人的主要狩猎方式。蒙古大汗狩猎可多达几万人,历时数月,可谓盛矣。猎队也是军队,携眷而行。晚上用篝火把包围圈的轮廓显示出来,"单于猎火照狼山",用四五层岗哨把守。随着日月的推进,逐渐将野兽挤压在中心,密度越来越大,野兽都恐慌甚至疯狂起来,猛兽甚至互相扑食。大汗总是亲赴最困难的地方,像打仗一样详细部署。过去的狩猎实际上是一种练兵。蒙古兵吃苦耐劳、英勇顽强、机智灵活的品格,是与狩猎分

黄羊

不开的。

3. 苏尼特奇猎

苏尼特人猎取黄羊,有自己的一套办法。黄羊夏天很少喝水,有青草里的一点水分就够了(黄羊肉因此发干)。冬天则必须舔雪,如果天不降雪,就会成群结队跑到淖畔喝水,这样就给人们提供了一个猎取它们的好场所。人们先观察好淖周围的地形,看看黄羊在哪边喝水,就把哪边留出来,其余的方向上都绑上草人、红布、鹰皮等"吓人"

蒙古风俗

的东西,黄羊来了便都从留出来的那边喝水。这时人们连轰带吓,把它们逼到淖里的冰上。黄羊奔跑如飞,一到冰上就失去用武之地。几次跤跌过来,浑身便抖作一团,乖乖地成为人们的俘虏。有时人们也在淖畔挖一些坑,伪装起来,让一些人藏进去。另一些人则从远远的地方,迂回驱赶黄羊。赶到淖畔以后,埋伏的人一跃而起,两面夹攻。有人还故意敲打铜器恐吓它们,受惊的黄羊争先恐后到冰滩上逃命,大部分成了人们的俘虏。如果大雪下得沟满壕平,黄羊便不到淖上喝水。聪明的人们便通力合作,把黄羊赶进一个好进难出的大山峡里。由于积雪太厚,黄羊分不清哪里是平地,哪里是沟谷,结果跑到沟里,尖细的四蹄深陷雪中,身体被积雪架空托起,越挣扎越往下陷,眼睁睁被猎人抓获。

有一种猎具跟它类似,是埋在那里专门让野兽踩的,踩进去以后,野兽受惊狂奔,上面带的刀子就可以把它腿上的动脉割断,让它血尽自亡。

4. 兴安岭猎熊

黑熊当地也称"黑瞎子"、"熊瞎子"、"黑小子",实际上它视力并不差,因为自视天下无敌,喜欢低头走路,从不左顾右盼,给人一种"瞎子"的印象。大兴安岭无虎,它便是山中之王。过去鄂伦春猎人不打它,几乎不受任何侵犯,再加上山多林密人稀,自然林繁殖很多。二十世纪五十年代开辟林场的时候,打熊带有保护生产的性质,六十年代主要是为了充饥,八十年代为了取胆,九十年代已经禁猎。打熊是一件危险的事情,一般很少单人独自进行。多数都是熊出没的地方,用油丝绳下套子捕捉。黑熊的皮很厚,生命力顽强,一两枪很难打死。东沟林场有两个干部背着枪和子弹,一过河,发现一个很大的黑瞎子摘山丁子吃。黑瞎子站起来两米多高,乍看像穿黑雨衣的人,就是脖子短一点。它把果实累累的枝子扳过来,嘴巴伸上去一捋,一串野果就全落在口中,就像人吃糖葫芦一样。这两人打了一枪,黑瞎子一下消失了。他们收住枪,洋洋得意:"告诉林场,赶个套子来拉回去!"正说着,看见二三十米远的地方野草来回直晃,一时没反应过来:"草怎么动弹开了?"黑瞎子听见话音就站了起来,看一眼就冲他俩跑过来。他俩扭头就跑,过了河就往工队跑,原来子弹把黑瞎子肚皮划开了,黑瞎子一边追赶,一边划拉草往肚子里塞。等他俩带几个民兵返回来,却没有找到黑瞎子。过了两天才在河边发现,黑瞎子已经死了,解剖发现没了一根肠子。一检查,原来在追他俩的时候,把肠子都挂在树上了。人们说那天它要

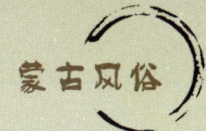

不收拾肠子，就把他俩收拾了。

5. 乌拉特猎狼

在过去狼不是禁猎动物，但现在也没有打完。因为狼本性凶残而狡猾，报复心极强，能认人认马认踪，猎人都有几分怕它。它会跟猎人耍迂回战术，当你跟踪的时候，它通过蹚水过河、走硬石地等办法把你甩掉。没有经验的猎人常常被它拖得精疲力竭也一无所获，有时跟踪一个月都不一定打死一只狼，因此有猎物的地方人都不想打它。打狼最讲究方式和技巧。

狼夹子

（1）清明掏窝

母狼阴历十月发情，来年清明前后下崽，下崽时一周不出洞，过了一周开始活动。这时掏窝可以活捉崽子或母子皆获。

（2）五月撵崽

五月天热，崽子已生出两三个月，跟母狼打食，不识饥饱。夜里吃得撑死，天明太阳一晒便耷拉个舌头走不动了，徒步就可以撵上。这时母狼最护崽子，往往回来看顾，弄好就可以一箭双雕。

（3）八月围追

这时蒺藜长出硬刺，野兽在上面奔波，蹄掌磨薄，跑不远路，所谓"八月蹄嫩"。一过九月寒露，蹄掌适应变硬，追赶就不容易了。所以过去撵狼，不能超过八月。事先经过精心策划，在狼出没之地设计一个包围圈，逐步往小收缩，收到一定程度，派人进去一惊，狼就跑了出来。人们闪开一条缺口，故意放它跑出，同时就近岗哨上的一骑快马便紧追上去。等追到第二个岗哨跟前，先头的快马便退下，第二个人再追上去……一般换上三匹快马，跑上二三十里路，狼屁股里冒出几股黑糊糊，便跑不动趴下，

回头用两眼瞪着追它的人。另一骑者绕到它背后下马,冲后脑勺一马棒将其打昏,将鞭杆捅进嘴里,用鞭梢把嘴巴捆住,就可以活剥皮了。

(4) 十月打狼

十月是母狼发情季节,一只母狼后面跟十几只公狼。这时放夹子、开枪都比较容易打住。夹子是铁制的,狼能闻出气味。为了使狼习惯,先要把死羊躯干和铁器扔在那里,狼先不敢吃,后来发现没有什么危险,就开始吃扔掉的东西。这样"喂熟"以后,再开始埋夹子,狼不以为意,就会上当。

6. 其他狩猎办法

(1) 熏

一般用来捕捉狐狸。看狐狸在洞里没有出去,用石头在洞口垒个圈儿,把湿马粪或半干的牛粪砌上去,点燃后不停地用蒙古袍往洞里扇烟,扇个五六十下,狐狸被呛得头昏脑涨,就会本能地跑向洞口。这时把洞口堵死,就可以把狐狸捕获。

(2) 灌

一般用来捕捉鼠类。将洞口挖个鱼鳞坑,将水倒入,水便灌进洞中。灌满以后,鼠类就会湿淋淋地从洞里爬出来。洞口一人蹲着,瞅见鼠类一出来,上去用手掐住脖子提起来。

(3) 药

一般用于鸟类。将某种药物混在粮食里,雪后撒在野鸟觅食的地方。野鸟误以为粮食吃下,立刻会窒息而死。这时如及时灌

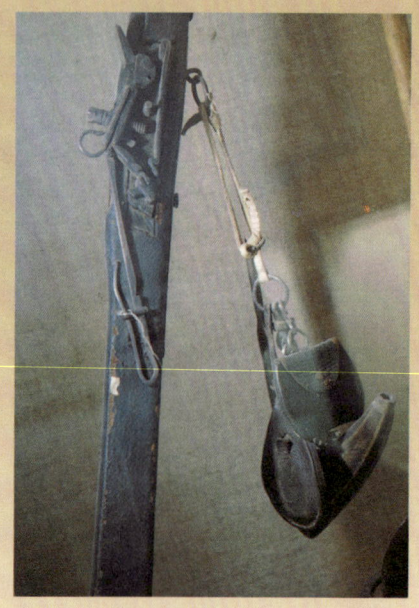

猎枪

两岁牛犊喜欢偷吃奶,影响了当年牛犊的发育,牧人就把这个东西戴到它嘴上

下凉水,还可使之复生,饲养、活杀均可。

(4) 炸

冬天把雷管炸药埋在马肠内,掷于狼出没的地方,设法把脚踪扫掉,周围的草一如原先弄好,狼不以为异,吃肠子时就可被炸死。

叁⊙猎犬——牧人的帮手

1. 敬狗如敬人

养狗是蒙古人的重要经济生活习俗,把生存同狗联系起来。如果哪家外面断了狗叫声,便被视为是一种不祥之兆,故有"走马是路途的装点,吠犬是家庭的装点"的俗话。即明朝萧大亨所谓"又最好犬马,犬马之良者,爱之甚于爱人"之意也。好狗不仅是狩猎和放牧的帮手,还是主人的耳目,成为家庭的一个组成部分。传说西天佛祖造人的时候,用泥巴捏了一男一女。在他出去办事的工夫,一头多事的黄牛跑来,把泥人的锁骨挑掉一块,落地变成了狗。这种一男一女加一狗的模式,说明了狗在蒙古人生活中的重要。有的氏族娶回新娘以后,不仅要拜婆家的火,还要对着狗磕头。蒙古人不太呵护孩子,孩子被邻人打一巴掌,大人理也不理。可是你把他的狗打上一棍,主人马上变了脸。狗为主人操劳一生,死去以后,必要厚葬。把它抱在高山顶上,将尾巴剪下,枕于头底,嘴里含块黄油,面朝西北卧下,上面盖上黄土。面朝西北野葬,这是人死以后的做法,寓含了"好狗下辈子转人"的祝愿。它用过的狗食槽,要作为遗物保存起来,连家人都不能从上面跨越。以前说狗没有侮辱人的意思,成吉思汗就把他的四位开国元勋称为"四狗"(者别、者勒蔑、速别额台、忽必来)。

北山羊

蒙古人如此敬狗,是有原因的。过去草原地域辽阔,一二百里才有一户人家。那会儿牧业原始粗放,成千上万头牲畜无棚无圈,野兽成群,狗就自然成了人们的伙伴和帮手。狗的听觉、嗅觉都很灵敏,一二十里外的动静都能引起反应。不论白天黑夜任何一个陌生人走过浩特,狗都要吠叫给主人报信。生人走得离家门越近,它往往叫得越凶。可是只要主人(哪怕是小孩)远远喊一声,它就立刻夹着尾巴走开。主人从外面回来,狗会跑去迎接,出门五六年的主人都能认出来。如果没有看清,把主人当生人错叫了几声,主人回来以后,它会卧在主人面前,用一种痛苦的声音表示认错,主人摸摸脑袋,它才高兴地摇摇尾巴走开。"儿不嫌娘丑,狗不嫌家穷",狗忠实于主人是有名的。有一次一个泰亦兀惕人闯进成吉思汗的住宅,把成吉思汗的小儿拖雷挟在腋下就走。成吉思汗的夫人和仆人都追出来,一人揪住贼人的一只手,贼人就是不放。这时他家的看门狗上来,对着贼人一阵猛扑,贼人便放下孩子一溜烟逃了。主人遇到危险的时候,狗挺身而出保护主人甚至壮烈牺牲,至今在草原不乏这方面的佳话。平时所有狗都怕疯狗,但当疯狗侵犯主人的危急关头,家狗就会奋不顾身向疯狗扑去。跟羊狗由于从小跟惯了羊群,不论刮风下雨都不离开牲畜,什么时候群里出现异常情况,就会朝那个方向吠叫以通报主人。狼向牲畜扑来的时候,它就扑上去与狼搏斗。风雪天羊群顺风跑去,它就寸步不离跟在牲畜后面,同时不时发出吠叫,呼唤主人随后赶来,甚至挡在羊群前面,汪汪叫着不让它们前进。看家狗像主人似的,一一认识自家的牲畜。陌生的牲畜进了群,它就汪汪地叫着把它们赶出去。自家牲畜跑到人家群里,它也能叫着追回来。猎狗在抓到猎物以后,守在跟前等候主人来到,决不擅自动用。如果主人不给,屋外的任何饮食都不触动,尤其是肉、奶一概不沾。如果奶子洒到地上,它正要伸嘴去舔,发现主人来到,尴尬得几乎无地自容。蒙古人形容犯了错误愧悔不及又不知所措的人,就说"像舔了奶子的狗似的"。

2. 细驯出来的细狗

细狗和藏獒都是牧区的猎犬。细狗蒙古语叫"台嘎瑙亥",意为"骗犬"。这种狗长到一岁,就用毛袋蒙住其头,割去睾丸,名曰"净身"。净身后的细狗不吃屎,不逐母狗,一辈子跟在主人身边专心致志打猎。

培养细狗须从选崽做起。抓崽子时,选身长、腿细、耳竖、鼻尖的小狗。尾短者转身容易摔倒。提着尾巴,头朝下吊起来,牙关紧闭不哼不叫者为佳。还要考察其母是否猎狗家族,有无偷吃的不良习性。一切合意之后,选一黄道吉日,

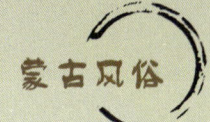

来到狗主人家里,给狗妈妈做一顿"好饭",给狗主人的孩子带点礼物,说些吉言祥语,才能把狗崽抱走。一抱回家,就要让它舔奶子吃食,还要在耳根、尾梢上抹画黄油,祝福它成为雄狮般的猎狗。

捉上好的崽子,还要精心调驯,教以跟踪、追捕、撕咬的全套本领,还要根据每只狗的特长,因材施教,或拜老狗为师,或用活物培养其擒拿格斗的本领。尤其嗅觉的培养,对跟踪至关重要。有的猎人打到狐狸以后,立刻将其热血喷入狗鼻孔里,让其从小与狐、狼结仇,一嗅到这股气味就想与之撕咬。普通的狗可嗅十至十五厘米雪下的兽踪,甚至能嗅出过去多时的旧踪。一般的狗爱叫,细狗必须养成不叫的习惯,发现野兽的动静,不用吠叫的办法通知主人,而是用嘴来扯主人的袍襟、裤脚,或是跑到前面打一个滚,低低哼一两声。

猎人驯狗,贵在养气,尤其首次出猎,猎人要把细狗

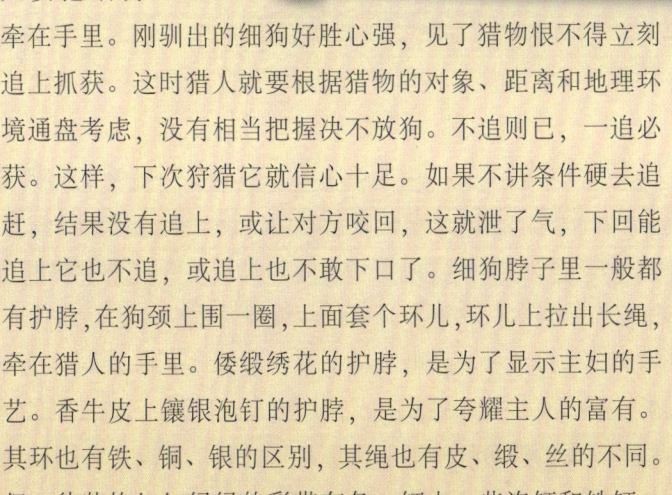

这三件东西都是架鹰狩猎的必备品。带环的木架是落鹰用的,那两个小罩儿是蒙鹰眼睛的,皮手套是猎人手上戴的。在新疆和蒙古的阿尔泰山一带,偶尔还能看到这种捕猎方式

牵在手里。刚驯出的细狗好胜心强,见了猎物恨不得立刻追上抓获。这时猎人就要根据猎物的对象、距离和地理环境通盘考虑,没有相当把握决不放狗。不追则已,一追必获。这样,下次狩猎它就信心十足。如果不讲条件硬去追赶,结果没有追上,或让对方咬回,这就泄了气,下回能追上它也不追,或追上也不敢下口了。细狗脖子里一般都有护脖,在狗颈上围一圈,上面套个环儿,环儿上拉出长绳,牵在猎人的手里。倭缎绣花的护脖,是为了显示主妇的手艺。香牛皮上镶银泡钉的护脖,是为了夸耀主人的富有。其环也有铁、铜、银的区别,其绳也有皮、缎、丝的不同。但一律装饰红红绿绿的彩带布条,钉上一些泡钉和铁钉,

这也是为了保护细狗的锐气。豺狼之类的野兽都很凶残，专拣对手的致命处攻击。如果初次出猎就让豺狼咬伤脖子，再见豺狼就胆寒气虚了。

3. 细狗的精彩捕猎

专门训练出来的细狗，是捕猎狐狸的好手。它只要跟着一点模糊不清的狐踪，就能准确无误地跟下去，在草丛中把狐狸惊起，追上去捉住。如狐狸钻洞，它也能随之爬入，咬着尾巴将其拖出。好的细狗一天能抓十来只狐狸，最次的也能抓两三只。训练出来的细狗善解人意，知道狐皮宝贵，专拣脖颈、腋窝、耳朵等无关紧要的地方下口，一点不损害皮毛。

猎狗必须是细狗中的佼佼者，个头大、嘴角深、力气足，既要勇猛顽强，又要机智灵活。狼比狗力气大，可是脖子是直的，围身不灵活，跑得也没狗快。细狗撵上狼后，先从左侧咬住狼的左耳，迅速跳到狼的右侧，把狼别住，使其有劲没处使，只好乖乖跟着狗走。有的细狗更绝，专咬狼的睾丸，咬住以后，一使劲将其放翻，然后死咬住不放，等主人来到。

细狗捕猎会根据情况主动配合，不用主人指挥。如在野外遇到狼，善于奔跑的细狗就去围追堵截，善于搏斗的细狗就在高处观察望。等前者把狼赶到附近，后者便抄近道追去，咬住脖子将其放倒。有些老练的细狗会把脑袋钻进狼的腋窝，把它顶个四脚朝天，迅速咬断它的喉咙。它们配合如此默契，互相间是怎么商定的，凭借什么传递信息，连有经验的猎人也解释不清楚。

○ **狩猎趣点一**

狼的古闻古俗。从前草原上没有狼，牲畜漫山遍野，奶水像泉水一样涌流。可是人们不会制作奶食品，挤下的奶子只能生喝或煮熟喝。有一次浩日穆斯特（天帝）设宴，把一代天骄成吉思汗请去赴宴。成吉思汗尝见天上的各种奶食品香甜可口，就动了窃奶种到人间的念头，他把酸奶沾在胡须上一点，由于酸奶跟雪白的胡须一个颜色，把门的人也就没有发现，这样就把奶种带到人间，草原上有了酸奶、酪蛋、黄油等各种好吃的奶食品。浩日穆斯特知道以后大动肝火，认为一介草民不配享用天物，就差下天狗无数，要把草原上的牲畜吃光。成吉思汗一气之下，就带领所有牧民奋起打狼，打得只剩最后一只的时候，追过一处走阿音的人下营盘的旧址，那里立着三块支过锅灶的石头，这只狼就躲了进去。成吉思汗没有在意，一直追了下去。偏巧这只狼是只母的，肚里怀着崽子，有公有母，这

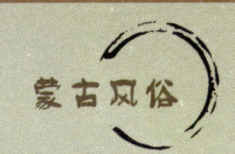

样狼就留下了种子,在草原上繁衍起来。一直到现在,走阿音的人宿营出发的时候,都要把支锅的三块石头放倒,据说就是为了让后来的人打狼方便,弥补以前的失误。

○狩猎趣点二

狼吃驼驴猪羊。狼既然来自天庭,便自带三分灵气,其捕猎技术之精之绝,怕是任何食肉动物都望尘莫及。骆驼那么个庞然大物,一后蹄能把狗踢出三丈远,可是见了狼却一点招数都没有。狼只要纵身一跳,咬住骆驼的鼻子,就会像人一样把它拉倒卧下,几只狼跳到身上,想咋吃就咋吃。这或许是向牵驼人学的拽鼻拘的把戏吧!可是吃起驴子,就完全是自己的发明。驴子好奇,爱嗅异类的气味。狼抓住这一特点,故意漫不经心地到驴子前边,让驴闻自己的屁股。那些不懂事的小驴不知是计,便跟着向前走去,另一只狼就会从后边扑到它的身上。狼捕猪的办法更是人想象不到的,来年大猪比狼重好几倍,在村口咬倒就吃怕被人发现,便上来用嘴咬住猪的耳朵,用尾巴从后面抽猪的屁股。比人赶猪跑得还快,如此赶进狼窝,再与狼崽子一同聚餐。黄羊奔跑如飞,狼根本不是竞赛的对手。然而黄羊天生有个致命的弱点,每日黎明一泡大尿,一尿就是十几分钟。狼就抓住这个空子,改强攻为智取,稍微辛苦早起一点,黄羊就变成它的美味佳肴了。

○狩猎趣点三

奇特深沉的母爱。一只狼一晚上能咬死两百只羊,其实它根本吃不了这么多,只是为了好玩儿,或者说是一种凶残。然而对它自己的崽子却爱得深沉,护得奇特。它吃羊时从不破肚,如果遇到侵扰,就将崽子装进羊肚子,叼着逃走。途中遇到河水山洪,牧人望而生畏,它却叼着肚子跳入水中,将肚口儿迎风张开,灌满空气,漂漂荡荡蹚过河去。有时在大草原上,一览无余,狼自度不可脱逃,就把肚子扔掉,自个儿逃命去了。有人以为是一只破肚,也就没有在意,殊不知里面藏有小狼。母狼把人引开以后,就回来把它的崽子救走。鄂尔多斯发生过这样一件真事:一位猎手追捕一只领着两个崽子的母狼,追过一座大沙丘,两个崽子却无缘无故地消失了,地上只有那只母狼的蹄踪。猎人跟踪爬进一个狼窝,用匕首把母狼捅死,回过头来又找两个崽子,还是一点踪影也没有。他正纳闷,忽见一堆马粪上冒着白气,跑去刨开马粪一看,下面果然藏有那两个狼崽子。原来它们的母亲知道自

蒙古风俗

己凶多吉少，脱不开身，就把生的希望留给后代，把它们安顿在这里，既能藏身，又能通进空气，然后用尾巴将崽子们的脚踪扫平，退回到原路上。谁知天不助它，气温低了点儿，崽子呼出的气流变成肉眼可见的水蒸气，被猎人识破。这也是魔高一尺，道高一丈吧。

○狩猎趣点四

狼与公马的搏斗。狼的劲敌是公马，因为公马不仅有保护自己马群的天性，而且非常尽职尽责，不惜以死相拼。每当饿狼偷袭，公马总是首先发觉，发出一声怪叫，马群便飞速集中，摆个圆阵，将马驹和老弱病残围在核心，母马和骟马一律头朝外站在外圈，准备迎敌。公马则长尾倒竖，鬃毛耸立，像一头雄狮一样在外围奔驰警戒。有人曾在夜里见到此时此刻的公马，皆身上冒火，眼睛发绿。狼要斗不赢公马，就休想破得马阵。有个马倌名叫布仁特古斯，大集体时放马，丢失了马群，寻到中蒙边境，发现马群已"越境外逃"，只得悻悻而归。第二天又去寻找，发现马群回来了，独独不见了领群的公马。他寻到边境中间一百米的空隙地带，发现了公马的残骸、血迹和与恶狼搏斗的现场。这匹可敬的公马是经过怎样艰辛和流血的搏斗，才保护它的马群安然返回故土，然而它却丢了性命。如果谁能有幸摄下这样的场景，那该是动物世界多么惊险和感人的镜头啊！难怪牧人都说，一匹公马赛过一个好马倌呀！